AF568679

ro
ro
ro

INES THORN wurde 1964 in Leipzig geboren. Nach einer Lehre als Buchhändlerin studierte sie Germanistik, Slawistik und Kulturphilosophie. Sie lebt und arbeitet in Frankfurt am Main und schreibt seit langem erfolgreich historische Romane.

«Die erfahrene Autorin historischer Romane und Kennerin Frankfurts hat dieses Zeitbild so temporeich, packend und spannend aufbereitet, dass man das Buch kaum aus der Hand legen möchte.»
Frankfurter Neue Presse

«Fesselnder Einblick in die Nachkriegszeit am Schicksal einer starken Frau, die es trotz aller Widerstände schafft, über ihr Leben und ihr Glück selbst zu bestimmen.»
Westfälische Nachrichten

«Mit kluger Recherche und Lust am Fabulieren schafft die Autorin ein stimmiges Bild jener Zeit.»
Aalener Kulturjournal

Ines Thorn

DIE BUCHHÄNDLERIN

Roman

Rowohlt Taschenbuch Verlag

Veröffentlicht im Rowohlt Taschenbuch Verlag,
Hamburg, März 2022

Redaktion Heike Brillmann-Ede
Covergestaltung Hafen Werbeagentur, Hamburg
Coverabbildung Richard Jenkins;
Marga Schoeller Bücherstube
Typografie Farnschläder & Mahlstedt, Hamburg
Schrift DTL Dorian
Druck und Bindung GGP Media GmbH,
Pößneck, Germany
ISBN 978-3-499-00516-9

Die Rowohlt Verlage haben sich zu einer nachhaltigen Buchproduktion verpflichtet. Gemeinsam mit unseren Partnern und Lieferanten setzen wir uns für eine klimaneutrale Buchproduktion ein, die den Erwerb von Klimazertifikaten zur Kompensation des CO_2-Ausstoßes einschließt. www.klimaneutralerverlag.de

Für Heinz

einander vergeben für alles
was wir nicht sind

und für alles andere:
einander trotzdem lieben.

Caroline Hartge

TEIL 1

Prolog

Frankfurt, 1941

Es klingelte Sturm. Christa stand von ihrem Schreibtisch auf, öffnete das Fenster und schaute auf die Berger Straße hinaus. Unten stand ihr Onkel Martin, winkte und rief zu ihr hoch: «Komm schnell runter, das musst du dir unbedingt angucken.» Christa sah von oben, dass ein Ehepaar vor dem Schaufenster der Buchhandlung Schwertfeger stehen geblieben war. Sie lachten. Der Mann klopfte Martin auf die Schulter, dann eilten sie weiter.

Frau Lehmann von der Metzgerei Lehmann schräg gegenüber drohte Martin spielerisch mit dem Finger. Aber auch sie tat es lachend. Der Pfarrer der St.-Josefs-Gemeinde fuhr mit wehender Soutane auf dem Fahrrad vorbei und rief fröhlich: «Am Ende sind Sie doch ein gottgefälliger Mann, lieber Herr Schwertfeger.»

Martin war der jüngere Bruder ihres Vaters, gerade einunddreißig Jahre alt. Er war nach dem Abitur direkt an die theologisch-philosophische Ordenshochschule der Jesuiten in Frankfurt-Oberrad gegangen. Nicht nur, um dort zu studieren, sondern um ein Ordensmann, ein Mönch, zu werden. Christa hatte das nie verstanden. Natürlich gingen sie an Weihnachten und an Ostern in die Kirche, aber sie konnte sich nicht erinnern, dass in ihrer Familie jemals über Gott gesprochen worden war. Auch Martin hatte offenbar eingesehen, dass er nicht ins Kloster gehörte. Kurz vor den ewigen Gelübden hatte er Orden und Hochschule verlassen und führte seither die Buchhandlung Schwertfeger, schon in der dritten Generation.

In der Wohnung über dem Laden lebten mittlerweile der Onkel, die Mutter und sie. Früher hatte Christa mit ihren Eltern über dem Onkel gewohnt, doch jetzt war Krieg, und das hieß, dass sie alle ein wenig zusammenrücken mussten. In ihrer ehemaligen Wohnung im zweiten Stock lebten zwei ausgebombte Familien, und Mutter und sie waren hinunter zu Martin in den ersten Stock gezogen. Der Vater war gleich zu Beginn des Krieges eingezogen worden. Er war Fernmeldetechniker und an der Front dienlicher als zu Hause.

«Was hast du gemacht?», rief Christa.

Martin breitete die Arme aus und lachte mit blitzweißen Zähnen. «Komm runter!»

Christa warf das Fenster zu und eilte die Treppe hinab. Vor dem Schaufenster der Buchhandlung blieb sie stehen und riss die Augen auf. Martin hatte das gesamte Schaufenster mit der Neuauflage des Südseeromans von Richard Katz drapiert. *Heitere Tage mit braunen Menschen* hieß er.

«Au weia. Wenn das mal keinen Ärger gibt», orakelte Christa, aber auch sie konnte ein Grinsen nicht unterdrücken.

In diesem Augenblick kam Herr Klein aus dem Haus. Er war der Blockwart, und man sah ihn nie ohne seine SA-Uniform. Er war so klein wie sein Name und seine Gedanken und irgendwie quadratisch. Hoch wie breit, sagte die Mutter dazu. Er trug einen Kaiser-Wilhelm-Schnurrbart und blickte aus glänzenden Säuferaugen in die Welt.

«Was ist denn hier los?», fragte er misstrauisch, denn er war immer misstrauisch und gleich doppelt, wenn jemand lachte. Das deutsche Volk hatte nichts zu lachen, es sollte kämpfen zum Heile Hitlers.

«Ich habe mein Schaufenster neu dekoriert», erklärte Martin mit Unschuldsmiene. «Gefällt es Ihnen?»

Klein stellte sich breitbeinig davor und starrte auf den Roman. «Neu ist der nicht», erklärte er. «Meine Frau hat ihn schon vor

Jahren gelesen.» Dann knallte er die Hacken zusammen, riss den Arm in die Höhe, brüllte «Heil Hitler!» und marschierte davon.

«Wie gut, dass der Klein so dumm ist», bemerkte Christa. Aber da hatte sie sich getäuscht.

Am Abend klingelte es bei Schwertfegers. Vor der Tür standen Herr und Frau Klein. Emma Klein mit Lockenwicklern, darüber ein Netz und vor dem Bauch eine Schürze, die mit Blumen bedruckt war. Horst Klein trug noch immer die SA-Uniform und dazu Filzpantoffeln.

«Was soll das da mit dem Schaufenster?», fragte die Klein säuerlich.

«Was soll damit sein?», fragte Martin freundlich zurück.

«Sie denken wohl, Sie können sich alles erlauben, was?» Emma Klein keifte jetzt.

«Ich verstehe nicht, was Sie meinen. Ich habe neue Ware bekommen, und die stelle ich ins Schaufenster. Das mache ich immer so. Was daran ist bitte falsch?»

Die Klein hob den Finger und fuchtelte damit vor Martins Nase herum. «Verarschen lassen wir uns nicht. Das hat Konsequenzen. Das verspreche ich Ihnen. Nicht genug, dass Sie … dass Sie …» Sie brach ab.

«Was?», forschte Martin.

«Sie wissen schon, was ich meine. Eine Schande ist es, mit so einem in einem Haus zu leben.»

Da floh das Lächeln aus Martins Gesicht. Seine Schwägerin zupfte ihn am Ärmel. «Lass gut sein. Wir dekorieren einfach um.»

Aber Martin schüttelte Helenes Hand ab. «Nein, Lenchen. Das werden wir nicht.»

Emma Klein schnappte nach Luft, wollte etwas sagen, aber Martin unterbrach sie brüsk. «Sie können gern ausziehen, wenn es Ihnen hier nicht passt. Nein, Sie werden ausziehen. Das Haus gehört meinem Bruder und mir. Wir kündigen Ihnen. In einer Woche ist die Wohnung leer.»

«Ihr Bruder ist an der Front. Da ist das letzte Wort noch nicht gesprochen. Komm, Horst.»

Martin schlug die Tür zu und hörte die Klein lauthals im Hausflur brüllen: «Warum sind Sie eigentlich nicht an der Front wie jeder andere anständige Mann auch?»

«Weil Bücher kriegswichtig sind», murmelte er vor sich hin.

Helenes Miene war ängstlich. «Oh Gott, Martin. Was hast du nur gemacht?»

Christa stand in der Wohnzimmertür. «Ich fand das gut. Denen hast du es endlich mal gezeigt.»

Martin war blass geworden. Er atmete einmal tief ein und aus. «Ich brauche jetzt einen Schnaps.» Er ging ins Wohnzimmer, goss für Helene und sich einen ordentlichen Schluck von dem wohlgehüteten Kirschwasser ein, trank ihn in einem Zug. Dann fragte er: «Habt ihr heute noch etwas vor?»

Die Glocke der nahen St.-Josefs-Kirche verkündete die achte Abendstunde.

«Was willst du machen?», wollte Helene wissen.

«Ich habe verbotene Bücher im Laden. Schriftsteller, deren Werke 1933 ins Feuer geworfen worden sind. Vicki Baum, Stefan Zweig, Heinrich Heine, Thomas Mann, Robert Musil.»

«Waaas?» In Helenes Gesicht stand die nackte Angst. «Hast du die etwa auch verkauft?»

«Ich kenne meine Kunden, weiß, wem ich trauen kann. Aber jetzt müssen sie weg.»

«Wohin?», wollte Christa wissen. «Wenn du sie verbrennst, kriegen das die Kleins sicher mit.»

Martin schüttelte den Kopf. «Niemals würde ich Bücher verbrennen. Ich mauere sie ein. Unten, im Keller. Ich habe mir das schon vor einer ganzen Weile überlegt. Falls mal was sein sollte. Nun, jetzt ist was.»

Er stand auf, nahm den Ladenschlüssel vom Brett neben der Tür, und wenig später packten Helene und Christa die verbotenen Werke in Kisten, und Martin schleppte sie in den Keller. Zwei Dutzend Kisten packten sie.

«Was für ein Glück, dass unser Keller nicht mehr feucht ist», sagte Christa, während sie den Roman *Menschen im Hotel* von Vicki Baum an ihre Brust drückte. Martin hatte ihr ein Exemplar zu ihrem vierzehnten Geburtstag geschenkt und dazu gesagt: «Dieser Roman ist ein wahrer Schatz. Schau dir nur an, wie die Figuren gezeichnet sind. In jeder Szene steckt ein ganzer Kosmos. Aber lies es nur hier zu Hause und sprich nicht darüber.»

«Ist sie dafür nicht noch viel zu jung?», hatte Helene eingewandt.

«Für gute Bücher ist man nie zu jung», hatte Martin erwidert. «Wenn sie etwas nicht versteht, kann sie ja fragen.»

Christa hatte es gelesen und verstanden, und seither war Vicki Baum ihre Lieblingsschriftstellerin. Behutsam legte sie das Buch zu den anderen, trug die Kiste in den Keller.

«Woher hast du die Ziegel?», fragte sie.

Martin grinste. «Die Lehmanns. Die haben eine Garage für ihr Auto im Hinterhof gebaut. Die hier waren übrig.»

Christa sah ihm zu, wie er die Kiste auf die anderen an der Wand stapelte, nach einem Ziegel griff und die erste Reihe auf den Boden legte.

Eine ohnmächtige Traurigkeit überkam sie. Da lagen all ihre Lieblinge. Stefan Zweigs Novelle *Die unsichtbare Sammlung*, Tucholskys *Schloß Gripsholm*, *Der Untertan* von Heinrich Mann, die Werke von Erich Maria Remarque und sogar *die Traumdeutung* von Sigmund Freud. Ihr war, als müsse sie sich von engen Freunden verabschieden. Von Menschen, die ihr viel bedeuteten. Sie war zwar erst vierzehn, aber ein Leben ohne Bücher, ohne Geschichten kannte sie nicht und wollte sie nicht kennen. Sie las, wo immer sie war. In der Schule heimlich unter der Bank, abends in ihrem Lieblingssessel vor dem Küchenfenster oder mit der Taschenlampe unter der Bettdecke. Manchmal kam ihr das Leben in den Büchern realer vor als die Wirklichkeit.

Ihre Mutter schimpfte oft, obschon sie ebenfalls gerne las. «Es ist nicht gut, in deinem Alter so viel zu lesen. Männer mögen keine gebildeten Frauen, die ihnen am Ende noch widersprechen.» Und doch hatte es etliche Abende gegeben, da hatten sie beide im Wohnzimmer gesessen und gelesen. Und ganz selten hatte die Mutter ihr sogar Gedichte vorgetragen. Und nun waren alle diese Bücher in Kisten verpackt und warteten darauf, hinter einer Mauer zu verschwinden.

«Was soll ich denn jetzt lesen?», fragte Christa leise. «Ohne Bücher fühle ich mich nackt.»

Martin sah auf. «Erinnere dich daran, was du gelesen hast und warum es dir so viel bedeutet. Denk über die Bücher nach. Lies die Klassiker: Goethe, Schiller, Hölderlin. Das ist die wahre Literatur.»

«‹Wahre Literatur›. Was ist das?» Christa hatte zu sich gesprochen, aber Martin legte den Ziegel aus der Hand und setzte sich auf eine der gepackten Kisten. «Du willst wissen, was das ist? Das ist nicht einfach zu erklären. Aber ich will es trotzdem versuchen. Wahre Literatur geht über den Zeitgeist, über die Moden hinaus. Noch hundert Jahre nachdem der Autor das Buch geschrieben hat, ist es aktuell. Die Gedanken im Werk sind neu, der Blickwinkel ist überraschend. Und natürlich ist die Sprache entscheidend. Keine Phrasen, höchstens als Stilmittel. Ungewohnte Metaphern. Bislang unbekannte Fragen werden aufgeworfen, das Denken angeregt. Goethe hat seinen *Faust* 1808 veröffentlicht. Das ist einhundertdreiunddreißig Jahre her. Doch die Fragen, die Goethe aufwirft, Fragen rund um Liebe, Wahrheit, Willensfreiheit, Verantwortung, Gut und Böse, die sind so aktuell, als wäre die Tragödie erst gestern geschrieben worden. Man muss die Klassiker lesen, um die Gegenwart zu verstehen.»

Er blickte auf die Wand, hinter der die Bücher verschwinden sollten, und seufzte. «Lass uns später noch einmal darüber sprechen. Jetzt müssen wir arbeiten.» Er erhob sich und strich Christa über die Schulter. «Außerdem haben wir ja noch Hermann Hesse. Der ist nicht verboten. Lies den *Steppenwolf*. Eigentlich wollte ich damit noch warten, bis du etwas älter bist. Aber ich suche ihn dir gleich im Laden raus.»

Als alle Kisten eingemauert waren, holte Christa Asche aus dem Küchenofen, kratzte mit einem Messer den Ruß aus dem Inneren des Ofens. Damit beschmierte sie die frisch gemauerte Wand, jetzt konnte niemand mehr erkennen, dass sie neu war. Zum Schluss schoben sie das Regal mit dem Werkzeug vor die Wand, stapelten kaputte Stühle davor und schoben ein Schränkchen daneben, auf das sie den alten Schlitten legten.

Dann verriegelten sie den Keller ordentlich und begaben sich zurück in den Laden, wo Helene dabei war, die Lücken in den Regalen zu schließen. Sie drängte darauf, das Schaufenster noch neu zu gestalten, aber Martin schüttelte den Kopf. «Reicht es nicht, dass meine liebsten Schriftsteller im Exil sind und ihre Bücher hinter einer Kellermauer? Noch mehr lasse ich mir nicht verbieten.»

Dann nahm er den *Steppenwolf* aus dem Regal und drückte ihn Christa in die Hand.

Einen Tag später erschien Herr Klein mit einem Mitarbeiter der Reichsschrifttumskammer, Herrn Süßmund, im Laden. Es war Sommer. Christa hatte Schulferien und half Martin – wie immer, wenn sie freie Zeit hatte – im Laden. Gerade war sie dabei gewesen, die Bücher aus den Regalen zu holen und abzustauben. Es waren die Blut-und-Boden-Bücher von Hans Friedrich Blunk, Hans Zöberlein, Josefa Behrens-Totenohl und Kuni Tremel-Eggert, die in riesigen Auflagen gedruckt und verbreitet wurden. Christa hatte einmal in ein Buch von Behrens-Totenohl geschaut und es mit Schaudern wieder zurückgestellt. Schwülstig war es, durchdrungen von Pathos und Kitsch.

«Bitte, was kann ich für die Herrschaften tun?» Martin war freundlich wie immer. «Gerade heute ist ein neues Werk für die Jugend von Baldur von Schirach eingetroffen. Ein passendes Geschenk für die werten Nachkommen.»

«Wir haben eine Meldung erhalten, dass Sie volksschädliches Schrifttum vertreiben», schnarrte Süßmund, und Herr Klein nickte dazu.

«Ich? Wie kommen Sie denn darauf? In meinem Laden habe ich bislang nur gute Literatur verkauft.»

Christa musste lächeln, als sie das hörte. Aber es war ein trauriges Lächeln.

«Und was ist mit dem Schaufenster?», mischte sich Herr Klein ein.

«Ja, was ist damit?» Martin blickte mit Unschuldsmiene zu den *Heiteren Tagen mit braunen Menschen.*

Süßmund verzog das Gesicht, wandte sich an Klein. «Mit dem Schaufenster ist alles in Ordnung. Da ist nichts, wo wir den drankriegen könnten. Obwohl ich weiß, welche Absicht er damit verfolgt.» Sein Gesicht nahm eine leicht rötliche Färbung an, als er plötzlich lauter wurde: «Und jetzt werde ich eine Überprüfung Ihres Ladens durchführen. Hier bleibt kein Stein mehr auf dem anderen, wenn ich fertig bin. Das können Sie mir glauben.»

«Bitte sehr.» Martin stellte sich hinter den Verkaufstresen, verschränkte die Arme vor der Brust. «Aber gehen Sie vorsichtig mit den Büchern um. Sie sind immerhin wertvolles Kulturgut.»

Christa stellte sich neben ihren Onkel, konnte aber nicht verhindern, dass sie zitterte. Jeder zitterte vor der Reichsschrifttumskammer mit der gefürchteten «Liste des schädlichen und unerwünschten Schrifttums», die täglich länger wurde. Hoffentlich haben wir alles Verdächtige weggeräumt, dachte sie und knetete ihre Hände.

Süßmund trat an das Regal, das Christa gerade gesäubert hatte, riss ein Buch nach dem anderen heraus und ließ es auf den Boden krachen. Die Behrens-Totenohl schlug auf und brach in der Mitte durch. *Wolter von Plettenberg* von Hans Dietrich Blunck, zehn Stück im Regal, fielen eines wie das andere, als wären sie an der Ostfront. Hjalmar Kutzlebs *Der erste Deutsche* wurde herausgezerrt und in den Laden geschleudert. Christa wunderte sich, dass Süßmund so brutal mit dem deutschen Schrifttum umging, das so hoch geschätzt wurde, doch dann sah sie sein Gesicht. Es war rot, an der Stirn klopfte eine blaue Ader, und Christa erkannte, dass der Mann hier eine Wut austobte, die unmöglich mit diesen Büchern zusammenhängen konnte, und diese Raserei machte ihr noch mehr Angst.

«Wenn Ihre Vorgesetzten von der Reichsschrifttumskammer sehen würden, wie Sie hier mit der Blut-und-Boden-Literatur verfahren, wären sie gewiss nicht begeistert», wandte Martin ein.

Da trat Süßmund ganz dicht an ihn heran, reckte das Kinn vor und zischte: «Ich habe schon ganz andere Kaliber als Sie zur Strecke gebracht. Ganz andere. Aber gestern meinte mein Vorgesetzter, dass ich zu lasch sei. Deswegen werde ich jetzt ein Exempel statuieren.»

Speicheltröpfchen trafen auf Martins Gesicht, aber er rührte sich nicht. Die beiden Männer sahen sich direkt in die Augen. Und auf einmal wischte eine flüchtige Erinnerung durch Martins Kopf. Er hatte diesen Mann schon einmal gesehen. Aber wo? Und wann?

Süßmund räusperte sich, zog sein Sakko zurecht, dann bückte er sich, kramte auch im untersten Regalfach. Und da wusste Martin, woher er ihn kannte. Aus dem Bethmann-Park am Ende der Straße. Plötzlich pfiff der Vertreter der Staatsmacht leise durch die Zähne. Er warf noch eine Reihe weiterer Werke auf den Boden, ging auf die Knie und angelte mit der rechten Hand hinter dem Regal herum. Dann zog er ein Buch heraus, las den Titel und ein Lächeln überzog sein Gesicht. «Wusste ich's doch!», stellte er triumphierend fest und zeigte Herrn Klein das Fundstück. Der blickte darauf und nickte.

Christa beugte sich ein wenig nach vorn. Der Schreck fuhr ihr in die Glieder. Ihr wurde heiß und kalt zugleich. Süßmund hielt die *Liebesgedichte* von Bertolt Brecht in den Händen! Die waren mehr als verboten. So verboten, dass nicht einmal Christa sie lesen durfte.

«Dafür, mein Schatz, bist du wirklich noch zu jung», hatte Martin gesagt.

Aber einmal, als ihr Onkel nicht im Laden war, da hatte sie doch in das Buch geschaut. Heiß war ihr geworden, fiebrig fast. Sie hatte die Worte nicht verstanden, nicht richtig. Sie hatte nur verstanden, dass es um Dinge ging, die ebenso so heiß und fiebrig waren wie ihre Haut. Schnell hatte sie den Lyrikband zurückgestellt, aber immer hatte sie geschaut, ob er noch da war. Eines Tages war das Buch weg, und sie hatte ihren Onkel danach gefragt. «Es ist verkauft. Ich habe es gleich noch einmal bestellt», hatte er gesagt, als ob es sich um eine ganz normale Lektüre handeln würde. Ein paar Wochen später war der Band wieder da, jemand hatte ein paar Exemplare aus der Schweiz mitgebracht. Und gestern Nacht war ihr ein Buch hinter das Regal gerutscht. Sie hatte es noch holen wollen, aber dann hatte die Mutter etwas gefragt, und das Buch war vergessen. Und jetzt hielt es der Klein in der Hand, blätterte durch die Seiten und schmatzte dabei. Es war widerlich.

Christa blickte zu Martin. Der war blass geworden und schluckte.

Süßmund riss dem Blockwart das Corpus Delicti aus der Hand und hielt es dem Onkel vor die Nase. «Was ist das?», fragte er.

«Die *Liebesgedichte* von Brecht», erwiderte Martin, aber auch seine Stimme klang blass.

«Schund ist das. Dreck. Kommunistendreck. Verderbt bis ins

Mark», schrie Süßmund, warf den Brecht zu Boden und trampelte auf ihm herum. «Jeder Volksgenosse, der das Machwerk auch nur ansieht, ist vor Entsetzen stumm. Ganz zu schweigen von unseren rechtschaffenen Volksgenossinnen und Müttern. Ekelhaft. EKELHAFT!»

Es dauerte eine ganze Weile, bis er sich halbwegs beruhigt hatte. Er steckte die Gedichte mit spitzen Fingern in seine braune Lederaktentasche. «Sie hören von mir!», erklärte er bissig.

Und Klein fügte hämisch hinzu: «Damit kommen Sie nicht davon. Ich werde Ihren Laden dichtmachen. Verriegeln und verrammeln werde ich ihn. Sie sind die längste Zeit Buchhändler gewesen.»

Süßmund stürzte hinaus und Klein hinterher.

Christa begann zu weinen. «Ich war das», schluchzte sie. «Mir ist das Buch hinters Regal gefallen. Oh mein Gott!!» Sie schlug die Hände vor das Gesicht, ließ sich auf einen Stuhl sinken und weinte gotterbärmlich.

Martin kam zu ihr, strich ihr über die zuckenden Schultern. «Es ist nicht deine Schuld, Kleine», sagte er leise. «Du warst es nicht, die den Titel in den Laden gebracht hat. Mach dir keine Sorgen.»

Drei Tage später wurde Martin Schwertfeger von der Gestapo abgeholt und angeklagt wegen Volksverhetzung, Verbreitung von schädlichem Schrifttum und undeutscher Gesinnung. Die Kleins wurden als Zeugen vorgeladen. Frau Klein, frisch vom Friseur und im Sonntagskleid, sagte aus, dass Martin sogar den Führer und seine hohen Mitstreiter verhöhnt haben soll: «‹Adolf Hitler denkt für uns, Goebbels redet für uns, Göring frisst für uns, nur sterben tut keiner für uns.› Das hat er in der Buchhandlung gesagt. Das habe ich mit eigenen Ohren gehört, weil ich gerade den Hausflur gewischt habe und die Hintertür zur Buchhandlung, die vom Hausflur abgeht, offen stand.»

Martin wurde zu fünf Jahren Zuchthaus verurteilt.

Einmal durfte Helene ihn besuchen. Fünfzig Reichsmark sollte sie mitbringen, um den Transport ihres Schwagers in einem Viehwaggon nach Buchenwald zu bezahlen. Sie sah ihn nur kurz und war erschrocken über sein Aussehen. Das Haar stand ihm wirr vom Kopf ab, seine Lippen waren geschwollen und aufgesprungen.

«Sag Christa, dass es nicht ihre Schuld ist», beschwor Martin die Schwägerin. «Sag es ihr immer wieder. Und sag ihr, dass ich sie liebe.»

Dann war er fort, und kein Brief, keine Nachricht kam je aus Buchenwald.

Einmal ging Helene mit Christa zusammen zur Gestapo. «Wissen möchten wir, wie es Martin Schwertfeger geht. Seit zwei Jahren haben wir nichts mehr von ihm gehört. Wir können ihm nicht schreiben, ihm keine Pakete schicken.»

Der Gestapomann hatte sie verächtlich angeschaut. «Hauen Sie ab!», zischte er. «Schämen sollten Sie sich, so einen in der Verwandtschaft zu haben.» Dann wedelte er angeekelt mit der Hand, und Helene wusste, dass es keinen Zweck hatte, noch einmal wiederzukommen.

Christa aber konnte sich nicht beruhigen. «Ich war es», sagte sie immer wieder. «Ich habe meinen Onkel ins KZ gebracht.»

«Es ist nicht deine Schuld», wiederholte ihre Mutter immer wieder, aber Christa glaubte ihr nicht.

Früher war sie fröhlich gewesen, jetzt ging sie beinahe verbissen zu den Treffen des Bundes Deutscher Mädel. Sie tat es für Martin. Sie riss den Arm zum Hitlergruß nach oben, wann immer sie jemanden der Familie Klein traf. Ich darf nicht auffallen, dachte die Sechzehnjährige. Wenn alle Leute sehen, dass wir dem Führer treu ergeben sind, dann kommt Martin vielleicht frei. Sie strickte Strümpfe und Pulswärmer für die Männer an der Front und schrieb ihnen Briefe. So wie die meisten Mädchen ihres Alters. Briefe an fremde junge Männer, damit die wussten, dass es in der Heimat jemanden gab, der an sie dachte, damit sie wussten, wofür sie kämpften. Ihr Briefpartner war Klaus Lehmann, der Erbe der Metzgerei von gegenüber.

Und abends las sie *Narziß und Goldmund* von Hermann Hesse, weil es darin auch um Schuld ging.

Kapitel 1

Der Tag, an dem die Amerikaner nach Frankfurt kamen, war ein Mittwoch, der 28. März 1945. Frau Klein passte das gar nicht, sie wollte die große Wäsche machen. Der Kessel im Waschhaus war schon angeheizt, die Bettwäsche abgezogen, die Tischtücher waren eingeweicht. Gerade eben wollte sie nur kurz nach oben in ihre Wohnung, um das Stück Gallseife zu holen, das man ja in diesen Zeiten nicht einfach in der Waschküche liegenlassen konnte.

An der Haustür traf sie auf Helene und Christa, die den Flur schrubbten. «Jetzt lassen Sie mich mal rasch durch, ich hab große Wäsche», drängelte sie und latschte den sauberen Boden wieder dreckig.

«Ich möchte wissen, woher Sie das Holz dafür haben», sagte Christa. «In der Nachbarstraße ist letzten Monat ein Säugling in seinem Bettchen erfroren.»

Ihr Ton war nicht gerade freundlich. Das war er nie, wenn sie mit Frau Klein sprach, denn sie hasste die Familie Klein und hatte dafür auch einen triftigen Grund. Sie waren Denunzianten. Schlechte Menschen, bei denen man nie wusste, was sie gerade im Schilde führten. Wie oft hatte sie sich gewünscht, die Kleins wären ausgezogen damals, vor vier Jahren, als der Onkel ihnen die Wohnung gekündigt hatte. Aber nach Martins Verhaftung wagte die Mutter nicht, die Kündigung durchzusetzen.

«Ach, wissen Sie, mein Mann als Blockwart hat da seine Kontakte», erklärte Frau Klein stolz. Sie war groß und hager und trug das Haar in ondulierten Wellen, als läge die Stadt nicht in Trümmern, als gäbe es noch an jeder Ecke einen Friseursalon.

«Na, Blockwart wird er die längste Zeit gewesen sein, der Herr Klein. Die Amerikaner sind schon über die Wilhelmsbrücke.» Christa kassierte für diesen Satz einen Rippenstoß ihrer Mutter.

Frau Klein pustete sich eine Haarsträhne aus der Stirn, die mitnichten verrutscht war. «Wir standen immer auf der richtigen Seite. Mein Mann hat viel Gutes getan in seiner Position. Gerade für Ihre Familie. Ohne ihn hätten sie den Martin schon viel früher abgeholt. Wenn mein Mann angegeben hätte, dass er nicht nur verbotene Bücher verkauft hat, sondern obendrein ein Hundertfünf…» Emma Klein beendete den Satz nicht, aber ihre Blicke waren vielsagend. «Außerdem hat er im Radio Feindsender gehört. Davon habe ich bei Gericht nichts erzählt.»

Christa biss die Zähne aufeinander. Am liebsten hätte sie Frau Klein mitten ins Gesicht gesagt, was sie von ihr hielt, doch in diesem Augenblick knallte etwas vor der Haustür aufs Pflaster. Ein dumpfer Knall, der nichts Gutes verhieß, und danach herrschte schreckliche Stille. Für einen Augenblick hörten die Vögel auf zu singen, verdunkelte sich die Sonne. Dann schrie draußen eine Frau auf, und Christa und ihre Mutter stürzten hinaus. Vor ihnen auf dem Bürgersteig lag der Blockwart Horst Klein mit aufgeplatztem Schädel, aber in untadeliger SA-Uniform und mit gewichsten Stiefeln.

Christa schluckte. Sie bückte sich, fühlte nach dem Puls des Mannes, dann schüttelte sie den Kopf. «Er ist tot. Er muss aus dem Fenster gesprungen sein.»

Da schrie Frau Klein, presste beide Hände vor den Mund und starrte auf den Toten, als könnte sie ihn kraft ihrer Blicke wiederbeleben.

Helene legte den Arm um Frau Klein. «Kommen Sie weg von hier. Meine Tochter wird sich kümmern.»

Doch Frau Klein stand steif und starrte nach oben. Vor dem Fenster ihrer Wohnung hing eine weiße Fahne. Wie an fast jedem Haus in der Berger Straße. Das Fenster stand offen, ein Stück von der Gardine wehte im Wind.

«Was ist los?», rief Frau Lehmann von gegenüber. Sie hatte sich eine weiße Binde um den Arm gewickelt als Zeichen für die amerikanischen G.I.s.

«Herr Klein hat Selbstmord begangen», antwortete Christa.

«Ach so.» Frau Lehmann kehrte in ihre Metzgerei zurück.

Emma Klein brach in Tränen aus, machte Anstalten, sich auf ihren toten Mann zu stürzen, aber Helene hielt sie fest, führte sie zurück ins Haus und die Treppe hinauf.

Marlies Bielich, Christas Freundin von nebenan, stand inmitten einer kleinen Menschentraube, die ohne große Rührung auf den Blockwart starrte. Dann spuckte sie dem Toten ins Gesicht.

«Lass gut sein, Marlies», sagte Christa. «Er kriegt es ja nicht mehr mit.»

«Er hat es verdient. Wenigstens war er so höflich, sich selbst umzubringen. Musste sich keiner an ihm die Hände schmutzig machen.» Marlies atmete tief ein und aus, dann lächelte sie: «Sehen wir uns heute Abend? Ich muss dir etwas zeigen.»

Die kleine Gruppe löste sich auf. Tote gab es wie Sand am Meer in dieser Zeit, da zählte ein selbstmörderischer Blockwart nicht viel.

Christa zögerte, dann aber packte sie den toten Mann bei den Armen und zog ihn von der Mitte des Bürgersteigs zur Hauswand, damit die Leute vorbeigehen konnten. Noch einen letzten Blick warf sie auf den Mann, der ihnen das Leben so schwer gemacht hatte. Mitleid empfand sie nicht.

Auf der gegenüberliegenden Straßenseite blieb ein Ehepaar vor der Ruine eines Hauses stehen, das von Brandbomben getroffen worden war. Es war das Haus neben der Metzgerei Lehmann. Christa erinnerte sich noch genau an den 18. März 1944, als

Frankfurt von Bomben zerstört wurde. Der Römer stand in hellen Flammen, die gesamte Altstadt war zerstört wurden. Leichen und Leichenteile lagen auf den Straßen, Christa hatte das Gefühl gehabt, Asche im Mund zu schmecken. Asche, Staub und diesen Geruch der Toten in der Nase. Es war später Abend gewesen, als die Bomber, vom Taunus kommend, auf die Stadt zuflogen. Eine Stunde später lag der Osten Frankfurts in Schutt und Scherben. Das Hospital zum Heiligen Geist, der Dom, von der Alten Brücke bis hin zur Konstablerwache stand kein Stein mehr auf dem anderen. Auch in der Berger Straße lagen Häuser in Schutt und Asche. Christa erinnerte sich noch genau an den Geruch der nächsten Tage. Rauch in den Kleidern und im Haar, dazu die Leichen. Über vierhundert Opfer hatte es gegeben, und noch immer sah Christa um sich herum die Verwüstungen dieser Nacht. Über der Metzgerei Lehmann befand sich nur noch ein Stockwerk, darüber der Himmel. Das Nebenhaus war bis auf den Keller zerbombt, das Lokal Schützenhof weiter vorn stand einsam und mahnend zwischen Ruinen. Sie hatten im Keller gehockt. Die Kleins, die beiden einquartierten Familien, der Studienrat Grau, die Mutter und sie. Sie hatten es donnern hören, hatten den Rauch gerochen. Christa hatte sich an ihre Mutter geklammert. So ist es also, wenn man stirbt, hatte sie gedacht und darauf gewartet, dass die Bilder ihres Lebens an ihr vorüberzogen.

Aber sie hatten überlebt. Nur die Scheiben waren im ganzen Haus gesprungen. Die Mutter hatte in der Wohnung Pappen vor die Fenster genagelt, neue Scheiben gab es erst ein halbes Jahr später. Die Schaufenster der Buchhandlung waren seither mit Holzlatten verstärkt. Doch jetzt war der Krieg vorüber – und Blockwart Klein lag tot auf der Straße.

Ein Kriegsversehrter an Krücken blieb stehen, den abgerissenen Mantel nur notdürftig verschlossen. «Haben Sie schon in seinen Taschen nachgesehen?», wollte er von Christa wissen. «Am Ende hat er noch Lebensmittelmarken einstecken.»

Christa schüttelte den Kopf. «Er hatte nichts bei sich. Nur die Stiefel.»

Der Versehrte bat: «Ziehen Sie ihm die doch aus, ich kann sie gut gebrauchen. Helfen Sie mir doch.»

Christa schüttelte den Kopf. Das konnte sie nicht, so gern sie dem Mann auch geholfen hätte. Immerhin hatte sie Herrn Klein gekannt. «Bitte, Sie müssen jemand anderen fragen.»

Sie seufzte, dann begab sie sich zur Polizei und gab an, wie der Blockwart zu Tode gekommen war und wo seine Leiche lag.

Als sie zurückkam, blickte Horst Klein noch immer mit toten Augen in den Himmel, und unter dem Schädel hatte sich eine Blutlache gebildet. Niemand hatte ein Tuch über sein Gesicht gelegt. Die Leute warfen nur einen kurzen Blick auf den Mann, dann hasteten sie weiter. Allerdings fehlten dem Toten die Stiefel und der Gürtel. Seine Taschen waren umgestülpt, die Knöpfe der Uniform abgeschnitten.

Christa beachtete ihn nicht weiter, sondern blieb im Hauseingang stehen und schaute auf die Berger Straße. Die sonst so belebte Straße war beinahe leer. Von fern waren ein paar Schüsse zu hören und Motorengeräusche. Jeden Augenblick konnten die Amerikaner da sein.

Zwei Frauen zogen einen Handwagen, auf dem eine uralte Frau lag, die röchelnd hustete. Zwei Jungen kletterten in den Trümmern des gegenüberliegenden Hauses herum, rechts neben dem Trümmerberg lag die Metzgerei, und Frau Lehmann stand wieder mit verschränkten Armen in der Tür. Ihre Metzgerschürze war blütenweiß. Sie hatte schon lange nichts mehr zu verkaufen. Nur vorletzte Woche, da hatte sie einen toten, uralten Gaul geliefert bekommen. Sie hatte Christa Bescheid gesagt und ihr vier Pferdewürste über den Ladentisch gereicht.

Christa winkte ihr zu. «Hast du Post von Klaus bekommen?», wollte Frau Lehmann wissen.

Christa schüttelte den Kopf. «Das hätte ich Ihnen doch sofort erzählt.» Klaus Lehmann war mit Christa in die Schule gegangen. Er war zwei Jahre älter als sie und seit drei Jahren Soldat. Christa hatte ihm jede zweite Woche einen Brief geschrieben. Weil sie ihn kannte, weil sie Nachbarn waren. Im letzten Jahr jedoch hatte Klaus Pläne gemacht, in denen immer wieder der Begriff «gemeinsame Zukunft» vorkam. Christa war darüber zu Tode erschrocken, denn das Letzte, was sie wollte, war, eine Metzgerei gemeinsam mit Klaus zu führen.

«Die Amis. Sie sollen schon auf der Zeil sein. Wird nicht mehr lange dauern», rief Frau Lehmann. «Ist besser, du gehst rein.»

Christa nickte. Sie warf noch einen Blick auf den Laden, der links neben ihr lag. Es war die Buchhandlung, die ihrem Onkel gehört hatte und seit seiner Verhaftung von Frau Reichel geführt wurde, die von der Reichsschrifttumskammer eingesetzt worden war und nichts als Schund verkaufte. Jetzt kroch sie im Schaufenster herum und sammelte die turmhohen Stapel von Hitlers *Mein Kampf* zusammen. Auch vor ihrer Tür flatterte eine weiße Fahne im Wind.

Schon an der Treppe hörte Christa das Heulen von Frau Klein. Anstatt nach oben zu gehen, ging sie runter in die Waschküche, löschte das Feuer unter dem Waschkessel und rettete ein paar Holzscheite. Sie füllte einen Drahtkorb damit und brachte ihn in den eigenen Keller.

Oben, in der Wohnung, die in der Etage über der Buchhandlung lag, saß Frau Klein in der Küche und schluchzte in ihr Taschentuch. Christa blieb im Türrahmen stehen. Helene setzte einen Kessel mit Wasser auf.

«Ich koche erst mal Kaffee. Kaffee hilft immer.» Dann öffnete sie die obere Küchenschranktür und holte das winzige Päckchen mit dem echten Bohnenkaffee hervor, das sie hütete wie einen Goldschatz und das in diesen Zeiten teurer war als Gold.

Christa wandte sich ab. Sie konnte es nicht ertragen, dass ihre Mutter ihren größten Schatz mit der Frau teilte, die an der Verhaftung ihres Martin beteiligt gewesen war. Aber so war die Mutter. Sie konnte hassen, aber sobald jemand in Not war, musste sie einfach ihre Hilfe anbieten.

Ob Martin noch lebte? Das Letzte, was sie gehört hatten, war, dass er in Buchenwald war. Es hieß, die Amerikaner wären in diesen Tagen nur noch ein Stück entfernt von Thüringen. Und dass die Russen aus Nordosten kamen. Niemand wusste, wer zuerst da sein würde.

Wäre ihr doch nur damals das Buch nicht hinters Regal gerutscht! Hätte sie doch besser aufgepasst!

Christa seufzte. Es waren so viele Menschen verschwunden. Auch ihr Vater. Sein letzter Brief war vor zwei Jahren aus Afrika gekommen. Helene glaubte fest daran, dass er zurück nach Hause kommen würde. Christa war sich da nicht so sicher. Die Mutter war sogar bei einer Wahrsagerin gewesen, und die hatte in den Karten gesehen, dass es dem Vater gut ging.

Und nun sollte der Krieg vorüber sein. Nie wieder Luftangriffe. Nie wieder Sirenen. Nie wieder eingesperrt sein im engen Keller und vor Angst zitternd. Nie wieder Brandgeruch, nie wieder Staub im Mund.

Und keine Leichen mehr sehen.

Unvorstellbar.

Christa war inzwischen achtzehn, hatte im letzten Monat ihr Notabitur an der Musterschule, eine nach damals fortschrittlichen Ideen gegründete Einrichtung aus dem 19. Jahrhundert, abgelegt, obwohl die Mutter dagegen gewesen war. «Wozu Abitur? Du heiratest, bekommst Kinder, machst es deinem Mann gemütlich. Integralrechnung und binomische Formeln brauchst du dafür nicht. Eine Frau sollte den Dreisatz kennen, sich ein bisschen mit Prozenten auskennen und mit Bruchrechnung. Das reicht.» Sie schob ihre Brille nach oben. «Doch ich bin trotzdem stolz auf dich. Schaden tut Bildung nur, wenn man sie falsch anwendet.»

So wie die Mutter dachten die meisten Frauen, aber Christa war anders. Sie träumte nicht von Ehemann und Kindern, obschon sie irgendwann gern einmal heiraten und Kinder bekommen würde. Aber nicht gleich. Sie wusste seit langem, was sie werden wollte: Literaturwissenschaftlerin. Sie wollte an der Universität in Frankfurt studieren, doch der Studienbetrieb war schon eine ganze Weile unterbrochen, und niemand wusste, wann es weitergehen würde. Zudem wusste Christa nicht, wie sie das ihrer Mutter beibringen sollte. Denn Helene Schwertfeger hatte ihre Tochter bereits in Fiedlers Bräuteschule angemeldet, in dem Institut, das sie einst selbst besucht hatte. Gott sei Dank war auch das im Augenblick noch geschlossen.

Auf der Straße erscholl Lärm. Christa trat ans Fenster, öffnete es. Unten liefen Soldaten mit umgehängten Gewehren vorbei. Amerikaner! Auf der Berger Straße! Noch heute früh hatte sie hier einen Mann in SA-Uniform gesehen, sogar eine letzte Hakenkreuzfahne war noch schnell eingeholt worden. Nun hingen überall die weißen Fahnen, die mit dem Hakenkreuz waren im Küchenofen verbrannt. Aus fast allen Fenstern schauten Leute, winkten den Amerikanern, wedelten mit weißen Taschentüchern. Und die Amerikaner winkten zurück mit blitzenden Zähnen und breitem Lächeln. Der Kriegsversehrte bekreuzigte sich, und Christa sah, dass ihm Tränen über die Wangen liefen. Ein altes Mütterchen mit dunklem Kopftuch trat an einen schwarzen G.I. heran und küsste ihm die Hand. In St. Josef läuteten die Glocken so laut und hell wie schon lange nicht mehr.

Hinter den G.I.s fuhr ein Jeep mit einem weißen Stern auf der Motorhaube. Eine Horde Kinder folgte ihm und grabschte gierig nach den Kaugummis und den kleinen Schokoladen, die die Amis um sich warfen. Marlies Bielich stand in der Haustür.

«Frowlein, dancing!» Ein Amerikaner trat auf sie zu, fasste sie um die Hüfte und machte ein paar Tanzschritte auf dem Pflaster mit ihr, direkt neben der Leiche des Blockwarts in SA-Uniform, ehe der junge Soldat von den anderen mitgezogen wurde.

Dann war die Straße wieder ruhig. So still, dass es in Christas Ohren gellte. Frieden! Christa wusste nicht genau, wie sich das anfühlte. Sie war irgendwie ruhig und aufgeregt zugleich. Eine neue Zeit brach an, das spürte sie. Frieden. Ein schönes Wort, fand sie. Frieden. Sie musste es mehrmals aussprechen, um es glauben zu können. Frieden.

Und nun? Was war zu tun? Was geschah jetzt? Musste man sich irgendwo melden? Bei wem? Bekam man noch die kargen Lebensmittelrationen? Hatte die Polizei noch etwas zu sagen? Und am wichtigsten: Kam Martin jetzt frei? Der Vater doch noch zurück?

Hinter dem zerbombten Haus auf der gegenüberliegenden Straßenseite stiegen Rauchwolken auf. Christa ahnte, was das bedeutete. Da verbrannte jemand seine Uniform, die Hitlerbilder. Sie selbst brauchten nichts mehr zu verbrennen. Die Hakenkreuzfahne war schon vor Tagen in den Küchenofen gewandert. Hitlerbilder hatten sie nie gehabt, und die einzige Uniform war Christas alte Kluft vom Bund Deutscher Mädel, die ihr längst nicht mehr passte. Sie wollte gerade das Fenster schließen, als sie den Karren des Bestatters vorfahren hörte. Früher besaß er ein Auto, nun sammelte er die Toten mit dem Pferdefuhrwerk auf. Christa sah, wie zwei Männer den Blockwart an Armen und Beinen fassten und mit Schwung auf das Fuhrwerk warfen.

«Hast du Frau Reichel heute schon gesehen?», fragte die Mutter am Abend.

«Heute Morgen hat sie *Mein Kampf* aus dem Schaufenster geräumt. Aber der Laden war den ganzen Tag über geschlossen.»

«Gehört er jetzt eigentlich wieder uns?», überlegte die Mutter. «Muss ich jetzt irgendwohin und fragen, ob wir wieder öffnen dürfen? Wir sind ja 1941 enteignet worden. Gibt es jetzt eine

Rückübertragung, oder geht alles einfach so weiter wie vor dem Krieg? Dürfen wir diese schreckliche Nazi-Literatur wegwerfen und die Reichel zum Teufel jagen?»

Im Flur rumpelte es, kurz darauf erklang Geschimpfe. Die Spielvogels, Flüchtlinge aus dem Sudetenland, waren zurück. Vor einem Monat waren sie hier einquartiert worden, bewohnten zu viert das Zimmer, das einst Martins Wohnzimmer gewesen war. Christa hörte Frau Spielvogel schimpfen, dann den kleinen Uwe weinen, während von den anderen beiden Söhnen, Bodo und Jürgen, nichts zu hören war. In den letzten vier Wochen hatten sich die Schwertfegers und die Spielvogels aneinander gewöhnen müssen, aber Gisela Spielvogel hatte eine so zupackende und freundliche Art, dass es Christa vorkam, als lebten sie schon viel länger mit der sudetendeutschen Familie zusammen.

«Ich weiß es nicht, Mama. Aber ich gehe gleich mal rüber zu Marlies. Vielleicht weiß sie etwas. Sie arbeitet ja bei der Stadt.»

«Die Amis sind da, das ist ein Ding, oder?» Marlies hatte vor Aufregung rote Wangen, als sie Christa in ihr Zimmer führte. Auch Bielichs hatten Einquartierungen, und so musste sich die Freundin das Zimmer mit ihren zwei jüngeren Schwestern teilen.

«Warst du heute auf dem Amt?», fragte Christa. «Weißt du, was man jetzt tun muss? Sich irgendwo melden?»

«Ach was. Jetzt müssen sich die Amerikaner erst einmal einen Überblick verschaffen. Sie haben das I.G.-Farben-Haus beschlagnahmt. Morgen werden etliche Häuser im Westend geräumt, um Wohnungen für die Soldaten und Offiziere zu bekommen. Frankfurt ist nämlich das Headquarter der Amerikaner in Deutschland.»

«Aha.»

«Ja. Und heute war ein Kommandant bei uns auf dem Amt. Seinen Namen habe ich vergessen. Er hat gefragt, ob hier noch Nazis arbeiten. Da waren alle ganz still. Niemand hat was gesagt, aber es wird gemunkelt, sie hätten die Listen der NSDAP-Mitglieder aus deren Geschäftsstelle geholt, bevor sie verbrannt werden konnten. Einige Kollegen sind aufgestanden und wortlos gegangen. Morgen wird der Ami wiederkommen und uns sagen, wie jetzt zu verfahren ist.» Sie blickte Christa wichtig an. «Euer Laden war heute zu. Die Reichel hat sich bestimmt abgemacht.»

«Abgemacht?»

«Abgehauen, sie war doch im Vorstand der NS-Frauenschaft. Nur deshalb hat sie ja euren Laden bekommen. Die sehen wir bestimmt nicht wieder.»

«Meinst du, wir können morgen schon rein und aufräumen?»

Marlies schüttelte den Kopf. «Nein, ich glaube, im Augenblick dürfen wir gar nichts. Die Amis haben jetzt das Sagen, und die müssen sich erst einfinden.» Marlies blickte auf ihre schmale Armbanduhr, die sie von ihrer Patentante zur Konfirmation bekommen hatte. «Du, es ist gleich acht. Wir haben ab sofort ab 20 Uhr Ausgangssperre. Gilt zwar erst ab morgen, aber vielleicht ist es besser, wenn du jetzt gehst. Die Kleinen müssen auch langsam ins Bett.»

Christa erhob sich von Marlies' schmaler Liege.

In der Tür hielt die Freundin sie sanft am Arm fest. «Vielleicht können wir jetzt so leben wie andere junge Mädchen.»

«Was meinst du damit?»

«Na, tanzen gehen. Ins Kino. Vielleicht sogar jemanden kennenlernen. Das wär's doch, oder? Sobald ein Tanzlokal aufmacht, gehen wir hin. Abgemacht?»

Christa nickte. Sie war noch nie tanzen gewesen. Vor zwei Jahren hatte sie in der Tanzschule Wernecke ein paar Tanzstunden absolviert, Walzer, Polka und Quadrille. Aber sie hatte immer nur mit anderen Mädchen getanzt, weil es keine jungen Männer gab und die Schulkameraden alle im Flakeinsatz waren. Tanzen. Sie wusste ja gar nicht, ob sie das konnte.

Als sie auf die Straße trat, stolperte sie beinahe über einen kleinen Jungen, der sich auf der Schwelle von Bielichs Haus eingerichtet hatte. Unter seinem Kopf lag ein fleckiger Stoffbeutel, den er als Kissen benutzte. Ein alter, zerrissener Wehrmachtsmantel ohne Ärmel bedeckte seinen Körper, und statt Schuhen trug er Pappe an den unbestrumpften Füßen. Seine Hand war fest um ein Foto gekrümmt.

«Na, Kleiner», sagte Christa freundlich. «Was machst du denn hier?»

«Ich hab Hunger», erwiderte der Junge, der vielleicht sechs oder sieben war. Er war so dünn wie eine Zaunlatte und vollkommen verdreckt, das Haar verfilzt und viel zu lang.

«Hast du keine Eltern?», wollte Christa wissen. Das Bürschchen sah so elend aus, dass Mitleid in ihr aufstieg. «Was machst du denn hier so allein?»

«Ich hab solchen Hunger.»

«Warte, ich hol dir was.»

Oben in der Wohnung rief sie nach der Mutter, aber Helene war nicht zu Hause. Christa schnitt dem Jungen eine dicke Scheibe Brot ab und strich kräftig Butter drauf. Sie hatte die Butter von zwei Wochen aufgespart, um endlich mal etwas zu schmecken, aber der Kleine brauchte sie nötiger. Dann suchte sie noch ein paar gestrickte Strümpfe aus ihrer Schublade, goss warmen Kräutertee in einen Henkelbecher aus Metall und ging zurück zu dem Kleinen.

Gierig aß er das Brot, riss mit den Zähnen Stücke davon ab wie ein Wolfsjunges.

Als er fertig war, fragte Christa: «Wie heißt du? Woher kommst du?»

«Heinz Nickel, geboren am 21.9.1937 in Litzmannstadt.»

Er rasselte die Angaben so rasch herunter, dass Christa sich fragte, wie oft er schon danach gefragt worden war. Sie betrachtete das Kerlchen noch einmal, dann verabschiedete sie sich: «Schlaf gut. Ich bringe dir morgen früh wieder was zu essen.»

Sie hatte ein schlechtes Gewissen, weil sie ihn einfach im Hauseingang liegen ließ. Aber was sollte sie machen? Sie hatten doch gar keinen Platz. Drei Zimmer nur und die Küche. Im großen Zimmer schlief Mutter Spielvogel mit ihren drei Söhnen, Helene nächtigte im Schlafzimmer, und in die kleine Kammer hatten sie eine Liege für Christa gestellt. Das Zimmer war so klein, dass Christa beide Wände berühren konnte, wenn sie die Arme ausstreckte. Überall war es furchtbar eng, trotzdem hatten sie es viel besser als andere, die in Ruinen hausten oder sich in Schrebergärten ohne Licht und Wasser aufhielten.

Auf der Treppe hörte sie schon wieder die Stimme von Frau Klein, die wohl auf ihre Mutter einredete. Und richtig. Da stand sie, angetan mit einem schwarzen Kleid, vor der Wohnungstür und gestikulierte mit beiden Händen, während die Mutter wohl gerade mit einem Wäschekorb vom Dachboden gekommen war.

«Meinen Mann will ich natürlich auf dem Bornheimer Friedhof beerdigen. In einem mit Eichenlaubschnitzereien verzierten Eichensarg. Kränze und einen Pfarrer will ich auch. Und das Eiserne Kreuz aus dem Ersten Weltkrieg am Sonntagsanzug. So gehört es sich. Mein Horst war immer ein Vorbild.» Dann kramte sie in ihrer Schürzentasche und zog ein zerknittertes Schreiben hervor. «Sehen Sie sich das mal an. Das hat heute in meinem Briefkasten gelegen.»

Helene hatte die Hände hinter dem Rücken verschränkt, also nahm Christa das Schreiben und las vor: «Einquartierungsbescheid.» Den Rest überflog sie, erfuhr nur, dass am übernächsten Tag eine sechsköpfige Familie aus Schlesien bei Frau Klein einziehen sollte. Großmutter, Mutter und vier Töchter. Als Christa den Stempel und die Unterschrift sah, musste sie lächeln. Marlies arbeitete in diesem Amt, und die Unterschrift war von ihrem Vorgesetzten, Herrn Dr. Bittner.

«Das kommt natürlich für mich überhaupt nicht in Frage»,

erklärte Emma Klein und nahm Christa das Schreiben aus der Hand. «Polacken in meiner Wohnung. Nur über meine Leiche. Ich bin schließlich in Trauer und muss eine Beerdigung vorbereiten.»

«Haben Sie keine anderen Sorgen?» Christa konnte ihren Zorn kaum mehr unterdrücken. «Sie haben bislang allein in einer Dreizimmerwohnung gelebt, weil ihr Mann glaubte, er habe hier was zu melden. Jetzt machen Sie gefälligst zwei Zimmer frei für die Flüchtlinge. Wir leben schon seit Wochen zu sechst in drei Zimmern. Und wenn Vater und Martin wiederkommen, sind wir zu acht.»

Darüber konnte Frau Klein nur die Nase rümpfen. «Das habe ich sowieso nie verstanden. Dass Sie die Leute aufgenommen haben, ohne sich zu wehren. Wenn mich nicht alles täuscht, ist die Frau sogar Tschechin! Das weiß ja jeder, was für Zustände bei den Tschechen herrschen.»

Christa brachte es kaum über sich, Frau Klein nicht bei den Schultern zu packen und kräftig durchzuschütteln. «Im Übrigen ist es unser Haus. Und wir werden auf jeden Fall die Behörden unterstützen.»

«Pfft! Ihr Haus!», machte Frau Klein. «Sie sind nicht meine Vermieterin. *Sie* nicht. Das Haus gehört Ihrem Vater und Ihrem Onkel. Und beide sind nicht da. Also bleibt alles, wie es ist.»

Helene schüttelte den Kopf. «Die Ausgebombten und die Vertriebenen haben alles verloren. Wir sind verpflichtet, ihnen zu helfen.»

Frau Klein reckte das Kinn. «Ich bin auch ein Opfer. Ich habe meinen Mann verloren.»

«Sie? Ein Opfer? Dass ich nicht lache. Die, die in den KZs sind und waren, das sind Opfer – die Zwangsarbeiter, die Verschleppten, die Vertriebenen, die Juden.» Christa hatte vor Ärger rote Wangen bekommen.

«Ich auch», beharrte Frau Klein. «Ich habe Nächte in Luftschutzkellern verbracht, hatte nichts zu essen. Von den Konzentrationslagern haben wir nichts gewusst, und Juden haben wir keine gekannt. Wer weiß, ob das alles so stimmt, was da jetzt erzählt wird.»

Sie reckte das Kinn noch ein Stück weiter vor, bereit, auf jedes von Christas Worten eine deftige Erwiderung zu geben.

Aber Christa drehte sich um, hob den Wäschekorb hoch und sagte laut: «Komm, Mama.»

Am nächsten Morgen schmierte Christa zwei Marmeladenbrote und füllte Kräutertee in eine alte Feldflasche, die ihrem Vater im Ersten Weltkrieg gedient hatte.

«Was machst du da?», wollte Helene wissen.

«Ich habe gestern Abend einen kleinen Jungen getroffen. Er lag bei Bielichs auf der Türschwelle. Ganz abgemagert und abgerissen. Sieben Jahre ist er alt. Ich habe ihm versprochen, heute Morgen etwas zu essen zu bringen.»

«Wir haben selbst nicht viel», erwiderte die Mutter. «Wo sind denn seine Eltern?»

Christa zuckte mit den Schultern: «Ich glaube, er ist ganz allein.»

Der kleine Heinz lag noch immer auf der Schwelle des Nebenhauses. Doch gerade als Christa zu ihm kam, öffnete sich die Tür und die Hausmeisterin stand vor dem Kleinen. «Was willst du hier?», schrie sie ihn an. «Mach, dass du wegkommst.» Sie schwenkte bedrohlich einen Schrubber.

Der Kleine sprang auf, raffte sein weniges Zeug zusammen und wollte weglaufen.

«Heinz», rief Christa. «Dein Frühstück.»

Zögernd kam der Junge zurück. Obwohl er vor Kälte am ganzen Körper zitterte, nahm er das Marmeladenbrot und biss kräftig hinein. Christa goss Kräutertee in den Becher der Feldflasche und reichte ihn dem Kleinen. «Trink, dann wird dir warm.»

Als Heinz gesättigt war, fragte Christa: «Wo sind deine Eltern?»

Der Kleine schluckte. «Tot.»

«Tot?»

«Mein Vater ist gefallen. Stalingrad. Und mit meiner Mutter war ich auf dem Treck. Wir hatten eine Kuh dabei. Die Mutter führte sie an einer Kette. Dann kamen Tiefflieger. Die Kuh ging durch, die Kette verfing sich in Mutters Stiefel. Die Kuh hat sie mitgeschleift. Zwei Tage hat sie noch gelebt. Die anderen waren unterdessen weitergezogen.»

Der Kleine sprach ohne erkennbare Rührung. Christas Herz zog sich zusammen. Sie strich ihm kurz über das Haar, hätte ihn am liebsten in ihre Arme gezogen. «Und wie ging es dann weiter mit dir?»

Heinz schluckte und sah zu Boden.

«Magst du es mir nicht erzählen?»

Er zuckte mit den Schultern, fuhr sich mit der Hand durch die verfilzten Haare. «Da war nichts. Ich bin gelaufen. Jeden Tag. Ich dachte, ich hole die anderen noch ein.»

«Wovon hast du gelebt?» Christa konnte sich nicht vorstellen, dass ein so kleines Kind ganz allein auf der Welt war und sich trotzdem lange Zeit durchgeschlagen hatte.

«Manchmal habe ich Gras gegessen, manchmal hat mir jemand was geschenkt. Dann bin ich auf einen anderen Treck gestoßen. Ein großes Mädchen hat mich mitgenommen. Wir sind mit dem Zug gefahren. Oben auf dem Dach. Und jetzt bin ich hier.»

Christa seufzte. «Und was machen wir jetzt mit dir? Du kannst doch nicht alleine leben. Du bist doch viel zu jung.» Dann fiel ihr etwas ein. Sie nahm seine Hand. «Komm! Hier in der Nähe gibt es ein Heim für Kinder. Dort hast du es warm, und du bekommst genug zu essen. Es wird dir dort gefallen. Du kannst mit anderen Kindern spielen, kannst dich waschen, bekommst neue Kleidung.»

Sie betrachtete das kleine, schmutzige Gesicht. Die müden, leeren Augen, die verdreckte, zerrissene Kleidung. Sie nahm seine Hand, und willig ging der Kleine mit ihr mit.

Bis zum Kinderheim war es nicht weit, gerade mal die Berger Straße runter und dann links. Sie sahen das große Gebäude schon von weitem und hörten den Lärm spielender Kinder. Früher war es ein Heim für «gefallene Mädchen» gewesen, aber seit dem Krieg lebten auch Kinder hier.

Christa klingelte. Es dauerte nicht lange, da öffnete eine ältere Frau mit dünnen grauen Haaren die schwere Haustür.

«Das ist Heinz», erklärte Christa, ohne viele Worte zu verlieren. «Er ist ganz allein auf der Welt und weiß nicht, wo er hinsoll.»

Die Frau betrachtete den mageren Jungen, dann schüttelte sie den Kopf. «Wir sind voll. Bei uns hat keine Maus mehr Platz. Vierzig Betten haben wir für zweihundert Bewohner. Die Lebensmittel reichen hinten und vorne nicht. Ich würde Ihnen gern helfen, aber es geht beim besten Willen nicht.»

«Wissen Sie ein anderes Heim?»

«Die Heime sind alle überfüllt. Ich kann Ihnen da keine Hoffnung machen.»

«Und was soll mit Heinz passieren?»

Die Frau hob die Schultern. «Vielleicht findet sich ja eine gute Seele, die sich um ihn kümmert.» Sie lächelte Christa dabei an.

Christa blickte auf den Kleinen, und der blickte sie an. Sie seufzte. «Also gut, du kommst erst einmal mit zu uns. Und dann sehen wir weiter.»

Helene seufzte ebenfalls, als Christa mit Heinz nach Hause kam, dann nickte sie und strubbelte dem Jungen durch das Haar. «Jetzt baden wir dich erst mal.» Sie schickte Christa in die Apotheke, um ein Entlausungsmittel zu kaufen. Zwei Stunden später saß Heinz frisch gewaschen und mit einem sehr kurzen Haarschnitt am Tisch, vor sich einen Teller Mehlsuppe, darin eingebrockt eine Scheibe Brot. Er trug einen Pullover von Martin, der ihm bis über die Knie reichte. Die Ärmel waren aufgekrempelt.

Die Küchentür flog auf und krachte an die Wand. Die sudetendeutsche Mitbewohnerin Gisela Spielvogel stürmte in die Küche. Sie war eine dralle Frau mit roten Wangen, einer herrlichen Stimme, einem Mundwerk, das einem Marktweib zur Ehre gereicht hätte, und einem gehörigen Temperament. Frau Spielvogel kam nicht in ein Zimmer wie andere Menschen, sie «explodierte» in einen Raum, wie Helene es nannte.

«Wer bist du denn, mein Jenglan?», fragte sie laut und fröhlich. «Wo sind Muttela und Votala?»

«Heinz Nickel», erwiderte der Kleine höflich. «Haben Sie nach meinen Eltern gefragt?»

«Und ob, Jenglan.»

Heinz zuckte mit den Schultern. «Tot.»

«Und was machst du hier?»

«Ich wohne jetzt erst einmal bei Christa und Helene.»

Frau Spielvogel blickte zu Helene.

«Ja», erwiderte diese. «Wir haben ihn auf der Türschwelle gefunden. Wie Moses im Körbchen.»

Die Spielvogel nickte. «Ein Wolfskindela also.» Sie streichelte dem Jungen die Schulter, dann stürmte sie aus der Küche, kam zurück, schrie: «Einen Borschtwisch wollt ich holen.»

Helene reichte ihr den gewünschten Handfeger, und die Spielvogel rauschte hinaus.

«Ein Wolfskind?», fragte Christa.

«Ja. Ein Kind, das sich allein durchschlagen muss. Es gibt viele in diesen Zeiten.»

Die Küchentür flog wieder auf, Frau Spielvogel hielt dem Jungen einen Pullover hin. «Hier, den kannst du haben. Der ist von meinem Jürgen. Wenn er dir nicht mehr passt, gibst du ihn mir wieder.»

«Aber Sie haben doch selbst kaum etwas», warf Helene ein.

«Unsinn. Mein Großer ist rausgewachsen, und Uwe kann einstweilen den alten Pullover von meinem Jürgen anziehen. Eine Hose habe ich hier auch noch.» Sie warf die Sachen auf den Tisch. «Na los, probier sie an, damit ich dich darin bewundern kann.»

Heinz war unter diesem Ansturm ein wenig zusammengezuckt. Aber jetzt erhob er sich brav, zog Hose und Pullover an.

«Noch ein bisschen zu groß», lärmte Frau Spielvogel, stürzte sich auf Heinz, schlug ihm die Hose um, krempelte die Pulloverärmel auf. «Jetzt siehst du aus, wies daheme wor.» Sie stemmte die Hände in die Hüften und betrachtete Heinz in aller Ausführlichkeit. «Mager bist du. Wie eine Zeller, ein Sellerie. Na, wirst schon zunehmen mit der Zeit.» Sie wirbelte herum zu Helene. «Lebensmittelmarken. Das Kerlchen braucht Lebensmittelmarken. Aber bevor Sie die anmelden, müssen Sie zum Roten Kreuz und ihn dort melden. Vielleicht gibt es ja noch Verwandte.»

In der ersten Nacht schlief Heinz bei Christa in der schmalen Kammer. Sie teilte mit ihm Kissen und Bettdecke, Extrabettzeug hatten sie nicht. Christa hatte kurz überlegt, ob sie zu Frau Klein gehen sollte. Dort waren ja nun ein Kissen und eine Decke übrig. Aber dann tat sie es doch nicht. Sie wollte Emma Klein nichts schuldig sein. Gar nichts. Lieber teilte sie ihr Zeug mit dem Jungen.

Nachts wachte sie auf, weil Heinz wie Espenlaub zitterte. Seine Lippen bewegten sich beinahe lautlos, nur ab und an wurde ein Stöhnen, ein unterdrückter Schrei hörbar. Sie zog ihm die Decke bis hoch zur Nase und sprach leise auf ihn ein, aber das Zittern hörte nicht auf. Da nahm sie ihn in die Arme, sprach weiter mit ihm, streichelte seinen Rücken. Und allmählich beruhigte sich Heinz.

Am Karfreitag, eine Woche nachdem die ersten Amerikaner durch die Berger Straße gezogen waren, hatte Frankfurt einen neuen Bürgermeister. Er hieß Wilhelm Hollbach. Eigentlich war Hollbach nur zur Militäradministration im Gebäude der Frankfurter Metallgesellschaft gegangen, um die Erlaubnis zur Herausgabe einer Zeitung zu erwirken. Als er das Gebäude verließ, war er Bürgermeister der Stadt und damit betraut, die Zivilverwaltung wieder in Gang zu bringen.

Am Ostersonntag klingelte es an der Wohnungstür. Helene öffnete, und gleich darauf hörte Christa sie fragen: «Sie wünschen bitte?» Ihr Ton klang kühl und ein wenig misstrauisch.

«Wer ist es denn?», rief Christa aus der Küche.

Als keine Antwort kam, ging sie in den Flur, in dem zwei der Spielvogelkinder mit Murmeln spielten, während Helene vollkommen erstarrt war.

Dann erkannte sie, wer vor der Tür stand, und schlug sich die Hände vor den Mund. «Martin?», flüsterte sie. «Bist du das?»

Der ausgezehrte Mann mit dem geschorenen Kopf und einem gestreiften Sträflingsanzug nickte. Er wirkte zu Tode erschöpft und müde. Seine Kleidung war voller Staub, ein Ärmel zerrissen. Früher war Martin ein großer Mann gewesen, nicht zu dick, nicht zu dünn, mit Muskeln an den richtigen Stellen. Sein braunes Haar war leicht gewellt, die graugrünen Augen hatten gestrahlt. Der, der da nun vor ihnen stand, war erloschen. Die Augen leer wie Brunnenschächte und hungrig, die Haut grau und mit Schwären bedeckt, die Hände zerschunden. Er war so dünn, dass Christa Angst hatte, er könnte durchbrechen. Seine Wangen waren hohl, die Ohren wirkten riesig.

Helene streckte die Hand aus, tastete mit den Finger über Martins Wangen, als versuche sie, den Schwager anhand der Berührungen wiederzuerkennen. «Martin. Mein lieber Martin.» Behutsam nahm sie den Schwager beim Arm und führte ihn in die Küche.

Er ließ sich auf die Küchenbank fallen, benetzte mit der Zunge die trockenen Lippen. «Wasser, bitte», waren seine ersten Worte.

Sofort füllte Christa ein Glas und reichte es ihm.

«Ich koche Kaffee. Möchtest du etwas essen? Wir haben noch ein wenig Kartoffeln. Oder Brot? Christa hat heute die Lebensmittelmarken geholt und ist gleich zu Friedrichs gegangen, um einzukaufen. Milch haben wir auch.» Helene drehte sich um, ließ die Blicke durch die Küche schweifen. «Ach nein. Milch haben wir nicht mehr. Der Heinz hat sie getrunken.»

«Mama, halt!» Christa trat zu ihrer Mutter und legte einen Finger auf ihre Lippen. Da drehte sich Helene um und sah, dass Martin mit dem Kopf auf der Tischplatte eingeschlafen war.

Vorsichtig weckte sie ihn. «Komm, leg dich ins Bett», sagte sie.

Er schaffte es nur mit Christas und Helenes Hilfe in Helenes Schlafzimmer, das früher sein eigenes gewesen war. Behutsam ließen sie ihn auf die Bettkante sinken. Auf der Stelle kippte er um. Ein tiefer Seufzer kam aus seiner Brust, dann war er eingeschlafen. Helene zog ihm die Holzpantinen von den bloßen Füßen, deckte ihn mit der Bettdecke zu, holte Christas Decke dazu, breitete sie über den Onkel. Dann setzte sie sich neben ihn und bewachte seinen Schlaf.

Martin schlief und schlief, den ganzen Nachmittag, den ganzen Abend und die Nacht über. Es wurde Morgen, und Martin schlief weiter. Es wurde Mittag, und er schlief noch immer. In der Küche saß die Mutter auf der Küchenbank. «Wie dünn er ist», sagte sie ein um das andere Mal. «Er ist so furchtbar dünn.»

«Soll ich mal sehen, ob ich irgendwo etwas zu essen bekomme? Heinz kann mich begleiten.»

«Heinz. Ja. Sicher.» Helene schien ganz in Gedanken versunken. «Auf dem Amt müssen wir anzeigen, dass Martin wieder da ist. Martin und Heinz. Wegen der Marken.»

Dann griff sie sich an den Hals. «Hier, meine goldene Kette.

Geh auf den Schwarzmarkt. Kauf, was du kriegen kannst dafür. Speck, Wurst.» Sie erhob sich, kramte in einer Schublade, doch sie fand nichts mehr, was sich versetzen ließ. Mit hängenden Armen stand sie da.

Da erhob sich der kleine Heinz, wühlte in seinem dreckstarren Beutel und legte eine Schachtel Chesterfield auf den Tisch.

Christa riss die Augen auf. «Woher hast *du* denn Zigaretten?»

«Ein Amerikaner hat sie mir geschenkt. Aber ich rauche nicht. Du kannst damit für den schlafenden Mann etwas kaufen.»

Er sagte das so treuherzig, dass Christa ihn einfach umarmen musste. «Du bist ein Schatz. Kommst du mit mir auf den Markt?»

Heinz nickte und lächelte. Stolz zog er seine neuen Schuhe an, ein altes Paar Turnschuhe von Christa, welches vorn mit Zeitungspapier ausgestopft war. Dann nahm er Christas Hand.

Bis zum Schwarzmarkt war es ein ganzes Stück zu laufen: die Berger Straße hinunter bis zur Konstablerwache, über die Zeil und die Fressgass bis zur Alten Oper und von dort die Kaiserstraße entlang bis zum Hauptbahnhof. Christa hatte keine Ahnung, ob der Kleine den langen Weg schaffen würde. Es fuhren keine Straßenbahnen mehr, nur vom Hauptbahnhof bis zum Südbahnhof in Sachsenhausen war eine Pferdestraßenbahn im Einsatz.

Also liefen sie. Zuerst die Berger Straße hinab, vorbei an einzelnen Häusern, die in Trümmern lagen, in andere waren Brandbomben eingeschlagen und hatten mit ihren schwarzen, heißen Zungen über die Hauswände geleckt, die ganz mit Ruß bedeckt waren. An jeder Ecke hockten Bettler und streckten ihnen die leeren Hände entgegen. Ein blinder Mann hatte ein abgemagertes Kätzchen im Schoß. An ihm vorbei lief eine junge Frau in einem eleganten Mantel, ohne anzuhalten. Vor einer Bäckerei hatte sich eine lange Schlange gebildet, eine Frau trug einen Korb Wäsche zur Mangelanstalt, ein junger Mann schob ein Fahrrad mit platten Reifen vor sich her, ein Mädchen einen ramponierten Kinderwagen, aus dem anhaltendes Gebrüll erscholl.

An der Konstablerwache begann ein Albtraum. Hier gab es nur noch Ruinen. Eisenträger lagen herum, Steine, Schutt, Holzbalken. In einem Haus, dem die Vorderwand fehlte, lebte eine Familie. Christa beobachtete, dass sie gerade an einem Holztisch saßen und etwas löffelten – und jeder, der vorüberkam, konnte ihnen zusehen. Selbst das ordentlich gemachte Bett, das an der Wand stand, war zu erkennen.

Etwas weiter hockte ein junger Mann vor dem ehemaligen Kaufhaus Schneider. Vor sich auf einer Decke hatte er ein paar Hampelmänner aus Holz liegen. «Gnädiges Fräulein, ein Hampelmann für den kleinen Bruder?»

Christa schüttelte bedauernd den Kopf und zog Heinz, der neugierig stehen geblieben war, weiter.

Das Pflaster der Zeil war aufgerissen, Glasscherben und Schutt lagen herum, unter einem Balken lag ein Toter, ein Teil der Bäume war verbrannt. Eine alte Frau irrte durch die Trümmer und rief immer wieder einen Namen: «Hildegard! Hildegard!»

Christa hastete weiter, erst an der Hauptwache hielt sie inne. «Kannst du noch laufen?», fragte sie den Kleinen.

Der nickte.

Sie eilten die berühmte Fressgass entlang, in der es nichts mehr zu essen zu kaufen gab, dann an der Oper vorbei. Auch sie war bei einem Luftangriff komplett zerstört worden. Christa erblickte die Stahlgerüste der Zuschauerränge, Mauerkronen, Kupferabdeckungen, Geländer, teilweise von riesigen Schuttbergen bedeckt. Martin hatte ihr immer versprochen, sie an ihrem fünfzehnten Geburtstag in die Oper einzuladen. Dazu war es nicht gekommen.

«Was war das?», fragte Heinz und deutete auf die Trümmer.

«Das war die Frankfurter Oper. Ein prachtvoller, eleganter Bau, in dem Musikstücke aufgeführt wurden.»

«Auch für Kinder?»

«Ja, auch für Kinder. Besonders an Weihnachten. Zum Beispiel *Hänsel und Gretel*. Kennst du das Märchen?»

Heinz nickte. «Die Mutter hat es mir vorgelesen.» Für einen Augenblick verdunkelte sich sein Gesicht. «Ist sie jetzt im Himmel?», fragte er.

Christa hielt an, hockte sich vor den Jungen, hielt seine beiden Hände. «Ja, sie ist jetzt im Himmel. Von dort aus wacht sie über dich. Und du kannst sie sehen, wenn es dunkel ist. Sie leuchtet als Stern.»

«Aber da sind so viele Sterne.»

«Du musst genau hinschauen. Dein Mutterstern wird dir zublinzeln. Wollen wir heute Abend danach sehen?»

Heinz nickte.

Christa strich ihm über die Schultern. «Na komm. Lass uns weitergehen.»

Sie liefen die Kaiserstraße entlang und landeten endlich am Bahnhof. Links neben der Halle standen Leute in kleinen Grüppchen zusammen, andere schlenderten betont beiläufig umher.

Christa war noch nie auf dem Schwarzmarkt gewesen. Wie sollte sie sich verhalten? Was sagen, was fragen? Aber schon kam ein Mann auf sie zu, blieb stehen und öffnete kurz seinen Mantel, an dessen Innenseite geräucherte Würste hingen.

«Was wollen Sie dafür haben?», fragte Christa. Sie war nicht erstaunt, denn Marlies hatte ihr erzählt, dass die Schwarzmarkthändler ihre Waren meist am Körper, versteckt unter Mänteln, trugen.

«Ami-Zigaretten. Zehn Stück.»

Christa blickte zu Heinz, der seine Zigarettenschachtel dabeihatte.

«Fünf», erklärte er. «Nicht mehr.»

Christa riss verblüfft die Augen auf.

«Sieben.»

«Sechs.»

«Also gut.»

Heinz kramte sechs Zigaretten aus seiner Chesterfield-Packung und reichte sie dem Fremden. Aber erst, als dieser eine der Würste aus dem Mantel gelöst hatte.

Das alles hatte vielleicht eine halbe Minute gedauert, aber Christa war noch immer verblüfft. «Das hast du gut gemacht, Heinz. Woher weißt du denn, wie man handelt?»

Heinz zuckte mit den Schultern. «Ich weiß es eben.» Stolz sah er aus.

Sie gingen weiter, und Heinz half Christa, das goldene Kettchen gegen Speck einzutauschen.

«Wir sollten nach Schuhen für dich Ausschau halten», meinte Christa. «Mit denen kannst du ja kaum laufen. Du hast doch noch genug Zigaretten, oder?»

Entschieden schüttelte Heinz den Kopf. «Brauch ich nicht, hab ja deine.»

Dann riss er sich von ihrer Hand los, bückte sich und sammelte einen Zigarettenstummel auf. Dann den nächsten, den übernächsten. Er kroch auf dem Boden rum, und als er endlich fertig war, zeigte er fünf Stummel vor.

«Was willst du damit?», fragte Christa.

«Ich sammle den Tabak. Die fünf Kippen ergeben vielleicht eine neue Zigarette, die können wir verkaufen. Fünf Mark gibt's dafür.»

Christa begriff, dass es noch eine ganze Weile dauern würde, bis sie den Jungen kannte. Der lächelte sie an, ergriff wieder ihre Hand und verwandelte sich innerhalb von Sekunden von einem gewieften Händler in ein kleines Kind, das Schutz und Fürsorge brauchte und Menschen, die es liebten.

Christa strich ihm über den Kopf und für einen Augenblick lehnte er sich an sie. «Jetzt habe ich also einen kleinen Bruder», sagte sie. «Den habe ich mir immer gewünscht.»

«Bin ich dann ein Wunschkind?»

Christa blinzelte die Tränen weg und antwortete leise: «Ja, das bist du wohl.»

Und am Abend las sie ihm aus dem *Struwwelpeter* vor.

Kapitel 2

Als sie zurückkamen, war Martin aufgestanden. Er saß in der Küche, frisch gewaschen und rasiert. Die Zinkwanne mit dem trüben Wasser befand sich neben der Tür. Helene war gerade dabei, ihm die Füße zu verbinden. Schwarz waren sie, obschon sie gerade gewaschen worden waren. Entzündete Stellen voller Eiter ließen Martin aufschreien, wann immer Helene sie versehentlich berührte.

«Zeig, was du gekauft hast», forderte Helene den Kleinen auf.

Stolz griff Heinz in seine Hose und zog die geräucherte Wurst hervor. Gierig sog Martin den Duft ein, Helene aber war ebenso verblüfft wie Christa auf dem Schwarzmarkt.

«Wo hast du die denn her?»

«Getauscht. Gegen Ami-Zigaretten. Und nachher muss ich noch mal weg», erklärte der Junge. Er trat zögernd einen Schritt auf Martin zu, holte seine Zigarettenschachtel aus der Hosentasche und legte ihm zwei Zigaretten hin. Dabei blickte er Martin von unten her an. So vorsichtig, als wüsste er noch nicht, ob der fremde Mann ein Freund oder ein Feind war.

Und Martin nahm die Zigaretten, nickte ihm zu. Da lächelte Heinz. Christa kam es vor, als sprächen sie in einer geheimen Sprache. Einer Sprache, in der es keine Worte brauchte.

«Wohin musst du noch?», fragte sie Heinz.

«Zu den Amis. Zu Kindern sind sie nett. Vielleicht bekomme ich wieder Zigaretten oder Kaugummi. Oder eine von den Fleischdosen.»

Christa legte ihm eine Hand auf die Schulter. «Du bist zu …» «Klein», wollte sie sagen, dann begriff sie, dass der Junge sich monatelang allein durchgeschlagen hatte. Sie fuhr ihm durchs Haar. «Pass auf dich auf, hörst du?»

Heinz nickte.

«Versprich es mir.»

Wieder nickte Heinz.

«Weißt du, wo wir wohnen? Damit du zurückfindest. Und du kommst noch vor der Ausgangssperre wieder. Verstanden?»

Heinz lächelte. Sein Blick fiel wieder auf Martin, und zum ersten Mal, seit er wieder zu Hause war, lächelte auch er. «Lass den Jungen, Helene.»

Da rief Heinz gut gelaunt: «Bis nachher», und gleich darauf klappte die Tür.

«Wer ist das?», fragte Martin, und seine Stimme klang rau. Obwohl er so lange geschlafen hatte, wirkte er noch immer unendlich erschöpft.

«Das ist Heinz. Ein Wolfskind.» Christa lachte. «Mein neuer kleiner Bruder sozusagen.» Ihr Gesicht verlor sein Lächeln. «Oder stört er dich? Ich wollte ihn in einem Heim unterbringen, aber die sind alle überfüllt. Er hat doch sonst niemanden.»

«Nein, er stört mich nicht», erwiderte Martin. «Es tut gut, ein Kind zu sehen.»

Christa setzte sich neben ihn an den Tisch und wollte seine Hand streicheln, aber Martin zuckte zurück, als stünde sie unter Strom.

«Woher bist du gekommen?», fragte Christa leise, während Helene am Herd hantierte.

«Von den Adlerwerken.»

«Aus Frankfurt? Hinter dem Bahnhof?»

Martin nickte.

«Was hast du dort gemacht? Wir dachten, du wärst in Buchenwald.»

«Da war ich. Dann wurde ich ins KZ Katzbach, die Frankfurter Adlerwerke, geschickt. Dort war es noch schlimmer als in Buchenwald.»

Er schloss die Augen. Sein Gesicht verdunkelte sich, die Kiefer spannten sich, das Kinn wurde kantig. Aber dann öffnete er die Augen wieder. «Wir wollen nicht darüber sprechen. Es ist vorbei. Ich bin wieder da.» Er rieb sich die Hände, eine Geste, die Christa von früher kannte.

Helene stellte einen Teller mit belegten Broten auf den Tisch. Die geräucherte Wurst duftete so gut, dass Christa an sich halten musste, um nicht nach einem Brot zu schnappen. Aber sie wusste, auch ohne dass Helene es ihr extra sagen musste, dass die Wurst für Martin bestimmt war. Für Martin und für Heinz. Nicht, weil sie Männer waren. Das war früher so gewesen, da bekam der Mann das größte und beste Stück Fleisch und danach der Sohn und dann erst die Tochter und am Schluss die Mutter. Nein, Martin und Heinz bekamen die Brote, weil sie sie am dringendsten brauchten.

Martin trug ein Hemd von früher und darüber eine Strickjacke. Die Kleider schlackerten an seinem Körper, und er schlug die Arme um sich. «Seit ich weg bin von hier, seit 1941 friere ich ständig», sagte er.

Christa sprang auf, holte ihre Bettdecke aus der Kammer, legte sie Martin um die Schultern. «Was hast du jetzt vor. Was wirst du jetzt tun?», wollte sie wissen.

«Nun lass ihn doch erst mal ankommen. Er muss sich ausruhen. Er braucht Pflege. Hast du seine Füße gesehen? Frostbeulen überall. Aufgerissen. Jeder Schritt muss weh tun.»

Da erhob sich Martin, lief einige Schritte hin und her. Tastend, ein wenig schwankend sogar. Sein Gesicht wirkte erstaunlicherweise zornig. Er hatte die Hände zu Fäusten geballt. Er schluckte, blickte Christa und Helene an. «Das, was war, ist vorbei. Ich werde nicht darüber sprechen. Und ich erwarte, dass ihr mich so behandelt, wie ihr es früher getan habt. Schonung brauche ich nicht. Je eher alles wieder so wird wie früher, umso schneller werde ich mich erholen.»

«Aber ...»

«Nein, Christa. Bitte. Ich hatte viel Zeit, um darüber nachzudenken, was geschieht, wenn der Krieg vorbei ist und ich überlebt habe.»

Da schwieg Christa, sah Helene an und nickte Martin zu. Für einen Moment war jeder von ihnen ganz bei sich.

Plötzlich klopfte es dringlich an der Tür. Christa erhob sich, öffnete, und schon stürzte Frau Klein an ihr vorbei und direkt in die Küche. Auf der Schwelle verharrte sie. «*Sie*?», fragte sie mit Entsetzen in der Stimme. «*Sie* sind wieder da?»

«Das hätten Sie nicht erwartet, nicht wahr?»

Die Nachbarin schüttelte den Kopf. «Ohne uns wären Sie schon ...»

«Halten Sie den Mund!», fuhr ihr Helene dazwischen. «Sagen Sie, was Sie wollen, und dann verschwinden Sie.»

Frau Klein schluckte. «Die Beerdigung ist morgen. Ich dachte, dass Sie vielleicht kommen wollen.»

Niemand antwortete, aber alle Blicke lagen auf ihrem Gesicht. Christa konnte regelrecht sehen, wie sie darunter schrumpfte, klein und immer kleiner wurde. Endlich drehte sie sich um und schloss die Wohnungstür auffallend leise hinter sich.

«Die Amerikaner haben mir einen Entlassungsschein gegeben, und sie haben mir meine Akte zu lesen gegeben. Die aus Buchenwald, die mit in die Adlerwerke gekommen ist», erzählte Martin, ohne auf den Klein'schen Überfall einzugehen. «Ich weiß, wer bei der Gestapo gegen mich ausgesagt hat.»

«Die Kleins?»

Martin nickte. «Und beim Prozess im Zeugenstand noch einmal.»

«Klein hat sich aus dem Fenster geschmissen. Am Tag, als die Amis kamen.»

«Feigling.»

«Jetzt wird Frau Klein endlich ausziehen», frohlockte Christa.

«NEIN!» Martin hatte regelrecht in Großbuchstaben gesprochen. «Sie bleibt. Jeden Tag will ich sie sehen. Jeden einzelnen Tag. Ich werde ihr nichts tun, aber sie soll Angst haben, wenn sie mich sieht. Das schlechte Gewissen soll sie um den Schlaf bringen.» Damit verließ er die Küche. Nur wenige Sekunden später war er zurück, eingehüllt in seinen alten Wintermantel. «Ich gehe ein wenig durchs Viertel. So lange bin ich nicht mehr spazieren gewesen.»

«Aber deine Füße, Martin.»

Er strich seiner Schwägerin über den Arm. «Man kann sich an Schmerzen gewöhnen. Das hatte ich vor dem KZ auch nicht gewusst.»

«Soll ich mit dir gehen?»

Martin schüttelte den Kopf.

Kaum war er weg, erschien Frau Spielvogel in der Küche. «Da habt ihr aber ein Glück gehabt, dass er wieder da ist. War er in Gefangenschaft?»

Helene schüttelte den Kopf. «Nein, im KZ.»

«Oh!» Gisela Spielvogel schluckte, und für einen Augenblick herrschte Stille. Es war die Stille, die dem Entsetzen folgt. Frau Spielvogel räusperte sich: «Sollen wir ausziehen? Der Mann braucht seine Ruhe.»

«Wohin denn?»

«Es … es wird sich etwas finden.»

«Nein, nicht nötig.» Helene sprach, als hätte sie alles schon bedacht. «Martin bekommt das Schlafzimmer. Christa und ich werden in der kleinen Kammer schlafen.»

«Und Heinz?», wollte Christa wissen.

«Heinz schläft in der Küche auf dem Sofa. Es ist zwar sehr klein, aber der Junge ist ja noch nicht groß», bestimmte Helene.

Sie sorgte auch dafür, dass Martin nicht nur ein bequemes Bett, die weichsten Kissen und das dickste Federbett bekam, sie stellte außerdem einen Krug mit Wasser und ein Glas auf den Nachttisch, dann nahm sie die alte Schreibtischlampe, die sie bislang anhatten, wenn sie abends in der Küche Radio hörten, montierte sie auseinander und baute eine Leselampe für Martin. Es gab noch immer jeden Tag Stromausfall, aber das würde sich vielleicht mit der Zeit ändern.

Als alles fertig war, saßen Christa und Helene in der Küche, die Hände im Schoß, und warteten.

Ab und an seufzte Helene. «Ich verstehe nicht, warum er nichts erzählen will.»

«Weil er vergessen will», erwiderte Christa.

Helene schüttelte den Kopf. «Aber wie sollen wir ihn verstehen, wenn er nichts erzählt?»

Christa zuckte mit den Schultern. Sie wusste nicht viel über Konzentrationslager. Nur, dass man die Juden und alle anderen, die nicht dem Führerbild entsprachen, dort weggesperrt hatte. Und sie hatte von den Todesmärschen gehört. Hunderte von Gefangenen in schwarz-weißer Sträflingskleidung, die am Ende ihrer Kraft über die Landstraßen taumelten und erschossen wurden, sobald sie hinfielen.

Frau Lehmann von gegenüber hatte sogar erzählt, dass die Juden in Öfen vergast worden waren. Christa hatte es nicht glauben wollen, aber dann richteten die Amerikaner in Frankfurt einen Soldatensender ein. Den AFN. Dort hatte Christa einen Beitrag über die Befreiung des KZ Buchenwald gehört und nicht glauben können, was berichtet wurde. Außerdem wollten die Amerikaner im Kino Schützenhof einen Film über die Befreiung Buchenwalds zeigen – und die Nazis sollten gezwungen werden, sich diesen Film anzusehen. Frau Lehmann aus der Metzgerei hatte erzählt, was sie vom Postboten gehört hatte: «Eure Frau Klein hat eine Extraeinladung bekommen. Passt nur auf, dass sie morgen Abend auch hingeht.»

«Ich fühle mich so hilflos.» Helene schickte noch einen Seufzer hinterher. «Ich weiß nicht, was ich mit Martin sprechen soll. Verletzen will ich ihn auf keinen Fall und erinnern auch nicht. Und doch will ich wissen, was ihm im Lager widerfahren ist.»

Als Martin zurückkam, sah er müde aus, die Augen von dunklen Ringen beschattet. Gierig aß er von den Broten, zwang sich dann, langsamer zu essen, gründlich zu kauen und zu schlucken. Dazu trank er mehrere Gläser Wasser. Als er fertig war, zündete er sich eine der Zigaretten an, die Heinz ihm geschenkt hatte. Dann ließ er sich von dem Kleinen erzählen, der nun schon fast zwei Wochen bei Helene und Christa lebte.

«Ich habe ihn sehr gern. Es fühlt sich an, als wäre er schon immer bei uns gewesen. Ich hab mir ja immer Geschwister gewünscht, und nun ist es, als hätte ich einen kleinen Bruder.»

«Ich mag ihn auch, aber ich denke, dass auch in ihm noch vieles vorgeht, über das er nicht spricht», bestätigte Helene.

Christa sah zur Küchenuhr. «Es ist kurz vor acht. Gleich beginnt die Ausgangssperre.» Ihre Stimme klang besorgt.

Mit dem Glockenschlag schneite Heinz zur Tür hinein. Er strahlte über das ganze Gesicht, aber seine Jacke war zerrissen, und er hatte eine blutige Lippe.

«Was ist passiert?» Christa bückte sich zu dem Kleinen und besah die Wunde. «Hast du dich etwa geprügelt?»

Heinz nickte stolz. Dann öffnete er seine Jacke und legte ein Stück Speck auf den Tisch, ein halbvolles Päckchen Zigaretten, eine goldene Uhr und eine Packung Kaugummi.

«Woher hast du die Sachen?» Helenes Stimme klang streng. «Du hast doch nichts gestohlen, oder?»

«Nein, ich war bei den Amis. Von denen habe ich die Zigaretten und den Kaugummi.»

«Und alles andere?»

«Der Speck ist von Frau Lehmann. Für Martin, hat sie gesagt. Und die Uhr hab ich gefunden, dafür kriegen wir bestimmt drei Eier. Vielleicht sogar vier, wenn ich ein bisschen weine.»

Christa wusste, dass Heinz nicht die Wahrheit sagte, und sie wusste auch, dass er tat, was alle taten. Ich werde mich später darum kümmern, dass er kein Dieb wird, nahm sie sich vor.

Heinz schob die Schachtel mit den Zigaretten über den Tisch zu Martin. «Für dich», sagte er.

Und Martin blickte ihn an, nickte wortlos, nahm eine Zigarette und zündete sie an. Und wieder schien es Christa, als würden sich die beiden auf eine Art verstehen und verständigen, von der Helene und sie ausgeschlossen waren.

Am Abend las sie das Flugblatt, das die Amerikaner an jeden Haushalt verteilt hatten und in dem geschrieben stand, dass sie nicht als Befreier, sondern als Besatzer gekommen waren – und dass es keine Verbrüderungen geben werde.

Kapitel 3

Am nächsten Morgen machte sich Martin auf den Weg in die Kommandantur der Amerikaner im I.G.-Farben-Haus. Heinz war «in Geschäften» unterwegs, hatte aber versprochen, bald zurück zu sein. Christa ahnte, dass der Kleine wieder Lebensmittel oder Zigaretten besorgen wollte, und sie ahnte auch, dass er das tat, um «richtig» dazuzugehören.

Christa begleitete ihren Onkel, weil sie Angst hatte, er würde den weiten Weg nicht allein schaffen.

Noch immer fuhren keine Straßenbahnen, sodass sie die knapp vier Kilometer laufen mussten. Wieder ging es runter bis zur Konstablerwache, an der Alten Oper vorbei und dann in die Mainzer Landstraße. Ihr Weg führte fast bis zum vom Krieg nahezu unbeschadeten Palmengarten im Frankfurter Westend.

Das Gebiet, in dem die Amerikaner sich niedergelassen hatten, war abgesperrt mit einem drei Meter hohen und sechs Kilometer langen Zaun, der oben mit Stacheldraht bekrönt war. Etliche Frankfurter hatten ihre Wohnungen verlassen müssen, denn der Generalstab der amerikanischen Alliierten hatte in der Gegend zwischen Palmengarten und Oeder Weg, Grüneburg- und Marbachweg sein deutsches Hauptquartier aufgeschlagen.

An der Schranke stand ein G.I. vor einem Wachhäuschen, das Maschinengewehr umgehängt. Martin zeigte den Entlassungsschein aus dem KZ Adlerwerke vor. «Ich bin einbestellt», erklärte er auf Englisch.

Der Soldat nickte, telefonierte aus dem Wachhäuschen heraus, und kurz darauf erschien eine junge Frau in engem Rock und Nylonstrümpfen.

Christa betrachtete neidisch das modische Kostüm, die Schluppenbluse und die eleganten Schuhe. Aber wie erstaunt war sie erst, als sie die junge Frau erkannte. Friederike Nestler! Die Friederike, mit der Christa vor ein paar Monaten das Abitur abgelegt hatte.

«Du?», fragte sie erstaunt. «Hier?»

Friederike zuckte mit den Schultern, als wäre das nichts Besonderes. «Meine Tante hat vor dem Krieg Englisch unterrichtet. Ich kann es ziemlich gut, deshalb habe ich hier die Anstellung als Bürogehilfin bekommen. Nicht besonders anspruchsvoll, aber dafür kann ich in der PX einkaufen und bekomme noch zusätzlich Zigaretten.»

«PX?»

«Ja, das steht für ‹Army & Air Force Exchange Service›, ein Geschäft nur für die Amerikaner. Du kannst dir nicht vorstellen, was es da alles zu kaufen gibt! Campbell-Suppen, Coca-Cola, Kellogg's-Cornflakes, Heinz-Ketchup, Dosenfleisch, Chesterfield-Zigaretten, Lucky Strike, sogar Nylonstrümpfe. Die haben einfach alles.» Friederike strahlte über das ganze runde Gesicht, und Christa spürte einen Anflug von Neid.

Während des Gesprächs waren sie zu einem hohen Gebäude gekommen. Friederike hielt ihnen höflich die Tür auf und geleitete sie in den zweiten Stock.

Vor einer Tür mit der Aufschrift «Office William H. Blakefield» blieben sie stehen. Auf dem Gang davor standen mehrere Stühle.

«Setzt euch erst mal kurz hierher. Die Sekretärin wird euch gleich aufrufen. Möchtet ihr einen Kaffee?»

«Kaffee?», fragte Christa zurück. «Nein, diese Zichorienbrühe mag ich nicht.»

Friederike lachte. «Nein, ich meine richtigen Kaffee. Bohnenkaffee.»

«Wirklich?» Christa konnte sich kaum vorstellen, dass jemand mit Kaffee, den es nur auf dem Schwarzmarkt gab und der ein Vermögen kostete, so freizügig umging. «Dann, gern.» Christa war gespannt, ob ihr wirklich richtiger Bohnenkaffee serviert wurde. Auch Martin nickte.

Kaum war Friederike verschwunden, öffnete sich die Tür, und sie wurden zu Mr. Blakefield hereingerufen, der als Erstes um Martins Entlassungsschein bat. Er schob die Brille hoch, dann las er. Währenddessen brachte Friederike tatsächlich ein Tablett, darauf eine Kaffeekanne, zwei Tassen, ein kleiner Krug mit Sahne und eine Dose mit Zucker.

«Sie waren also im KZ. Als politischer Häftling.»

Martin nickte.

«Buchenwald, ja? Befreit im KZ Katzbach?»

Wieder nickte Martin.

«Das tut mir sehr leid für Sie.»

«Danke.»

«Sind Sie gut untergekommen? Haben Sie eine Wohnung?»

«Ja. Ich wohne in der Berger Straße über einer Buchhandlung, die einst mir gehörte.»

«Wie viele Zimmer? Wie viele Menschen darin?»

«Acht Personen in vier Zimmern. Vier davon gehören zur Familie, die anderen vier sind Flüchtlinge aus dem Sudetenland.»

Blakefield betrachtete Martin genauer. Christa wusste, was er sah: einen Mann, der viel zu schnell gealtert war. Einen Mann, dessen Füße so kaputt waren, dass er kaum gehen konnte. Einen Mann mit grauer Gesichtsfarbe, geschorenem Kopf und Augen, in denen nichts mehr leuchtete.

«Was haben Sie gemacht? Weshalb hat man Sie ins KZ geschickt?»

«Ich habe Bücher von verbotenen Autoren verkauft.»

«Thomas Mann? Stefan Zweig?»

«Ja. Und viele andere außerdem.»

Blakefield lächelte. «Ich kenne sie alle. Meine Frau ist Dozentin für Literatur in Wisconsin. Aber das nur nebenbei. Erzählen Sie mir von der Befreiung aus dem KZ Katzbach.» Während er dies sagte, blätterte er in einer Mappe mit vielen losen Seiten.

«Am 30. März kamen Ihre Leute. Wir hörten die Jeeps in den Fabrikhof fahren. Die SS-Leute, die uns bewacht hatten, versuchten zu fliehen. Dann hörten wir die ersten G.I.s die große Fabrikhalle betreten. Sie sahen uns an und ließen die Gewehre sinken. Wir standen da. Dreckig, verlaust, krank und mit eintätowierter Nummer im Arm. Einige G.I.s fingen an zu weinen, andere schlugen die Hände vors Gesicht. Einer musste sich übergeben. Aber wir Gefangenen waren froh.»

Blakefield blickte auf. «Haben Sie nicht etwas vergessen?»

Martin schüttelte den Kopf.

Blakefield lächelte, dann nahm er ein Blatt aus seiner Mappe. «Hier habe ich den Bericht eines G.I.s, der dabei gewesen ist. Major Wainwright schreibt: ‹Plötzlich hörten wir Schüsse. Die SS-Leute hatten sich zwischen den Maschinen versteckt. Ich sah, wie einer auf unseren Kommandeur anlegte. Da trat ein Häftling hinzu, drosch dem SS-Mann mit letzter Kraft einen Hammer auf den Kopf und rettete das Leben unseres Kommandeurs. Darauf ergaben sich auch die anderen SS-Männer.›» Blakefield lächelte. «Der Häftling waren Sie, und der Kommandeur ist mein Bruder. Ich bin Ihnen sehr dankbar. Ganz Amerika ist Ihnen dankbar.»

Er griff zum Telefonhörer, während Martin zu Boden blickte, die Wangen leicht gerötet. Gleich darauf erschien die Sekretärin.

«Ich brauche eine kleine Wohnung. Sie muss nicht direkt in der Stadt liegen.»

Die Sekretärin nickte und verschwand. Kurz darauf meldete

sie durch das Telefon, dass es eine freie Wohnung in Griesheim, am Stadtrand, gab. «Zwei Zimmer. Toilette und Küche muss mit zwei anderen Mietparteien geteilt werden.»

Blakefield strahlte Martin an.

«Herr Major, ich danke Ihnen. Aber ich möchte nicht ausziehen.»

«Nein, nein, die ist nicht für Sie. Die ist für Ihre Einquartierungen gedacht. Sie brauchen jetzt Privatsphäre, damit Sie wieder zu sich kommen. Ich war dabei, als Buchenwald befreit wurde, und ich habe von meinem Bruder gehört, was Sie in den Adlerwerken durchgemacht haben.» Blakefield schüttelte den Kopf. «Ich werde mein Leben lang nicht vergessen, was ich in Buchenwald gesehen habe. Ich habe mir nicht vorstellen können, dass Menschen anderen Menschen so etwas antun.»

Martin räusperte sich, und Christa sah, wie verlegen ihn das Gespräch machte.

«Meine Sekretärin gibt Ihnen die Einweisung für die Familie. Kann ich sonst noch etwas für Sie tun?»

«Meine Buchhandlung. 1941 hat man sie meiner Familie weggenommen und an die Nazi-Frauenschaftsführerin gegeben. Ich möchte sie wiederhaben.»

«Wir hatten da an etwas anderes gedacht, Mr. Schwertfeger. Wir hätten Sie gern im Börsenverein des Buchhandels. Der Sitz ist in Leipzig, aber über kurz oder lang brauchen wir eine Zweigstelle hier in Frankfurt. Frankfurt war schon immer eine Buchstadt.»

Martin seufzte, blickte erneut zu Boden. Er schwankte ein wenig in seinem Sessel, und Christa griff nach seinem Arm. Der Major schwieg. Endlich hob Martin den Kopf. «Ich weiß nicht, ob Sie mich verstehen», sagte er leise. «Aber ich muss Ihr Angebot ablehnen.»

«Können Sie mir einen Grund dafür nennen?»

Martin nickte. «Die Menschen. Ich … ich glaube, ich kann

nicht mehr mit Menschen umgehen. Bücher kann ich verkaufen. An Menschen. Weil sie Leser sind. Aber alle anderen ...»

«Im Börsenverein werden Sie auf viele Leser treffen», erklärte Blakefield.

«Trotzdem. Es ist ... ich kann nicht ...» Martin brach ab. Christa sah, dass er zu zittern begonnen hatte.

«I understand.» Major Blakefield nickte und griff zum Telefon.

«Und noch etwas», sprach Martin weiter, als Blakefield aufgelegt hatte. «Wir haben einen kleinen Jungen ohne Eltern zu uns genommen. Beim Roten Kreuz haben wir ihn gemeldet, aber er sagt, seine Eltern wären tot. Er hat keine Papiere. Wir möchten ihn gern unter unsere Vormundschaft nehmen.»

Diesmal blickte Blakefield erst zu Martin, dann warf er Christa einen ernsten Blick zu. «Schaffen Sie das?»

Christa nickte eifrig. «Wir haben ihn ins Herz geschlossen. Es ist, als wäre er schon immer bei uns gewesen.»

«Mr. Schwertfeger, das KZ hat Sie anscheinend nicht brechen können. Ihr Herz ist unbeschadet geblieben. Geben Sie meiner Sekretärin die Angaben zu dem Jungen. Sie wird Ihnen sagen, was zu tun ist. Wie alt ist das Kind?»

«Sieben», erwiderte Martin und erhob sich.

«Wir danken Ihnen recht herzlich.» Christa strahlte über das ganze Gesicht. «Für die Lizenz, die Buchhandlung wieder aufmachen zu dürfen, für die Wohnung und auch für unseren Heinz. Thank you very much.» Sie stieß Martin ein wenig in die Seite, doch Martin nickte dem Major lediglich zu. So, wie er Heinz gestern zugenickt hatte.

«Ich wünsche Ihnen alles Gute», sagte Blakefield und geleitete sie zur Tür.

Die Sekretärin hatte den Telefonhörer am Ohr, während Martin und Christa vor ihr standen und geduldig warteten. «Es gibt niemanden, der sein Einverständnis geben kann. Es geht in erster

Linie darum, dass das Kind Papiere bekommt. Anspruch auf Lebensmittelmarken. Ja gern. Das richte ich aus. Besten Dank.»

Dann wandte sie sich lächelnd an Martin. «Ich habe gerade mit dem Vormundschaftsgericht gesprochen. Sie haben dort übermorgen einen Termin. Bitte bringen Sie den Jungen mit. Er wird gefragt werden, ob er bei Ihnen bleiben möchte. Die Vormundschaft würde dann vorläufig gelten.» Sie nahm ein Schreiben vom Tisch, steckte es in einen Umschlag und übergab ihn Martin. «Hier ist die Einweisung für die Familie Spielvogel in die Griesheimer Wohnung. Die Lizenz für Ihre Buchhandlung bekommen Sie mit der Post geschickt. Aber Sie können ab sofort wieder Bücher verkaufen, falls Sie noch welche haben, die verkauft werden dürfen. Hier ist eine Liste mit den Namen der Nazi-Schriftsteller, die nichts mehr in einer Buchhandlung zu suchen haben. Aber das versteht sich wohl von selbst.»

Sie erhob sich, und die drei traten in den Flur. Dort öffnete die Sekretärin die Tür zu einer Kammer, in der unzählige Pakete mit der Aufschrift «US-Army» standen. Sie holte ein Paket heraus und drückte es Christa in den Arm. «Das ist für den Jungen.»

Aus einem Regal nahm sie noch eine Stange Chesterfield-Zigaretten. «Und das ist für Sie, Herr Schwertfeger. Ich wünsche Ihnen alles Gute.»

Wenig später standen sie auf der Straße, den Zaun, das Wachhäuschen und den G.I. im Rücken.

«Ich bin baff!» Christa sah ihren Onkel an, dann setzte für einen Augenblick das schwere Paket ab. «Blakefield war dir dankbar, weil *du* seinen Bruder gerettet hast? Was ist passiert in den Adlerwerken? Hast du wirklich einen SS-Mann erschlagen?»

Martin schüttelte den Kopf. «Nicht jetzt, Christa, bitte. Irgendwann … irgendwann erzähle ich dir, was passiert ist.»

Ein Jeep kam durch das Tor gerauscht und hielt neben ihnen. «Mr. Schwertfeger?» Der Fahrer des Wagens lächelte Martin an.

Martin nickte.

«I am driving you home. Jump in.»

Wieder riss Christa vor Verblüffung die Augen auf, dann stiegen beide ein und standen wenig später vor der Haustür in der Berger Straße. Frau Klein beobachtete, wie Martin und Christa aus dem Jeep mit dem weißen Stern ausstiegen, dann schlug sie krachend das Fenster zu.

Martin und Christa stiegen die Treppe in den ersten Stock hinauf. Christa war voller Freude. «Was denkst du, was Heinz zu seinem Paket sagt? Oh, ich freue mich so auf sein Gesicht.»

Martin schwieg.

«Und die Zigaretten. Eine ganze Stange! Dafür bekommt man ein Bett mitsamt Kissen und Decke. Und neue Schuhe für dich. Was immer du magst. Es ist ein Schatz.»

Oben stand Frau Klein und tat, als polierte sie das Treppengeländer. Sie war noch ganz außer Atem von ihrem Spurt zwischen Wohnzimmerfenster und Treppenhaus.

Christa grüßte knapp, Martin betont freundlich.

«Machen Sie jetzt mit den Amis Geschäfte?», wollte die Klein wissen, den Mund säuerlich verkniffen. Sie hatte es nicht verwunden, dass niemand bei der Beerdigung ihres Mannes dabei gewesen war. Nicht die Schwertfegers, nicht Gisela Spielvogel, nicht Frau Lehmann und auch nicht Familie Bielich. Nicht einmal Frau Reichel von der Buchhandlung war gekommen. Ganz allein hatte sie mit dem Pfarrer am Grab gestanden. Und dann hatte der auch noch merkwürdige Sachen gesagt. «Gottes Gerechtigkeit reicht bis in den Himmel» und solche Dinge. Davon hatte Frau Klein noch nie in der Bibel gelesen.

Das alles hatte sie Helene erzählt, als diese unten die Straße gekehrt hatte.

«Warum redest du überhaupt noch mit ihr?», hatte Christa wissen wollen.

«Als ob ich mit ihr gesprochen hätte. Sie hat mir die Ohren vollgeheult und ich habe weitergekehrt.»

«Was ist denn in dem Paket? Ist das von den Amis? Kriegt das jeder? Da muss ich wohl auch mal hin», greinte Frau Klein weiter und schien nicht einmal zu bemerken, dass sie keine Antwort bekam.

Kaum hatte Christa die Tür hinter sich zugeschlagen, rief sie schon nach Heinz. Der kam aus der Küche gestürmt.

«Da.» Christa stellte das Paket auf den Tisch. «Das ist für dich. Von den Amerikanern.»

Der Junge machte große Augen. «Für mich?»

«Ja.»

«Ganz allein?»

«Ja.»

Da stand er, fuhr mit seiner kleinen Hand über den grauen Karton. Er roch daran, betrachtete ihn von allen Seiten.

«Willst du gar nicht wissen, was darin ist?», fragte Helene, während Christa und Martin ihn lächelnd betrachteten.

«Darf ich?»

«Aber natürlich. Er gehört doch dir.»

Da riss der Kleine den Karton auf und holte als Erstes eine kleine Dose mit gezuckerter Milch heraus. Dann folgten zwei Tafeln Hershey-Schokolade, ein braunes Glas mit Vitaminpillen, ein Paket Trockenmilch, ein Paket Trockenei, ein kleiner Kanister mit Öl, ein Stück Seife, und ganz zum Schluss gab es noch eine Büchse Kakao, zwei Dosen mit Wurst und ein Pfund Maxwell-Kaffee.

Heinz stand vor seinen Schätzen, nahm immer wieder das eine oder andere Teil in die Hand, roch daran. Dann nahm er die Vitaminpillen zur Hand und reichte sie Martin. «Das ist für dich.» Die gezuckerte Milch gab er Helene. «Damit schmeckt dein Zichorienkaffee bestimmt besser.» Und Christa bekam das Stück Seife. Zum Schluss angelte er nach einer der beiden Schokoladentafeln und trug sie über den Flur zu den Spielvogels. Dann kehrte er wieder zurück. Über Helenes Wangen rollten Tränen, und auch Christas Augen waren feucht.

«Das musst du nicht tun», sagte Christa leise. «Du darfst das alles behalten.»

Heinz blickte sie verdutzt an. «Alleine würde mir nichts davon schmecken», erklärte er. «Die anderen Sachen brauchen wir alle gemeinsam auf.»

Da bückte sich Helene zu ihm runter, nahm ihn in die Arme und drückte ihn, so fest sie konnte. «Heinzchen», flüsterte sie. «Welcher Wind hat dich denn zu uns geweht?»

Auch Christa nahm ihn in den Arm. Nur Martin stand einfach da, das braune Glas mit den Pillen in der Hand. Als Heinz sich schließlich aus den Umarmungen befreit und sich die Küsschen von der Backe gewischt hatte, fragte Martin: «Heinz, möchtest du ganz und gar zu unserer Familie gehören?»

Da schluckte der Junge, nickte und sagte schließlich: «Ich habe doch niemanden außer euch.»

«Aber es gibt ein paar Bedingungen», fuhr Martin fort.

Das Gesicht des Kleinen verschloss sich. Seine Miene besagte, dass er sich so was schon gedacht hatte. «Was muss ich tun?»

«Du musst zur Schule gehen, sobald sie wieder anfängt. Und du darfst nicht mehr stehlen.»

«Aber … aber das macht doch jeder.» Heinz blickte so verblüfft auf Martin, als hätte der ihm verboten zu atmen.

«Ja, ich weiß. Es sind chaotische Zeiten. Trotzdem: Geklaut wird nicht. Du kannst weiter deinen Geschäften nachgehen, aber in erster Linie bist du ein kleiner Junge, der lernen und spielen soll und der mit Freunden ungefährliche Abenteuer erlebt. Bist du damit einverstanden?»

«Ich muss zur Schule gehen, und ich darf nicht klauen», wiederholte Heinz. «Ja, ich glaube, das schaffe ich.»

«Gut», erwiderte Martin. «Wir zwei gehen übermorgen zum Vormundschaftsgericht und regeln das Amtliche.»

Der Kleine strahlte und fragte leise: «Bin ich dann euer Kind?»

«Du bist unser lieber Heinz. Deine Mutter und deinen Vater können wir dir nicht ersetzen, aber wir werden für dich sorgen, dich beschützen und für dich da sein.» Helene wusste nicht, ob der Junge sie verstanden hatte. Doch sie war sicher, wenn er die Bedeutung der Worte auch nicht begriffen hatte, so hatte er an ihrem Tonfall und an ihrem Gesicht ablesen können, dass er hier wohlgelitten war.

«Wie soll ich euch denn nennen?», fragte Heinz.

«Wie möchtest du uns denn nennen?», wollte Christa wissen.

«Zu dir möchte ich Christa sagen. Und zu Helene lieber Tante Helene.»

«Und zu mir?», fragte Martin.

Heinz überlegte eine Weile, dann meinte er: «Da muss ich noch nachdenken.»

Und endlich ertönte Martins Lachen, sein erstes, seit er aus den Adlerwerken zurück nach Hause gekehrt war.

Kapitel 4

Heinz nannte sich nun Heinz Schwertfeger, und niemand erhob Einspruch. In seinen Papieren war er nach wie vor Heinz Nickel, aber die Sehnsucht des Jungen dazuzugehören war stark. Noch immer hatte er keinen Namen für Martin gefunden, aber als er mit ihm drüben im Laden der Lehmanns war und Frau Lehmann sagte: «Wie Vater und Sohn», da strahlte Heinz und sah zu Martin auf, der einfach nur nickte.

Es war mittlerweile Mai geworden, die ersten acht Friedenswochen waren vorüber, die ersten warmen Tage brachen an. Frau Klein hatte man zum Trümmerräumen aufgefordert, wie viele ehemalige Nazis. So ging sie jeden Morgen maulend in Richtung Zentrum. Am Abend kam sie zurück, vollkommen eingestaubt und hustend. «Ja, ich tue meinen Teil zum Wiederaufbau, obwohl ich die Trümmer am wenigsten verschuldet habe», klagte sie, doch es fand sich niemand, der sie bemitleidete.

War sie nicht da, atmete Gisela Spielvogel hörbar auf. Sie hatte die Wohnung in Griesheim an die schlesische Familie, die bei Frau Klein einquartiert war, abgetreten, weil sie eine Anstellung in der Gastwirtschaft «Zur Sonne» gleich um die Ecke bekommen hatte. «Wie soll ich denn jeden Tag nach Griesheim hin- und zurückkommen?», hatte sie gefragt. «Und so kann ich immer mal wieder nach den Kindern sehen.» Sie hatte ihre Siebensachen zusammengeräumt, hatte ihre Jungs geschnappt und war bei Frau Klein eingezogen. Natürlich hatte sich Frau Klein mit Händen und Füßen gewehrt, aber gegen Frau Spielvogels Temperament und Christas Bemerkung, sie könne ja ausziehen, wenn ihr das nicht passe, war sie machtlos gewesen. Dafür schloss sie jetzt sämtliche Küchenschränke ab, sodass Frau Spielvogel sich einen Topf von Helene leihen musste, wenn sie kochen wollte. Brachte Frau Spielvogel aber etwas zu essen aus der Gastwirtschaft mit, dann war die Klein die Erste, die ihren Anteil einforderte.

«Die Bräuteschule öffnet im Februar wieder», teilte Helene ihrer Tochter eines Tages mit. «Ich habe dich angemeldet.»

«Aber ich will nicht auf die Bräuteschule gehen, Mutter.» Christa blickte Helene flehend an. «Ich will studieren, das weißt du doch.»

«Damit sich deine Heiratschancen noch verringern? Nein, mein Kind, das kannst du dir nicht leisten. Nicht in diesen Zeiten. Sieh dich doch einmal um. Wie viele Männer stehen zur Auswahl? Sehr, sehr wenige. Und ein Teil davon ist verkrüppelt. Wir sind nicht besonders reich, und du bist nicht besonders …» Helene brach ab.

«Was bin ich nicht besonders?», hakte Christa nach.

«Nicht besonders leicht zu führen.» Helene wandte sich dem Küchenherd zu und begann in einem Topf zu rühren. «Es gibt Mehlsuppe heute. Da muss man dabeibleiben, sonst brennt alles an.»

«Mama, bitte. Ich möchte keine Hausfrau werden, die sich nur um Küche und Kinder kümmert. Ich möchte studieren, lesen, lernen.»

«Wie schon gesagt: Ein Studium ist eine Möglichkeit, die Zeit bis zur Hochzeit zu überbrücken. Oder die Bräuteschule. Überlege selbst, was davon dir nützlicher erscheint.» Helene drehte sich zu Christa um. «Hat eigentlich Klaus mal wieder geschrieben?»

«Er ist in einem Lager. Kriegsgefangener der Russen. Wo genau, weiß ich nicht.»

«Hmm.» Helene leckte den Holzlöffel ab. «Was ist denn mit ihm? Er wäre eine gute Partie. Er hat nie übermäßig getrunken, und ich denke auch nicht, dass er zu Affären neigt. Außerdem wird er ein gutes Auskommen haben. Als Metzgermeister. Es könnte dich schlimmer treffen.»

«Nein!» Christa fuhr energisch mit der Hand durch die Luft. «Nein! Klaus und ich, wir sind viel zu verschieden. Er hat noch nie im Leben ein Buch gelesen! Lieber bleibe ich unverheiratet!»

Helene seufzte. «Eine Frau braucht einen Mann. Das war schon immer so. Wer soll denn sonst für dich sorgen?»

«Ich werde alleine für mich sorgen.»

Helene hob den Holzlöffel in die Luft. «Jetzt will ich dir mal was sagen, mein Kind: Eine Frau gehört zu einem Mann und bekommt seine Kinder. Das ist die biologische Ordnung. Und wenn dir das nicht passt, dann solltest du dich fragen, was mit dir nicht in Ordnung ist.»

Christa schrak zusammen. So hatte die Mutter noch nie mit ihr gesprochen. Eigentlich war sie eine sanfte Frau, die jedem Streit aus dem Wege ging, und Christa hatte gedacht, die Mutter würde das Studium schon schlucken. «Warum erlaubst du mir nicht, mein Leben selbst zu gestalten?», fragte sie, ein wenig aufgebracht.

«Weil sich das Leben nicht so einfach gestalten lässt. Und schon gar nicht für eine Frau.» Helene trat einen Schritt auf ihre Tochter zu, berührte kurz ihren Arm: «Als der Krieg noch tobte, haben die Frauen die Männerarbeit übernommen und Männerdinge, weil keine Männer da waren. Und du hast geglaubt, daran würde sich nie mehr was ändern.»

«Ja. Warum sollte sich etwas ändern? Frauen werden Universitäten besuchen, Ärztinnen werden oder Lastkraftwagen fahren. Warum denn nicht? Wir haben doch bewiesen, dass wir es können.»

«Jetzt kommen allmählich die Männer zurück nach Hause.

Ausgelaugt, besiegt. Sie suchen Arbeit, wollen den Krieg hinter sich lassen, das Land aufbauen. Sie wollen nicht länger Besiegte sein.» Helene legte das Geschirrtuch zur Seite und lehnte sich an den Küchenschrank. «Sie wollen hören und erleben, dass sie Helden sind, denn alle Männer wollen Helden sein. Immer und überall und besonders, nachdem sie einen Krieg verloren haben.» Helene stieß sich vom Schrank ab. «Wir alle suchen nach der Normalität. Nach einem Alltag, in dem wir uns sicher fühlen. So wie früher.»

Aber noch hatten weder die Bräuteschule noch die Universität ihren Betrieb aufgenommen, und Christa half zunächst in Martins Buchhandlung aus.

Sie war auch dabei, als Martin zum ersten Mal seit fünf Jahren wieder seinen Laden betrat.

Er sah sich um wie ein Fremder. Sein Blick glitt über die Regale mit den Nazi-Schriftstellern. An einer Wand, an der früher eine Weltkarte gehangen hatte, prangte noch die Hakenkreuzfahne, daneben ein gerahmtes Bild von Adolf Hitler – Frau Reichel hatte nicht genug Zeit gehabt, die Vergangenheit wegzuräumen. Auf dem Tisch in der Mitte des Ladens, auf den Martin immer die Neuerscheinungen präsentiert hatte, lag noch ein Exemplar von *Mein Kampf*. Weitere Exemplare davon fanden sich im Hinterzimmer. Auf der Verkaufstheke lagen noch einige Hefte des *Stürmer* und des Mitteilungsblattes der NS-Frauenschaft. Dort, wo früher die Kinderbücher gestanden hatten, reihten sich etliche Liederbücher der Hitlerjugend aneinander.

«Das muss alles weg», sprach Martin zu sich selbst. «Das muss alles raus hier.» Dann schüttelte er sich und wanderte langsam durch den Laden. Er zeigte Christa, welche Titel aussortiert werden mussten, er blickte in die Kasse, in der noch das Wechselgeld von Frau Reichel lag, er warf ihre Tasse weg, den Tauchsieder, ihren Kittel, Kamm, Spiegel. Ja, er warf sogar ihre Strickjacke fort, doch Christa holte sie wieder aus dem Mülleimer. «Die behalten wir. Frau Spielvogel kann sie sicher gut gebrauchen.»

Erst als keine Spur mehr von der Nazi-Frau im Laden zu sehen war, atmete Martin auf. Dann öffnete er die Tür ganz weit, dazu das Fenster, das auf den Hinterhof führte. Er wedelte mit den Armen, als wollte er auch noch den letzten Atemhauch der Reichel hinaustreiben. Er holte sich einen Eimer mit Wasser, wusch mit Schmierseife die Ladentheke, die Kasse und alle anderen freien Flächen ab, und mit jedem sauberen Stück wurde er fröhlicher. Er entfernte die Buchständer aus den beiden leeren Schaufenstern und reinigte sie, wischte die ganze Schaufläche des Fensters, während Christa die Tür abseifte, dann holte er eine Leiter aus dem Keller und reinigte sogar die Lampe.

Erst danach sortierten sie die gesamte Blut-und-Boden-Literatur aus. Christa war dafür, sie zu verbrennen. So, wie es die Nazis mit den Büchern ihrer Lieblingsautoren getan hatten, aber Martin war dagegen. «Bücher sollten niemals verbrannt werden. Nicht einmal diese hier.»

«Aber die sind Schund. Und gefährlich.»

«Papier ist knapp. Wäre es nicht wunderbar, wenn diese Bücher noch jemandem von Nutzen wären?»

Marlies Bielich fand heraus, wo genau die Trümmerverwertungsgesellschaft Papier zur Wiederaufbereitung sammelte, und Martin lieh sich gleich am Tag darauf vom Bestatter dessen Pferdefuhrwerk und brachte die Bücher in den Osten der Stadt, unweit des Hafens. Heinz saß oben auf dem Kutschbock und schaute stolz in die Gegend. Nur als sie am Schwarzmarkt vorbeikamen, duckte er sich. Martin bemerkte es, sagte aber nichts.

Als der Laden endlich leer war, machten sie sich noch einmal ans Putzen. Jedes einzelne Regal wurde abgeseift, jedes einzelne Buch, das bleiben durfte, wurde mit einem Pinsel abgebürstet. Martin schrubbte und wischte, als kriegte er es bezahlt. Jedem einzelnen Staubflöckchen aus der Nazizeit machte er den Garaus.

Christa holte sich die Leiter und wienerte die Schaufensterscheiben von außen. Auf das Glas hatte jemand Plakate mit der Aufschrift «Frontstadt Frankfurt wird gehalten!» geklebt. Unter der Schrift sah man den St.-Bartholomäus-Dom, davor eine Flakhelferin, einen Hitlerjungen in Uniform und einen älteren Arbeiter. Christa riss mit Wonne die Papierfetzen von der Scheibe, kratzte mit dem Fingernagel auch noch den kleinsten Leimrest herunter. Stunden dauerte das, aber Christa machte das nichts aus. Leute gingen vorüber und betrachteten neugierig, was sich in der Buchhandlung tat. Frau Bielich, Marlies' Mutter, kam vorbei.

«Öffnet ihr wieder?»

«Ja, so schnell wie möglich. Spätestens in einer Woche.»

«Das wurde aber auch Zeit.» Frau Bielich nickte Christa zufrieden zu.

Auch Frau Lehmann zeigte sich in ihrer weißen Schürze. «Mein Mann hat ein Schwein aufgetrieben. Morgen früh gibt es Sülze. Soll ich euch drei Scheiben zurücklegen? Das geht aber nur gegen Lebensmittelmarken.»

«Danke, Frau Lehmann, das wäre sehr nett. Aber wir brauchen jetzt vier Scheiben.»

«Ach, der kleine Heinz. Den hatte ich vergessen. Der bekommt die dickste Scheibe. Übrigens hat meine Nichte bald Geburtstag. Zehn Jahre wird sie alt. Habt ihr ein Buch für sie?»

«Natürlich, Frau Lehmann. Wann brauchen Sie es denn?»

Die Metzgerin winkte ab. «Nächste Woche reicht aus. Und sag mir Bescheid, wenn du was von Klaus hörst.»

Martin stand im Laden, die Hände in die Seiten gestemmt, und blickte sich um. Er wirkte erschöpft nach zwei Tagen Räumen und Putzen, doch sein Blick wirkte gelöster, das Kinn war weniger angespannt.

Christa schüttete das Schmutzwasser in den Rinnstein und betrachtete ihren Onkel durch die Schaufensterscheibe. Was geht wohl in ihm vor?, überlegte sie. Wie ist es wohl, sich das alte Leben Stück für Stück zurückerobern zu müssen? Wird er das Lager je vergessen können? Dann fiel ihr wieder Frau Lehmanns Kinderbuch ein. Wo sollte die neue Ware herkommen? Sie wrang den Putzlappen aus, schnappte sich den Eimer und ging hinein.

«Ware. Wir brauchen neue Ware. Wo kommt sie her?»

«Zuerst holen wir die Bücher aus dem Keller, dann sehen wir weiter», antwortete Martin.

«Frau Lehmann sucht ein Kinderbuch, aber ich weiß gar nicht, ob es welche gibt. Vielleicht bei Rütten & Loening? Der Verlag gibt doch den *Struwwelpeter* heraus. Das wäre wohl das richtige Buch. Heinz liebt es. Er sieht ja jeden Abend selbst wie ein Struwwelpeter aus.»

«Wilhelm Ernst Oswalt ist der Inhaber, ich weiß nicht, ob du dich an ihn erinnerst?»

Christa nickte. «Natürlich tu ich das, er war ja manchmal hier. Von ihm habe ich meinen ersten *Struwwelpeter* bekommen.»

«Er war auch im Lager.»

«In Buchenwald?»

Martin schüttelte den Kopf. «In Sachsenhausen.»

«Warum? Hat er auch verbotene Bücher verkauft?»

«Er ist Jude und hat es gewagt, ohne den gelben Stern auf die Straße zu gehen. Das hat gereicht.»

Christa schluckte. «Lebt …» Sie schluckte noch einmal. «Lebt er noch?»

«Ich weiß es nicht. Neulich bin ich am Verlag vorbeigegangen. Alles verriegelt und verrammelt.» Martin legte Christa eine Hand auf die Schulter. «Ich geh jetzt in den Keller, die Wand einreißen. Kommst du mit?»

Christa strahlte. «Ja», sagte sie nur, aber die beiden wussten, dass dies ein ganz besonderer Augenblick sein würde.

Sie stiegen die Treppen in den Keller hinab, und Christa dachte an den Abend, an dem sie die Bücher eingemauert hatten.

Sie brauchten keine Stühle oder Schränkchen mehr wegzuräumen, denn im letzten Kriegsjahr hatte es kaum noch Kohlen und Holz zum Heizen gegeben. Alles, was sich noch gebrauchen ließ, hatte die Mutter in den Küchenofen geschoben.

Martin blieb eine kleine Weile vor der Wand stehen und betrachtete sie. Er packte einen Vorschlaghammer und wandte sich an Christa: «Bist du bereit?»

Sie nickte. Martin hieb mit dem Hammer gegen die Wand. Zuerst bröckelte der Putz, dann entstand eine Öffnung. Mit jedem Schlag schien Martin an Kraft zu gewinnen, und schließlich war die Öffnung groß genug. Martin zog das erste Buch heraus und blickte es beinahe zärtlich an. Es war eine Sammlung mit Erzählungen von Stefan Zweig.

Behutsam, als würden die Bücher leben, holte er eines nach dem anderen aus ihrem Versteck, legte sie sanft in die Zinkwanne. Als diese voll war, trug Martin die Wanne nach oben und bat Christa, die Bücher abzustauben und in die Regale zu stellen.

Auf einmal hielt sie inne, starrte wie gebannt auf die *Liebesgedichte* von Bertolt Brecht. Sie schluckte, dann hob sie den Band wie einen Schatz aus der Kiste. Sie hatte gar nicht gewusst, dass es noch ein Exemplar gab. Vorsichtig pustete sie den Staub weg, holte tief Luft, schlug das Buch auf und las:

Der, den ich liebe
Hat mir gesagt
Daß er mich braucht

Darum
Gebe ich auf mich acht
Sehe auf meinen Weg und
Fürchte von jedem Regentropfen
Daß er mich ihm erschlagen könnte.

Das klang so wunderbar! Christa beneidete die Frau, für die das Gedicht geschrieben worden war. Gern hätte sie noch weitergelesen, aber sie hatte noch so viel zu tun. Also steckte sie das Buch in ihre Tasche und nahm sich vor, es am Abend zu lesen. Diese Gedichte. Bertolt Brecht. Niemand ahnte, wie schwer es ihr gefallen war, gerade dieses Buch, das ihren Onkel ins Lager gebracht hatte, aufzuschlagen und darin zu lesen.

Natürlich wusste sie, dass die Gedichte nichts dafür konnten, trotzdem ... Die Gedanken verwirbelten sich in ihrem Kopf. Sie hatte so viele Jahre auf ihre Lieblingsschriftsteller verzichten müssen. Die Nazis würden ihr den Brecht nicht mehr kaputt machen. Das würde sie nicht zulassen. Und plötzlich fühlte sich die Gedichtsammlung in ihrer Hand viel leichter an.

Später kam Heinz in den Laden, reichte ihr die Bücher, als sie auf der Leiter stand. Bis in die späten Abendstunden arbeiteten sie – Martin, Christa und Heinz –, dann waren sie endlich fertig.

Helene stieß zu ihnen, in der Hand eine Flasche Wein. «Jetzt beginnt unsere Zukunft», sagte sie und goss den Rotwein in die Gläser. Christa erkannte die Flasche. Es war ein Spätburgunder aus dem Rheingau, ein besonderer Tropfen, den die Mutter eigentlich für die Rückkehr des Vaters aufgehoben hatte. «Jetzt fangen wir ganz von vorne an. Wir vier.» Und dann reichte sie die Gläser herum, und auch Heinz bekam einen winzigen Schluck. «Auf die Auferstehung der Buchhandlung Schwertfeger». Sie erhob das Glas. «Auf uns!»

Und als sie die leeren Gläser abstellten, sahen sie, wie Martin sich eine Träne aus den Augen wischte.

Kapitel 5

Am 1. Oktober 1945 wurde auf Anordnung der Besatzer der Schulbetrieb wiederaufgenommen.
Christa begleitete Heinz an seinem ersten Schultag bis vor die Schultür, damit er sich nicht verlief. Er trug einen Ranzen, den Christa schon getragen hatte. Braunes Leder mit zwei Messingschnallen. Martin hatte ihn mit Lederfett abgerieben, sodass er jetzt wie eine Speckschwarte glänzte. Eine Schultüte bekam der Kleine nicht, schließlich kam er schon in die zweite Klasse. Keines der Kinder hatte eine Schultüte, aber Christa hatte für Heinz ein Brot dick mit Schmalz geschmiert und einen Apfel geschnitten. Und ein Stück Würfelzucker dazugepackt. Würfelzucker. Seit Jahren hatte sie keinen mehr gesehen, geschweige denn gegessen. Sie hatte das kleine, eingewickelte Päckchen in einer Schublade des Verkaufstresens gefunden. Es musste noch von Frau Reichel stammen, die nie mehr aufgetaucht war. Außerdem hatte sie eine alte Schachtel mit Buntstiften aus ihrer Kindheit gefunden, die hatte sie angespitzt und in eine kleine Schachtel gelegt. Obendrein hatte Heinz eine Schiefertafel und den Abakus aus dem Laden.

Martin hatte fleißig mit ihm das Lesen geübt, und Heinz beherrschte es mittlerweile recht gut.

«Hier wirst du Freunde finden», erklärte Christa auf dem Schulhof. «Da bin ich ganz sicher.»

Heinz nickte.

Eine Frau mit freundlichem Gesicht kam auf den Schulhof und bat die Kinder, sich klassenweise aufzustellen.

«Du kannst jetzt gehen. Ich komme klar», erklärte Heinz. Christa wollte ihm einen Kuss auf die Wange geben, aber Heinz wandte sich ab, und Christa verstand. Ein Küsschen in der Öffentlichkeit würde ihn kompromittieren.

Einen Monat später richteten die Amerikaner im Keller der Börse einen Lesesaal ein. Von da an war Christa Stammgast dort. Und kaum öffnete die Bibliothek am Morgen, saß sie schon an einem der schmalen Holztische, vor sich einen Bleistift und ein paar Bögen aus hartem grauem Papier, das Marlies ihr aus dem Amt mitgebracht hatte. Christa las alles, was sie zwischen die Finger bekam: Goethes *Wahlverwandtschaften*, eine Einführung in die Literaturgeschichte, eine Einführung in die Philosophie und unzählige Bücher von US-amerikanischen Schriftstellern: Upton Sinclairs Roman *The Jungle*, Thomas Wolfes *Look Homeward, Angel* und Edith Whartons *Hudson River Bracketed* … Christa las die Romane im Original, denn an der Musterschule hatte sie Englisch gelernt. Neue Welten taten sich ihr auf. Die amerikanische Literatur schien ihr so lebendig, so wahrhaftig. Sie glaubte jedes Wort, das sie las, konnte nicht genug davon bekommen. Da traf Schwermut auf Lebensfreude, da gab es Szenen voller Sorglosigkeit, und zugleich, beinahe beiläufig, wurden die großen Themen der Welt abgehandelt. Die amerikanischen Romane erschienen ihr leichter daherzukommen als die deutschen, unbeschwerter, sorgloser. Beschwingter, ohne Kitsch und Phrasen. Sie hatte den Eindruck dass die Autoren keinen Krieg erlebt hatten. Angst und Tod kamen vor, aber sie nahmen nicht so viel Raum ein wie in den heimatlichen Titeln.

Oft war sie am Abend die Letzte, die den Lesesaal verließ.

Außer der Bibliothekarin war Christa die einzige Frau im Lesesaal, doch das fiel ihr gar nicht auf. Manchmal stand sie erst nach Stunden auf und ging hinaus, um ein wenig Luft zu schnappen und etwas Wasser zu trinken.

Dann saß sie auf den Stufen der Börse zwischen den Säulen, hinter sich die Trümmer, und von drinnen drang das Geschrei der Wertpapierhändler zu ihr. Einmal setzte sich ein junger G.I. neben sie und versuchte, mit ihr ins Gespräch zu kommen. Auf Deutsch.

«Frowlein, ich sehe Sie jeden Tag hier. Was machen Sie? Was lesen Sie?»

«Und Sie? Was tun Sie in einer Bibliothek? Sie sind doch ein G.I., oder?» Sie betrachtete ihn ein wenig genauer, das lackschwarze Haar, die dunklen Augen, die olivfarbene Haut.

Der junge Mann lachte. «Ich habe nur hier Gelegenheit zu lesen. Ich möchte viel über mein Volk in Erfahrung bringen.»

«Ihr Volk?»

«Ja. Mein Volk gehört zur Urbevölkerung der Vereinigten Staaten – wir sind Indianer.»

Christa riss vor Überraschung die Augen auf. «Sie sind ein Indianer? Ein Apache?» Sie kannte die Apachen aus den Büchern von Karl May.

Der G.I. lachte wieder. «Nein, ich bin kein Apache. Apachen leben im Südwesten der USA und im Norden Mexikos. Ich gehöre zum Campbell River Volk an der Nordküste in Neuengland.»

«Campbell River? Das klingt gar nicht indianisch.»

«Das ist der amerikanische Name. In unserer Sprache heißen wir Kwakwaka'wakw.»

Christa erhob sich, strich den Rock glatt. Sie war ein wenig sauer. Natürlich waren die Amerikaner nicht unbedingt die Freunde der Deutschen, aber verkohlen lassen musste sie sich deshalb nicht.

«Sind Sie böse auf mich?», fragte der Soldat.

«Nun, die Märchenstunde ist vorüber, ich muss weiterarbeiten.»

«Märchenstunde? Ah! Sie glauben mir nicht. Aber es stimmt, was ich sage.» Er blickte sie dabei so ehrlich an, dass sie sich wieder hinsetzte.

«Leben Sie in einem Zelt? In einem Wigwam?»

«Nein. Wir leben in ganz normalen Häusern in einer Siedlung. Das nennt sich Reservat. Und die meisten von uns gehen ganz normal zur Arbeit.»

«Wirklich? Was macht Ihre Familie?»

«Meine Familie kennt sich gut mit Pferden aus. Mein Bruder und mein Vater reisen durchs Land, reiten Pferde zu und bilden sie für Rodeos aus. Meine Schwester arbeitet in einem Lebensmittelgeschäft, und meine Mutter wäscht und bügelt für andere Leute. Ich bin der Erste unseres Stammes, der auf eine Universität gehen wird.» Er blickte nachdenklich auf seine Schuhe. «Das heißt, wenn wir Deutschland irgendwann verlassen.»

Christa wusste noch immer nicht, ob sie ihm glauben konnte – und doch, er sah aus wie ein Indianer, wenn sie den Bildern in ihrem Kopf trauen konnte. Schließlich reichte sie ihm die Hand. «Ich heiße Christa. Christa Schwertfeger.»

Der G.I. erhob sich und verbeugte sich ein wenig. «Gestatten, mein Name ist Chitto. Das bedeutet tapfer.»

«Und wie lautet Ihr Nachname?»

«Wissen Sie, Frowlein, Indianer haben keine Nachnamen. Die brauchten wir nicht, weil auch so jeder wusste, wer zu wem gehörte. Erst im Reservat haben wir Nachnamen bekommen. Meiner lautet Brown.»

«Chitto Brown», wiederholte Christa. «Es freut mich sehr, Sie kennenzulernen.»

«Sie haben meine Frage noch nicht beantwortet. Was tun Sie hier in der Bibliothek, Christa?»

«Ich möchte Literatur studieren. Und jetzt bereite ich mich auf das Studium vor. Eigentlich überbrücke ich nur die Zeit, bis die Universität wieder öffnet.»

«Literatur also.» Er betrachtete sie ein wenig genauer. Sie versuchte sich vorzustellen, was er sah: ihr schmales Gesicht mit den grünblauen Augen, der geraden Nase und den ein wenig zu schmalen Lippen.

Christa wusste nichts mehr zu sagen. Sie stand auf, strich ihren Rock glatt, nickte dem Mann zu und wollte gerade zurück in den Keller der Börse steigen, als Chitto rief: «Sind Sie morgen wieder hier, Frowlein?»

Da lächelte Christa und nickte.

Beim Abendbrot erzählte sie von ihrer Begegnung.

«Ein richtiger Indianer?», wollte Heinz wissen. «Hatte er Federn auf dem Kopf?»

Christa lachte. «Nein, er trug eine Army-Uniform. Und er lebt auch nicht in einem Zelt, sondern in einem Haus.»

Heinz starrte sie mit offenem Mund an. «Triffst du ihn wieder? Darf ich ihn sehen? Hat er einen weißen Freund?»

Martin strubbelte ihm über den Kopf. «Ich sollte dir abends nicht so viel von Karl May vorlesen, was?»

Aber Christa sah, dass er stolz auf Heinz war, der zwar noch immer langsam las, aber in der Schule gut mitkam.

«Wenn du magst, kannst du mich morgen von der Börse abholen. Hast du Lust? Vielleicht triffst du ja Chitto Brown.»

«Du solltest nicht in einer Bibliothek herumhocken», murrte Helene, doch Martin legte seiner Schwägerin eine Hand auf den Arm. «Lass sie. Es ist nichts Schlechtes daran.»

Am nächsten Morgen bürstete sich Christa ihr langes mittelblondes Haar, das ihr bis zur Mitte des Rückens reichte. Marlies Bielich hatte sich schon vor einigen Jahren von ihren Zöpfen getrennt und trug die schulterlangen Haare in Wellen gelegt. Auch Friederike Nestler trug einen modernen Haarschnitt. Christa überlegte, ob sie sich so eine Frisur mit Wasserwelle zulegen sollte. Wenigstens war ihr Kleid nicht so altbacken. Es war aus himmelblauer Fallschirmseide genäht und hatte einen weißen Kragen, dazu weiße Knöpfe und einen weißen Gürtel. Sie könnte ihre weißen Schuhe anziehen. Der Winter stand zwar vor der Tür, und es hatte gestern Morgen auch schon gefroren, aber lieber fror sie, als in den klobigen Kriegsstiefeln zu gehen. Mit einem Kohlestift zog sie sich die Augenbrauen nach, dann biss sie ihre Lippen rot und machte sich auf den Weg in die Kellerbibliothek.

Chitto Brown war nicht da. Christa spürte ihre einen kurzen Stich, dann vertiefte sie sich in einen Roman des englischen Schriftstellers Evelyn Waugh, von dem sie zunächst geglaubt hatte, er wäre eine Frau. Aber sie konnte sich heute nicht konzentrieren. Immer wieder glitt ihr Blick Richtung Tür, vergeblich, Chitto Brown tauchte nicht auf. Sie klopfte sich mit dem Bleistift gegen die obere Zahnreihe und versank in ihren Gedanken. Gefällt er mir eigentlich? Oder finde ich ihn nur interessant, weil er ein Indianer ist?

Sie hatte die Fragen noch nicht beantwortet, als sie einen leisen Gruß hörte und Chitto Brown sich neben sie setzte.

«Guten Tag, Frowlein Christa. Wie geht es Ihnen?», fragte er, aber sofort zischte jemand: «Ruhe!»

Chitto deutete nach draußen und Christa nickte. Sie gab ihr Buch zurück, dann folgte sie ihm die Kellertreppe hinauf.

Sie setzten sich auf die kalten Stufen, und Chitto holte ein Päckchen aus seiner Tasche. Erst dachte Christa, es wären Zigaretten, doch dann sah sie, dass er ihr eine Tafel Schokolade entgegenstreckte.

«Hier, für Sie!», sagte er.

Christa schüttelte den Kopf. Der Amerikaner sollte nicht denken, dass sie nur seine Bekanntschaft gemacht hatte, um an Dinge wie Zigaretten oder Schokolade zu kommen. «Danke, ich brauche nichts.»

Chitto betrachtete sie einen Augenblick, nickte und steckte die Tafel wieder ein.

«Was wollen Sie eigentlich studieren?», fragte Christa.

«Ethnologie. Ich möchte die Geschichte meines Stammes erkunden. Unsere Legenden, Rituale, unser Heilwissen, unseren Glauben. Die Amerikaner wissen nicht viel über die Ureinwohner. Ich möchte diese Lücke füllen.»

Erneut war sich Christa nicht sicher, ob sie ihm glauben konnte. Alles, was er erzählte, klang so furchtbar fremd. Und noch einmal ganz anders, als sie es von «normalen» Amerikanern mitbekommen hatte, die sie sich so frei und unbefangen verhielten. So als gehörte ihnen die ganze Welt, als bräuchten sie nur die Hand auszustrecken, um nach den Sternen zu greifen.

In diesem Augenblick stürmte Heinz die Schillerstraße entlang und auf die Börse zu. Christa rief seinen Namen und winkte ihm. Dann wandte sie sich an Chitto. «Das ist Heinz. Er liest sehr gern Indianerbücher. Als ich gestern von unserer Begegnung erzählte, wollte er Sie unbedingt kennenlernen. Ich hoffe, das macht Ihnen nichts aus.»

«Nein, tut es nicht. Ich mag Kinder.»

Schon war Heinz da. Höflich reichte er Chitto die Hand. «Ich heiße Heinz, und ich hab noch nie einen richtigen Indianer getroffen.»

Chitto schüttelte die kleine Hand. «Deine Schwester hat mir schon von dir erzählt. Es freut mich, dich kennenzulernen, Heinz.»

Er öffnete seinen schweren Army-Mantel, und Heinz setzte sich vertrauensvoll neben Chitto, der ihn ermunterte, Fragen zu stellen. Und Heinz legte los, ohne Punkt und Komma. Er fragte nach allem, was ihm in den Sinn kam, und Chitto antwortete freundlich und berichtete von seinem Leben im Reservat.

Christa hörte eine Weile zu, dann wurde ihr kalt. Als sie die Arme um ihren Oberkörper schlang, erhob sich Chitto, zog seinen Mantel aus, legte ihn Christa um die Schulter. Dann wickelte er sich aus seinem Schal und legte ihn auf die Treppenstufen, damit auch Heinz nicht fror, der bislang auf seinem Mantel gesessen hatte.

Nach einer Stunde war es so kalt geworden, dass auch der dicke Mantel nichts mehr half. Christa stand auf.

«Komm, Heinz. Wir müssen los, Helene wartet mit dem Essen. Außerdem wird Mr. Brown krank, wenn er hier noch länger ohne Mantel sitzt.»

Sie verabschiedete sich, und Heinz fragte mit großen Augen: «Darf ich sagen, dass ich jetzt einen Indianer zum Freund habe?»

Chitto nickte.

Dann hüpfte Heinz an Christas Hand den ganzen Weg zurück bis nach Hause. Dabei war er so aufgeregt, dass sein Mund keine Sekunde stillstand. «Ich werde dem Willi morgen von Chitto erzählen. Mann, der wird Augen machen. Vielleicht kann mich Chitto ja mal von der Schule abholen, damit mir alle glauben. Können wir ihn einladen? Bitte, Christa. Martin würde ihn bestimmt auch gern treffen.»

«Heinz, wir kennen ihn doch gar nicht. Ich habe Chitto auch erst zum zweiten Mal gesehen. Außerdem dürfen wir gar nicht mit den Amerikanern reden und sie nicht mit uns. Wir sollen uns nicht verbrüdern, sagt man.»

Doch kaum saßen alle beim Abendbrot, plapperte Heinz los. «Jeder Indianer bekommt einen eigenen Tomahawk, sobald er ein Mann ist. Und es gibt verschiedene Bemalungen für alle Anlässe. Das nächste Mal wird er mir zeigen, wie Indianer tanzen.»

Helene warf während Heinz' Bericht immer wieder einen besorgten Blick auf Christa. Als der Kleine im Bett lag, fragte sie: «Du fängst mir aber nichts mit diesem Indianer an, oder? Du weißt genau, wie man die Mädchen nennt, die für ein paar Nylonstrümpfe ... du weißt schon was machen. Die Amerikaner sind keine Männer zum Heiraten. Du musst an deinen Ruf denken.»

Christa lächelte. «Mach dir keine Sorgen, Mama. Aber du musst auch zugeben, dass man nicht alle Tage einen Indianer mitten in Frankfurt trifft.»

Helene blickte auf ihre Hände, die im Schoß lagen. «Wir müssen noch immer aufpassen, dürfen nicht ins Gerede kommen. Schon wegen des Ladens nicht. Wir müssen an die Kundschaft denken. Es kann noch viel geschehen. Noch ist nicht alles vorüber. Wenn du verheiratet wärst und versorgt, hätte ich eine Sorge weniger.»

«Was meinst du damit?» Christa zog die Stirn kraus. «Gibt es etwas, das ich wissen sollte?»

«Ach, nichts. Vergiss nur nicht, dass es schlechte Menschen gibt. Menschen, die anderen ihr Glück nicht gönnen.»

Christa fand Helenes Worte rätselhaft, aber sie fragte nicht nach.

Kapitel 6

Der Kleine wich nicht von Martins Seite, seinen «Geschäften» ging er allerdings trotzdem noch nach. Er hatte im Keller der gegenüberliegenden Ruine eine Meerschweinchenzucht eröffnet. Dafür hatte er sich zwei Tiere «besorgt» und ihnen aus allem, was in den Trümmern so herumlag, einen Stall gebaut. Jeden Tag suchte er nach Futter für die quiekenden Tiere und füllte die beiden Wassernäpfe, die aus alten Stahlhelmen bestanden. Stolz hatte er seinen neuen Besitz vorgeführt. Helene ekelte sich, aber sie glaubte ebenso wie Christa, dass die Meerschweinchen dem Kleinen halfen, seine Kriegserlebnisse zu vergessen. Heinz hatte jedoch vollkommen andere Pläne. «Sie werden Junge kriegen. Und die bringe ich dann zum Zoo. Dort kaufen sie Meerschweinchen als Futter für die Tiere. Eine Reichsmark gibt es pro Stück. Ein Ei kostet auf dem Schwarzmarkt zehn Mark. Könnte ein gutes Geschäft werden.»

Christa musste immer leise lachen, wenn Heinz den Geschäftsmann herauskehrte, aber insgeheim bewunderte sie ihn dafür. Andererseits sollte kein inzwischen achtjähriger Junge für den Unterhalt seiner Familie mitsorgen müssen.

Martin nickte. Wie immer. Und wie immer hatte Heinz auf dieses Nicken gewartet. «Die Sau ist schon schwanger. Mit Glück bekommt sie sechs Junge. Das wären sechs Mark.» Er stutzte kurz. «Zwei werde ich behalten müssen, damit meine Zucht weitergeht. Ein Männchen und ein Weibchen. Also nur vier Mark.»

Es war ein grauer Novembertag. Der Nebel lag auf den Hausdächern wie eine schwere Bürde und wollte nicht weichen, obwohl es bereits früher Nachmittag war. Christa betrat den Bibliothekskeller in der Börse mit klopfendem Herzen und sah sich um. Außer ihr war nur noch ein alter Herr, der stets Fliege und Weste trug, anwesend. Der Raum war nicht geheizt. Christa stand jede halbe Stunde auf, ging hinaus, schlug die Arme um den Körper und trampelte mit den Füßen. Sie trug zwei Paar Socken, die Helene gestrickt hatte, doch ihr wurde einfach nicht warm.

«Fräulein Schwertfeger?»

Christa fuhr herum. Die Frau, die in der Bibliothek die Aufsicht führte, winkte ihr. «Ein Anruf für Sie.»

Hastig eilte Christa zurück, griff nach dem Telefonhörer. «Guten Tag, hier ist Chitto.»

«Chitto, wie schön, Sie zu hören.»

«Ich muss schnell machen, ich habe einen Einsatz. Würden Sie mit mir am Samstag tanzen gehen? Ins Varieté des Schumann-Theaters?»

«Aber das ist doch nur für die Amerikaner.»

«Wir dürfen Gäste mitbringen, und ich würde mich so freuen, wenn Sie mein Gast wären.»

Christa überlegte. Die Mutter würde den Ausflug nicht gutheißen, aber sie war jung. Sie wollte tanzen, wollte sich amüsieren!»

«Ich weiß nicht, ob die Mutter mich lässt», murmelte sie.

«Daran habe ich auch schon gedacht. Was halten Sie davon, wenn Sie eine Freundin mitbringen? Als Gast meines Freundes.»

«Das würde vielleicht gehen.»

«Wir treffen uns um sieben Uhr vor dem Varieté? Machen Sie sich keine Gedanken um die Ausgangssperre. Wir bringen Sie selbstverständlich mit dem Auto nach Hause. Und Ihre Freundin ebenso. Abgemacht?»

«Ich freue mich», antwortete Christa, dann wurde das Gespräch beendet.

Tanzen! Sie würde tanzen gehen! Das erste Mal in ihrem Leben. Oh, es würde wunderbar werden. Jetzt hielt es sie nicht mehr in der kalten Bibliothek. Christa holte ihren Mantel und eilte in Richtung Hauptwache. An der Katharinenkirche blickte sie auf die Uhr. Es war kurz vor sechs. Um sechs hatte Marlies in der Stadtverwaltung Feierabend. Diese war in einem Gebäude untergebracht, das sich im nahen Westend befand, weil der Römer – das historische Zentrum Frankfurts – vollkommen zerstört war.

Marlies kam Christa schon entgegen. «Du hier? Willst du zu mir?», fragte sie.

«Ja. Stell dir vor, wir sind am Samstag in das Schumann-Theater eingeladen. Zum Tanzen. Du und ich. Und wir werden zurück nach Hause gebracht.»

Marlies zog die Augenbrauen ein wenig in die Höhe. «Ist dort nicht der amerikanische Klub?»

«Ja. Genau. Kommst du mit? Bitte, Marlies. Meine Mutter lässt mich nicht alleine gehen.»

Marlies verzog keine Miene, dann platzte das Lachen fröhlich aus ihr heraus. «Na klar komme ich mit. Und am Nachmittag machen wir uns die Haare, damit wir so richtig toll aussehen. Um drei bei dir?»

Christa nickte.

«Ich bringe auch mein Schminkzeug mit. Oh, das wird prima.»

Wie Christa sich schon gedacht hatte, war Helene nicht begeistert. «Weißt du, was die Leute über die Mädchen sagen, die sich mit amerikanischen Soldaten einlassen? Sie nennen sie ‹Ami-Flittchen›. Willst du auch so eine sein?»

Christa schüttelte den Kopf.

«Nun lass ihr doch die Freude», schaltete sich Martin ein. «Sie ist jung. Sie muss auch mal raus und sich amüsieren. Und die Leute reden eh, was sie wollen. Du hast doch sonst nichts darauf gegeben.»

Helene seufzte. «Aber um zehn bist du wieder zu Hause.»

«Triffst du Chitto?», fragte Heinz.

«Ja, er hat Marlies und mich eingeladen.»

«Ist das dieser Indianer, den du aus der Bibliothek kennst?», setzte Helene das Verhör fort.

«Ja.»

«Was ist das eigentlich für einer?»

«Er will studieren. Ethnologe will er werden. Und schon jetzt bereitet er sich auf sein Studium vor.»

«Ethnologe, aha.» Helene wandte sich an Martin. «Du bringst die Mädchen hin. Ich will sicher sein, dass sie dort gut ankommen. Und um zehn bist du zu Hause!», bekräftigte sie noch einmal.

Den gesamten Samstag war Christa vor Aufregung total zappelig. Sie hatte ihr himmelblaues Kleid aus Fallschirmseide gewaschen und gebügelt, und Marlies hatte ihr die Haare an den Seiten hochgesteckt.

«Willst du deine Haare nicht endlich abschneiden lassen?», fragte sie.

Christa schüttelte den Kopf. Natürlich wollte sie so modern sein wie die anderen jungen Frauen, aber sie hatte sich damals, als ihr Vater in den Krieg ziehen musste, geschworen, sich das Haar nicht schneiden zu lassen, bis er wieder da ist.

«Wenn ich zurückkomme», hatte er zum Abschied zu ihr gesagt. «werden deine Haare dir wahrscheinlich bis zum Po reichen.» Und er hatte gelacht dabei. Jetzt fehlte nur noch eine Handbreit. Für Christa hätte es sich nach Verrat angefühlt, die Haare zu schneiden, solange sie nicht wusste, was mit ihrem Vater war.

Helene hatte ihr eine weiße Handtasche geliehen, und Martin hatte ihr dreißig Reichsmark zugesteckt. Das war viel Geld, beinahe ein Wochenlohn, aber niemand wusste, wie teuer die Getränke bei den Amerikanern waren. Außerdem arbeitete sie ja in der Buchhandlung, immer wenn sie Zeit dafür hatte.

Allmählich trafen erste Neuerscheinungen ein. Der Berliner Ullstein Verlag hatte seine Vorkriegsexemplare von Erich Maria Remarques *Im Westen nichts Neues* auf den Markt gebracht. 120 000 Exemplare, die in wenigen Tagen ausverkauft waren. Es gab auch hin und wieder deutschsprachige Übersetzungen berühmter US-Romane, doch in so kleinen Auflagen, dass sie der Nachfrage lange nicht gerecht worden. Erst neulich war wieder ein Buch von Thomas Wolfe erschienen, seine *Short Stories*. Die Schwertfeger'sche Buchhandlung hatte davon nur ein einziges Exemplar erhalten, das so rasch wieder verkauft worden war, dass es nicht einmal ins Regal einsortiert worden war.

Das *Börsenblatt* für die Buchhändler, herausgegeben vom Börsenverein, erschien seit Oktober 1946 wieder, aber auch die vielen Groschenhefte: Krimis, Liebesgeschichten, Landsererzählungen. Außerdem gab es bereits wieder Kulturzeitschriften wie die *Frankfurter Hefte* und den *Merkur*, der in München verlegt wurde.

«Wir brauchen bestimmt kein Geld», vermutete Marlies und sah Martin an. «Die Amis werden uns freihalten.»

«Freihalten!» Das Wort aus Helenes Mund klang wie ein Schimpfwort. «Ihr müsst wenigstens in der Lage sein, selbst zu bezahlen.»

Marlies lachte. «Tante Helene, es war schon immer so, dass die Männer bezahlen. Das ist Tradition.»

«Mag sein. Aber sich freihalten zu lassen, macht abhängig. Da will vielleicht einer einen Kuss dafür oder sonst was.»

Jetzt lachte auch Christa, dann umarmte sie ihre Mutter. «Wir passen aufeinander auf. Mach dir keine Sorgen.»

Und mit diesen Worten brachen die Mädchen und Martin auf. Vor dem Klub wartete schon Chitto auf sie, neben ihm stand ein junger Mann, der freundlich lächelte und ein paar Tanzschritte andeutete.

«Oh», jubelte Marlies leise. «Ich habe so lange nicht mehr getanzt. Und er hier tanzt sogar ohne Musik.»

Martin begrüßte die beiden Männer. «Passen Sie gut auf Christa und Marlies auf», sagte er.

Die G.I.s nickten. «Sie können sich auf uns verlassen, Sir.»

Dann betraten sie einen großen Saal, in dem früher Theaterstücke aufgeführt wurden. Jetzt fehlten die Stuhlreihen, nur die erhöhte Bühne gab es noch. Darauf saßen fünf Musiker in weißen Hemden vor ihren Instrumenten. Hinter dem Klavier stand ein schwarzer Soldat und hämmerte bereits in die Tasten. Ein Saxophon heulte auf, während ein junger Mann am Mikrophon stand und ein Lied sang, das Christa noch nie gehört hatte.

«Was ist das für Musik?», rief sie durch den Höllenlärm, der im Saal herrschte.

«Swing, Bing Crosby», erwiderte Chitto und schnipste mit den Fingern.

In diesem Augenblick endete der Song, und sofort wurde ein neuer gespielt.

«Das ist Glenn Miller», rief ihr Chitto ins Ohr. «Kennst du ihn?»

Christa schüttelte den Kopf, aber die Musik gefiel ihr.

Chitto führte sie an einen Vierertisch, auf dem eine hübsche weiße Decke lag, und reichte den beiden Mädchen zwei Speisekarten. «Was möchtet ihr essen?», fragte er.

Christa blickte zu Marlies. Marlies hob kurz die Schultern, dann schlug sie die Karte auf. «Oh, ich würde so gern Truthahn probieren. Ich habe gehört, der ist in Amerika ein Nationalgericht.»

«Ja», bestätigte Marlies' Begleiter, der sich als Joe vorgestellt hatte und aus El Paso in Texas kam. «Wir essen Truthahn zu Thanksgiving. In Deutschland heißt es wohl ‹Erntedankfest›. Den müsst ihr unbedingt probieren.»

Christa und Marlies bestellten sich jede eine Portion davon, die Männer taten es ihnen gleich.

«Und was wollt ihr dazu trinken?», fragte Chitto.

Wie aus der Pistole geschossen, antwortete Marlies: «Ich möchte Coca-Cola probieren», und Christa schloss sich an.

Der Truthahn war mit Maronen gefüllt und schmeckte köstlich. Die Portionen waren so riesig, dass Christa liebend gern einen Teil davon mit nach Hause genommen hätte. Für Heinz, der immer hungrig war. Für Martin, der noch immer so schnell aß, als könnte man ihm wegreißen, was er in der Hand hielt.

Chitto schien ihre Gedanken lesen zu können. «Wir bestellen noch eine Portion, die du deinem Bruder mitnehmen kannst», bot er an, aber Christa schüttelte den Kopf. Irgendwann würde Heinz auch mal Truthahn probieren können.

Sie blickte sich im Saal um. Alle Tische waren besetzt, und Christa hatte das Gefühl, dass die meisten Mädchen wohl Frankfurterinnen waren. Sie beobachtete, wie sich eine ganz fest an ihren Begleiter schmiegte, eine andere saß sogar auf dem Schoß eines G.I.s. Die meisten aber hatten sich so hübsch gemacht wie sie und Marlies und unterhielten sich mit ihren Begleitern oder tanzten.

Dann tanzten sie auch. Joe war tatsächlich ein begnadeter Tänzer, der Christa und Marlies auf der Stelle den Swing beibrachte. Danach tanzte Christa mit Chitto, ließ sich von ihm herumwirbeln, wiegte sich im Takt der Musik und fühlte sich zum ersten Mal so jung und frei, wie sie wirklich war. Der Abend war viel zu schnell zu Ende. Schon kam das letzte Lied, eine langsame Melodie, bei der man eng zusammentanzte.

«Darf ich?», fragte Chitto höflich. Christa nickte. Er legte den Arm um ihre Hüfte und zog sie so nahe an sich heran, dass sie seinen Duft riechen konnte. Er roch nach Minze. Frisch und sauber. Noch nie war sie einem jungen Mann so nahe gewesen. Ja, sie spürte sogar seinen Atem auf ihrem Haar. Christa schloss die Augen, ließ sich von der Musik und von Chittos Armen tragen.

Dann war das Lied zu Ende.

Chitto holte die Mäntel der beiden Mädchen an der Garderobe ab, während Joe die gesamte Rechnung übernahm. Vor der Tür reichte Christa Chitto die Hand.

«Danke schön», sagte sie leise. «Es war ein wunderbarer Abend.»

«Es freut mich, wenn er dir Spaß gemacht hat», erwiderte Chitto, dann stiegen sie zu viert in den Jeep mit dem weißen Stern. Vorn die beiden Männer, hinten Christa und Marlies, die vom Tanzen ganz rote Wangen und blitzende Augen bekommen hatten.

In der Berger Straße hielt der Jeep direkt vor dem Eingang der Buchhandlung. Christa kam das Auto so unheimlich laut vor, dass sie fürchtete, das ganze Haus würde von dem Lärm in der nächtlich stillen Straße aufwachen.

Die Männer stiegen aus und halfen den Mädchen hinaus. Zum Abschied zog Chitto Christa kurz an sich und küsste sie auf die Wange. Auch Marlies wurde geküsst. Dann fuhr der Jeep davon.

«Hach, das hat gutgetan, nicht wahr?» Marlies strahlte Christa an. «Vielleicht fragen sie ja für den nächsten Samstag wieder an. Du, dann denkst du an mich, ja?» Marlies umarmte die Freundin und tänzelte die paar Meter bis zu ihrer Haustür im Walzerschritt.

Als Christa endlich im Bett lag – zum Glück schliefen die anderen bereits –, konnte sie vor Aufregung keine Ruhe finden. Was für ein Abend! Mit einem Blick auf Helene knipste sie die Nachttischlampe an und entdeckte ein Buch von Else Lasker-Schüler, das ihr wohl Martin hingelegt hatte. Mit einem Lesezeichen.

Mein Tanzlied
Aus mir braust finstre Tanzmusik.
Meine Seele kracht in tausend Stücken;
Der Teufel holt sich mein Mißgeschick,
Um es ans brandige Herz zu drücken …

Christa sog die Worte förmlich auf, die Stimmung. Dann löschte sie das Licht und träumte davon, Swing zu tanzen. Swing, die heitere Tanzmusik.

Kapitel 7

Der Winter 1945/46 war hart und bitterkalt. Die Leute froren so, dass sie alle Bäume, die die Berger Straße flankierten, abholzten. Alles, alles wurde verbrannt. Frau Spielvogel war sogar am Samstag gemeinsam mit Christa und Heinz auf geliehenen Fahrrädern hinaus in die umliegenden Dörfer gefahren und hatte den Bauern Kuhmist abgeschwatzt, der getrocknet ein schönes Feuerchen abgab, wenn auch nicht ganz geruchlos.

Am Heiligen Abend fragte Martin den Kleinen: «Bist du eigentlich getauft?»

Heinz nickte. «Meine Mama hat immer erzählt, ich hätte dem Pastor in den Finger gebissen, als er mich über das Taufbecken hielt.»

«Und bist du katholisch oder evangelisch?»

Heinz zuckte mit den Schultern. «Was ist der Unterschied?»

«Da gibt es viele. Katholiken beichten zum Beispiel und beten zur Jungfrau Maria. Bei den Evangelischen gibt es keine Beichte.»

«Was seid denn ihr?», wollte Heinz wissen.

«Wir sind katholisch.»

«Dann bin ich es auch.»

Also gingen sie alle gemeinsam zum Gottesdienst in die Bornheimer St.-Josef-Kirche. Das erste Weihnachten nach dem Ende des Krieges. Friedensweihnacht. Christa war sich des Weihnachtsfriedens noch nie so bewusst gewesen wie an diesem Abend. Als sie die Kirche verließen und allen Nachbarn und

Bekannten frohe Weihnacht gewünscht hatten, begann es zu schneien. Nicht viel, nur ein paar Flocken. Christa blieb stehen, öffnete den Mund und ließ eine Schneeflocke auf der Zunge zergehen. Und Heinz tat es ihr nach.

Danach saßen sie im Wohnzimmer und hörten im Radio Weihnachtslieder. Sie hatten keinen Baum, denn es gab keine Bäume. Aber Christa hatte für jeden ein kleines Geschenk. Für Heinz hatte sie ein Buch, das sie im Amerikahaus erstanden hatte. *Tom Sawyers Abenteuer* von Mark Twain. Für Helene hatte sie ein winziges Tütchen Kaffee auf dem Schwarzmarkt gekauft. Martin erhielt von ihr ein Päckchen Bleistifte.

Martin verschenkte an jeden Bücher, so wie immer. Christa freute sich darüber, denn es erschien ihr, als wäre Martin mit diesen Geschenken dem normalen Alltag ein bisschen näher gerückt. Er hatte sogar etwas zugenommen. Seine Augen waren nicht mehr ganz so leer. Aber er war noch immer schnell erschöpft. Manchmal stand er im Laden und schaute minutenlang auf ein und denselben Fleck. Und wenn Christa ihn ansprach, schrak er regelrecht zusammen. Sosehr sich Martin auch bemühte, er war noch lange nicht wieder der Alte, und Christa fragte sich insgeheim, ob er es wohl jemals wieder werden konnte.

Jetzt verteilte Helene ihre Geschenke. Heinz bekam einen Pullover. Helene hatte eine alte Strickjacke ihres Mannes aufgetrennt und den Pullover daraus für Heinz gestrickt. Christa bekam einen Schal aus derselben Wolle und Martin eine Decke für seine immer kalten Füße.

Heinz blätterte in dem Buch, das er von Christa bekommen hatte, dann aber sprang er auf. «Ich habe auch Geschenke für euch», verkündete er. Er rannte aus der Wohnstube, und sie konnten ihn in seinem Zimmer herumkramen hören. Dann verteilte er seine Schätze. Für Christa eine Packung Kaugummi, für Helene ein Küchensieb, das aus einem Stahlhelm gefertigt war, und für Martin zwei Buchständer aus Holz, die Heinz selbst gemacht hatte. Sie waren ein wenig krumm, aber das störte niemanden.

«Woher hast du die Sachen?», fragte Martin, nachdem alle den Kleinen umarmt und sich bei ihm bedankt hatten.

Heinz zuckte mit den Schultern. «Ihr wisst doch, dass ich die Meerschweinchen aus meiner Zucht an den Zoo verkaufe. Na ja, das Geld für die Kaugummis und das Küchensieb habe ich gespart.» Dann trat er von einem Fuß auf den anderen.

«Hast du was?», wollte Helene wissen.

«Können wir ... wir, können wir vielleicht alle zusammen beten? Für meine Mama und meinen Papa im Himmel?»

«Aber ja. Natürlich, Heinzchen. Das machen wir. Und danach singen wir alle zusammen *Stille Nacht, heilige Nacht*.»

Anschließend blieben sie noch eine ganze Weile zusammen sitzen und blickten in die einzige Kerze, die auf dem Tisch brannte.

«Wo waren wir heute vor einem Jahr?», fragte Christa.

«Wir saßen im Luftschutzkeller. Das ganze Haus hat gewackelt, als eine Brandbombe gegenüber einschlug. Staub und Rauch drang unter der Tür durch. Wir haben alle gehustet.» Helene nickte bei dieser Erinnerung.

«Ich weiß nicht mehr, wo ich war», erzählte Heinz. «Das war auf dem Treck. Aber am Abend haben wir alle zusammen gesungen. Genau wie wir jetzt eben.»

Christa blickte zu Martin. Der schwieg, und Christa wagte nicht nachzuhaken. Aber Heinz tat es. «Und du?»

Martin zuckte mit den Schultern. «Ich war in den Adlerwerken.»

Mehr sagte er nicht, seinem Gesicht war aber anzusehen, dass er diese Erinnerung am liebsten vergessen hätte.

Am 1. Februar 1946 öffnete die Universität – endlich! –, und Christa war eine der Ersten, die sich für die Fächer Literaturwissenschaft und Geschichte einschreiben wollten.

Helene dachte, sie wäre in der Bräuteschule. Nur Martin wusste, was Christa heute tatsächlich vorhatte.

«Bist du sicher, dass du das wirklich willst?», hatte er gefragt und sich eine Zigarette angezündet. «Deine Mutter hat nämlich nicht unrecht. Gebildete Frauen haben es schwer. Und kochen und nähen und so was lernt sich am besten in der Bräuteschule.»

«Ich muss studieren. Ich wollte nie etwas anderes.»

Martin hatte geseufzt. «Eines habe ich im KZ gelernt: Das Leben ist kurz. Zu kurz, um Dinge zu tun, die man nicht möchte. Also geh. Aber sieh zu, dass du am Nachmittag in die Bräuteschule gehst.»

«Das ist gut, Grundschullehrerinnen werden gebraucht», teilte der Mann hinter dem Anmeldeschalter der Universität seine Meinung mit.

«Ich möchte nicht Lehrerin werden», entgegnete Christa.

«Nicht? Was wollen Sie dann? Sich die Zeit bis zur Heirat vertreiben? Auch schön, da können Sie später bei Gesellschaften gut über Literatur parlieren.»

«Ich will auch nicht parlieren. Ich möchte Lektorin werden in einem Verlag. Oder in die Sprachwissenschaft eintauchen.»

Da verdüsterte sich das Gesicht des Angestellten. «Und den Männern den Arbeitsplatz wegnehmen, was? Der Krieg hat einigen Frauen wahrlich nicht gutgetan.»

Murrend stellte er Christa den Studentenausweis aus.

«Wo kann ich mich erkundigen, wann welche Vorlesung stattfindet?»

«Gucken Sie doch selbst. Wer studieren will, muss dafür auch geeignet sein.»

Auf der Stelle fühlte sich Christa, als hätte sie etwas Schlimmes gemacht. Der Ton dieses Mannes war so feindselig, dass sie sich für einen Augenblick fragte, ob es nicht doch falsch war, dass sie als Frau studieren wollte. Aber nein. Sie wollte nicht in die Küche an den Herd, auf der Hüfte ein Kleinkind und einen Säugling im Stubenwagen, so wie ihre Mutter und deren Mutter und deren Mutter.

Christa schüttelte sich und streckte unwillkürlich den Rücken durch. Nein, nicht mit ihr! Sie würde ihr Studium so ernsthaft betreiben wie jeder Student. Hocherhobenen Hauptes blickte sie sich um, dann marschierte sie davon. An einer langen Wand entdeckte sie riesige Tafeln. Darauf war zu lesen, dass ihre erste Vorlesung schon in einer Woche stattfinden sollte.

Der Hörsaal war bereits zur Hälfte gefüllt. Christa ließ ihren Blick über die Reihen schweifen. Da saßen nur Männer! Sie schluckte, schaute sich noch einmal genauer um. Und endlich entdeckte sie drei Mädchen, die sich still in die letzte Reihe verkrochen hatten. Ein wenig eingeschüchtert ging Christa zu ihnen. «Guten Tag», sagte sie. «Ich bin Christa.»

Die Mädchen reichten ihr die Hand, stellten sich als Evelyn, Marika und Elfriede vor. Christa setzte sich neben sie. «Wie viele Männer hier sind!», flüsterte sie.

Marika nickte beklommen. «Wenn meine Mutter wüsste, wo ich jetzt bin, würde sie sich im Grabe herumdrehen wie ein Ventilator.»

«Meine ist ebenfalls strikt gegen ein Studium. Sie denkt, ich säße jetzt in Fiedlers Bräuteschule.»

«Ich habe selbst entschieden, was ich machen will», erklärte Marika. Dann wandte sie sich an die anderen beiden. «Und ihr?»

Elfriede zuckte mit den Schultern. «Ich lebe bei einer Tante. Sie ist der Meinung, dass ich keinen Mann finden werde, weil ich nicht besonders hübsch bin. Also hat sie mich hierhergeschickt, damit ich mir meinen Lebensunterhalt eines Tages selbst verdienen kann. Ich soll Lehrerin werden.»

«Und ich», begann Evelyn, «ich bin hier, um einen gescheiten Mann zu finden. Meine Mutter findet, eine Universität sei der geeignete Ort dafür. Und wie ihr seht, hatte sie recht.»

Nach einer Weile kam ein kleiner, dürrer Mann mit stechenden Augen aus einer Seitentür herein, stellte sich neben das Podium. Mit Blick auf die erhöhten Stuhlreihen der Studenten schob sich der Mann mit einer Hand seine dicke Hornbrille auf die Nase und strich sich über sein schütteres Haar, dann begann er: «Meine Herren, Sie wollen Ihr Leben der Literatur verschreiben, das ist löblich. Sehr löblich sogar. Aber was ist eigentlich Literatur? Wozu dient sie?»

Da erhob sich Marika. «Es sind nicht nur Herren, sondern auch Damen anwesend», rief sie.

Das Männlein straffte sich ruckartig, betrachtete sie eingehend und antwortete: «Auf die Meinung der Küchenfraktion in der letzten Reihe gebe ich nichts. Sie heiraten sowieso und sind dann weg.»

Marika bekam einen hochroten Kopf und nahm beschämt wieder Platz.

«Wer ist der Mann?», flüsterte Christa.

«Professor Habicht», erklärte Marika. «Er hat auch unter den Nazis hier gelehrt. Lass uns nachher weiterreden.»

Christa nickte beeindruckt. Marika hatte Mut, das gefiel ihr. Doch jetzt ging es erst einmal um Literatur.

«Literatur, meine Herren», begann der Professor, «dient in allererster Linie der Erziehung des Volkes. Die Literatur gehört zu den Wurzeln der kulturellen Vergewisserung, sie ist ein nationales Gut und sollte deshalb auch nur in die Hände derjenigen gelangen, die imstande sind, sie so zu lesen, wie es der Volksseele entspricht. Die deutsche Volksseele, meine sehr verehrten Herren, ist beschädigt, verletzt. Aber!» Hier hob er den Zeigefinger. «Sie ist nicht gebrochen.» Er machte eine Pause und ließ seinen Blick wieder über die Studenten schweifen, ehe er weitersprach:

«Johann Wolfgang Goethe, Friedrich Schiller, Ernst Jünger. Diese und andere Literaten haben die deutsche Volksseele gekannt und beschrieben. Goethes Faust ist das Abbild eines Mannes, der sich nicht einmal vor dem Teufel fürchtet. Ernst Jünger schrieb den jungen Männern aus dem Herzen. Diese Autoren sind es, die dem Volk helfen, zu gesunden …»

Eine Stunde lang sprach Professor Habicht weiter, aber nicht ein einziges Mal erwähnte er eine Frau, auch nicht als Autorin. So, als wäre die Literatur Männersache.

In der Pause wandte sich Christa an Marika. «Dieser Habicht. Er hört sich an wie Goebbels.»

«Mein Vater hat bei ihm studiert», warf Marika ein. «Er war ein strammer Nazi und soll maßgeblich an der Bücherverbrennung beteiligt gewesen sein.»

«Und er tut so, als hätte es in der Literatur keine Frauen gegeben», beschwerte sich Christa.

«Es gibt ja auch nicht viele Frauen in der Literatur», erwiderte Marika. «Und die Behrens-Totenohl ist keine Literatin. Fallen dir denn noch Frauen ein?»

«Bettina von Arnim. Vicki Baum. Caroline Schlegel. Annette von Droste-Hülshoff.»

«Ja, das stimmt», bekräftigte Elfriede. «Auch Caroline Neuber gehört dazu. Wer sonst noch?»

«Die Engländerinnen. Jane Austen, die Schwestern Brontë.»

«Es geht um die deutsche Literatur», betonte Marika.

«Marie von Ebner-Eschenbach und natürlich Else Lasker-Schüler …», zählte Elfriede weiter auf.

Evelyn stieß Christa in die Seite. «Die Lasker-Schüler ist Jüdin.»

Christa nickte. «Genau wie Vicki Baum. Na und?»

Evelyn schluckte. «Die würde ich jedenfalls vor Professor Habicht nicht erwähnen.»

«Warum denn nicht?»

Evelyn drehte sich nach allen Seiten um. «Na ja, wegen der Bücherverbrennung und weil er ein Nazi ist. Er hat etwas gegen Frauen und sicher auch gegen Juden.»

Die nächsten Vorlesungen bei Professor Habicht verliefen ähnlich. Er sprach nur die Männer an und beachtete die jungen Frauen nicht einmal, wenn sie sich meldeten. Es war, als existierten sie gar nicht in diesem Hörsaal.

Nach zwei Wochen reichte es Marika. «Wir sollten zur Studentenvertretung gehen und uns über den Habicht beschweren.»

«Zur Studentenvertretung?», fragte Elfriede.

«Ja, die ist von Studenten gegründet und wird von Studenten geleitet. Sie hat die Aufgabe, die Interessen der Studenten zu vertreten. In allen Fragen, die das Studium betreffen.»

Marika hakte sich rechts bei Evelyn und links bei Christa ein und wandte sich an Elfriede. «Kommst du auch mit?»

Elfriede lächelte schüchtern und schüttelte den Kopf. «Ich bin nicht für so was gemacht, ich halte mich lieber raus.»

«Pfft», machte Marika, dann zogen die drei anderen los.

Im Büro der Studentenvertretung saß ein junger Mann, kaum älter als sie selbst. An seinem Schreibtisch lehnten zwei Krücken.

«Na? Was wollt ihr denn?», fragte er.

«Beschweren wollen wir uns. Professor Habicht übergeht uns. Und nicht nur uns, sondern in seiner Vorlesung auch sämtliche weiblichen Schriftsteller.»

Der junge Mann zuckte mit den Schultern. «Hat er euch benachteiligt?»

«Er hat uns ignoriert.»

«Da können wir nicht viel machen. Die Professoren sind unterschiedlich. Und ihr hattet ja auch noch nicht viele Vorlesungen. Geht es langsam an, meine Damen.»

«Wehret den Anfängen!», zitierte Marika.

Der junge Mann winkte ab. «Hat auch ein Mann gesagt. Ovid war das, wenn mich nicht alles täuscht.»

«Früh krümmt sich, wer ein Häkchen werden will.» Marika warf die Haare zurück.

«Die Weiber sind der Männer Untergang», parierte der Studentenvertreter.

«‹Man kann nicht immer ein Held sein, aber man kann immer ein Mann sein.› Goethe.»

Mit diesen Worten wandte sich Marika lachend ab, doch der Studentenvertreter hielt sie zurück: «Aber mal im Ernst. Es fehlt uns an Dozenten und Professoren, und gerade Literaturwissenschaft wollen sehr viele studieren. Professor Habicht kann sie nicht alle unterrichten. Deshalb wird es ein Ausleseverfahren geben nach den Einführungsveranstaltungen. Nächste Woche wohl. Vielleicht haltet ihr euch zunächst etwas zurück.»

Das Thema von Habichts nächster Vorlesung war «Die Heimatliteratur». Am Ende verkündete er: «Es hat sich gefügt, dass mehr Studenten für den Studiengang Literaturwissenschaft eingeschrieben sind, als wir aufnehmen können. Es wird also ausgesiebt werden. Oder gibt es schon jetzt Freiwillige, die zurücktreten wollen?»

Er blickte sich im Hörsaal um, und sein Blick blieb auf den vier Mädchen liegen. Christa, Marika und Evelyn starrten zurück, nur Elfriede senkte den Kopf.

«Na?» Professor Habicht wartete.

Die Mädchen schauten.

Die jungen Männer tuschelten und wandten sich nach den Mädchen um.

Schließlich räusperte sich Habicht. «Nun, dann werde ich damit beginnen, eine Auswahl zu treffen. Und damit es gerecht zugeht, wird mir jeder eine Hausarbeit abliefern, die vor mir und zwei meiner Kollegen verteidigt werden muss. Wir wollen schließlich nicht mit dem Leichtesten anfangen, sondern gleich die Spreu vom Weizen trennen. Deshalb geht es um Lyrik. Um die Lyrik des 20. Jahrhunderts. Zehn Seiten Minimum. Suchen Sie sich einen Dichter aus und vielleicht ein, zwei Gedichte dazu. Schreiben Sie alles, was Ihnen dazu einfällt. Sie müssen keine Studienarbeit abgeben, das lernen Sie erst noch. Mir geht es nur darum, die wahren Jünger der Literatur zu erkennen.»

Die jungen Männer murrten, dann erhoben sich alle und strömten dem Ausgang entgegen.

«Lyrik. Nicht gerade mein Spezialgebiet», überlegte Marika. «Ich habe überhaupt keine Ahnung, worüber ich da schreiben soll. Habt ihr eine Idee?» Sie sah nacheinander Elfriede, Evelyn und Christa an.

«Ja», sagte Christa. «Die *Liebesgedichte* von Brecht. Die nehme ich.»

Kapitel 8

Am Samstag half Christa Martin im Laden. Die Vormittage in der Woche verbrachte sie in der Deutschen Bibliothek oder in der Uni, die Nachmittage in der Bräuteschule. Größer hätte der Kontrast nicht sein können. Sie las in der Bibliothek über die Geschichte der Lyrik im 19. Jahrhundert, sie versuchte, Brechts Gedichte zu deuten, verglich seine Gedichte mit denen anderer Dichter. Manchmal traf sie Marika in der Bibliothek. In den Pausen standen sie draußen, rauchten eine Zigarette, wenn sie welche hatten, und sprachen über Lyrik.

«Für meine Begriffe ist Lyrik Verdichtung. Da wird etwas bis auf die Essenz eingekocht.»

«Du redest, als wäre Lyrik eine Soße.» Christa lachte.

Marika schüttelte den Kopf. «Nein. Bei einem guten Gedicht kannst du nicht ein einziges Wort weglassen, ohne das gesamte Werk zu beschädigen. Das meine ich mit Essenz, nur die Worte, die man unbedingt braucht.» Sie seufzte. «Es muss wahnsinnig schwierig sein, gute Gedichte zu schreiben.»

«Hast du es schon einmal versucht?», fragte Christa.

«Ja. Als ich ein Backfisch und in meinen Lehrer verliebt war. Schreckliche Ergüsse. Bloß gut, dass sie bei der Bombardierung mit verbrannt sind.»

Nachmittags lernte Christa, wie man eine Mehlschwitze fabriziert und Männerhosen kürzt. Die Mädchen in der Bräuteschule waren ganz anders als ihre Freundinnen von der Universität.

Rosemarie wollte so schnell wie möglich heiraten, um ihre Arbeit in einer Eisenwarenhandlung aufgeben zu können. Gabriele war schon verlobt und träumte von einer eigenen Wohnung, für deren Fenster sie Vorhänge nähen konnte. Sie wusste sogar schon genau, welches Muster sie haben wollte.

Irenes Verlobter lag mit amputierten Beinen in einem Lazarett. Sie würde ihn für den Rest seines Lebens versorgen müssen. Und das wollte sie so gut wie möglich erledigen.

Christa hörte die Gespräche der jungen Frauen mit Verwunderung. Sie waren noch so jung und wussten bereits, wie ihr Leben verlaufen würde. Da war kein Platz für Überraschungen, da war alles geplant. Irene hatte ihre Aussteuertruhe voll mit Kissen und Bettbezügen, mit Handtüchern und Tischwäsche. Rosemarie überlegte bereits, wie ihre künftigen Kinder einmal heißen sollten. Sie hatte sich für Susanne oder Lutz entschieden. Und Christa stand dabei und dachte immer nur einen einzigen Satz: Das ist mir zu wenig.

Nach der Wiedereröffnung hatten sich die Leute auf die Bücher aus dem Keller gestürzt, als hätten sie jahrelang auf geistige Nahrung gewartet. War es denn nicht auch so? Die neue Zeit hatte neue Fragen aufgeworfen. Die einen suchten nach Zerstreuung und Ablenkung, die anderen erhofften sich Antworten. Aber alle vereinte das Bedürfnis, die Gedanken neu auszurichten.

Martin verkaufte innerhalb weniger Tage den ganzen Laden aus. Die meisten Verlage hatten ihre Arbeit noch nicht wiederaufgenommen oder hatten von den Alliierten noch keine Lizenzen erhalten, Martin wusste bald nicht mehr, woher der Nachschub kommen sollte. Doch heute waren drei Kisten mit Büchern aus dem Kurt Desch Verlag gekommen: von Ernst Wiechert *Die Jeromin-Kinder*, von Werner Bergengruen der Gedichtzyklus *Dies irae*, den sich Christa gleich zur Seite legte, und von Eduard Claudius *Grüne Oliven und nackte Berge*. Die Bücher waren Erstveröffentlichungen des gerade erst gegründeten Verlages aus München, doch schon war er in aller Munde. Sogar das *Börsenblatt* hatte über ihn berichtet.

«Drei Kisten nur, das sind gerade mal sechsunddreißig Bücher. Innerhalb einer Woche werden sie ausverkauft sein», stellte Martin fest. «Die Leute hungern regelrecht nach neuen Büchern. Die Ware verkauft sich schneller, als neue hereinkommt.»

«Hänge doch ein Schild in den Laden, dass du alte Bücher aufkaufst», schlug Christa vor. «Es gibt bestimmt etliche, die sich gerade jetzt von ihren Schätzen trennen würden, um ein bisschen Milch oder Schmalz zu kaufen.»

«Und es gibt etliche, die ein wenig Geld übrig haben. Zu viel, um alle Lebensmittel auf Marken zu bezahlen, zu wenig, um auf dem Schwarzmarkt Eier oder Speck zu kaufen. Außerdem sind die neuen Bücher auch auf dem Schwarzmarkt begehrt. So mancher, der hier kauft, wird die Bücher sogleich in Zigaretten oder Milchpulver eintauschen. Christa, ich habe keinerlei Erfahrung als Antiquar», fand Martin und hängte trotzdem am nächsten Morgen so ein Schild auf.

Sein erster Kunde war Heinz – am Sonntagmorgen! Der Laden war geschlossen, und Martin und Christa nutzten die kundenlose Zeit, um die liegen gebliebene Arbeit der Woche nachzuholen. Heinz brachte *Tom Sawyers Abenteuer* zurück, die er erst an Weihnachten von Christa geschenkt bekommen hatte. Das Buch sah aus wie neu. Heinz hatte sich stets vor dem Lesen die Hände gewaschen und war so sorgsam damit umgegangen, als wäre es ein Schatz.

«Warum bringst du mir das Buch?», wollte Martin wissen. «Gefällt es dir nicht?»

«Doch, und wie. Aber ich brauche Geld.»

«Wofür brauchst du Geld?»

Heinz druckste ein wenig herum. «Der Willi in meiner Klasse, der hat die Fortsetzung, *Die Abenteuer des Huckleberry Finn*.»

«Und die will er dir verkaufen?»

Heinz nickte. Seit er in die Schule ging, vernachlässigte er seine «Geschäfte» ein wenig. Die Meerschweinchen waren ihm alle erfroren, doch als er eine neue Zucht mit Ratten in der Wohnung beginnen wollte, hatte Helene heftig ihr Veto eingelegt. «Das fehlt mir noch! Ratten in der Wohnung! Nur über meine Leiche.»

«Wie viel will er denn dafür haben?»

«Zwanzig Mark. Ich wollte ihm vier Zigaretten geben, aber Willi raucht nicht.»

«Hm, das ist wirklich ein Problem.»

«Wie viel gibst du mir dafür?»

Martin wiegte den Kopf hin und her. Christa, die gerade die Bücher in den Regalen so hinstellte, dass es voller wirkte, lächelte. Sie sah, dass auch Martin sich amüsierte. Heinz trat von einem Bein aufs andere. «Er würde auch eine Tafel Ami-Schokolade nehmen. Wenn du mir das Buch nicht abkaufst, dann frage ich Chitto.»

Christa fuhr herum. «Das tust du nicht. Wir betteln nicht. Nie. Unter keinen Umständen.»

Zu spät erkannte sie die Absicht des Kleinen. «Wenn ihr nicht wollt, dass ich bettle …»

«Gib ihm die zwanzig Mark», bat Christa ihren Onkel. «Und zieh sie mir von Lohn ab. Ich verdiene zweiundzwanzig Mark die Woche, also gib mir am nächsten Samstag nur zwei Mark.»

«Ehrlich?» Heinz machte große Augen. «Das würdest du machen? Du würdest mir das Buch schenken?»

«Nein», mischte Martin sich ein. «Bücher sind Lebensmittel. Die gibt es nicht nur am Geburtstag, sondern immer, wenn man sie braucht. Hier, nimm das Geld und verschwinde, ehe ich es mir anders überlege.»

Heinz griff nach dem Schein und rannte wieselflink aus dem Laden. Seinen *Tom Sawyer* hatte er wieder mitgenommen.

«Dieser Junge isst uns nicht die Haare vom Kopf, er liest sie uns vom Kopf», bemerkte Martin, aber er lächelte dabei.

Christa hatte überlegt, ob sie Martin nach Brechts *Liebesgedichten* fragen sollte. Wie er sie fand, was er dazu zu sagen hatte, aber sie wagte es nicht. Wegen dieser Texte war Martin ins KZ gekommen. Vielleicht würde es ihm weh tun, darüber zu sprechen. Auf jeden Fall würde das Buch schlechte Erinnerungen wecken. Doch Christa kam einfach nicht weiter. Sie hatte alle Gedichte gelesen, war bei vielen davon rot geworden, aber sie hatte keine Ahnung, was und wie sie darüber schreiben sollte. Mit irgendjemandem musste sie darüber sprechen! Und es musste ein Mann sein, denn Christa hoffte, auf diese Weise eher den Geschmack Professor Habichts zu treffen. Sie hatte nur noch drei Tage Zeit bis zur Abgabe.

In Gedanken sagte sie sich einige Verse auf:

> Was brauchen den Dirnen die Stirnen breit sein
> Viel besser, die Hüften sind breit.
> Es kommt mehr heraus, und es geht mehr hinein,
> Und das fördert die Seligkeit.

Was sollte man darüber schreiben? Sie hatte sich ein paar Begriffe notiert, die ihr eingefallen waren: Frieden, Lebenslust, Begehren. Weiter war sie nicht gekommen.

Am Nachmittag war sie mit Chitto zum Spazierengehen verabredet. An der Wilhelmsbrücke trafen sie sich. Chitto hatte ihr ein kleines Sträußchen Schneeglöckchen mitgebracht, über das sich Christa über alle Maßen freute. Ein blassblauer Winterhimmel hing über den Dächern der Stadt, in den Bäumen am Mainufer saßen Raben und krächzten ein rumpeliges Lied. Auf dem Wasser dümpelte ein Fischerkahn, zwei dick angezogene Ruderer durchpflügten das Wasser. Unzählige Spaziergänger waren unterwegs, denn es war der erste helle Tag seit langem. Auch Christa hatte das dringende Bedürfnis, alles auszulüften: ihren Kopf, ihren Mantel, ihre Gedanken, ihre Gefühle.

Sie hakte sich bei Chitto unter, und Chitto legte kurz eine Hand auf Christas Hand. «Geht es dir gut?», fragte sie.

Chitto schüttelte den Kopf.

«Was hast du? Schlechte Nachrichten aus der Heimat?»

Chitto seufzte. «Lass uns später darüber sprechen. Erzähle mir lieber, was du gemacht hast. Wie war es an der Uni?»

«Nicht so schön, wie ich es mir vorgestellt habe.» Und dann berichtete sie von Professor Habicht und der Hausarbeit, von ihrer Angst, nicht zu genügen, und von Brechts Gedichten.

«Warte, ich habe das Buch dabei.» Sie wühlte es aus ihrer Handtasche, gab es Chitto und vergaß dabei, dass sie mit ihm meist Englisch sprach. Der blieb stehen, blätterte darin herum, dann gab er es ihr zurück. «Du musst mir erzählen, was in den Gedichten steht, ich kann nur ein paar Brocken deiner Sprache, mein Frowlein.»

Christa sprach gut Englisch, sie hatte sich immer für Sprachen interessiert und jetzt hörte sie den halben Tag AFN, den amerikanischen Rundfunksender, und polierte dabei ihr Schulwissen gehörig auf.

«Es geht um die Liebe», erklärte Christa leise, wissend, dass sie unmöglich genauer auf den Inhalt eingehen konnte. Schon jetzt spürte sie, wie die Röte in ihre Wangen stieg. Ein paar Zeilen fielen ihr ein:

Meine Herren, mein Freund, der sagte
Mir damals ins Gesicht
‹Das Größte auf Erden ist Liebe›
Und ‹An Morgen denkt man nicht.›

Selbst wenn sie die englischen Vokabeln wüsste, könnte sie diese Worte doch niemals aussprechen. Es war eine dumme Idee, mit Chitto darüber reden zu wollen.

«Wenn du einen Mann beeindrucken willst, dann sprich mit ihm nicht über die Liebe», sagte er da auch schon.

«Warum nicht?»

«Weil Männer ihre Gefühle anders ausdrücken als Frauen. Gröber.»

«Bertolt Brecht ist ein Mann, und seine Gedichte sind alles andere als romantisch.»

«Ja, aber er ist ein Dichter. Dichter zählen in diesem Zusammenhang nicht. Schreib doch über andere Gedichte. Naturbeschreibungen vielleicht. Oder nimm Goethe, den kennt man sogar in Amerika. Damit liegst du niemals falsch.»

«Nein!» Christa schüttelte energisch den Kopf. «Es muss dieses Buch sein, es müssen diese Gedichte sein.»

«Warum?», wollte Chitto wissen.

«Es … es … hat mit dem Krieg zu tun. Mit meinem Onkel. Er war in einem Lager. Wegen dieser Gedichte.»

«Und nun willst du beweisen, dass sie gut sind und zur gehobenen Literatur zählen? Dass es falsch war, deinen Onkel deswegen in ein Lager zu stecken?»

«Ja. Nein. Ich weiß es nicht genau. Ich weiß nur, dass es ebendiese Gedichte sein müssen. Vielleicht auch, weil der Professor an der Bücherverbrennung teilgenommen hat, weil er vielleicht sogar dieses Buch in die Flammen geworfen hat. Er soll anerkennen, dass es schrecklich war, verstehst du? Er soll merken, wie gut die Gedichte sind. Und ich will mutig sein, will beweisen, dass ich mich nicht ducke. Deshalb kein Goethe und kein Schiller.»

«Ich verstehe», erwiderte Chitto. «Aber ich befürchte, ich kann dir da nicht helfen. Waren die Gedichte verboten oder der Dichter?»

«Zuerst einmal der Dichter. Zudem sind die Gedichte sehr freizügig. Daran wird noch heute so mancher Anstoß nehmen.»

Sie waren jetzt in der Höhe des zerstörten Bartholomäusdoms angelangt, dessen geschwärzter Turm wie ein Ausrufezeichen in den Himmel ragte. Ringsum war ein Ruinenfeld. Viele Trümmer waren bereits weggeräumt und mit Loren in den Ostpark transportiert worden, aber noch immer sah man bei jeden Schritt die Spuren der Bombennächte.

Christa schauerte ein wenig zusammen, als sie am Dom vorübergingen.

«Ist dir kalt?», fragte Chitto.

«Ein bisschen.»

«Dann lass uns in die Kaiserstraße gehen. Dort gibt es ein amerikanisches Kaffeehaus.»

Das Wort «Kaffeehaus» sagte er auf Deutsch, und Christa lächelte darüber.

Wenig später saßen sie vor riesigen Tassen mit heißer Schokolade. So dick und sämig, dass der Löffel darin stecken blieb. In einer Theke waren ein halbes Dutzend Kuchen und Torten aufgebaut, und Christa konnte ihren Blick nicht davon wenden, obwohl sie nicht hungrig war.

«Welchen Kuchen möchtest du essen?»

«Gar keinen. Ich habe doch erst zu Mittag gegessen.»

Chitto griff über den Tisch nach ihrer Hand. «Christa, ich weiß, dass du nicht so bist wie die anderen Mädchen, die sich nur wegen der Nylonstrümpfe und der Zigaretten mit den G.I.s treffen. Du musst mir nichts beweisen. Wie lange hast du keinen Kuchen mehr gegessen?»

Christa schlug beschämt die Augen nieder. «Seit drei oder vier Jahren, glaube ich.»

Da stand Chitto auf, verlangte an der Theke von jedem Kuchen ein Stück und brachte sechs verschiedene Teller auf einem Tablett herbei. «Da. Greif zu. Allein schaffe ich es nicht.»

Christa nahm sich ein Sahnetörtchen, das mit einer Kirsche belegt war. Sie zwang sich, langsam zu kauen, und schloss dabei die Augen. Die Sahne schmolz in ihrem Mund, und als das Törtchen aufgegessen war, genoss Christa noch ein wenig länger die Süße am Gaumen und auf der Zunge.

«Weiter. Du musst noch mehr essen.»

Christa schluckte, dann schüttelte sie den Kopf. «Danke schön. Aber … aber …» Sie spürte, wie ihr wieder die Röte ins Gesicht schoss. «Aber könnte ich ein Törtchen für Heinz mitnehmen?»

«Natürlich. Und auch für deine Mutter und deinen Onkel. Ich lasse alles einpacken, ja?»

Verlegen nickte Christa, trank einen Schluck von ihrer Schokolade, während Chitto die Kellnerin bat, den Kuchen einzupacken.

«Du sagtest vorhin, du hättest Nachrichten aus der Heimat. Willst du mir jetzt davon erzählen?»

Chitto nickte, nahm Christas Hand in seine und blickte ihr in die Augen. «Ich habe mich in dich verliebt, Christa. Du bist für mich mehr als nur ein Mädchen, mit dem ich samstags tanze und das ich in der Bibliothek treffe.»

Christa entzog ihm ihre Hand und schaute peinlich berührt auf den Tisch. Sie hatte gespürt, dass Chitto sie mochte. Und sie hatte sich nachts im Bett gefragt, was sie für ihn empfand. Sie war noch nie verliebt gewesen. Sie mochte ihn gern. Sie konnte sich gut mit ihm unterhalten, und außerdem war sie noch immer von seiner indianischen Herkunft fasziniert. Sie mochte ihn auf dieselbe Art, wie sie Marlies mochte. Liebe musste sich anders anfühlen, sie hatte so viel darüber gelesen … Sie wollte mit Chitto nicht im Regen tanzen. Sehnte sich nicht danach, von ihm berührt zu werden. Seine Hand auf ihrem Rücken beim Tanzen ließ sie nicht erschauern, und sie hatte kein Brausepulver im Bauch, wenn sie ihn traf.

«Was sagst du, Christa?», drängte Chitto.

«Ich mag dich auch sehr gern», erwiderte sie.

«Aber du liebst mich nicht, oder?»

«Du hast so viel für mich getan. Der Kuchen, die Tanzabende und alles.»

«Ich möchte keine Dankbarkeit, ich möchte wissen, was du für mich empfindest.»

Da blickte Christa auf. «Ich mag dich, ich habe dich gern. Aber ich bin nicht verliebt in dich. Es tut mir leid, wenn es dich verletzt. Du wolltest die Wahrheit wissen.»

«Ja, das wollte ich.» Chitto zupfte das kleine Deckchen zurecht, auf dem die Zuckerdose und das Milchkännchen standen.

«Warum ist das plötzlich wichtig?», fragte Christa leise.

«Weil ich zurück nach Amerika gehe. Ich habe einen Studienplatz für Ethnologie an der Yale-Universität in Connecticut bekommen. Sie zählt zu den besten Unis im ganzen Land.»

«Oh, das ist wunderbar, Chitto. Was für eine schöne Nachricht.»

«Ich wollte dich heute fragen, ob du mit mir kommen möchtest. Wir hätten nicht viel Geld während des Studiums, aber ich hätte nebenbei gearbeitet. Wir wären schon klargekommen.»

«Das ist das Schönste, das mir jemals jemand gesagt hat», flüsterte Christa und versuchte, sich für einen Augenblick vorzustellen, mit Chitto zu gehen. Dann schob sie den Gedanken rasch zur Seite. Ihr Leben war hier, ihre Familie, ihre Freunde waren hier. Und ihre Zukunft. Die Literatur, das Studium. Sie spürte, wie eine einzelne Träne über ihre Wange rollte, und griff nach Chittos Hand. «Ich wünsche dir alles Glück dieser Welt. Du wirst ein großartiger Ethnologe werden. Und du wirst eine Frau finden, die besser zu dir passt als ich.»

Als sie vor dem Kaffeehaus standen, wollte Chitto Christa die Hand reichen, aber sie umarmte ihn fest und küsste ihn auf die

Wange. «Es war mir eine große Freude, dich zu treffen, Chitto», sagte sie leise.

Chitto nickte, drehte sich um und verschwand in Richtung Bahnhof.

Kapitel 9

Christa war überrascht, wie sehr sie Chitto nachtrauerte. Sie dachte jeden Tag an ihn, und wenn sie nach Hause kam, schaute sie als Erstes in den Briefkasten. Aber warum sollte er ihr schreiben? Es gab nichts mehr zu sagen. Sie hoffte, nur, dass ihre guten Wünsche ihn begleiten würden.

Sie hatte ihre Hausarbeit über die *Liebesgedichte* von Brecht abgegeben, aber ohne dabei ein gutes Gefühl zu haben. Sie hatte nachgedacht über die körperliche Liebe, die sie bisher nur aus Romanen kannte, und darüber, wie man sie am besten beschreiben könnte. Natürlich hatte auch Christa ein paar Bücher von Hedwig Courths-Mahler gelesen, aber die Sprache war ihr zu schwülstig gewesen. Fieberhaft, dunkel, hitzig, anders, als Christa sich die Sprache der Liebe vorstellte, wünschte. Ja, sie hatte sogar in BH und Hüfthalter vor dem Spiegel gestanden und sich betrachtet. Hatte sich mit den Augen eines Mannes sehen wollen, was ihr natürlich nicht gelungen war. Deshalb war sie in ihrer Hausarbeit für die Uni von den Worten weg und hin zum Handwerk gegangen. Sie hatte über das Versmaß und den Aufbau von Sonetten geschrieben, hatte sogar den Vergleich von Shakespeare-Sonetten mit denen von Brecht gewagt, aber sie war nicht zufrieden. Etwas Entscheidendes fehlte: das Gefühl. Nicht, dass sie glaubte, Professor Habicht legte besonderen Wert auf Gefühle. Aber für sie selbst wäre es wichtig gewesen.

Heute Mittag nun sollte sie ihre Hausarbeit verteidigen. Bis es so weit war, lungerte sie in der Buchhandlung herum. Sie packte Kisten mit gebrauchten Büchern aus, reparierte ein paar Schutzumschläge, klebte Buchrücken neu und stellte die Bücher sodann in die Regale. Eine neue Zeitschrift war im Rowohlt Verlag erschienen: *Story. Erzähler des Auslands. Ein monatliches Leseheft.* Preis: sechzig Pfennig. Interessiert blätterte Christa darin herum, las hin und wieder einige Zeilen, konnte sich aber nicht konzentrieren. Noch nicht einmal die Rowohlt-Ankündigung, in Kürze eine neue Roman-Reihe mit dem Namen RoRoRo zu starten, konnte sie fesseln.

«Bist du aufgeregt?», wollte Martin wissen.

«Ja, ich glaube schon. Immerhin geht es ja um meine Zukunft.»

«Willst du mir jetzt vielleicht sagen, worüber du geschrieben hast?»

Christa verneinte. Sie war den Fragen ihres Onkels bislang erfolgreich ausgewichen. Sie wünschte sich so sehr, dass sie für ihre Hausarbeit ein «sehr gut» erhielt. Das wäre der Beweis dafür, dass die Reichsschrifttumskammer mit Herrn Süßmund unrecht hatte. Ihr Onkel wäre rehabilitiert …

Vor dem Seminarraum, in dem die Prüfung stattfand, traf Christa auf Marika. Sie saß auf einem Stuhl und blickte stumm auf ihre Hände. «Und? Wie ist es gelaufen?», fragte Christa. Marika war vor ihr dran gewesen.

«Ich bin raus!», erklärte sie. «Evelyn auch. Nur Elfriede hat es geschafft. Dabei war meine Hausarbeit gut.»

«Worüber hast du geschrieben?»

«Über einen Streit zwischen Fichte und Goethe an der Jenaer Universität. Es ging um Dichtung.»

«Nicht um Lyrik?»

«Doch, um deren Bedeutung. Dieser Streit war damals wegweisend gewesen. Aber das war Habicht egal. Der hat nur meinen Rock gesehen und sein Urteil gefällt.»

«Aber Elfriede hat doch bestanden.»

«Natürlich hat sie bestanden. Würde er uns alle vier von der Uni jagen, wäre das ja wohl ein Beweis dafür, dass er Frauen nicht in seinem Studiengang haben will. Elfriede ist die Alibifrau.»

Christa schluckte und blickte auf die Uhr, die am Ende des Ganges hing. Ihr blieben noch zehn Minuten.

«Was hast du jetzt vor?», fragte Christa.

Marika zuckte mit den Schultern. «Meine Mutter hätte gewollt, dass ich einen Beruf lerne. Am besten im Büro. Und du? Was machst du, wenn du auch durchfällst?»

«Ich habe keine Ahnung. Meine Mutter will mich verheiraten und hat schon das nächste Halbjahr in der Bräuteschule bezahlt. Ich gehe jeden Vormittag in die Uni oder die Bibliothek, und nachmittags hocke ich im Bräute-Institut. Das ist aber nichts für mich, ich möchte mit Büchern arbeiten. Nichts sonst.»

Die Tür ging auf, ein Prüfling kam heraus und ballte die Hand zur Siegerfaust.

«Na dann», sagte Marika. «Viel Glück.»

«Danke. Dir auch.»

Schon stand Christa vor einem Tisch, hinter dem drei Männer saßen. Rechts ein Dozent, von dem Christa wusste, dass er Linguistikseminare abhielt, in der Mitte Professor Habicht und links von ihm ein Dozent, den sie nicht kannte.

Professor Habicht musterte sie streng. «Sie sind das also. Ich hatte am Anfang gedacht, die andere wäre es gewesen. Die, die schon in den Vorlesungen so dreist war. Nun gut, das ändert nichts.» Er schwieg und betrachtete sie erneut. Unter diesem Blick wurde Christa nervös. Sie trat von einem Bein auf das andere, wusste nicht, wohin mit den Händen.

«Wie alt sind Sie?», fragte der Linguist.

«Ich werde bald neunzehn.»

«Ganz schön frühreif. Was haben Sie mit Ihrer Arbeit bezweckt? Die Professoren provozieren? Nun, das ist gelungen.»

«Nein, ich wollte …»

«Halten Sie den Mund und antworten Sie nur, wenn Sie gefragt werden», fauchte Habicht.

Christa dachte, sie wäre gefragt worden, aber das schienen die Prüfer anders zu sehen.

Der Dozent legte die Hände vor sich auf den Tisch. «Man kann nicht sagen, dass diese Gedichte zum Hauptwerk Brechts gehören. Aber es sagt sehr viel über Sie aus, dass Sie ausgerechnet diese ausgewählt haben.» Er schob seine Brille auf die Nase.

Nun ergriff Professor Habicht das Wort. «Wir machen es kurz. Es widerstrebt mir, mehr Worte als nötig über Ihr Machwerk, diese Schweinerei, zu verlieren.» Er schlug mit der Hand auf die Arbeit, die vor ihm lag. «Christa Schwertfeger, Sie sind nicht geeignet, an einer deutschen Universität ein Studium aufzunehmen. Weder in der Literaturwissenschaft noch in einem anderen Fach. Sie sind moralisch verderbt. Ich habe mich für Sie geschämt, als ich Ihr Geschreibsel las. Doch Sie sind nicht nur durch und durch verdorben, Sie haben auch nicht die geringste Ahnung von gelungener Lyrik. Ich weiß nicht, wer Ihnen geraten hat zu studieren. Es fehlt Ihnen nicht nur an jedweder sittlichen Reife, sondern auch an Anstand. Ebenso wie dem Verfasser dieser Sauereien, dieser Schmuddelgedichte. Ich kann nicht fassen, dass jemand wie Sie einem ordentlichen deutschen jungen Mann, der im Krieg sein Leben eingesetzt hat, der weiß, was Anstand und Moral bedeutet, den Studienplatz wegnehmen wollte. Frauen gehören nicht an eine Universität, und Frauen wie Sie schon gar nicht. Das Buch … dieses … dieses Machwerk vom Kommunisten Brecht gehörte zu Recht verbrannt.» Er schlug mit der flachen Hand auf den Tisch. «Ich werde seine Werke auch weiterhin in meinem Unterricht nicht dulden!»

Professor Habicht hatte sich regelrecht in Rage geredet. Sein Gesicht war hochrot und er sprühte Spucketröpfchen durch den Raum.

Langsam wich Christa zurück, ging Schritt für Schritt in Richtung Tür. Dann drehte sie sich um und rannte hinaus – weg von den kränkenden Worten des Professors, seiner Häme, seinen Spucketröpfchen.

Sie rannte aus dem Gebäude, rannte noch ein Stück die Straße entlang und erst, als sie nicht mehr konnte, blieb sie stehen. Sie war beinahe ohnmächtig vor Wut, ballte die Fäuste. Tränen rannen über ihre Wangen. Und dann schrie sie, so laut sie konnte.

Eine ältere Frau kam vorüber, blieb stehen, schüttelte den Kopf, ging weiter. Eine junge Frau fragte, ob sie helfen könne, und ein Schuljunge zeigte ihr einen Vogel.

Christa war so wütend, dass sie kaum wusste, was sie tat. Sie wollte diesen Professor Habicht vor die amerikanische Militäradministration ziehen. Sie wollte sich beim Dekan über ihn beschweren. Ja, sie dachte sogar daran, einen Bericht an die *Frankfurter Rundschau* zu senden. Sie stapfte die Straße entlang, sah weder nach links noch rechts, sondern fütterte ihre Wut. Als sie bereits in die Berger Straße eingebogen war, blieb sie ruckartig stehen. Was, wenn Habicht recht hatte? Wenn Brecht tatsächlich nur ein Schmierfink war?

Christa zog die Unterlippe zwischen die Zähne und biss darauf herum. Konnte sie überhaupt gute von schlechter Literatur unterscheiden? War sie nicht tatsächlich falsch an der Universität? Ohne es zu bemerken, war sie vor der Buchhandlung angelangt. Martin hatte sie kommen sehen und kam heraus. «Und? Wie ist es gelaufen, Frau Studentin?»

Da brach sie in Tränen aus, warf sich ihrem Onkel an die Brust. «Ich werde nicht studieren», schluchzte sie und ihre Tränen malten nasse Blumen auf Martins Hemd. «Jedenfalls nicht in Frankfurt.»

Martin streichelte ihren Rücken, ließ sie schluchzen, ließ sie reden. Er legte ihr einen Arm um die Schulter und führte sie in die Buchhandlung. Christa sank auf einen Stuhl, nahm Martins Taschentuch und schnäuzte sich kräftig.

«Erzähl», bat er, als sie sich endlich beruhigt hatte.

Und Christa erzählte. Sprach von den Liebesgedichten, davon, wie sehr sie sich abgemüht hatte, von ihren Zweifeln, was die Qualität von Literatur anbelangte. Und als sie fertig war, ließ Kopf und Schultern hängen und zerknüllte das Taschentuch in ihren Händen.

Die Ladenklingel ertönte, die Tür wurde aufgestoßen, und ein junger Mann trat ein.

«Kann ich Ihnen behilflich sein?», fragte Martin und legte eine Hand auf Christas Schulter.

«Oh, ich wollte mich nur umsehen. Kaufen kann ich sowieso nichts, ich habe kein Geld.»

Der junge Mann lächelte, zog ein Buch aus dem Regal, blätterte kurz darin, stellte es zurück. «Ist wohl besser, ich komme ein anderes Mal wieder.» Er nickte Martin und Christa zu und verschwand.

Frau Spielvogel kam herein. «Was ist passiert?», fragte sie bestürzt, als sie Christas vom Weinen verschwollenes Gesicht sah.

«Ich kann nicht studieren», stammelte Christa. «Ich bin durchgefallen.»

«Ich wusste gar nicht, dass du studieren wolltest. Deine Mutter sagte, du absolvierst gerade die Bräuteschule. Da hast du was fürs Leben. Studieren kannst du ja immer noch!» Frau Spielvogel schien darin kein Problem zu erkennen. Martin war hinter die Ladentheke getreten und reichte Frau Spielvogel ein Buch über Schach, das sie für ihren ältesten Sohn bestellt hatte. Frau Spielvogel bezahlte, beugte sich zu Martin. «Die Klein bemüht sich grad in der ganzen Stadt um Arbeit. Aber ohne Persilschein kriegt sie keine. Vom Trümmerräumen hat sie die Nase endgültig voll. Ich bin gespannt, wann sie hier auftaucht.» Sie kicherte, drehte sich zu Christa um: «Lass den Kopf nicht hängen, Mädela. Alles wird, wie's werden soll.»

Von der nahen St.-Josefs-Kirche schlug die Uhr sechs Mal. Zeit, den Laden zu schließen. Martin nahm Christa an die Hand, zog sie die Treppen hinauf in die Wohnung. In der Küche berichtete er Helene kurz, was geschehen war. Auch Heinz hörte zu.

Christa hatte ihre Mutter nicht belügen wollen, deshalb hatte sie ihr vor einigen Tagen doch erzählt, dass sie sich an der Uni eingeschrieben hatte. Helene hatte ein ganz spitzes Mündchen bekommen und tief aufgeseufzt. Dann hatte sie gesagt: «Ich erwarte von dir, dass du weiterhin die Bräuteschule besuchst.»

Jetzt blickte Helene auf. «Nun, das war ja zu erwarten. Frauen gehören eben nicht an die Universität. Ich bin nicht traurig darüber, dass du abgelehnt worden bist. Jetzt hast du Zeit, dich auf deine wirklichen Aufgaben zu konzentrieren.» Helene hatte es nicht ausgesprochen, aber Christa wusste auch so, dass sie die hausfrauliche Ausbildung im Institut Fiedler meinte.

Heinz wühlte in seiner Hosentasche und hielt Christa eine zerdrückte Zigarette hin. «Da, zum Trost. Was anderes hab ich nicht.»

Christa beugte sich über ihn, küsste ihn auf die strubbeligen Haare.

Nach dem Abendbrot, als Heinz im Bett lag, saßen sie im Wohnzimmer zusammen. Christa hatte sich beruhigt, doch wirkte sie weiterhin niedergeschlagen.

«Was hast du jetzt vor?», wollte Helene wissen. «Suchst du dir was im Büro bis zur Heirat?»

Christa schüttelte den Kopf. «Ich möchte nicht ins Büro und den ganzen Tag Briefe tippen.»

«Was du möchtest, mein Herz, ist erst einmal zweitrangig. Es geht ums Überleben. Du hast keinen Ernährer und ich auch nicht. Ich überlege, ob ich wieder als Buchhalterin arbeiten sollte. Nicht wie früher vor meiner Ehe bei einem Steuerberater, sondern selbständig. Von irgendetwas muss ich ja leben, jetzt, wo dein Vater nicht da ist. Ich mache das ja schon für die Metzgerei Lehmann und für die Schankwirtschaft, in der Frau Spielvogel arbeitet. Nun hat mich auch der Bestatter gefragt, ob ich für ihn seine Bücher führen könnte. Na ja, und für die Buchhandlung mache ich's ja sowieso.»

«Das ist toll, Mama. Dann bist du eine unabhängige Frau. Und nichts anderes will ich auch.»

«Du könntest mit einsteigen, Christa. Dann wärst du auch unabhängig. Es gibt Kurse für Buchhaltung, oder du machst eine Ausbildung. Dann führen wir einen Familienbetrieb. Wäre das nicht schön?» Sie seufzte. «Heutzutage ist es wohl wirklich besser, wenn eine junge Frau in der Lage ist, sich selbst zu ernähren. Sie muss ja deshalb nicht gleich auf die Universität gehen.»

Christa blickte in Helenes hoffnungsvolles Gesicht. Es tat ihr weh, die Mutter enttäuschen zu müssen, doch sie schüttelte tapfer den Kopf. «Dafür bin ich nicht gemacht, Mama, das weißt du.»

«Wenn die Kinder erst einmal da sind, könntest du von zu Hause arbeiten. Natürlich nur, wenn dein Mann es erlaubt. Oder am Abend. Da könnte ich auf die Kinder aufpassen. Wir könnten ja alle in einem Haus leben. In diesem Haus.»

Martin zündete sich eine Zigarette an. «Du könntest dich in einer anderen Stadt bewerben. An der Uni Heidelberg oder in Mainz.»

«Martin, jetzt setz ihr doch nicht schon wieder Flöhe in den Kopf. Studieren muss man sich auch leisten können.»

«Ich möchte nicht weg aus Frankfurt, ich möchte bei euch bleiben. Heinz braucht mich.»

Martin trank einen Schluck Wasser, zog an seiner Zigarette, blies einen Rauchkringel in die Luft. «Du könntest bei mir arbeiten. Ganztags und so lange, bis du etwas anderes findest.»

Christa hob den Kopf. «Ich hatte gehofft, dass du so was vorschlägst.»

«Warum hast du mich nicht einfach gefragt?»

Christa schluckte. «Wegen der Liebesgedichte.»

«Von Brecht?»

«Ja.»

Helene erhob sich. «Es ist spät, ich gehe schlafen. Morgen muss ich zeitig aufstehen, damit ich mich rechtzeitig nach den Lebensmittelmarken anstellen kann.»

«Wir müssen wohl reden», erklärte Martin, als Helene hinausgegangen war.

«Worüber?»

«Über Brecht und seine Gedichte. Aber zuerst möchte ich dir etwas vorlesen.» Er stand auf, trat ans Bücherregal, zog ein schmales, schwarz eingebundenes Buch hervor, in dem ein Lesezeichen steckte. Er schlug es an dieser Stelle auf und begann zu lesen:

«Bischof, ich kann fliegen,
Sagte der Schneider zum Bischof.
‹Paß auf, wie ich's mach.›
Und er stieg mit so 'nen Dingen,
Die aussahn wie Schwingen
Auf das große, große Kirchendach.
Der Bischof ging weiter.
Das sind lauter so Lügen
Der Mensch ist kein Vogel,
Es wird nie ein Mensch fliegen.
Sagte der Bischof vom Schneider.

Der Schneider ist verschieden
Sagten die Leute dem Bischof
Es war eine Hatz.
Seine Flügel sind zerspellet
Und er liegt zerschellet

Auf dem harten, harten Kirchenplatz,
Die Glocken sollen läuten
Es waren nichts als Lügen.
Der Mensch ist kein Vogel
Es wird nie ein Mensch fliegen.
Sagte der Bischof den Leuten.»

Martin schlug das Buch zu, stellte es zurück. «Wie findest du das Gedicht?»

«Es … es ist wunderschön. Es gefällt mir sehr. Und es ist wahrhaftig. Es gibt immer Menschen, die fliegen wollen, und andere, die sie am Boden halten.» Sie dachte dabei an Helene, aber zugleich schämte sie sich für diesen Gedanken. Helene wollte nur das Beste für sie. Sie dachte auch an Professor Habicht und daran, dass es meist die Frauen waren, die von Männern am Fliegen gehindert wurden.

«Denkst du, das ist ein gutes Gedicht?»

«Ja», antwortete Christa. «Das ist ein gutes Gedicht, ein sehr gutes, weil es zeitlos ist. Der Schneider mit seinen Flügeln ist ja nur ein Bild. Ein immer gültiges, ein zeitloses Bild sogar. Es ist zudem die Verdichtung eines großen Menschheitsproblems. Kein Wort zu viel, keines zu wenig. Das hätte wahrscheinlich sogar Professor Habicht gefallen.»

«Es ist von Bertolt Brecht.»

Christa stutzte. «Wirklich?»

«Ja. Ich habe es dir aus zwei Gründen vorgelesen: zum einen, um dir zu beweisen, dass dein literarisches Urteil dich nicht getrogen hat. Und zum anderen, weil es immer und zu jeder Zeit Schneider gibt, die vom Bischof nicht verstanden werden. Das hattest du ja schon mit anderen Worten gesagt.

Aber jetzt zu etwas anderem, den Liebesgedichten.»

Er machte eine Pause, und Christa sah, wie er nach Worten suchte. Endlich hatte er sie gefunden. «Du machst einen Fehler,

Christa. Du setzt diese Gedichte mit meinem Schicksal gleich, glaubst wahrscheinlich noch immer, du wärst schuld. Dem ist nicht so. Die Gedichte stehen für sich allein. Sie können nichts, rein gar nichts für mein Schicksal. Du musst das eine vom anderen trennen. Das, was geschehen ist, lässt sich nicht wiedergutmachen. Nicht einmal eine Rehabilitation könnte daran etwas ändern. Es ist passiert – und nun ist es vorbei. Die dunkle Zeit ist vorüber. Du solltest die Gedichte loslassen, stell sie in die Ecke. Rühre sie ein Jahr lang nicht an. Und dann lies sie ohne Schuld und Scham.»

TEIL 2

Kapitel 10

Christa hatte sich schon immer wohl gefühlt in der Buchhandlung, aber nun fühlte sie sich zugehörig. Sie gehörte zum Laden wie Martin, wie die Bücher, die Verkaufstheke. Sie hatte einen eigenen Schlüssel, bediente die Kasse, verkaufte, beriet und packte die neue Ware aus.

Allmählich hatten die ersten Verlage wieder ihre Arbeit aufgenommen. In Frankfurt saß der Ullstein Verlag, der bereits kurz nach dem Krieg Dependancen in Wien und Berlin eröffnet hatte. Vom S. Fischer Verlag hörte man, dass er in einiger Zeit von Berlin nach Frankfurt umziehen wollte. Reclam, bisher in Leipzig beheimatet, eröffnete in Stuttgart, in der amerikanischen Besatzungszone, eine westliche Dependance.

Der Lesehunger der Deutschen war immens. Kaum war neue Ware im Laden, schon drückten sich die ersten Kunden die Nasen an den Schaufenstern platt. Bereits kurz nach der Befreiung kauften Menschen die Bücher ihrer ehemaligen Lieblingsautoren, von denen einige noch im Exil lebten – in den USA, in Schweden oder wie Anna Seghers in Mexiko. Was man ihnen schon sehr bald übel nahm.

Aber nun, eineinhalb Jahre später, hatten sich die Lesevorlieben gewandelt. Während die ganze Welt den Deutschen die Schuld am Zweiten Weltkrieg und an der Ermordung von sechs Millionen Juden gab, mochten viele Deutsche von Schuld nichts mehr wissen. Waren sie nicht auch Opfer gewesen? Am besten ließ man die alten Zeiten ruhen. Ja, es war schlimm gewesen, aber nun ging es um die Zukunft. Um eine Zukunft, die möglichst unbelastet von der Vergangenheit sein sollte. Frank Thiess, der beliebteste Autor des Jahres 1945, hatte in der *Münchner Zeitung* sogar den weltberühmten Thomas Mann angegriffen. Thiess warf ihm vor, nicht nach Deutschland zurückkehren zu wollen und stattdessen auf den «Logen- und Parterreplätzen des Auslands der deutschen Tragödie zuzuschauen».

Und die Autorin Gertrud von Le Fort, die nach Kriegsende in der Schweiz lebte, schrieb: «Die Schuld ist ausgeweint.»

Bücher mit Heimatthemen von Autoren wie Rudolf Alexander Schröder, Hans Carossa und Friedrich Schnack, Frank Thiess und Kasimir Edschmid verkauften sich schneller, als Christa sie auspacken konnte. Sie hatte von jedem dieser Autoren ein Buch gelesen, aber sie war nicht begeistert davon gewesen. Sie hatte so viele Fragen, aber die Antworten fand sie nicht bei Thiess oder Schnack: Wie sollten die Deutschen jemals das Unrecht wiedergutmachen, das sie an den Ermordeten, an den KZ-Häftlingen, den Vertriebenen verübt hatten?

Sechs Millionen tote Juden. Diese Zahl war unvorstellbar für Christa. Doch in diesen neuen Büchern war nur die Rede von der Schönheit der deutschen Heimat.

Der Rowohlt Verlag würde bald die ersten Titel in seinem neuen RoRoRo-Format ausliefern – die Abkürzung stand für Rowohlts Rotations-Romane. Gedruckt auf Zeitungspapier und im Zeitungsformat mit einer Startauflage von hunderttausend Exemplaren pro Titel. Als erste Romane sollten Hemingways *In einem anderen Land*, Tucholskys *Schloß Gripsholm* und Anna Seghers' *Das siebte Kreuz* erscheinen. Christa freute sich darauf, aber auch über den günstigen Preis von 50 Pfennig bis zu 1,50 Mark, je nach Umfang.

Die Ladenglocke schrillte. Frau Klein. Sie trug einen Staubmantel und hatte sich ein Kopftuch um das Haar gebunden.

«Ach, bist du jetzt immer hier?», fragte sie. «Ich meine, bis du unter der Haube bist?»

Christa erhob sich. «Was kann ich für Sie tun, Frau Klein?»

«Mhm, eigentlich will ich zu deinem Onkel.»

«Der ist nicht da.»

«Wann kommt er denn wieder? Oder ist er heute Abend daheim?»

«Er kommt sicher gleich zurück. Da in der Ecke steht ein Stuhl. Nehmen Sie Platz.»

Emma Klein blickte auf ihre Uhr. «So viel Zeit habe ich nicht. Die Bälger von der Spielvogel kommen gleich aus der Schule. Die kann man nicht aus den Augen lassen. Erst letzte Woche hat der Kleine ein Glas Milch umgestoßen. Frag nicht, wie lange es gedauert hat, bis ich den Fleck draußen hatte. Und die Spielvogel selbst, na, darüber kann man kaum reden. Nicht nur, dass sie in einer Schankwirtschaft arbeitet. Ich bitte dich, Christa, wer arbeitet schon in einer Kneipe? Das weiß doch jeder, was das für Frauen sind. Sie kümmert sich auch kaum um ihre Brut. Den ganzen Nachmittag lungern die Bälger in der Wohnung herum. Und wenn sie endlich im Bett sind, rennt die Spielvogel schon wieder in die Kneipe.» Emma Klein schüttelte den Kopf. «Das hätte es unter dem Führer nicht gegeben.»

Wieder erklang die Glocke, und Martin kam herein. Er trug unter dem Arm eine Kiste, wahrscheinlich voller Bücher. «Die erste Lieferung von Rowohlt ist da», verkündete er.

«Ach, da sind Sie ja endlich.» Frau Klein fuhr herum. «Ich warte schon seit Ewigkeiten auf Sie.»

Martin stellte die Kiste ab und fragte dann nicht übermäßig freundlich: «Was kann ich für Sie tun?»

«Ach, nur eine Kleinigkeit.» Emma Klein holte einen Bogen Papier aus ihrer Handtasche. «Ich soll vor die Spruchkammer. Das ist natürlich lächerlich, aber diese Amerikaner sind nun mal leichtgläubig wie Kinder.»

Sie blickte Martin an, aber der starrte zurück, ohne ihr beizupflichten.

«Jedenfalls haben die mir gesagt, wenn ich eine unbescholtene Bürgerin unter Hitler gewesen bin, dann gäbe es doch sicher Leute, die mir das bestätigen könnten. Die brauchen es schriftlich.»

Wieder blickte sie Martin an, und noch immer sagte er nichts, sodass sich Frau Klein ein wenig unbehaglich fühlte. Christa erkannte es daran, dass die Nachbarin am Kragen ihres Mantels nestelte.

«Also, das Schreiben. Das macht ja keine große Mühe. So etwas ist schnell erledigt. Und unter Nachbarn hilft man sich ja.»

Sie hielt Martin ein Blatt Papier hin. Er nahm es mit spitzen Fingern, las es, schüttelte den Kopf und las es dann laut vor: «Ich, Martin Schwertfeger, wohnhaft Berger Straße, bestätige hiermit, dass Frau Emma Klein sich stets untadelig verhalten hat. Sie hat meine Familie nach meiner Verhaftung unterstützt und hat sich nie etwas zuschulden kommen lassen. Selbst den Juden gegenüber war sie freundlich und hilfsbereit.»

Christa wusste nicht, ob sie lachen oder weinen sollte.

«Das meinen Sie nicht im Ernst, Frau Klein, oder?», fragte Martin rau. Christa sah, dass er mehrmals schlucken musste.

Frau Klein reckte das Kinn. «Jedes Wort darauf ist wahr. So war es. Genau so. Erinnern Sie sich nur an die Familie Goldberg. Die mit dem blöden Kind. Als die Nazis ihnen das weggenommen haben, da hab ich Frau Goldberg getröstet. ‹Sie können ja ein neues bekommen›, hab ich ihr gesagt.»

Christa sah, wie Martin bleich wurde. Sie trat zu ihm, legte ihre Hand auf seinen Arm. «Lass», bat sie. «Sie ist es nicht wert.»

Aber Martin hörte sie nicht. Stattdessen machte er einen Schritt auf Emma Klein zu, die augenblicklich versuchte, nach hinten auszuweichen, und schließlich am Wandregal landete.

«Wie unverschämt kann man eigentlich sein? Wissen Sie überhaupt, was Sie da geschrieben haben?», zischte er.

«Die Wahrheit. Nichts als die reine Wahrheit», quetschte Emma Klein sichtlich eingeschüchtert zwischen ihren Zähnen hervor.

«SIE waren es, die bei meinem Prozess gegen mich ausgesagt haben. SIE und ihr werter Herr Gatte.»

«Herr Schwertfeger, das ist schon so lange her, ist doch längst verjährt. Man muss die Vergangenheit auch mal hinter sich lassen.»

«SIE haben mich im Prozess ‹widerlich› genannt, ‹eine Zecke am deutschen Volkskörper›.»

«Ja, nun, das wollten die doch so hören. Was hätte ich denn sonst sagen sollen?»

«SIE haben erzählt, dass ich nicht nur verbotene Bücher verkauft, sondern obendrein noch einen feindlichen Witz erzählt habe.»

«Das stimmt ja auch. So war es doch. Ich konnte das hören. Mit meinen eigenen Ohren. Und was wahr ist, das muss wahr bleiben.»

Christa sah, wie Martins Kopf hochrot wurde. Sie sah auch, dass er am ganzen Leib zitterte. «Martin, es lohnt nicht», beschwor sie ihn erneut. Und zu Frau Klein gewandt, sagte sie laut und deutlich: «Gehen Sie endlich.»

Aber Frau Klein tat, als hätte sie Christa nicht gehört. «Es ist doch nur ein kleiner Zettel. Der tut doch niemandem weh. Herrgott, Sie nehmen das alles viel zu ernst, lieber Herr Schwertfeger.»

Da streckte Martin die Hand aus, zeigte mit dem Finger auf seine Peinigerin: «Sie haben nichts verstanden. Nichts. Hätten Sie auch nur den kleinsten Hauch von Anstand und Mitgefühl, würden Sie jetzt die Augen senken. Sie hätten mich auf Knien um Verzeihung anflehen müssen für das, was Sie mir und meiner Familie angetan haben. Sie müssten vor Scham auf dem Boden kriechen. Und was machen Sie? Sie wollen von mir einen Persilschein! Einen Schein, der besagt, dass Sie ein aufrechter Mensch sind!»

Er holte Luft, dann brüllte er so laut, dass die Schaufensterscheiben klirrten: «RAUS aus meinem Laden. Sofort!»

«Jetzt schreien Sie mich doch nicht so an. Man wird ja wohl noch fragen dürfen», beschwerte sich die Klein, aber ihr Gesicht war blass geworden.

«RAUS!», brüllte Martin noch einmal. «Und lassen Sie sich hier nie wieder blicken.»

Plötzlich reckte sich Frau Klein, schob das Kinn nach vorn und drohte: «Das werden Sie bereuen. So wahr ich Emma Klein heiße.»

Als sie endlich verschwunden war, atmete Martin immer noch heftig. Christa holte rasch ein Glas Wasser. «Sie kann uns nichts», versuchte sie, ihn zu trösten. «Sie kann uns gar nichts.»

Noch vor Ladenschluss zog Martin sich ein frisches Hemd an, kämmte die Haare mit Wasser nach hinten.

«Was hast du vor?», wollte Christa wissen.

«Ich gehe heute aus.»

«Wohin?»

Martin fuhr herum. «Du bist ganz schön neugierig. Ich gehe in ein Café und treffe mich mit ein paar Leuten.»

«Ist gut. Ich schließe hier ab.»

Er kam nicht nach Hause. Zum Abendbrot fehlte er, und Christa las an seiner Stelle Heinz etwas vor. Der Kleine konnte mittlerweile selbst flüssig lesen, trotzdem richteten sie es so ein, dass ihm immer einer der Erwachsenen abends etwas vorlas. Heinz schlief schlecht. Besonders, wenn Martin nicht da war. Oft schreckte er schreiend aus dem Schlaf und beruhigte sich erst wieder, wenn jemand kam und ihm beruhigend über den Rücken strich.

Heinz war kein Kind, das Zärtlichkeiten zu schätzen wusste. Umarmte Christa ihn, machte er sich los. Gab sie ihm ein Küsschen auf die Wange, wischte er es mit dem Hemdsärmel aus dem Gesicht. Aber heute Abend musste sie seine Hand halten, bis er eingeschlafen war.

Martin war auch am späten Abend noch nicht zurück, als Christa mit ihrer Mutter vor dem Radio saß.

«Sag mal, hat Martin eigentlich eine Freundin?»

«Ich denke nicht», antwortete Helene und sah auf die Socken von Heinz, deren Löcher sie gerade stopfte.

«Und vor … also … ich meine, vor dem Lager?»

«Wohl auch nicht.»

«Wieso?», wollte Christa wissen.

Da ließ Helene den Socken sinken. «Weißt du, es gibt Menschen, die lieben anders als die meisten anderen. Das ist so, da kann man nichts dran machen.»

Christa runzelte die Stirn. «Was meinst du?»

Da blickte Helene ihr direkt in die Augen. «Christa, Martins Liebesleben geht uns nichts an.»

«Er war ein paar Jahre bei den Jesuiten und wäre beinahe Ordensbruder geworden», wandte Christa ein.

«Wenn man jung ist, probiert man vieles aus. Martin dachte, er würde im Kloster glücklich werden. Er hat sogar begonnen, Theologie zu studieren. Und kurz vor den ewigen Gelübden hat er festgestellt, dass ihm diese Laufbahn doch nicht so gut gefällt, wie er dachte.»

Christa sah es ihrer Mutter am Gesicht an, dass sie ihr etwas verschwieg. Aber sie wusste auch, dass sie nichts weiter herausbekommen würde.

Auch beim Frühstück fehlte Martin, er kam erst, als Christa längst den Laden aufgeschlossen hatte.

«Wo bist du denn die ganze Nacht gewesen?», fragte sie.

«Das habe ich dir doch erzählt. Mit Freunden unterwegs.»

«Nach der Ausgangssperre?» Sie lächelte und kniff ein Auge zu. «Ich wette, du hast eine Freundin.»

Martin zuckte mit den Achseln, erwiderte ihr Lächeln. «Vielleicht?»

Die Ladenglocke erklang, und der junge Mann, der neulich schon einmal im Laden gewesen war, trat ein. Er grüßte freundlich, und Christa hatte Zeit, ihn zu betrachten. Er war so schmal, dass er beinahe durchbrach. Die Wangen ganz eingefallen, das schwarze Haar fiel zu lang und zu wild. Immer wieder musste er sich eine Strähne aus dem Gesicht streichen. Doch seine grauen Augen blickten neugierig und klug in die Welt, und seine schmalen Lippen zeigten ein außergewöhnliches Rot.

«Kann ich Ihnen behilflich sein?» Christa trat lächelnd hinter der Ladentheke hervor.

Der junge Mann erwiderte ihr Lächeln und hob beide Arme. «Ich habe noch immer kein Geld, um mir Bücher zu kaufen. Aber ich möchte wenigstens ein bisschen Papierstaub riechen.»

«Gern.» Christa blieb stehen und betrachtete ihn. Er nahm ein Buch aus dem Regal, und Christa reckte sich, um den Titel erkennen zu können. Es waren die Erzählungen von Stefan Zweig, die sie so sehr liebte.

«Kennen Sie das Buch?», fragte sie.

Der junge Mann drehte sich zu ihr um. «Nein, aber ich kenne andere Sachen von Zweig.»

«Dann kennen Sie auch nicht die Geschichte *Die unsichtbare Sammlung*?»

Der junge Mann schüttelte den Kopf. «Worum geht es darin?»

«Es geht um einen Kunsthändler, der zu einem bekannten Sammler in die Provinz fährt, um dessen Sammlung anzusehen. Es sind siebenundzwanzig Mappen. Der Sammler, inzwischen erblindet, zeigt dem Kunsthändler ein Blatt nach dem anderen. Aber die Blätter sind leer. Es gibt keine Zeichnungen von Dürer oder Blätter von Rembrandt, sondern einfach nur weiße Blätter.

Die Frau und die Tochter des Sammlers versuchen, den Kunsthändler mit Blicken davon abzuhalten, ‹Aber da ist ja gar nichts drauf!› zu rufen. Der Kunsthändler versteht und schweigt. Wenig später erfährt er, dass Frau und Tochter in den schrecklichen 1920er Jahren die Zeichnungen verkauft haben, um die Familie über Wasser zu halten, ohne es dem blinden Vater und Ehemann zu erzählen.»

«Eine Frechheit ist das!», kommentierte der junge Mann. «Ich glaube, ich wäre die Wände hochgegangen.»

«Wirklich? Das denken Sie?»

«Sind Sie denn anderer Meinung?»

«Allerdings. Ich finde das Verhalten von Frau und Tochter sehr rücksichtsvoll. Der Mann musste den Schmerz über den Verkauf nicht miterleben und glaubte sich noch immer im Besitz von etwas sehr Schönem. Ich denke, sie wollten ihn schonen, weil sie ihn liebten. Der Kunsthändler hat das wohl erkannt, sonst hätte er nicht geschwiegen.

«Zeichnungen von Dürer oder Rembrandt verkauft man nicht. Niemals. Unter keinen Umständen.»

«Haben Sie nie Hunger gelitten?», wollte Christa wissen. «So großen Hunger, dass Sie alles getan hätten, um etwas zwischen die Zähne zu bekommen?»

Der junge Mann wiegte den Kopf. «Schon. Da haben Sie vielleicht recht. Aber eine Schande ist es trotzdem.» Er kratzte sich am Kinn. «Kunst ist ja irgendwie auch ein Lebensmittel», sprach er vor sich hin und sah dann auf. «Meinen Sie nicht, Fräulein … äh … ich weiß Ihren Namen gar nicht.»

«Christa Schwertfeger heiße ich. Und ja, Kunstwerke und Bücher sind Lebensmittel. Mein Herz hat geblutet, damals, als die Nazis die Bücher verbrannt haben. Da kamen sie mir das erste Mal wie richtige Barbaren vor.»

Der junge Mann lachte. «Damals müssen Sie noch sehr klein gewesen sein.»

«Sechs Jahre war ich. Aber ich bin mit Büchern groß geworden und wusste, dass es unrecht war. Und dann ist mein Onkel ins KZ gekommen, weil er verbotene Bücher verkauft hat.»

«Das weiß ich», erklärte der junge Mann. «Aber ich habe mich Ihnen noch gar nicht vorgestellt. Mein Name ist Jago. Jago Prinz.»

«Jago? Wie in Shakespeares *Othello*?»

Er lachte. «Ja, meine Eltern liebten die Literatur und die Kunst über alles.»

«Wo sind sie jetzt? Leben sie in Frankfurt?»

Jago schüttelte den Kopf. «Sie sind tot. Alle beide.»

«Die Bomben über Frankfurt?»

«Nein, die Nacht über Deutschland. Meine Mutter war Jüdin. Sie war zwar evangelisch getauft wie auch schon meine Großeltern, aber sie galt als Jüdin. 1943 sollte sie deportiert werden. Mein Vater und sie haben sich in der Nacht davor das Leben genommen, nachdem mein Vater vergeblich versucht hatte, mit auf den Transport zu kommen. Sie konnten wohl nicht ohne einander sein.»

Christa nickte beeindruckt. «Sie müssen sich sehr geliebt haben.»

«Ja, das ist wohl so. Ich hatte gerade mein Abitur in einem Schweizer Internat gemacht. Das war ja für Halbjuden in Deutschland nicht mehr möglich. Als ich zurückkam, bin ich sofort eingezogen worden. An die Ostfront als Kanonenfutter. Stalingrad war gerade vorüber, und es gab immense Verluste.»

«Und jetzt? Was tun Sie jetzt?»

«Ich versuche zu studieren. Zwischendrin muss ich Geld verdienen.»

«Was studieren Sie?»

«Germanistik und Philosophie.»

«Nein!», entfuhr es Christa. «Germanistik – etwa bei Professor Habicht?»

«Ja. Woher wissen Sie das?»

Christa seufzte. «Ich wollte auch Germanistik studieren. Habicht hat mich aussortiert. Er hat mich ‹moralisch verkommen› genannt.»

«Hat er Sie eine Hausarbeit schreiben lassen?»

«Ja.»

«Mich auch. Ich habe über Heinrich Heine geschrieben. *Denk ich an Deutschland in der Nacht*, Sie wissen schon. Und Sie?»

«Brechts Liebesgedichte.»

«Oh!» Jago Prinz pfiff durch die Zähne. «Das hat dem alten Habicht sicher nicht gefallen.»

«Nein, hat es nicht. Deshalb bin ich jetzt hier. Er hat gesagt, er wird dafür sorgen, dass ich nie wieder einen Fuß in die Frankfurter Uni setzen darf.»

Wieder schellte die Ladenglocke. Ein Ehepaar trat ein. Christa wandte sich ihnen zu. «Sie sagen mir, wenn ich Ihnen behilflich sein kann?»

Der Mann nickte. «Wir möchten uns zuerst umsehen.»

Christa nickte ihnen freundlich zu und drehte sich wieder zu Jago Prinz.

«Ich muss gehen», erklärte dieser. «Es war schön, sich mit Ihnen zu unterhalten.»

Den ganzen restlichen Tag dachte Christa über Jagos Eltern nach. Da wollte der Vater freiwillig mit ins KZ. In den Tod. Ihr rann ein Schauer über den Rücken. So muss Liebe sein. So stark, dass einer nicht ohne den anderen sein kann. Mann und Frau als zwei Seiten einer Medaille.

Heinz betrat den Laden. Doch er kam nicht hereingestürmt wie sonst, sondern eher geschlichen.

«Was ist los mit dir?», wollte Christa wissen.

Heinz ließ sich matt auf den Stuhl im Laden sinken. «Ich weiß auch nicht. Mir ist nicht gut.»

Christa trat zu ihm, legte ihm eine Hand auf die Stirn. «Du bist ganz heiß, Heinzchen, ich glaube, du hast Fieber.»

Heinz hustete. Es klang so schrecklich, dass Christa erschrak. Bellender, trockener Husten. «Wir sollten mit dir zum Arzt gehen. Du klingst gar nicht gut.»

Heinz blickte auf. «Der Willi aus meiner Klasse ist auch krank. Diphtherie hat er. Seine Schwester hat es mir erzählt.»

Diphtherie! Das Wort jagte Christa Angstschauer über den Rücken. «Würgeengel der Kinder» nannte man diese Krankheit, viele starben daran. Sie presste Heinz an sich und musste die Tränen unterdrücken. «Du wirst wieder gesund», flüsterte Christa und schickte ein Stoßgebet zum Himmel. Das Ehepaar beäugte Heinz vorsichtig und verließ wortlos den Laden.

«Aber jetzt gehst du erst einmal nach oben und legst dich hin. Sobald Martin wieder da ist, sehen wir weiter.» Sie strich ihm sanft über das Haar, dann ging er.

Martin war bei einer Witwe in der Nachbarstraße gewesen, deren Mann ihr eine Sammlung naturwissenschaftlicher Bücher hinterlassen hatte. Jetzt stürzte er in den Laden, einen Karton auf beiden Armen, den schweren Rucksack über den Schultern. «Du glaubst nicht, was ich für Schätze hier drin habe», rief er gut gelaunt. «Und das Beste darin ist, dass die Witwe nur fünfzig Mark dafür haben wollte. Das ist beinahe geschenkt.»

«Heinz ist krank», unterbrach Christa.

Martin stellte die Kiste ab, ließ den Rucksack von den Schultern rutschen. «Was hat er? Wo ist er?»

«Er ist oben. Ich habe ihm gesagt, dass er sich hinlegen soll. Er hat Fieber, und er hustet ganz schrecklich. Außerdem ist sein Freund Willi an Diphtherie erkrankt. Ich mache mir solche Sorgen!»

«Ist Helene oben?»

Martin stand schon an der Tür, die von der Buchhandlung ins Treppenhaus führte.

«Nein, sie ist in der Schankwirtschaft wegen der Buchführung.»

Schon klappte die Tür, wenig später war Martin zurück. «Er fiebert sehr hoch. Du musst zu Dr. Brinkmann rennen. Er soll kommen. Jetzt gleich.»

Keiner von ihnen hatte daran gedacht, dass es Mittwochnachmittag war und die Praxis geschlossen. Christa klingelte Sturm an der Privatwohnung, und es dauerte eine ganze Weile, ehe sie etwas hörte.

«Christa, wo brennt's denn?», fragte der alte Arzt, als er die Tür öffnete; er hätte schon längst in Rente gehen können.

«Unser Heinz. Vielleicht hat er Diphtherie.»

Dr. Brinkmann zögerte nicht lange, holte seine Tasche, und gemeinsam machten sie sich auf in die Berger Straße. Martin saß neben Heinz' Bett und umwickelte ihm die heißen Waden mit kühlen feuchten Tüchern.

«Was tut dir weh?», fragte der Arzt, doch in diesem Moment schüttelte ein neuer Hustenanfall den schmalen Jungenkörper.

«Der Kopf … der tut weh … und sonst alles», krächzte Heinz.

Brinkmann bat Christa um einen Teelöffel, den er dem Jungen auf die Zunge drückte.

«Ich denke auch, dass es Diphtherie ist», erklärte er dann.

«Und was können wir tun?», fragte Martin, und die helle Sorge klang aus seiner Stimme.

«Nun, das Fieber muss sinken. Wadenwickel sind genau richtig. Und der Husten muss gelöst werden. Geben Sie ihm Lindenblütentee zum Trinken. Oder einen Aufguss mit Thymian.»

Der erfahrene Arzt betrachtete den Jungen, der am ganzen Leib zitterte. «Was der Junge aber vor allem dringend braucht, ist Penizillin.»

«Dann verschreiben Sie es ihm doch. Ich bezahle, egal, was es kostet.»

«Es gibt kein Penizillin. Nur die Amerikaner haben welches.

Wenn Sie dorthin Kontakte haben, dann kann ich Ihnen nur raten, diese zu nutzen.»

Als Doktor Brinkmann gegangen war, sagte Christa: «Blakefield. Der Major, bei dem wir damals waren. Dessen Bruder du gerettet hast. Du musst zu ihm. Er wird dir helfen.»

Martin stand auf, warf noch mal einen Blick auf Heinz, dann nickte er. «Ja, du hast recht. Ich gehe sofort.»

Als Martin eine Stunde später wieder da war, las Christa in seiner Miene nur Ernst und Mutlosigkeit.

«Was hast du erreicht?», fragte sie.

«Nichts. Nichts habe ich erreicht. Major Blakefield ist nicht mehr in Frankfurt. Er ist wieder daheim in Wisconsin.»

«Und sein Bruder?»

«Ebenfalls. Man hat mich gar nicht erst vorgelassen. Der G.I. am Wachhäuschen hat mir gesagt, dass er es sehr bedauere, aber jeden Tag kämen ein Dutzend Deutsche und flehten um Penizillin für ihre Kinder oder Ehepartner. Er erklärte, sie hätten selbst nicht genug davon. Es wären auch einige G.I.s an Diphtherie erkrankt. Dann hat er mir alles Gute gewünscht – und ich bin gegangen.»

Kapitel 11

Martin saß die ganze Nacht an Heinz' Bett und kühlte ihm Stirn und Waden, obwohl Christa angeboten hatte, ihn abzulösen. Gerade schlief Heinz, war aber sehr unruhig. Mit einem Mal warf er den Kopf hin und her und begann zu schreien.

«Psst, psst. Es wird alles wieder gut», tröstete Martin.

Da schlug der Junge die Augen auf, blickte Martin ins Gesicht und fragte ängstlich: «Bleibst du für immer bei mir?»

Christa hielt die Luft an und fasste nach Helenes Hand. Es war schon spät, aber keiner von ihnen würde jetzt ruhig schlafen können. Martin strich ihm über das Haar und antwortete: «Ja, mein Kleiner. Ich bin da. Ich bin bei dir.»

Später im Bett überlegte Christa, woher sie Penizillin bekommen könnte. Sie war nach Chittos Abreise noch ein-, zweimal mit Marlies und ihrem nunmehr festen Freund Joe tanzen gewesen. Und sie hatte einen jungen Mann kennengelernt, der im Krankenbereich der Militärstreitkräfte arbeitete. Er war gerade mit dem Medizinstudium fertig geworden, als der Krieg begann. Joe, der als Laborant dort tätig war, hatte ihn zum Tanzen mitgebracht. «Ich glaube, ihr werdet euch gut verstehen», hatte er gesagt. «Chitto und Alan sind Freunde.»

Und tatsächlich hatte sich Christa sofort gut mit Alan verstanden. Er hatte sie herumgewirbelt, hatte ihr den Stuhl zurechtgerückt und war so überaus höflich und zuvorkommend, dass sie die Vorstellung, sie könnte sich in ihn verlieben, reizte.

Dann kam dieser eine Abend, den Christa nicht vergessen hatte. Marlies und Joe waren im Kino gewesen, und Christa war mit Alan ohne die Freundin im Varieté gewesen. Es war wie immer. Der Saal war voll, die Musik dröhnte, Mädchen schwangen in ihren schönsten Kleidern über das Parkett, auf der Bühne gaben die Musiker ihr Bestes. Auch Christa hatte das Tanzen genossen. Zum Schluss wurde ein Song von Frank Sinatra gespielt. Ein langsamer Song, dessen Titel sie vergessen hatte. Alan hatte sie so eng an sich herangezogen, dass sie seinen Atem auf ihrem Gesicht spürte. Dann war seine Hand ihren Rücken hinab bis zum Po gewandert. «Nicht!», hatte Christa gesagt, und Alan hatte erwidert: «Ich zahle alles, aber dafür will ich auch was haben.» Da hatte Christa still gehalten, doch als der Tanz zu Ende war und Alan auf die Toilette ging, war sie gegangen. Zuvor hatte sie noch alles Geld, das sie bei sich hatte, auf den Tisch gelegt.

Ein paar Tage später hatte Marlies ihr einen kleinen Brief von Alan gegeben, den Joe ihr in die Hand gedrückt hatte. «Liebe Christa, ich entschuldige mich für mein Verhalten am Samstag. Bitte verzeih mir und sei weiterhin mein Gast im Varieté.»

Christa hatte nicht geantwortet und war auch nicht mehr zum Tanzen gegangen, aber jetzt musste sie an Alan denken. Und dass er als Arzt bestimmt an Penizillin herankam.

Am nächsten Morgen ging es Heinz noch schlechter. Er lag vollkommen apathisch in seinem Bett. Das Fieber stieg, der Husten war bellend und trocken, Christa sah, dass er Schmerzen beim Husten hatte. Sie erschrak, als sie seine rot geränderten Augen sah, unter denen schwarze Schatten lagen. Er wirkte, als wäre er gar nicht richtig anwesend. Sie strich ihm über die heiße Wange. «Heinzchen», flüsterte sie. «Heinzchen, sag doch etwas.»

Aber Heinz sagte nichts, sondern hustete nur, dass der kleine Körper sich in Schmerzen krümmte. Angstschauer jagten über Christas Rücken. So viele waren schon an Diphtherie gestorben.

Heinz durfte nicht sterben! Er gehörte doch zu ihnen, sie hatten ihn lieb!

Helene kam herein, in der Hand einen Becher mit Lindenblütentee. In ihrem Gesicht stand die Besorgnis in Großbuchstaben geschrieben. «Heinzchen, bitte setz dich auf, du musst etwas trinken.»

Doch der Junge verstand nichts. Er lag da, die Augen starr zur Decke gerichtet, und rührte sich nicht. Da tunkte Christa einen Finger in den Tee und benetzte seine Lippen, aber auch darauf reagierte er nicht.

«Ich gehe noch einmal zu Dr. Brinkmann», entschied Christa. «Wir können ja nicht einfach zusehen, wie er stirbt!» Sie zog sich ihren Mantel an und stürmte davon.

Dr. Brinkmann hatte bereits mit seiner Sprechstunde angefangen, als Christa in die Praxis wirbelte. Das Wartezimmer war übervoll, jeder Sitzplatz belegt. Sogar auf dem Boden saßen Patienten. Eine Mutter hielt einen Säugling im Arm, der ebenso gottserbärmlich hustete wie Heinz. Ein anderes Kind zitterte die ganze Zeit, ein drittes saß apathisch an seine Mutter gelehnt. Christa sah das alles, und ihr Mut sank.

«Christa, was kann ich für Sie tun?», fragte die Sprechstundenhilfe.

«Unser Heinz. Er ist so schrecklich krank. Wir haben alles so gemacht, wie es der Herr Doktor gesagt hat, aber es geht ihm heute schlimmer noch als gestern Abend.»

Die Sprechstundenhilfe erhob sich, zog eine Karteikarte aus einer Hängeregistratur. Sie schlug die Karte auf und las. «Heinz hat Diphtherie.»

«Ja, der Doktor hat es gesagt.»

Die Sprechstundenhilfe deutete mit dem Kopf auf die Wartenden. «Mindestens vier der Wartenden haben ebenfalls Diphtherie.»

Christa nickte. «Kann man denn wirklich gar nichts tun?»

Die Sprechstundenhilfe zuckte mit den Schultern. «Es gibt noch ein anderes Medikament, das angeblich helfen soll. Es heißt Antitoxin. Aber auch das ist nicht erhältlich. Nicht einmal die Krankenhäuser haben Penizillin oder Antitoxin.»

Christa fühlte sich plötzlich ganz schwach. Ihre Knie wurden weich, und sie musste sich an der Wand abstützen. «Heißt das, unser Heinz muss sterben?»

Die Sprechstundenhilfe legte ihr eine Hand auf den Arm. «Beten Sie für ihn, Christa. Beten Sie für alle Kranken.»

Als am Mittag Martin in den Laden kam, fasste Christa einen Entschluss.

«Ich habe eine Besorgung zu erledigen. Bitte gib mir den Nachmittag frei.»

«Was hast du denn so Wichtiges zu tun?»

«Ich muss mit Marlies sprechen.» Sie zog ihren Mantel an und machte sich auf den Weg zur Stadtverwaltung.

Kapitel 12

Seit kurzem fuhr wieder eine Straßenbahn zwischen der Berger Straße und dem Hauptbahnhof, doch die Bahn war so gerammelt voll, dass Christa nur mit einem Fuß auf dem Trittbrett stand, während der andere in der Luft hing. Sie hielt sich mit beiden Armen fest, aber in den Kurven wurde sie hin und her geschleudert.

«Stumpe se doch net so», beklagte sich eine Dame bei einem Herrn mit Hut.

«Fahre se kei Trambahn, wenn se net gestumpt sei wolle», antwortete der Herr und rückte den verrutschten Hut gerade.

An der Hauptwache sprang Christa ab, rannte den restlichen Weg zur Stadtverwaltung. Sie stürmte die Treppe hinauf bis zum Liegenschaftsamt, riss die Tür zu Zimmer 211 auf und stürzte auf Marlies zu, die hinter ihrem Schreibtisch saß.

«Ich brauche deine Hilfe», keuchte sie.

«Was ist denn los?» Marlies stand auf, kam um den Schreibtisch herum und führte Christa zu einem Stuhl.

«Heinz. Er ist so krank, dass wir Angst haben, er stirbt uns unter den Händen weg.

«War Dr. Brinkmann da?»

«Natürlich. Was denkst du denn? Aber er kann ihm nicht helfen. Heinz braucht Penizillin, und das haben nur die Amerikaner. Joe arbeitet doch im Lazarett. Kann er nicht helfen?»

Marlies setzte sich neben die Freundin und nahm deren Hand.

«Joe arbeitet im Labor. Er hat nichts mit Medikamenten zu tun. Aber vielleicht kann Alan helfen.»

«Alan?» Christa schüttelte den Kopf. «Ich glaube nicht. Ich habe nie auf seinen Brief geantwortet.»

Marlies blickte auf die Uhr. «In einer Viertelstunde holt Joe mich ab. Sprich mit ihm. Vielleicht weiß er, was zu tun ist.»

Diese Viertelstunde kam Christa vor wie die längste Viertelstunde ihres Lebens. Endlich erhob sich Marlies, zog ihren Mantel an, deckte die Schreibmaschine ab und nahm ihre Tasche.

Unten wartete Joe bereits. «Christa, wie schön, dich zu sehen. Geht es dir gut?»

Christa schüttelte den Kopf. Dann berichtete sie atemlos von Heinz' Erkrankung und konnte nicht verhindern, dass ihr Tränen über die Wangen liefen. Sie packte Joe an beiden Armen. «Er stirbt, Joe. Ohne Penizillin stirbt er.»

Joe schüttelte traurig den Kopf. «Ich kann dir nicht helfen, so gern ich es auch täte.»

«Vielleicht könnte Alan?», mischte sich Marlies ein.

«Alan. Ja. Er hat Zugang zu den Medikamenten. Aber auch er darf nichts davon wegnehmen. Und schon gar kein Penizillin. Davon haben wir nämlich selbst nicht genug. Und jedes Fläschchen ist registriert.»

«Bitte!» Christa schrie fast.

Joe sah sie an. «Okay, wir versuchen es. Steigt ein, wir fahren zum Stützpunkt, und ich sehe, ob ich Alan finde.»

«Danke, Joe, danke. Das vergesse ich dir nie!»

Fünf Minuten später standen sie vor dem Wachhäuschen des amerikanischen Bezirks. Joe sprang aus dem Jeep, redete ein paar Worte mit dem G.I. am Tor. Der begab sich in sein Wachhäuschen, und Christa sah, wie er in einen Telefonhörer sprach. Nach einer kleinen Weile kam er wieder heraus. «Dr. Jackson wird in etwa zehn Minuten hier sein. Er hat noch einen Patienten. Sie können hier warten», informierte er Christa.

«Sollen wir mit dir warten?», bot Marlies an.

Christa schüttelte den Kopf. «Das kann ich allein.»

«Sag mir noch heute Abend Bescheid, wie es um Heinz steht. Versprochen?»

Christa nickte. Marlies setzte sich wieder in den Jeep, schon gab Joe Gas, und die beiden verschwanden.

Dann begann die Warterei.

Zehn Minuten. Zwanzig. Dreißig. Gerade überlegte sie, ob sie den wachhabenden G.I. noch einmal bitten sollte anzurufen, als Alan auftauchte. Sein Gesicht wirkte angespannt, sein Mund zeigte kein Lächeln.

Er begrüßte Christa knapp, dann fragte er kühl: «Was kann ich für dich tun?»

«Ich weiß, Alan, du bist sauer auf mich, weil ich mich nicht gemeldet habe. Und ich wäre auch heute nicht gekommen, wenn ich eine andere Lösung wüsste. Mein kleiner Bruder Heinz ist sehr krank. Kriegt er kein Penizillin, stirbt er. Bitte, Alan. Du bist Arzt. Kannst du mir nicht ein wenig von diesem Medikament geben?» Sie griff nach seiner Hand.

«Penizillin ist unser größter Schatz. Und es ist teuer.»

«Ich zahle. Du kannst alles von mir haben, was du willst.»

Alan lachte auf. «Was willst du mir denn bezahlen? Reichsmark etwa? Was soll ich damit? Tausend Dollar kostet die Medikation für eine Woche. Woher willst du so viel Geld nehmen?»

Als Christa verstand, was das bedeutete, klappte sie zusammen. Der Rücken krümmte sich, der Kopf fiel auf die Brust. «So viel Geld … Das bekomme ich nie zusammen.» Kurz blickte sie auf. «Trotzdem danke, Alan. Und verzeih, dass ich dich hier so überfallen habe.»

Sie war noch keine zwanzig Schritte gegangen, als Alan sie am Ärmel festhielt. Voller Hoffnung blickte Christa ihn an.

«Vielleicht kannst du doch bezahlen», sagte er.

«Wie denn?»

«Schlaf mit mir.»

Christa prallte zurück. «Wenn ich mit dir schlafe, bekomme ich das Penizillin?»

«Ja. Andere Frauen schlafen mit uns wegen einem Paar Nylonstrümpfe.»

Er hatte recht, und Christa wusste das. Es gab viele junge Frauen, die sich auf diese Art etwas dazuverdienten. Milchpulver für ihre Kinder, Schokolade, Zigaretten, Nylonstrümpfe. «Ami-Flittchen» wurden sie genannt, aber Christa verurteilte sie nicht. Es gab kaum Männer, es gab kaum Arbeit, es gab kaum Geld, es gab Armut und Hunger. Viele der jungen Mädchen wollten einfach mal jung sein. Tun, was Mädchen in ihrem Alter ebenso taten.

«Gut.» Christa blickte Alan fest in die Augen. «Du kannst bestimmen, wann und wo. Aber das Penizillin brauche ich sofort.» Sie hatte noch nie mit einem Mann geschlafen. War noch nie verliebt gewesen, und ihr erstes Mal hatte sie sich immer anders vorgestellt. Sie hatte sich geschworen, nur mit einem Mann ins Bett zu gehen, den sie liebte. Nun, das Leben entschied manchmal anders.

«Warte hier, ich bringe dir das Penizillin. Aber halt den Mund. Wenn das jemand erfährt, komme ich vors Kriegsgericht.»

Nach vierzig Minuten war Alan zurück. Forsch schritt er an dem Wachposten vorüber, griff nach ihrem Arm und zog sie mit sich.

«Hast du das Penizillin?», wollte Christa wissen.

«Ja. Und ich habe auch noch Aspirin mitgebracht, damit das Fieber sinkt.» Alan zog sie weiter, bog mit ihr um die nächste Ecke und dann noch um eine und schon befanden sie sich an der Rückseite des Palmengartens. Die meisten Gewächshäuser waren zerstört, und in der Mauer klafften Löcher, die so groß waren, dass bequem ein Mensch hindurchpasste.

«Da entlang», befahl Alan, stieg durch eines dieser Löcher und half Christa hindurch. Im Gesellschaftshaus des Gartens waren die Fenster hell erleuchtet.

«Was ist dort los?», wollte Christa wissen. Ihr Herz schlug ihr bis zum Hals. Sie war so aufgeregt, dass sie kaum etwas um sich herum wahrnahm. Nur die hell erleuchteten Fenster und der Lärm, der daraus drang.

«Das ist das Offizierskasino. Da geht es jeden Abend hoch her.»

In all ihrer Aufregung hatte Christa gar nicht bemerkt, dass es bereits dunkel geworden war. Sie wusste auch nicht, wie spät es war.

«Komm.» Alan zog sie unter den erleuchteten Fenstern entlang. Etwas weiter entfernt befand sich eine Art Gewächshaus, von dem nur wenige Scheiben zerbrochen waren.

Als sie das gläserne Haus betraten, staunte Christa über die Wärme. Sie sah lange Tische, auf denen kleine Pflanzen in winzigen Töpfen standen. Etwas weiter hinten befanden sich mehrere Kübel mit Palmen. Die Situation war mehr als bizarr.

Endlich standen sie vor einem schmalen Schrank. Alan öffnete die Tür und zog eine Decke heraus.

Christa begriff. «Hier also?»

«Ja. Hier. Und jetzt.»

Sie blieb regungslos stehen.

«Zieh dich aus.»

Wie ein Automat legte Christa langsam ihren Mantel ab, knöpfte die Bluse auf und zog sie aus. Sie stieg aus ihrem Rock und stand im Unterkleid vor Alan.

«Das da auch. Zieh es aus.»

«Muss das sein?»

«Ja. Denk an das Penizillin.»

Christa gehorchte. Schließlich stand sie mit nacktem Oberkörper, Schlüpfer, Strumpfhaltern und Strümpfen vor ihm. Mit beiden Armen bedeckte sie ihre Brüste.

«Hast du keinen Büstenhalter?», fragte Alan. «Bist du etwa so eine, die es darauf anlegt?» Sein Ton klang hart.

«Nein. Dafür hatten wir in den letzten Jahren kein Geld.»

«Mach die Arme runter.»

Christa tat, wie er befahl, doch sie begann plötzlich zu zittern, obgleich ihr nicht kalt war.

Alan trat näher, nahm ihre Brüste in seine Hände, knetete sie. «Wie viele Männer hattest du schon?»

Christa schwieg. Er sollte auf keinen Fall wissen, dass er der Erste war. Diesen Triumph gönnte sie ihm nicht. Sie zwang sich, ihre Gedanken auf Heinz zu lenken. Für ihn tat sie das. Für ihn.

«Leg dich hin. Auf die Decke.»

Wieder folgte Christa seinem Befehl. Wie durch einen Nebel merkte sie, dass Alan ihr den Schlüpfer herunterriss und seinen Gürtel löste. Sie spürte, wie er in sie eindrang, spürte den Schmerz, gab aber keinen Mucks von sich. Mehrmals stieß er in sie hinein, dann brach er mit einem Keuchen auf ihr zusammen. Christa spürte ein Brennen zwischen ihren Beinen, eine klebrige Flüssigkeit, die aus ihr herausquoll, aber sie rührte sich nicht.

Alan stand auf, zog sich an, schloss den Gürtel. Auch Christa erhob sich, und zu ihrer Überraschung befand sich ein Blutfleck auf der Decke. Sie versuchte, sich davorzustellen, aber Alan hatte ihn längst gesehen. «Du warst noch Jungfrau.»

Christa antwortete nicht.

«Du musst deinen Bruder sehr lieben. Ich weiß nicht, ob meine Schwester so etwas für mich getan hätte.»

Er griff in die Tasche seiner Uniformjacke und reichte ihr ein braunes Fläschchen mit der Aufschrift «Penizillin».

«Darin sind zwanzig Tabletten. Dein Bruder soll zehn Tage lang morgens und abends eine davon nehmen.»

Christa nahm die Flasche, steckte sie in ihre Manteltasche, nahm auch die Schachtel mit dem Aspirin. Sie wollte danke sagen, aber das Wort kam ihr nicht über die Lippen.

Kapitel 13

Helene und Martin fragten nicht, woher sie das Penizillin hatte, und Christa erzählte nichts. Sie hatte sich zwei Tage lang schmutzig gefühlt, nach dem wöchentlichen Bad in der Zinkwanne war wenigstens das Brennen zwischen den Beinen verschwunden. Sie freute sich, dass es Heinz von Tag zu Tag besser ging. Der Husten wurde locker, das Fieber sank. Schon fragte Heinz nach Büchern, und Martin gab ihm, was er konnte.

«Was wir hier brauchen, das ist eine neue Literatur», sagte Martin eines Tages und legte die *Frankfurter Hefte* zur Seite, eine linkskatholische Zeitschrift, die Dr. Walter Guggenheimer, der auch als Literaturkritiker und Journalist arbeitete, herausgab.

Auf dem Tresen lagen noch andere Zeitschriften, die gerade erschienen. Manche hielten sich nur ein, zwei Nummern lang, andere wurden von der amerikanischen Militäradministration wieder verboten. *Der Ruf*, eine Zeitschrift, die von deutschen Kriegsgefangenen in Amerika ins Leben gerufen wurde, erhielt den meisten Zuspruch. Redakteure waren die Schriftsteller Alfred Andersch und Hans Werner Richter. Martin setzte auf den *Ruf*. «Von dem Andersch erwarte ich mir einiges. Zu lesen gibt es von ihm leider noch nicht so viel, aber er macht Hörspiele fürs Radio, die mir gefallen. Ein neuer Geist muss her, und Andersch weiß, wie das geht.»

«Ein neuer Geist? Was soll das sein?», fragte Christa.

«Guck dir nur mal an, was wir im Laden haben. Naturthemen sowie kirchliche und historische Stoffe. Von Autoren wie Werner Bergengruen oder Rudolf Alexander Schröder.» Er griff ein Buch mit dem Titel *Geistliche Gedichte* aus dem Regal. «So etwas verkauft sich. Ich kann gar nicht genug davon nachbestellen. Ein richtiger Erfolg.» Er schlug es auf und las vor:

«Wir harren, Christ, in dunkler Zeit.
Gib deinen Stern uns zum Geleit auf winterlichem Feld.
Du kamest sonst doch Jahr um Jahr!
Nimm heut auch unsre Armut wahr
In der verworrnen Welt.»

«Und? Wie findest du es?»

Christa zuckte mit den Schultern. «Langweilig finde ich es. Ist mehr ein Gebet als ein Gedicht.»

«Genau das meine ich. Es sagt nichts Neues aus, es rüttelt nicht auf, es kommt mir vor, als hätte ich es schon hundertmal gehört, dabei ist das Buch erst gestern gekommen. Niemand schreibt darüber, wie es heute ist. Es gibt so viele Fragen, aber kein Schriftsteller stellt sie.»

«Was für Fragen?»

«Denk nach, Christa.»

«Du meinst, wie es weitergeht? Was die Zukunft bringt. Wie lange wir noch hungern müssen. Wie lange die Amerikaner noch das Sagen haben, oder werden wir am Ende auch noch Amerikaner? Das ist es, was die Leute wissen wollen.»

«Ja. Aber auch, wie es zu diesem Krieg kam», ergänzte Martin. «Diese Ideologie, das deutsche Volk als Herrenrasse. Und was sind wir jetzt? Wo ist die Herrlichkeit hin? Sollten wir nicht erst einmal Inventur machen? Eine Bestandsaufnahme unserer Gedanken, unserer Vergangenheit, unserer Schuld?»

Er blätterte in der alten Ausgabe einer Zeitschrift. «Da war doch dieses Gedicht. *Inventur* heißt es. Von Günter Eich. Ach, da ist es. Hör zu:

«Inventur,
Dies ist meine Mütze,
dies ist mein Mantel,
hier mein Rasierzeug
im Beutel aus Leinen.

Konservenbüchse:
Mein Teller, mein Becher,
ich hab in das Weißblech
den Namen geritzt.

Geritzt hier mit diesem
kostbaren Nagel,
den vor begehrlichen
Augen ich berge.

Im Brotbeutel sind
Ein Paar wollene Socken
und einiges, was ich
niemand verrate.

So dient es als Kissen
Nachts meinem Kopf.
Die Pappe hier liegt
Zwischen mir und der Erde.

Die Bleistiftmine
lieb ich am meisten:
Tags schreibt sie mir Verse,
die nachts ich erdacht.

Dies ist mein Notizbuch,
dies meine Zeltbahn,
dies ist mein Handtuch,
dies ist mein Zwirn.»

Martin ließ das Blatt sinken und blickte zu Christa. «Was sagst du?»

Christa überlegte. «Ist das wirklich so? Sollten wir alle Inventur machen? Um festzustellen, was noch da ist und was wir verloren haben?» Sie spürte, wie der Ärger in ihr hochkochte, aber sie hatte keine Ahnung, warum. «Wie würde denn deine Inventur aussehen, Martin? Dies sind die Narben vom KZ. Und dies dein ewiges Frieren. Dein Misstrauen. Und was wäre meine Inventur? Meine verlorene Unschuld. Mein ewiger Hunger nach allen Dingen und Menschen. Dies ist nicht mein Studium. Dies ist unser Heinz, dies ist mein verlorener Vater?»

Das Blut schoss ihr in die Wangen, und plötzlich gab es kein Zurück mehr. «Dies ist Penizillin. Dies meine Jungfernschaft. Dies …»

«Christa! Halt! Hör auf!» Martin trat zu ihr. «Was ist mit dem Penizillin?»

Sie blickte auf, schluckte. «Nichts. Nichts ist damit. Heinz wird wieder gesund. Mehr gibt es nicht zu sagen.»

«Christa, hör zu …»

In diesem Augenblick schellte die Ladenglocke. Eine Frau kam herein, die Christa vom Sehen kannte. Sie war früher mit Martin zur Schule gegangen. Jetzt strebte sie mit ausgestreckten Armen auf ihn zu, und es sprudelte nur so aus ihr heraus: «Martin, mein Lieber! Ich freue mich so, dich zu sehen. Ich bin erst seit ein paar Tagen wieder in Frankfurt und war so froh, deine Buchhandlung wieder zu entdecken. Wie es scheint, hast du die schlimme Zeit gut überstanden? Ach, du hast jetzt auch ein Ladenmädel?» Ihr Blick glitt flüchtig über Christa. «Wie schön. Dann bist du nicht mehr allein. Ich fand ja immer, dass du viel zu viel allein bist. Und dann die Geschichte mit den Jesuiten! Du wolltest doch nicht wirklich Ordensbruder werden?» Sie drohte Martin mit dem Finger. «Zum Glück bist du ja wieder zur Vernunft gekommen. Du als Mönch?» Sie lachte auf. «Das kann ich mir einfach nicht vorstellen.»

«Guten Tag, Rose», antwortete Martin, wobei er Christa einen kurzen Blick zuwarf.

«Ist das alles?», fragte die junge Frau.

«Was meinst du?»

Wieder lachte sie. «Früher hast du immer gesagt: Rose, du Schönste unter den Blumen.»

Martin lächelte. «Das stimmt. Also, Rose, du Schönste unter den Blumen. Wie geht es dir?»

Sie zog ihre hellen Handschuhe aus, nahm beide in eine Hand und fuchtelte damit herum. «Mir geht es gut. Du weißt ja, schlechten Leuten geht es immer gut. Ich war in Bayern. Auf dem Land. Mein Onkel hat dort eine Gastwirtschaft. Vom Krieg haben wir nichts mitgekriegt. Die Amis sind nur durchgefahren. Na ja, das KZ Dachau war in der Nähe, aber davon habe ich nichts gewusst. Die Amis wollten, dass alle aus unserem Dorf sich angucken, was dort passiert ist. Ich habe mich gedrückt. Sollen ja viele Kriminelle dort gewesen sein. Und du, wie ist es dir ergangen?»

Christa betrachtete die Frau, die aussah wie das blühende Leben. Das gewellte Haar, das bis zu den Schultern reichte, glänzte. Ihr üppiger Busen wurde sichtbar, als sie ihren Mantel aufknöpfte, sodass Martin eine gute Sicht darauf hatte. Jetzt senkte sie den Kopf und warf Martin von unten einen Schmachtblick zu.

Martin blieb bei seinem Ladenlächeln. «Mir ist es gut ergangen», erzählte er. «Viel Arbeit. Du weißt ja, wie es ist, wenn man ein Geschäft hat.»

«Hast du Frau und Kinder, oder bist du noch immer so ein

Schürzenjäger?» Sie schlug Martin spielerisch mit den Handschuhen auf den Unterarm.

«Wie kommst du denn darauf?»

«Auf den Schürzenjäger? Ach komm. Das weißt du doch. Alle Mädchen waren in dich verliebt. Aber du hast mit allen gleichzeitig geflirtet. So einer warst du. Und heute?»

Martin schüttelte den Kopf. «Unverheiratet.»

«Ich bin Witwe», verkündete Rose fröhlich. «Mein Mann ist gefallen. Stalingrad 1943. Und jetzt muss ich sehen, wie ich durchkomme. Zum Glück habe ich eine gute Anstellung. Schreiberin beim Katasteramt. Steno und Maschineschreiben habe ich mir selbst beigebracht. Ob Krieg oder Frieden, Schreibkräfte werden immer gebraucht.»

Martin wandte sich zu Christa. «Da hörst du es.»

«Das solltest du auch schleunigst lernen, mein Fräulein», bestätigte Rose, übernahm keck das Du, wandte sich dann aber sofort wieder an Martin. «Hach. Es ist schön, dich zu sehen. Gut siehst du aus, wirklich. Nicht so abgerissen wie die Heimkehrer aus den Gefangenenlagern. Am schlimmsten sind die, die von den Russen kommen. Sehen aus wie KZ-Häftlinge. Männer sind sie nicht mehr. Der eine zittert, dem anderen fehlt ein Bein, dem dritten ein Auge. Froh kannst man sein, wenn man einen kennenlernst, der nur die Hand verloren hat. Ja, es ist schwer heutzutage.»

Sie blickte Martin abwartend an. «Willst du mich nicht mal zu einem Kaffee einladen? Ich meine natürlich dieses Malzkaffeezeugs. Vorne, am Uhrtürmchen, da hat ein Lokal aufgemacht. Sogar Tanzmusik soll es da geben. Freitags. Wollen wir da nicht mal zusammen hin?»

Martin wand sich ein wenig. «Ich habe viel Arbeit, weißt du. Gerade am Freitag ist besonders viel los im Laden.»

Rose lachte. «Hast du Angst, dass ich dich verführe?» Sie lachte noch lauter. «Also, ich hole dich am Freitag ab. Die Ausgangssperre ist ja zum Glück aufgehoben. Um sieben vor dem Laden?» Sie wartete gar nicht erst auf Martins Antwort, sondern wedelte nur noch einmal mit ihren Handschuhen und verschwand.

«Uff», stieß Christa hervor, die das Gefühl hatte, gerade einem Sprint beigewohnt zu haben. «Wer war denn das?»

«Nun, ja, also, Rose Mahler», zwängte Martin hervor.

«Ist schon gut, Martin, du brauchst keine Einzelheiten zu nennen …» Christa grinste. «Jetzt hast du also eine Verabredung. Und bei dieser Rose musst du nicht viel romantische Konversation machen. Das Reden übernimmt sie für dich gleich mit.»

Martin seufzte.

«Jetzt freu dich doch mal.»

Da lächelte Martin. «Ja, ich freue mich. Und jetzt lass mich in Ruhe.»

«Was denkst du denn, wie es weitergeht mit uns, mit Deutschland, mit der Literatur?», knüpfte Christa an das Thema von vorhin an.

«Wie bitte? Was hast du gesagt?»

Sie wiederholte ihre Frage, aber wieder hörte Martin nicht zu.

«Du bist in Gedanken wohl bei der hübschen Rose?» Christa lachte, dann machte sie sich wieder an die Arbeit.

Kurz vor Ladenschluss stürmte Marlies in den Laden. Sie schwenkte einen Brief. «Hier, für dich. Von Alan.»

Christa verzog das Gesicht. «Warum schreibt er mir?»

Marlies zuckte kokett die Schultern. «Weiß ich's? Du warst mit ihm zusammen, und du musst zugeben, dass er wirklich gut aussieht. Außerdem ist er Arzt.»

Christa warf einen Blick zu Martin, der sich an der Kundenkartei zu schaffen machte, aber sie wusste, dass er jedes Wort gehört hatte. «Er interessiert mich nicht.»

«Ach komm», beschwichtigte Marlies. «Schließlich hat er dir

das Penizillin besorgt. Da kannst du wenigstens aus Dankbarkeit lesen, was er schreibt.»

«Es gibt für mich keinen Grund, ihm dankbar zu sein.» Christas Gesicht verschloss sich.

«Was ist denn los mit dir?» Marlies blickte sie verständnislos an, und auch Martin hatte jetzt aufgehört, die Karteikarten zu sortieren.

«Nichts ist los. Gib den Brief her.»

Marlies wedelte noch einmal damit vor Christas Nase herum, ehe sie das Schreiben übergab. Christa steckte es in ihre Kleidertasche.

«Willst du ihn nicht gleich lesen?», wollte Marlies wissen.

«Nein. Heute Abend vielleicht.»

«Na gut. Wie sieht es aus? Kommst du übermorgen wieder mit zum Tanz ins Schumann-Varieté?»

«Wir haben viel zu tun. Und samstags kommen die meisten Kunden.»

«Alan würde sich freuen, das lässt er dir durch Joe ausrichten.»

«Danke.»

Als Marlies verschwunden war, baute sich Martin vor Christa auf. «Sieh mich an!»

Christa hob den Blick und seufzte.

«Was ist mit diesem Arzt, diesem Alan?»

«Nichts. Du hast doch alles schon gehört. Er hat mir das Penizillin und das Aspirin gegeben.»

«Und was wollte er dafür?»

Christa schwieg, aber als sie Martins Blick sah, antwortete sie doch: «Meine Liebe.»

«Deine Liebe?»

«Ja. Was ist denn daran so außergewöhnlich? Bin ich so wenig liebenswert? Oder so hässlich?»

«Nein, natürlich nicht. Ich dachte nur, dass …»

«Nein!», unterbrach Christa ihn. «Er will, dass ich ihn liebe. Nicht mehr.»

Kaum hatte sie diese Sätze ausgesprochen, kam ihr Jago Prinz in den Sinn. Er war anders als alle Männer, die sie bislang kennengelernt hatte. Er interessierte sich für dieselben Dinge wie sie. Und sie fand, dass er gut aussah mit den schwarzen wilden Haaren und dem sensiblen Mund. Sie hätte nichts dagegen, *ihn* besser kennenzulernen. Bei ihm, da war sie ganz sicher, wäre es ganz anders, als es mit Alan gewesen war.

Kapitel 14

Am Abend im Bett öffnete Christa den Brief.

Meine liebe Christa,
ich weiß nicht, was ich sagen soll. Ich habe mich Dir gegenüber unmöglich benommen. Es tut mir leid. Mehr, als ich sagen kann. Du sollst wissen, dass ich nicht so bin wie an diesem Abend. Sehr gern würde ich Dir zeigen, wie ich wirklich bin. Gib mir noch eine Chance.
In Bewunderung
Alan

Christa faltete den Bogen zusammen und steckte ihn in die Schublade ihres kleinen Nachtkästchens. Plötzlich klopfte es zart an der Küchentür. Seit Martins Rückkehr und Familie Spielvogels Auszug hatten sich die Schlafplätze in der Familie noch einmal geändert. Martin schlief im Wohnzimmer, Helene und Heinz im Schlafzimmer und Christa auf dem Küchensofa. Sie richtete sich auf, da öffnete sich die Tür, und Heinz kam herein.

«Heinzchen, du solltest schlafen. Du bist noch nicht gesund, mein Lieber», schimpfte Christa, dabei klang sie alles andere als vorwurfsvoll.

Heinz setzte sich auf die Kante des Küchensofas. «Ich wollte mich bei dir bedanken», sagte er leise. «Martin hat erzählt, dass du das Penizillin besorgt hast.»

«Das habe ich gern gemacht, Heinzchen. Dafür musst du dich nicht bedanken.»

«Doch!» Heinz nickte ernsthaft. «Die Heidemarie aus meiner Klasse ist an Diphtherie gestorben. Ich habe gehört, wie Frau Spielvogel es Helene erzählt hat. Und dem Willi geht es auch noch nicht gut. Aber er kommt durch.»

«Woher weißt du das von Willi?», fragte Christa. «Du hast seit Wochen das Haus nicht verlassen.»

Heinz grinste. «Dr. Brinkmann hat es mir erzählt. Er hat mir versprochen, dass Willi wieder gesund wird.»

Er griff nach Christas Hand und schüttelte sie so kräftig, als hätte sie gerade einen Olympiasieg für Deutschland errungen. «Danke.»

«Gern geschehen», wiederholte sie. Dann blickten sie sich an und schwiegen. Christa war aufgewühlt von Alans Brief, und Heinz schien so munter wie lange nicht mehr. «Kannst du nicht schlafen?», fragte sie.

«Nein. Ich habe es versucht. Ich habe hundertmal hundert Schafe gezählt, aber es hat nichts geholfen.»

Christa schwang die Beine aus dem Bett. «Vielleicht sollten wir ein Stück spazieren gehen.»

«Jetzt? In der Nacht?»

«So spät ist es noch gar nicht. Gerade mal zehn. Zieh dich an, dann kannst du mitkommen. Vergiss nicht, Helene Bescheid zu sagen. Die frische Luft wird dich müde machen. Nur ein kurzes Stück die Straße hinunter.»

Wie der Wind war Heinz verschwunden und schon wieder zurück, noch ehe Christa in ihre Strümpfe gestiegen war.

Hand in Hand verließen sie die Wohnung. Im Flur hatte Christa gesehen, dass unter der Tür zu Helenes Zimmer noch Licht drang, aber bei Martin war alles dunkel.

Auf der Straße waren noch etliche Leute unterwegs. Ein paar Nachtschwärmer kamen von dem neuen Café am Uhrtürmchen, zwei junge Männer fuhren auf Fahrrädern vorbei, von ihren Rucksäcken fast erdrückt.

«Die kommen vom Hamstern», stellte Heinz fest. «Ich kenne die vom Schwarzmarkt.» Seine Stimme klang plötzlich traurig. «Es wird Zeit, dass ich wieder ganz gesund werde», erklärte er. «Tante Helene hat kaum noch Büchsenmilch für ihren Kaffee, und Martin braucht Zigaretten.»

Christa strubbelte ihm über den Kopf. «Heinz, wir Erwachsenen sollten für dich sorgen. Und nicht umgekehrt. Helene findet es nicht schlimm, ihren Kaffee ohne Milch zu trinken. Und Martin kann ja Bücher gegen Zigaretten tauschen.»

Heinz lachte auf. «Martin kann nicht handeln», erklärte er. «Einmal war ich dabei, da hat er für ein Buch nur fünf Zigaretten gekriegt. Ich bin der Einzige von uns, der handeln kann. Wenn Ferien sind, will ich mit dem Willi raus auf die Dörfer fahren und das Mutterkorn vom Halm sammeln. Das verkaufen wir dann an die Farbwerke in Hoechst. Die zahlen gut.»

Christa lächelte. «Ist dir nicht kalt, Heinzchen? Kannst du noch? Wir drehen jetzt um. Das wird sonst alles zu anstrengend für dich. Und um deine Geschäfte sorge dich nicht. Werde erst wieder richtig gesund, das ist das Wichtigste.»

Sie waren die Berger Straße hinunterspaziert und nun beim Bethmann-Park angelangt. «Nur noch eine kleine Runde durch den Park», bettelte Heinz. «Ich war doch so lange nicht draußen. Und wenn ich mit Helene gehe, dann nimmt sie mich immer an die Hand. Brrr.» Er schüttelte sich.

«Jetzt bist du an meiner Hand, Heinzchen.»

«Ja», gab der Kleine zu. «Aber jetzt ist es dunkel, und niemand sieht es.»

«Na gut, eine Runde durch den kleinen Park.»

Sie durchquerten das Tor, und Christa wunderte sich, dass mehrere einzelne junge Männer durch den Park streiften, als suchten sie etwas. Ihr wurde ein wenig bange. Kurz vor der Orangerie lehnte ein Mann an einem Baum und küsste einen anderen Mann. Christa wollte wegschauen, aber sie konnte nicht. Wie gebannt starrte sie auf die beiden Männer, die so mit sich beschäftigt waren, dass sie nichts um sich herum bemerkten. Auch Heinz war stehen geblieben und starrte.

«Martin?», flüsterte er.

«Unsinn!» Christa packte seine Hand fester und zog ihn weg. Vor dem Tor atmeten beide ein paarmal tief ein und aus.

«Was hat er da gemacht?», fragte Heinz, und seine dünne Jungenstimme klang blass.

«Das war nicht Martin», fuhr Christa ihn an.

«Doch. Ich habe ihn genau gesehen. Seinen Mantel, seinen Hut. Das war Martin. Was hat er dort gemacht?»

«Nichts», sagte Christa mit der strengsten Stimme, die sie zustande brachte. «Es ist nichts. Und es war nicht Martin.»

Da nickte Heinz, doch Christa wusste, dass auch er Martin erkannt hatte.

Am darauffolgenden Nachmittag in der Bräuteschule war sie unkonzentriert. Sie übten an einer Puppe, wie man einen Säugling in der Wanne wäscht. Christa ließ die Puppe fallen, und Fräulein von Wuselitz rief erbost: «Aber, Fräulein Schwertfeger, was machen Sie denn da. Sie ersäufen gerade Ihr Kind.»

Am nächsten Abend, Martin war noch im Laden, half sie ihrer Mutter, den Löwenzahn zu waschen, den Helene zwischen den Trümmern gepflückt hatte.

«Sag mal, hatte Martin nicht doch schon einmal eine Freundin?», fragte Christa.

Helene blickte sie an. «Warum willst du das wissen? Es ist schon das zweite Mal, dass du fragst.»

«Ich dachte nur. Er ist ein attraktiver Mann. Erst vor ein paar Tagen war eine Frau in der Buchhandlung, die sich ihm regelrecht an den Hals geworfen hat. Eine hübsche Frau.»

«Martin ist wählerisch. Er nimmt nicht die Erstbeste.»

«Mama, hatte er je eine Freundin?» Christa wusste, dass ihrer Mutter diese Art von Gesprächen nicht gefiel, aber sie musste es wissen.

Helene drehte den Wasserhahn zu. «Sagen wir einmal so: Martin gehört zu denen, die es schwer haben mit der Liebe.»

Christa nickte, jetzt hatte sie verstanden.

Als sie in ihrem Bett lag, dachte sie über Martin nach. Das, was er im Bethmann-Park getan hatte, war strafbar. Unzucht mit Männern hieß es wohl. Und es hieß außerdem, dass solche Männer auch vor Kindern nicht haltmachten. Vor allem nicht vor kleinen Jungs. Ein kalter Schauer durchfuhr Christa, als ihr Heinz einfiel. Aber nein, Martin kümmerte sich um den Kleinen, als wäre er sein Sohn. Nein, den würde er niemals anfassen. Aber er war ein Mann, der Männer liebte. Viele fanden das ekelhaft. Krank wären solche Männer. Krank und von schlechtem Charakter. Martin kam ihr weder krank vor, noch hatte er einen schlechten Charakter. Und trotzdem beging er eine Straftat. Doch wen schädigte er damit? War eine Straftat nicht erst eine Straftat, wenn jemand anderes dadurch zu Schaden kam? Die beiden Männer im Bethmann-Park hatten nicht ausgesehen, als nähmen sie Schaden. Aber was ist mit der Seele? Schadete diese Art von Liebe nicht der Seele? So viele Fragen hatte Christa, und sie wusste nicht, wer ihr Antworten darauf geben konnte.

In der Bräuteschule ging es am nächsten Tag darum, einen Sonntagsbraten herzustellen. Fräulein von Wuselitz fragte sie: «Nun, Christa. Das Wochenende steht vor der Tür. Wie verwöhnen Sie Ihren Mann?»

«Ich mache einen Sonntagsbraten.»

«Gut. Und wie machen sie den?»

Christa zuckte mit den Schultern. «Es gibt doch sowieso kein Fleisch.»

Ein paar Mädchen kicherten, aber Fräulein von Wuselitz hob die Hand, und das Gelächter erstarb. «Fräulein Schwertfeger, ich weiß ja nicht, wie Sie sich Ihre Zukunft vorstellen, aber in meiner Vorstellung wird es bald wieder Fleisch geben. Also, wie gehen Sie vor?»

«Rind oder Schwein?», fragte Christa nach.

«Das ist egal, das dürfen Sie sich aussuchen.»

«Dann nehme ich Schwein. Ich kaufe eine Schweinsnuss, bestreiche sie mit Senf, salze und pfeffere sie. Dann zerkleinere ich ein wenig Gemüse, damit die Soße einen guten Geschmack bekommt. Ich brate das Fleisch mit dem Gemüse und einer Zwiebel rundherum an, bis eine braune Kruste entsteht. Dann gieße ich ein wenig Gemüsebrühe an und lasse den Braten schmoren.»

«Nicht schlecht. Doch was ist das Wichtigste beim Sonntagsbraten? Na, wer weiß es?»

Ulrike Schrubbs hob die Hand. «Die Soße, Fräulein von Wuselitz.»

«Sehr gut, Ulrike. Und wie bereitet man die Soße zu? Wer kann uns das sagen?»

Christas Gedanken schweiften wieder ab, schweiften zu Martin. Sie wusste noch immer nicht, was sie denken sollte. Aber sie hatte Angst um Martin. Wenn jemand erfuhr, was er da tat, würde die Kundschaft den Laden meiden. Und was, wenn er erwischt wurde? Es gab da einen Paragraphen, der so etwas verbot. Vielleicht musste er dann sogar ins Gefängnis?

Sie war froh, als die Bräuteschule vorüber war und sie in die Buchhandlung gehen konnte. Und zugleich fürchtete sie, Martin zu begegnen.

Als sie die Buchhandlung betrat, war nur der junge Mann drinnen. Jago. Christas Herz begann einen Takt schneller zu schlagen.

«Oh, guten Tag, Fräulein Christa. Wie geht es Ihnen?» Er trat auf sie zu und schüttelte ihr die Hand. Sein Haar war schmutzig, seine Jacke voller Flecken. Er bemerkte wohl ihren Blick, denn er sagte: «Es tut mir leid, dass ich ein wenig abgerissen bin. Aber wenn man in einer Ruine wohnt, ergibt sich die Gelegenheit für eine große Wäsche selten.» Er lächelte verlegen, und Christa erwiderte: «Machen Sie sich nichts daraus. Sie sehen gut aus.» Oje, hatte sie gerade gesagt, dass er gut aussähe? Was hatte sie sich denn dabei gedacht? Was sollte er von ihr denken?

«Ich … ich meinte für einen Mann, der in einer Ruine wohnt, sehen Sie doch ganz ordentlich aus.» Jetzt stammelte sie auch noch. Dann dachte sie daran, was sie in der Bräuteschule gelernt hatte, und fügte etwas sicherer geworden hinzu: «Wir machen am Montag große Wäsche. Geben Sie mir doch Ihre schmutzigen Sachen. Ich kann sie mitwaschen.»

«Vielen Dank, Fräulein Christa. Das ist sehr nett von Ihnen. Wenn es Ihnen nichts ausmacht? Ich habe ja kein Wasser in meiner Kellerwohnung und muss mir jeden Tropfen an der öffentlichen Pumpe holen.»

«Es macht mir nichts aus. Ich tue das gern.» Dann fragte sie: «Haben Sie meinen Onkel gesehen?»

«Ja. Er bat mich, auf den Laden zu achten, bis Sie kommen. Er wollte nur rasch die *Frankfurter Rundschau* holen. Ach, und da ist ein Brief für Sie gekommen, Fräulein Christa. Ich habe ihn entgegengenommen.» Er hielt ihr ein Einschreiben hin.

Christa nahm den Umschlag. «Universität Mainz», stand als Absender zu lesen. Sie holte ganz tief Luft, dann legte sie den Brief auf den Verkaufstresen, aber sie konnte ihren Blick nicht davon lassen.

«Gute Nachrichten?», fragte Jago.

«Ich weiß es nicht. Ich habe mich um einen Studienplatz an der Universität Mainz beworben.» Sie nahm den Brief wieder in die Hand, drehte ihn hin und her. Schließlich reichte sie ihn an Jago weiter. «Ich kann nicht. Machen Sie ihn bitte auf.»

«Aber, Fräulein Christa, das kann ich nicht tun. Es geht doch um Sie und um Ihr Leben.»

«Ebendeshalb. Mir zittern die Hände.»

Also öffnete Jago vorsichtig den Brief. Dann holte er einen Briefbogen mit dem Kopf der Mainzer Universität heraus, entfaltete ihn, las und lächelte. «Sie sind angenommen, Fräulein Christa. Im Herbst heißt man Sie als Studentin der Germanistik herzlich willkommen. Ich gratuliere Ihnen.»

Christa schlug sich eine Hand vor den Mund, doch ihr Lächeln dahinter war breit. «Wirklich?», fragte sie.

«Ja. Wirklich.»

«Danke, Jago, herzlichen Dank!» Und dann fiel sie ihm um den Hals. «Danke, danke.»

«Ähem, den Studienplatz haben Sie nicht mir zu verdanken. Leider», erklärte Jago, doch dann umarmte er Christa ganz fest.

«Hab ich etwas verpasst?» Plötzlich stand Martin hinter ihnen.

Sofort machte sich Christa von Jago los, hielt den Brief in die Höhe. «Ich bin angenommen. Mainz hat mich genommen. Im Herbst werde ich Germanistikstudentin sein.»

«Das ist ja toll!» Martin umarmte seine Nichte, schwenkte sie durch den Laden. Dann ließ er sie herunter. «Wie willst du das Helene beibringen? Sie ist so froh, dass du jetzt in die Bräuteschule gehst.»

Christa zuckte mit den Achseln. «Fräulein von Wuselitz ist mit mir nicht glücklich. Ich denke, es wäre ihr eine Freude, mich nicht mehr unterrichten zu müssen. Ich habe mein zukünftiges Kind in der Badewanne ertränkt, habe die Knöpfe nicht ans Hemd angenäht, sondern gefesselt. Allein der Schweinebraten ist in der Theorie gelungen. Mir fehlt es an der Einstellung, sagt sie.»

Martin lachte. «Das kann ich mir denken. Dann muss ich dir bei Helene wohl helfen.»

Christa hatte Jago ganz vergessen. Jetzt wandte sie sich zu ihm um. «Nochmals Dank.»

«Es war mir ein Vergnügen. Das muss gefeiert werden. Darf ich Sie heute Abend einladen? Nicht in ein Lokal, dafür reicht mein Geld nicht. Aber vielleicht haben Sie Lust, gemeinsam mit Ihrem Onkel in meine Ruine zu kommen. Eine Flasche Wein habe ich noch da.»

Christa zögerte, doch dann nickte sie. «Sehr gern.»

Und Martin deutete auf Christa und ergänzte: «Sehr gern.»

Kapitel 15

Gleich zu einem jungen Mann nach Hause! Was denkst du dir? Das kommt überhaupt nicht in Frage», wetterte Helene. «Martin wird mich begleiten.»

«Das macht es nicht besser. Ein junges Mädchen trifft sich in den ersten Monaten einer Bekanntschaft ausschließlich in der Öffentlichkeit mit einem jungen Mann. Dann wird er den Eltern vorgestellt, und nach der Verlobung besucht man ihn daheim und geht um 20 Uhr wieder.»

«Mama, das ist altmodisch, das hat man vielleicht vor dem Krieg so gemacht. Aber jetzt ist eine neue Zeit angebrochen.»

«Das interessiert mich nicht. Ein anständiges junges Mädchen wirft sich nicht so einfach weg. Das wäre ja noch schöner.»

«Ich kenne den jungen Mann», warf Martin ein. «Er macht wirklich einen anständigen Eindruck. Und wie gesagt: ich bin ja auch dabei.»

Helene krauste die Stirn und murmelte: «Dann will ich wissen, warum ihr mich überhaupt gefragt habt. Macht doch, was ihr wollt. Aber wundert euch nicht, wenn die Leute reden.»

Sie grummelte weiter vor sich hin, aber Christa bemerkte ihren Ärger und beschloss, ihr jetzt gleich noch die Wahrheit über ihren Studienplatz zu sagen. Dann würden Martin und sie zu Jago gehen, und wenn sie wiederkamen, hatte sich Helene vielleicht schon wieder beruhigt.

«Ich werde in Mainz studieren, Mama. Die Zulassung habe ich

heute erhalten.» Sie hielt die Luft an, wartete auf das Donnerwetter, doch Helene nickte nur und sagte: «So.» Doch dann warf sie den Spüllappen ins Becken, stemmte die Arme in die Seite und fragte gefährlich ruhig: «Was bin ich für euch?»

Martin und Christa blickten sich an. «Du bist meine Mutter und Martins Schwägerin.»

«Das weiß ich selbst. Ich rede davon, wie ihr mich behandelt. Ich erfahre nicht, was du planst, du stellst mich einfach vor vollendete Tatsachen. Du kennst meine Meinung, aber anscheinend zählt sie nichts für dich. Du machst einfach, was du möchtest. Studieren! Wenn ich das höre! Als was kannst du danach arbeiten? Wie nennt sich das, was du dann machst? Gibt es eigentlich Frauenberufe für Germanistik? Wie alt bist du, wenn du fertig bist? Sechsundzwanzig?»

Christa stand mit hängenden Armen vor der Mutter und ließ das Donnerwetter auf sich einprasseln. Erst allmählich erwachte der Trotz in ihr. Sie warf einen kurzen Blick auf Martin, der eisern schwieg, dann erwiderte sie: «Du brauchst dich nicht zu beschweren, dass ich dir nichts erzähle. Du hast ja immer etwas dagegen. Außer deiner Bräuteschule ist alles andere in deinen Augen lächerlich. Warum soll ich nicht studieren? Kannst du mir das sagen?»

Helene öffnete den Mund, um zu antworten, aber Christa sprach einfach weiter. «Jaja, ich weiß schon. Ich soll heiraten und Kinder kriegen. Und zwar möglichst, bevor ich sechsundzwanzig bin. Hast du mich ein einziges Mal gefragt, was ich möchte? Wolltest du das je wissen? Nein, du hast dir einfach ein Leben für mich in den Kopf gesetzt und bist sauer, wenn meine Wünsche nicht mit deinen Vorstellungen übereinstimmen.»

«Ist das so?», fragte Helene. «So siehst du mich? Als eine Frau, die dir ihren Willen aufzwingen will?»

«Na ja, vielleicht nicht aufzwingen, aber du bist doch sehr bestimmend.»

Da drehte sich Helene um, und Christa sah am Zucken ihrer Schultern, dass sie weinte. Sie ging zu ihr und legte ihr eine Hand auf den Oberarm.

«Ich wollte immer nur dein Bestes», sagte Helene leise. «Immer nur, dass du glücklich wirst.»

«Das weiß ich doch, Mama. Aber nicht jeder wird auf deine Art glücklich.»

Am Abend packte Martin eine Flasche Wein ein, dazu ein Päckchen Zigaretten und sein Feuerzeug. Christa hatte sich warm angezogen, denn obschon es Juni war, waren die Abende kühl. Sie verließen gemeinsam das Haus, stiegen über etliche Schuttberge. Einmal schrie Christa auf, als eine Ratte vorüberhuschte. Endlich gelangten sie an eine Treppe, die nach unten führte. Aus einer kaputten Tür, die nur an einer Angel hing, fiel ein Lichtschein.

«Hallo!», rief Martin.

«Kommen Sie, kommen Sie bitte.»

Jago erschien in der Tür und winkte ihnen. Martin ging voran, reichte Christa die Hand, und endlich waren sie in einem Keller angelangt, der weder Fenster noch eine Tür hatte, die man abschließen konnte. Drinnen befanden sich zwei wacklige Stühle und ein ebenso wackliger Tisch, auf dem eine brennende Karbidlampe stand. Etwas weiter hinten grenzte eine Wolldecke ein Stück des Raumes ab, aber Christa sah durch einen Schlitz, dass ein Luftschutzbett dahinter stand. An einer Wand hing ein Regal, auf dem ein Teller und eine Tasse standen und ein Dutzend Bücher.

«Hier wohnen Sie also», sagte Christa, als sie mit ihrer Musterung fertig war.

«Na ja, es ist kein Luxushotel, aber mir reicht es. Zumindest, bis es richtig kalt wird. Bitte nehmen Sie doch Platz.» Er rieb sich verlegen die Hände und setzte sich, als Martin und Christa Platz genommen hatten, auf ein paar aufgetürmte Ziegelsteine.

Christa erwiderte nichts darauf. Was sollte sie dazu auch sagen? Viele lebten in Ruinen, in Wohnungen, denen zwei Wände fehlten oder das Dach. Sie konnte froh und glücklich sein, dass es ihr besser ging.

Sie kreuzte die Knöchel und legte die Hände in den Schoß, während Martin die Flasche Wein auf den Tisch stellte. «Haben Sie eigentlich Gläser, junger Freund?»

Jago schüttelte den Kopf. «Ich habe eine Tasse. Wir können sie rumgehen lassen.»

Da holte Martin noch drei Gläser aus seiner Manteltasche, dazu einen Korkenzieher. Er öffnete die Flasche und goss die Gläser voll. Sie stießen auf Christa als Studentin an.

«Wohnen Sie schon lange hier?», versuchte sich Christa an ein wenig Konversation. So wie sie es von Fräulein von Wuselitz gelernt hatte.

«Meine Damen, lassen Sie den Mann erzählen. Stellen Sie interessierte Fragen. Zeigen Sie, dass sie jedes einzelne Wort aus seinem Mund bedeutsam finden. Seien Sie eine gute Zuhörerin. Das ist es, was ein Mann nach des Tages Last und Mühe braucht. Verschonen Sie Ihren Gatten mit kleinlichen Haushaltsdingen oder gar Tratsch aus dem Treppenhaus.»

«Seit April 1945», berichtete Jago.

«Haben Sie nicht gekämpft?»

«Doch, aber ich bin desertiert. Im Februar. Zwei Monate habe ich gebraucht, um hierherzugelangen.»

«Desertiert? So?», fragte Martin interessiert. «Warum?»

Jago lächelte ein wenig. «Ich bin nicht als Soldat geeignet. Mir missfällt es, wenn jemand mein Leben bestimmt. Und ich bin gegen jedweden Krieg. Ich möchte nicht schießen, und ich möchte auch nicht erschossen werden. Und ein Regierungsoberhaupt, das Bücher verbrennen lässt, ist mir sowieso suspekt.»

«Dann hatten Sie keinen großen Gefallen an der Kunst der Nazis?», wollte Martin wissen.

«Nein, um Gottes willen. Schrecklich pathetisch und voller Kitsch. Ich habe mich an die Klassiker gehalten. Aristoteles, Platon, Sokrates. Die Ausstellung *Entartete Kunst* habe ich mir ein halbes Dutzend Mal angesehen. Es war die beste Kunstschau, die ich je gesehen habe.» Er lächelte.

«Und Ihre Eltern? Wo sind sie?», fragte Martin weiter, denn Christa hatte ihm nichts von den Prinzens erzählt.

«Mein Vater war Arzt. Er hat dafür gesorgt, dass ich in einem Feldlazarett eingesetzt wurde.» Dann erzählte er Martin die Geschichte seiner jüdischen Mutter und davon, wie sein Vater mit auf den Transport gehen wollte und als das nicht klappte, sich beide umgebracht haben.

Martin hörte zu. Er hörte genau zu, und Christa fragte sich, ob er sich eine solche Liebe vorstellen konnte. Doch Martin nickte nur und fragte weiter: «Haben Sie noch Geschwister?»

«Meine Schwester ist im Rheinland verheiratet. Sie wartet noch immer darauf, dass ihr Mann wiederkommt.»

«Und Sie studieren Germanistik?», fragte Christa weiter, denn Martin blickte nachdenklich auf den Boden.

«Nein, da habe ich nur ein wenig reingeschnuppert. Ich hatte tatsächlich geglaubt, nach dem Kriege geht man neue Wege. Aber die Professoren sind noch immer dieselben.»

«Und was tun Sie stattdessen?»

«Ich habe mich für Philosophie eingeschrieben. Ansonsten räume ich Trümmer. Das wird gut bezahlt. 72 Pfennig die Stunde. Achtundvierzig Stunden in der Woche, das sind 34 Reichsmark und 56 Pfennig. Im Monat macht das rund 140 Mark. Ein Polizist verdient gerade zehn Mark mehr als ich. Dazu bekomme ich Lebensmittelkarten für Schwerarbeiter. Sind Sie jetzt enttäuscht?» Jago wandte sich an Christa.

«Ähem, nein, natürlich nicht. Was Sie tun, ist ja eine ehrenvolle Arbeit. Wiederaufbau. Darum geht es doch jetzt an erster Stelle.»

«Ich schreibe noch. Gedichte. Und kleine Prosastücke.» Leise hatte Jago das gesagt, ganz so, als schäme er sich dafür.

Auf Christas Gesicht erblühte ein Lächeln. «Ich wusste es doch!», rief sie. «Sie wirken wie ein Dichter.»

Martin hatte bislang geschwiegen, jetzt aber fragte er: «Wer sind Ihre Vorbilder?»

«Günter Eich.» Der Name kam wie aus der Pistole geschossen.

«Kennen Sie sein Gedicht *Inventur*?», fragte Christa nach und lächelte Martin zu, der ihr die Verse ja vor kurzem vorgelesen hatte.

«Ja. Aber nicht nur. Ich mag auch Hölderlin sehr gern. *Das menschliche Leben*, kennen Sie es?»

Christa schüttelte den Kopf.

«Menschen, Menschen! Was ist euer Leben,
Eure Welt, die tränenvolle Welt,
Dieser Schauplatz, kann er Freuden geben
Wo sich Trauern nicht dazu gesellt?
O! die Schatten, welche euch umschweben,
Die sind euer Freudenleben.»

Es war Martin, der dieses Gedicht vortrug. «Die tränenvolle Welt», wiederholte er.

«Das ist schön.» Christa war berührt. «Wollen Sie uns nicht etwas von ihren Sachen vorlesen?»

Jago schüttelte energisch den Kopf. «Nein. Nicht heute. Meine Gedichte sind noch nicht das, was sie werden sollen.»

Christa nickte. «Und worum geht es Ihnen?»

«Um … um die Freiheit.» Jago sprach leise und ein wenig stockend, so als wäre er verlegen.

«Freiheit.» Martins Stimme klang nachdenklich. Das Wort schwebte über ihnen. «Was genau ist das eigentlich?»

«Rousseau sagt, Freiheit ist es nicht, Dinge tun zu dürfen,

die man will, sondern Dinge nicht tun zu müssen, die man nicht will», erklärte Jago.

«Und was hat die Freiheit mit dem eigenen Ich zu tun?», setzte Martin nach und lächelte dabei.

Jago stützte den Kopf in die Hände. «Das Ich sollte frei sein, das steht fest.»

«Und weiter?» Martin goss die Gläser noch einmal voll. «Was heißt das konkret?»

Jago dachte nach, Christa konnte förmlich kleine Rauchwölkchen aus seinen Haaren aufsteigen sehen. Da platzte sie heraus: «Ich werde nie frei sein. Denn Freiheit ist auch die Freiheit von Konventionen, Verhaltensmustern und Kategorisierungen. Aber ich muss zur Bräuteschule gehen, weil die Gesellschaft von mir erwartet, meinem künftigen Mann einen feinen Schweinebraten auf den Tisch zu stellen. Es gibt so viele Konventionen, ich fühle mich regelrecht umgittert davon.»

Verblüfft blickte Martin auf seine Nichte. «Du hast recht», sagte er. «Aber uns Männern ergeht es nicht besser. Wir müssen die Ernährer der Familie sein. Wir dürfen keine Schwächen zeigen. Wir müssen in den Krieg ziehen und uns töten lassen.»

Jago schüttelte erstaunt den Kopf. So als hätte ihn gerade eine Erkenntnis erwischt. «Wir können nicht aus allen Konventionen ausbrechen. Gerade diese sind es doch, die das Zusammenleben möglich und erträglich machen. Und das heißt natürlich auch, dass wir niemals wirklich frei sein können.»

Christa hob den Finger, als säße sie vor Fräulein von Wuselitz. «Aber vielleicht können wir uns aussuchen, auf welche Konventionen wir verzichten wollen, ohne dass das soziale Gefüge auseinanderbricht oder jemand zu Schaden kommt. Ich zum Beispiel könnte auf die Bräuteschule verzichten.»

«Eben nicht!», erklärte Martin und hob lächelnd ebenfalls einen Finger. «Denn irgendjemand in der Familie muss kochen können, muss wissen, wie man mit einem Säugling umgeht.»

Christa schob die Unterlippe vor. «Warum gibt es dann keine Bräutigamschulen? Warum lernen die Männer nicht, wie man kocht und einen Säugling pflegt?»

Martin lachte auf, aber als er sah, dass Christa es ernst meinte, hörte er auf. «Alle Arbeiten für einen einzelnen Menschen wären schlicht zu viel. Deshalb gibt es eine Arbeitsteilung: Der Mann geht in die Fabrik, die Frau bleibt zu Hause und arbeitet im Haushalt.»

Christa ließ sich nicht einschüchtern. «Es könnte doch genauso gut andersherum sein: Die Frau geht ins Büro, und der Mann übernimmt den Haushalt.»

«Theoretisch wäre das sicher möglich», bemerkte Jago leise. «Ich hätte durchaus nichts dagegen, kochen zu lernen. Vielleicht könnte ich sogar einem Säugling die Windeln wechseln. Aber die Frau im Büro verdient weniger als der Mann in der Fabrik. Frauen verdienen generell weniger. Deshalb geht der Mann arbeiten.»

«Dann muss das geändert werden!» Christa war so leidenschaftlich bei der Sache, dass sich ihre Wangen rot färbten und ihre Augen blitzten. Sie sah nicht einmal, dass Jago sie immerzu betrachtete.

«Wer soll das ändern?», wollte Martin wissen. «Die, die das ändern könnten, sind Männer. Und die entscheiden sich bestimmt nicht gegen die eigenen Interessen.»

Christas Leidenschaft erlosch so schnell, wie sie aufgeflammt war. «Dann … dann bleibt auf ewig alles so, wie es jetzt ist?»

«Vielleicht nicht auf ewig, aber sicher noch für eine ziemlich lange Zeit.» Martin trank den letzten Schluck aus seinem Glas, dann erhob er sich. «Ich muss gehen, ich habe noch eine Verabredung.»

«Nicht!» Christa erschrak. Sie ahnte, dass er wieder in den Bethmann-Park wollte. «Bleib hier. Es ist doch gerade so anregend.»

Martin schüttelte den Kopf. «Das geht nicht. Du weißt doch: Was man versprochen hat, das muss man halten.»

«Dann nimm mich mit!»

Wieder schüttelte Martin den Kopf. «Du willst mich bei deinen Rendezvous sicher auch nicht dabeihaben.»

Ein Hoffnungsschimmer wuchs in Christa: «Triffst du dich mit Rose?»

Martin blickte sie an, erkannte wohl die Angst in ihren Augen. Er nickte, aber Christa glaubte ihm nicht.

TEIL 3

Kapitel 16

Christa konnte an diesem Abend lange nicht einschlafen. Sie hatte den Abend mit Jago und Martin wirklich genossen. Sie hatten geredet, debattiert. Ihre Meinung war gefragt gewesen. Oh, sie war sich klug vorgekommen. Klug und gleichwertig.

Wie anders waren die beiden Samstagabende mit Alan gewesen. Alan, der sie behandelt hatte, als wäre sie aus dünnem Glas oder ein kleines Kind. Alan, der immerzu von seiner Arbeit gesprochen hatte. Und sie hatte zugehört, wie sie es in der Bräuteschule gelernt hatte. Sie hatte ihn bewundert, auch wenn sie nicht genau gewusst hatte, wofür. Er war Arzt. Es war seine Aufgabe, Kranke zu heilen. So wie es offenbar ihre Aufgabe war, Schweinebraten herzustellen. Einmal hatte Christa Alan gefragt, was er fühlte, wenn er einen Kameraden operieren musste.

«Nichts», hatte Alan erwidert. «Ich bin Arzt, er ist der Patient. Sonst nichts.» Und dann hatte er ihr die Hand getätschelt und gesagt: «Du denkst zu viel, Christa. Frauen bekommen hässliche Stirnfalten, wenn sie zu viel denken.»

Wie anders war dagegen Jago! Oh, er gefiel ihr wirklich. Nicht nur die schlanke, beinahe schon magere große Gestalt. Auch das wilde dunkle Haar, die hellen Augen. Waren sie grau oder grün? Christa konnte es nicht benennen. Graugrün vielleicht. Und sein Mund, seine Lippen. Glatt und weich und wunderschön geschwungen. Ihre Großmutter hatte immer gesagt: «Schau auf den Amorbogen, mein Kind. Am Schwung der Oberlippe erkennt man den guten Liebhaber.» Ihre Mutter hatte der Großmutter sofort den Mund verboten, wenn sie so redete, aber die Großmutter hatte nur gelacht: «Dein Mann, mein liebes Kind, ist wohl begabt in der Liebe. Sein Mund jedenfalls hat den dafür nötigen Schwung.» Die Mutter war rot geworden, aber Christa hatte hinter ihrer Scham auch ein wenig Stolz verspürt. Sie hatte nicht verstanden, worüber genau die beiden Frauen gesprochen hatten, aber sie hatte geahnt, dass es um Dinge ging, die hinter der geschlossenen Schlafzimmertür stattfanden. Die Großmutter war schon lange tot. Sie war 1941 gestorben. Vier Wochen nachdem Martin ins KZ gekommen war. Die Mutter sagte immer, sie wäre an gebrochenem Herzen gestorben. Ob auch ihr Herz einmal brechen würde?

Wie es wohl wäre, Jago zu küssen? Alan hatte im Palmenhaus mit seinen feuchten Lippen ihren Mund berührt. Es war ihr vorgekommen, als küsste sie einen Regenwurm. Sie war froh, Alan nicht mehr sehen zu müssen. Er hatte sie erpresst, das konnte sie nicht vergessen. Er hatte ihr ein Erlebnis genommen, hatte es zu einem Handel werden lassen. Und er behandelte sie, als könnte sie nicht selbständig denken. Ja, er hatte ihr auf der Speisekarte sogar den Wein ausgesucht. Das wäre nicht schlimm gewesen, schließlich hatte sie keine Ahnung von Wein, aber er hätte sie fragen können. Und das tat er nicht. Nie. Er hatte gesagt, komm, wir tanzen. Und sie war aufgestanden und mit ihm gegangen. Er hatte gesagt, wir trinken Wein, und sie hatten Wein getrunken, obschon Christa auch mit einer Cola einverstanden gewesen wäre. Und am Ende hatte er gesagt: «Jetzt gehen wir», und sie waren gegangen. Er hatte sie mit dem Jeep nach Hause gefahren, hatte sie vor der Tür geküsst und gesagt: «Bis zum nächsten Samstag.»

Nun, er hatte sicher schon ein anderes Mädchen gefunden, das mit Freude tat, was er wollte. Sie jedenfalls war raus aus der Sache. Christa seufzte. Vielleicht könnte sie mit Jago tanzen gehen.

In der Nähe hatte ein kleiner Jazzklub aufgemacht, der Kellerklub im Schützenhof. Die beiden oberen Stockwerke des Hauses waren durch Brandbomben zerstört, aber der Keller war nahezu unversehrt. Das hatte zumindest Marlies erzählt, die mit Joe dort gewesen war.

Jago. Sie würde so gern mit ihm tanzen gehen. Aber er war nicht der Typ dafür. Nein, Christa konnte sich Jago nicht auf einer Tanzfläche vorstellen, das war unmöglich.

Plötzlich hörte sie draußen das Signalhorn der Polizei. Sie erschrak, stürzte aus dem Bett und ans Fenster. Der Polizeiwagen raste die Berger Straße hinunter in Richtung Bethmann-Park. Ein kalter Schauer rann über Christas Rücken. Was, wenn die Polizei eine Razzia im Park machte? Was, wenn sie die Männer dort verhaftete? Es gab den Paragraphen 175, sie hatte in der Bibliothek nachgelesen, was dieser besagte, dass nämlich sexuelle Handlungen zwischen Personen männlichen Geschlechts eine Straftat wären und mit Gefängnis bestraft würden. Sie hatte auch gelesen, dass die Polizei immer öfter Razzien veranstaltete, und sie hatte von der Selbstmordwelle gehört, die unter den Hundertfünfundsiebzigern grassierte. Ein neunzehnjähriger Mann war vom Goetheturm im Stadtwald in den Tod gesprungen, und ein Zahntechniker und sein Freund hatten sich mit Leuchtgas vergiftet. Und sie hatte davon gehört, dass andere Männer aus Deutschland flohen. Aber beinahe alle, die erwischt wurden, verloren ihre Anstellung.

Christa legte sich wieder ins Bett, blieb ganz still und hörte auf jedes Geräusch. Sie war müde, entsetzlich müde vom Rotwein, der Atmosphäre in Jagos Keller, doch sie schlief erst ein, als sie Martins Schlüssel an der Tür und seine Schritte auf dem Flur hörte.

Der Sommer verging wie im Flug. Im Juli erhielt Christa ihr Diplom von der Bräuteschule. Sie hatte mit «zufriedenstellend» abgeschlossen. Helene wünschte sich, dass Christa auch den Fortsetzungslehrgang besuchte, der zwei Jahre dauern sollte und mit dem Hauswirtschaftsdiplom abschloss, aber diesen Wunsch hatte Christa ihrer Mutter nicht erfüllen wollen und können.

Heinz war vollkommen gesund geworden und hatte auch seine «Geschäfte» wiederaufgenommen. Er war tatsächlich den ganzen August über mit seinem Freund Willi hinaus auf die Dörfer gefahren und hatte den Weizen, die Gerste, aber insbesondere den Roggen nach Mutterkorn abgesucht. Die Bauern ließen die Jungen die schwarzen länglichen Stücke Mutterkorn von den Ähren sammeln, ja, es gab sogar einige, die den Jungs dafür ein Glas Milch und eine Semmel gaben. Mutterkorn war giftig, wurde aber in der Pharmaindustrie gebraucht, um daraus Medikamente gegen zu niedrigen Blutdruck oder Migräne herzustellen. Geriet jedoch nur ein einzelnes Mutterkorn in die Mühle, war das gesamte Mehl verdorben. Die Farbwerke in Hoechst zahlten gut. So gut, dass sich Heinz am Ende der Ferien ein altes Fahrrad kaufen konnte. Martin musste den Sattel ganz tief stellen und Klötze auf die Pedale montieren, aber Heinz war stolz wie ein König.

Heute vor drei Jahren hatte Helene den letzten Brief von ihrem Mann bekommen. Drei Jahre lang keine Nachricht. Drei Jahre lang Hoffen und Bangen zwischen Zuversicht und Verzweiflung. Sie war ganz allein in der Wohnung. Martin in der Buchhandlung, Heinz unterwegs und Christa bei ihrer Freundin Marlies. Sie öffnete den Küchenschrank und holte den letzten Rest des echten Bohnenkaffees hervor. Sie kochte sich eine Tasse, nahm den letzten Brief ihres Mannes zur Hand, der schon vollkommen zerknickt war. Dann setzte sie sich an den Küchentisch und strich sanft über das Schreiben.

Helene hatte Sorgen und keinen, mit dem sie wirklich offen

sprechen konnte. Dabei begleiteten sie so viele Gedanken bei der Arbeit, egal, ob sie im Haus zu tun hatte oder als Buchhalterin unterwegs war. Jetzt gerade saß sie am Küchentisch und schaute aus dem Fenster. Ein paar Minuten innehalten, vor sich eine Tasse Muckefuck.

Christa war mittlerweile neunzehn, und noch immer schien sich für sie kein Mann zu finden. Stattdessen trieb sie sich mit diesem … diesem Dichter herum, der keine Mark auf der Tasche hatte und auch wenig Anstalten machte, einer angemessenen Beschäftigung nachzugehen. Gut, er räumte Trümmer. Aber eines Tages würden alle Trümmer weggeräumt sein. Und dann? Sie wusste nicht einmal, ob er überhaupt einen Beruf erlernt hatte. Er studierte Philosophie, aber das war doch kein Beruf! Helene kannte keinen einzigen Menschen, der sein Geld als Philosoph verdiente. Wovon wollte er also leben oder gar eine Familie ernähren? Christa fragen, das wollte sie nicht. Wenn doch wenigstens der Klaus Lehmann zurückkäme! Der Klaus, dem Christa während des Krieges Briefe geschrieben hatte! Aber der hockte noch immer im Ural, und es war nicht abzusehen, wann er heimkommen würde. Helene war sogar schon in der Kirche gewesen und hatte eine Kerze angezündet, damit Klaus nach Hause kam, bevor Christa dieses Studium in Mainz beginnen konnte. Sie hatte geredet und geredet, aber das Mädel hörte ja nicht. Und das lag an diesem Dichter mit den wilden Haaren. Der setzte ihr die ganzen Flausen in den Kopf von wegen Frauen sollten arbeiten gehen, sollten ihr eigenes Geld verdienen.

Helene umfasste ihre Tasse mit beiden Händen und seufzte. Martin kam ihr in den Sinn und all diese Bücher, mit denen er Christas Kopf vollstopfte! Sie selbst hatte in der Schule Fontane gelesen, *Effi Briest*. Und da hatte man ja sehen können, was passierte, wenn eine Frau zu viele Freiheiten hat. Helene hatte Angst um ihre einzige Tochter, und niemand in ihrer Nähe konnte sie verstehen.

Frau Klein, so furchtbar Helene sie im Grunde ihres Herzens noch immer fand, hatte doch in einem recht: Alle, alle hatten Opfer gebracht. Helenes Mann war vermisst. Sie hatte sich niemals vorstellen können, mit gerade mal vierzig Jahren eine Kriegerwitwe zu sein.

Ach, wie gern würde sie zu Hause bleiben und den Haushalt besorgen. Es gab genug zu tun. Der Korb mit der Bügelwäsche lief beinahe über, die Johannisbeeren mussten zu Marmelade gekocht werden, damit sie was für den Winter hatten. Und für Heinz musste gesorgt werden. Er war gar zu schludrig mit den Schulaufgaben. Sein Lehrer hatte einen Brief geschrieben, dass Heinz manchmal den Unterricht schwänzte. «Wo bist du gewesen?», hatte Helene gefragt. Da hatte Heinz mit den Schultern gezuckt und etwas von seinen Geschäften gemurmelt, und dann hatte er eine Dose süße, dicke Milch auf den Tisch gestellt und gesagt: «Die magst du doch so gern, Tante Helene.» Und dann hatte er sie mit einem so treuherzigen Blick angesehen, dass sie einfach nicht böse sein konnte. Und was der Junge alles so brauchte! Sie hatte den Eindruck, er wachse jeden Monat um mindestens zehn Zentimeter. Da musste sie Bündchen an die Ärmel seines Pullovers stricken, die Hosen mussten ausgelassen werden. Sie hatte sogar schon überlegt, ob sie ihm aus dem Anzug ihres Mannes nicht vielleicht einen Mantel nähen sollte. Aber was, wenn ihr Mann doch zurückkam? Und Heinz' Schuhe. Sie hatte ihm so oft gesagt, er solle nicht über die Trümmer steigen, er tat es dennoch. Die Schuhspitzen waren ganz abgewetzt. Nicht einmal mit Lederfett war da noch was zu wollen.

Ein Vogelschwarm zog am Küchenfenster vorbei. Fliegen können, sich einfach mal wegträumen … Halt! Sie durfte nicht vergessen, morgen musste sie wieder zum Amt, um die Lebensmittelmarken zu holen. Das Einkaufen war zeitaufwendig, überall musste sie anstehen. Bei Friedrichs Käseladen hatte sie erst letztens zwei Stunden gestanden, und nachher hieß es wieder mal, die Milch wäre aus. Auch bei Lehmanns eine riesige Schlange, aber Frau Lehmann hatte sie gesehen und ihr ein Zeichen gemacht, zur Hintertür zu kommen. Dort hatte sie ihre Lebensmittelmarken und die Reichsmark gegen ein Päckchen mit Grützwurst und Presskopf getauscht, ein Klümpchen Zwiebelschmalz war auch dabei gewesen. Von dort zum Bäcker, wo die Schlange nicht ganz so lang gewesen war. Sie hatte ihr Brot bekommen und noch ein paar Kuchenränder dazu. Die Heinz schneller verdrückt hatte, als sie gucken konnte.

Und dann war da noch die Wäsche. Zum Glück brachte Heinz von seinen Touren aufs Land immer mal ein bisschen Holz mit, damit konnte sie den Kessel unten in der Waschküche heizen. Die Sachen von vier Personen musste sie waschen, dazu die Bett- und die Tischwäsche. Das dauerte den ganzen Tag. Zwar half ihr Christa, aber nun hatte sie auch noch zwei Hemden und eine Hose von diesem Dichter angeschleppt. Und kaum war alles frisch gebügelt in den Schränken, da war der Korb mit der Schmutzwäsche schon wieder voll.

Und war sie einmal mit aller Arbeit fertig, dann wartete die Buchhaltung auf sie. In der Gastwirtschaft ließ sie sich mit Essen bezahlen. Am schlimmsten war die Buchhaltung für Martins Laden. Wie sollte sie die Verkäufe der Bücher abrechnen, die sie schon vor dem Krieg eingekauft hatten? Das waren doch ganz andere Preise gewesen damals. Und wie wurden die Bücher verbucht, die nicht mehr verkauft werden durften? Ach, an manchen Tagen war ihr alles einfach zu viel.

Wenn es denn jemanden geben würde, der sie mal in den Arm nahm! Aber da war niemand, der ihr in kühlen Nächten die Füße wärmte. Seit fünf Jahren hatte sie ihren Mann nicht mehr gesehen. Sie war doch noch nicht alt. Sie hatte doch auch Bedürfnisse. Frau Klein hatte erzählt, bei der jungen Frau Gründel wäre es deshalb zum Stau in den Eierstöcken gekommen. Aber sie wusste nicht, ob das stimmte. Sie war nur so unendlich einsam. Und manchmal überfiel sie die Hitze. Dann wälzte sie sich stundenlang im Bett umher.

Sie musste an Martin denken. An ihren Schwager, der dachte, sie wüsste von nichts. Aber sie wusste schon lange, wie er war und wie er liebte. Schon vor dem Krieg hatte sie es gewusst. Ja, sogar schon, als er noch zur Schule gegangen war. Wie hatte er immer darauf geachtet, dass in seinem Hemd keine Bügelfalte war! Und wie oft hatte er sich die Haare gewaschen! Pingelig war er, wenn es um sein Aussehen ging. Eine Zeitlang hatte er sogar eine Nelke im Knopfloch getragen, aber diesen Unsinn hatte ihm die Mutter ausgetrieben. Nun waren sie tot, die Eltern. Und sie war die Einzige, die dafür sorgen musste, dass Martin nicht in sein Unglück lief. Ihretwegen konnte er ja machen, was er wollte. Aber heiraten sollte er wenigstens. Dann war er geschützt. Sie hatte von welchen gehört, die es so gemacht hatten. Herrgott, eine saubere, gesunde Frau war ja nun wirklich nichts, vor dem man sich ekeln musste. Der Martin sollte sich nicht so anstellen. Sie musste mit ihm darüber reden. Das hatte sie noch nie getan. Was sollte sie sagen? Wie die Worte finden für etwas, das unaussprechlich war? Ach, er machte es ihr aber auch schwer. Dabei war er kein schlechter Kerl, im Gegenteil. Fleißig, klug, immer freundlich und hilfsbereit. Und voller Mitgefühl war er. Es musste doch eine Frau geben, die ihn heiraten wollte.

Kapitel 17

Die Fahrt nach Mainz dauerte über eine Stunde, aber Christa wurde nicht langweilig. Sie fuhr als Studentin zur Universität, das Wintersemester hatte begonnen. Heute hatte sie ihre erste Vorlesung, und es freute sie, dass eine Frau diese Vorlesung hielt. Es hatte geheißen, Frau Dr. Schwalm sei eigentlich Lehrerin für Deutsch und Englisch, aber die Entnazifizierung war hier in Mainz so gründlich gewesen, dass es nicht mehr genug männliche Dozenten für alle Studiengänge gab. Christa hatte von Frau Schwalm gelesen. Von ihrer Leidenschaft für die Literatur, von ihrem Eintreten für die Gleichheit von Mann und Frau. Es war sogar ein Artikel in der *Frankfurter Rundschau* über sie erschienen. «Die Professorin ohne Titel» hatte die Überschrift geheißen. Es hieß, sie hätte ein Buch geschrieben, in dem es um Lyrik ging. Um zeitgenössische Lyrik von Frauen, weil sie der Meinung sei, dass die Frau heute in der Kunst unterrepräsentiert wäre. Der Artikel hatte Christa gefallen, und sie war gespannt auf die Dozentin.

Als sie den Hörsaal betrat, staunte sie. Ungefähr jede Fünfte war eine Frau! Christa setzte sich in die dritte Reihe. Und dann kam Frau Dr. Schwalm, und Christa staunte schon wieder, denn diese Frau Doktor war keineswegs blass und grau wie eine typische Büchermaus, sondern attraktiv und elegant. Sie trug das Haar etwas kürzer, als es die Mode vorschrieb, und ihr Kleid war nach dem neuesten Chic geschneidert. Dunkelblau, oben eng mit weißen Knöpfen und weißem Kragen, ab der Taille ein wenig weiter. Sie hatte sich die Augenbrauen nachgezogen und trug einen Lippenstift. Ihre Beine waren kräftig und schön und erweckten den Eindruck, dass sie fest mit dem Boden verwachsen waren und dass Frau Dr. Schwalm nicht so schnell einknicken würde.

Christa war hingerissen: Vor ihr stand der Beweis, dass Frauen durchaus klug und schön sein konnten. Und diese Frau lehrte sogar an einer Universität!

«Meine Herrschaften, heute geht es um die Frage, welche Bedeutung der Kontext für die Aussage eines Gedichtes hat. Sie alle kennen Gedichte. Aber können Sie sich vorstellen, dass der *Osterspaziergang* von Goethe auch hundert Jahre später geschrieben sein könnte? Oder dass man die Gedichte von Else Lasker-Schüler einem Mann zuschreiben könnte? Gehört das Geschlecht des Dichters zum Kontext?»

Sie ließ ihren Blick über die Anwesenden gleiten, dann sprach sie weiter: «Denken Sie an ein bestimmtes Gedicht einmal mit Kontext, einmal ohne. Stellen Sie ganz für sich fest, in welcher Zeit es geschrieben wurde, unter welchen politischen und persönlichen Bedingungen. Das ist Ihre mündliche Hausaufgabe bis zur nächsten Vorlesung.» Wieder glitt ihr Blick durch die Reihen. Ein freundlicher Blick, ein vertrauenerweckender Blick. Christa war sicher, dass sie hier niemals eine Behandlung wie die von Professor Habicht erfahren würde. Sie notierte sich diese Hausaufgabe und lauschte dann weiter der Dozentin. Frau Dr. Schwalm erzählte von einem Dichter, von dem sie kürzlich von einem Siebenbürger Kollegen gehört hatte. Der Kollege hatte ihn in Bukarest getroffen und ihm ein Gedicht von ihm gegeben mit der Bitte, in Deutschland zu prüfen, ob man es auf Deutsch veröffentlichen könnte. Sein Name war Paul Celan. Christa hatte noch nie von ihm gehört, aber Frau Dr. Schwalm war sich sicher, dass bald ganz Deutschland über ihn sprechen würde. Und dann las sie ein Gedicht von ihm vor, unveröffentlicht bislang:

«Todesfuge

Schwarze Milch der Frühe wir trinken sie abends
wir trinken sie mittags und morgens wir trinken sie nachts
wir trinken und trinken
wir schaufeln ein Grab in den Lüften da liegt man nicht eng
Ein Mann wohnt im Haus der spielt mit den Schlangen der schreibt
der schreibt wenn es dunkelt nach Deutschland dein goldenes Haar Margarete
er schreibt es und tritt vor das Haus und es blitzen die Sterne er pfeift seine Rüden herbei
er pfeift seine Juden hervor läßt schaufeln ein Grab in der Erde
er befiehlt uns spielt auf nun zum Tanz

Schwarze Milch der Frühe wir trinken dich nachts
wir trinken dich morgens und mittags wir trinken dich abends
wir trinken und trinken
Ein Mann wohnt im Haus der spielt mit den Schlangen der schreibt
der schreibt wenn es dunkelt nach Deutschland
dein goldenes Haar Margarete
Dein aschenes Haar Sulamith wir schaufeln ein Grab in den Lüften da liegt man nicht eng

Er ruft stecht tiefer ins Erdreich ihr einen ihr andern singet und spielt
er greift nach dem Eisen im Gurt er schwingts seine Augen sind blau
stecht tiefer die Spaten ihr einen ihr andern spielt weiter zum Tanz auf

Schwarze Milch der Frühe wir trinken dich nachts
wir trinken dich mittags und morgens wir trinken dich abends
wir trinken und trinken
ein Mann wohnt im Haus dein goldenes Haar Margarete
dein aschenes Haar Sulamith er spielt mit den Schlangen

Er ruft spielt süßer den Tod der Tod ist ein Meister aus
Deutschland
er ruft streicht dunkler die Geigen dann steigt ihr als Rauch in
die Luft
dann habt ihr ein Grab in den Wolken da liegt man nicht eng

Schwarze Milch der Frühe wir trinken dich nachts
wir trinken dich mittags der Tod ist ein Meister aus
Deutschland
wir trinken dich abends und morgens wir trinken und trinken
der Tod ist ein Meister aus Deutschland sein Auge ist blau
er trifft dich mit bleierner Kugel er trifft dich genau
ein Mann wohnt im Haus dein goldenes Haar Margarete
er hetzt seine Rüden auf uns er schenkt uns ein Grab in der Luft
er spielt mit den Schlangen und träumet der Tod ist ein Meister
aus
Deutschland

dein goldenes Haar Margarete
dein aschenes Haar Sulamith»

Sie ließ das Blatt sinken. Es war still im Hörsaal. Christa hörte das erregte Atmen ihrer Nachbarin. Noch immer sprach niemand ein Wort. Schließlich ließ Frau Dr. Schwalm ihre Blicke über die Studentenschar schweifen, bevor sie sagte: «Ja, diese Sprache macht sprachlos. Für diese Worte gibt es keine Worte.» Sie schaute noch einmal über die Stuhlreihen hinweg. «Lassen Sie es uns trotzdem versuchen. Was fällt Ihnen dazu ein, meine Herrschaften? Und bitte, ich möchte keine Inhaltsangabe. Lassen Sie uns über die Machart sprechen.»

Ein junger Mann hob die Hand und wurde aufgerufen. «Mir gefällt es nicht», sagte er. «Da werden ja wohl Äpfel mit Birnen vermischt. Das goldene Haar und das aschene Haar. Und dann diese ständigen Wiederholungen. Ich hatte den Dichter schon beim ersten Mal begriffen. Und dann die ‹schwarze Milch der Frühe›, was soll das denn heißen?»

Frau Dr. Schwalm dankte, dann fragte sie: «Gibt es noch andere Meinungen?»

Ein Mädchen meldete sich. «Mir hat es gefallen», sagte sie. «Es macht den Tod romantisch.»

Christa krümmte sich unter diesem Satz. Sie meldete sich, und Frau Dr. Schwalm nickte ihr zu. «Ich bin von den Gegensätzen beeindruckt. Golden–aschen. Margarete–Sulamith. Das Grab in den Lüften und der Tod ist ein Meister aus Deutschland.»

«Es hat sie berührt, nicht wahr?», fragte die Dozentin.

«Ja. Das hat es. Diese Gegenüberstellungen von Bildern. Ich habe so etwas noch nie zuvor gelesen.»

Als sich niemand mehr meldete, bat Frau Dr. Schwalm darum, dass jeder der Studenten nach einem Gedicht suchte, das ein Gegenstück zur *Todesfuge* bildete. Diese Gedichte sollten für die nächste Vorlesung in einer Woche eingereicht und in zwei Wochen besprochen werden.

Am Abend war Christa immer noch wie betäubt. Das Celan-Gedicht hatte etwas in ihr anklingen lassen. «Ich muss es Jago zeigen», dachte sie.

«Wie war dein erster Tag in Mainz?», wollte Martin wissen.

«Wunderbar. Oh, es war wirklich wunderbar.» Christa zog ein Blatt aus der Tasche, las die *Todesfuge* vor, bis Helene einschritt. «Die ‹schwarze Milch der Frühe› ist ja nun wirklich kein Thema beim Abendessen.» Sie blickte säuerlich drein, war ganz und gar nicht einverstanden mit Christas Uni-Ambitionen.

Heinz biss krachend in einen Apfel. «Das reimt sich ja gar nicht», stellte er fest.

«Gedichte müssen sich nicht immer reimen. Es gibt solche und solche», erklärte Christa.

Heinz biss erneut in den Apfel.

Martin nahm Christa das Blatt aus der Hand, las, las die Verse noch einmal. Und dann liefen ihm Tränen über die Wangen. Schnell wischte er sie weg, aber Christa wusste, dass er ans KZ dachte. Es tat ihr weh, ihren Onkel weinen zu sehen. Und gleichzeitig tat es ihr gut zu erleben, welche Macht Worte hatten. Sie waren so stark, dass es nur wenige brauchte, um Glück oder Traurigkeit hervorzurufen.

Dann dachte sie an ihre Hausaufgabe. Ein Gegengedicht. Das Gegenteil von Tod war natürlich das Leben. Das Gegenteil von Wiederholungen war Einmaligkeit. Das Gegenteil von Gegenüberstellungen waren Ähnlichkeiten. Ohnmacht und Tatkraft. Ausgeliefertsein und Handeln.

Sie überlegte, aber auf Anhieb fiel ihr nichts ein. Dann hatte sie doch einen Einfall. Kaum war das Abendessen beendet, setzte sie sich in ihren Lieblingssessel, strich kurz über den bunten Wollstoff und schlug das Buch auf, das sie sich aus der Buchhandlung mit nach oben genommen hatte. Es waren Gedichte aus dem amerikanischen Exil, zum Beispiel von Alfred Andersch.

Zufrieden schlief sie ein, bis Lärm sie weckte. Vor dem Haus heulten Polizeisirenen, sie hörte harte Schritte im Treppenhaus, Gebrüll, dann Stille. Christa erhob sich, streifte sich ihren Morgenmantel über, öffnete die Wohnungstür. Gegenüber stand Frau Klein, das Gesicht glänzend von einer Nachtcreme. «Was war denn hier grade los?»

Christa zuckte mit den Achseln. «Keine Ahnung, ich habe nur den Lärm gehört.»

«Na, vielleicht gab es irgendwo eine Razzia.» Frau Klein drehte sich um, ihre Tür schlug zu.

Christa lauschte weiter in den Flur. Ihr war, als würde sie von oben ein Knarren von Holz hören, dann war wieder alles still. Sie zog den Morgenmantel enger um sich. Es war nicht kalt, aber sie fror plötzlich. Die Kälte kam aus ihrem Inneren, und Christa überkam ein Gefühl der Furcht.

Ein paar Tage später, es war ein Samstag, erschien Martin nicht zum Frühstück. «Weißt du, wo er gestern hin ist?», fragte sie Helene.

Helene strich einen Löffel Honig auf Heinz' Brot. Der Junge war durch seine Krankheit noch dünner geworden, und Helene tat alles, um ihn wieder aufzupäppeln.

«Er wollte zu einem Freund, hat er gesagt. Vielleicht ist es spät geworden, und er hat dort übernachtet.»

Eine Stunde später, zur Ladenöffnungszeit, war Martin noch immer nicht da. Das war es noch nie vorgekommen, und Christa bekam allmählich Furcht um ihren Onkel. Die ersten Kunden traten ein. Eine Frau suchte einen Kriminalroman für ihren Mann, und Christa empfahl ein Buch von Agatha Christie. Ein Mann fragte, ob es Bücher über den U-Boot-Krieg gäbe, und Christa verneinte. Dann kam Jago. Sie hatte ihn schon ein paar Tage nicht mehr gesehen. Das letzte Mal waren sie gemeinsam in einem Café gewesen und hatten sich darauf geeinigt, sich zu duzen. Dann hatten sie wieder einmal über Literatur gesprochen, und Christa hatte ihm von Frau Dr. Schwalms Vorlesungen erzählt.

«Christa, wie geht es dir?», fragte er höflich.

«Ich muss weg, Jago. Kannst du vielleicht auf den Laden aufpassen? Die Kasse funktioniert ganz einfach, das zeige ich dir noch schnell. Außerdem sage ich meiner Mutter Bescheid.»

«Was ist denn passiert?»

«Martin ist verschwunden. Er ist die ganze Nacht nicht nach Hause gekommen.»

Jago zuckte mit den Achseln. «Er ist ein erwachsener Mann. Ich glaube nicht, dass du dir Sorgen machen musst.»

«Oh doch, das muss ich. Kannst du mich bitte hier vertreten, oder geht es nicht?»

«Natürlich.»

«Danke.»

Christa schnappte sich ihre Handtasche und eilte nach oben. Sie bat Helene atemlos, nach dem Laden zu sehen und Jago zu unterstützen, dann hetzte sie los. Die Berger Straße nach oben, dabei stieß sie eine ältere Frau an, die ein Netz mit Kartoffeln trug. Sie stieg auf einen Trümmerberg, strauchelte, raffte sich auf, lief weiter. Sie reagierte nicht auf Marlies' Gruß, sondern hastete weiter, bis sie endlich das Polizeirevier erreichte. Sie rang nach Luft, dann drückte sie entschlossen die Klingel und wartete.

«Sie wünschen?» Der Polizist, der ihr die Tür öffnete, war ein älterer Mann mit einem gutmütigen Gesicht.

«Ich suche meinen Onkel», erklärte Christa, und plötzlich brach sie in Tränen aus.

«Na, na, Mädchen, langsam. Kommen Sie erst mal rein in die gute Stube.»

Er ging voran. Ein Telefon klingelte, irgendwo klapperte eine Schreibmaschine. Vor einem Tresen blieb Christa stehen. Der Polizist öffnete ein Buch, nahm einen Kopierstift in die Hand, leckte die Spitze ab. «Jetzt erzählen Sie mal, Fräulein.»

Und Christa erzählte.

Der Polizist wiegte den Kopf. «Fräulein, ich bin sicher, Sie sorgen sich vollkommen umsonst. Ihr Onkel wird eine Liebschaft haben. Er wird bei der Dame übernachtet haben. Es wird sich alles aufklären.»

Christa schüttelte den Kopf. «Er ist nicht bei einer Dame, das weiß ich genau.»

Der Polizist lachte. «Das wird er Ihnen nicht auf die Nase binden, was er mit den Damen so macht.»

«Er ist nicht bei einer Dame.» Sie zögerte, dann fragte sie doch: «Gab es gestern eine Razzia? Vielleicht im Bethmann-Park?» Sie sprach zögernd. Erneut befiel sie Furcht. Was tat sie da? Wenn es keine Razzia gab, dann hatte sie ihren Onkel jetzt als Hundertfünfundsiebziger denunziert. Dann wusste der Polizist, was Martin für einer war. Vielleicht stand schon ein anderer Polizist im Laden und befragte Jago?

Das Gesicht des Polizisten verdüsterte sich. «Ach! So einer ist ihr Onkel also. Ein Perverser.»

Christa schaute betreten nach unten. Es tat ihr weh, diese Worte zu hören. Sie wollte Martin unbedingt verteidigen, aber sie wusste nicht, wie.

«Herrmann, gab's gestern Nacht eine Razzia bei den Perversen?»

Ein jüngerer Kollege erhob sich von seinem Schreibtischstuhl, trat an ein Regal und zog ein dickes Buch heraus. Quälend langsam blätterte er darin herum. «Ja, gab es. Zwölf Festnahmen», erklärte er schließlich.

«Martin Schwertfeger? War er dabei?»

Der jüngere Polizist lehnte sich über den Tresen und fixierte Christa. «Ist er als Hundertfünfundsiebziger der Polizei bekannt?»

Sie schüttelte den Kopf. «Er geht manchmal nachts spazieren. Verstehen Sie? Er kann oft nicht schlafen. Er war im Konzentrationslager. Er war lange eingesperrt. Und manchmal spaziert er eben in der Nähe des Bethmann-Parks entlang.»

«KZ also. Einer mit rosa Winkel?»

«Wie bitte? Was für ein Winkel?»

«Die schwulen Brüder trugen alle einen rosa Winkel an ihrer Kleidung.»

«Nein, nein. Mein Onkel ist verhaftet worden, weil er verbotene Bücher verkauft hat. Und einen Witz über Hitler hat er auch erzählt. Und Feindsender gehört.»

«Aha!», machte jetzt der ältere der beiden Polizisten, und Christa wusste nicht, ob sie mit ihren Worten nicht alles noch schlimmer gemacht hatte.

«Er geht manchmal am Bethmann-Park vorbei», wiederholte sie. «Der ist ja ganz bei uns in der Nähe. Vielleicht hat man ihn fälschlich mitgenommen?»

Der jüngere Kollege taxierte sie von oben bis unten. «Sie sind ein hübsches Mädchen, aber Sie haben einen schlechten Umgang.» Dann fuhr er mit dem Finger über die Spalten des großen Buches. «Hier steht er ja: Martin Schwertfeger.»

Christa schluckte. «Wo … wo ist er?»

«Im Untersuchungsgefängnis im Amtsgericht.»

Kapitel 18

Christa stürzte aus dem Revier, weg von den Kommentaren der beiden Polizisten. Und es dauerte keine Viertelstunde, da war sie am Amtsgericht, das an der Konstablerwache lag.

Ein mürrischer Pförtner schaute kaum hinter seinem Glaskasten auf. «Was woll'n Sie?»

«Mein Onkel. Er ist gestern Nacht verhaftet worden. Ich möchte mit ihm sprechen.» Sie hatte sich bemüht, ihrer Stimme einen festen Klang zu geben, scheiterte aber kläglich.

«Kommen Sie am Montag wieder. Am Wochenende passiert hier nichts.»

Verzweiflung stieg in Christa hoch. Was sollte sie nur tun? Was würde Helene sagen? Die Nachbarn? Als sie auf ihrem Weg nach Hause in Höhe des Bethmann-Parks war, blieb sie kurz stehen. Ein junger Mann zog dort seine Kreise. Sie beobachtete ihn und hatte plötzlich das unbedingte Bedürfnis, ihn anzusprechen. Vielleicht war er dabei gewesen, als die Razzia stattfand. Vielleicht konnte sie von ihm etwas über Martin erfahren.

«Hallo», rief sie leise.

Der junge Mann blieb einen Augenblick lang stehen, dann setzte er seinen Weg fort.

Christa schaute ihm hinterher. Und versuchte sich vorzustellen, wie Martin auf diesen Wegen auf und ab gegangen war. Wie er Blickkontakt mit anderen Männern aufgenommen hatte. Hatte er sich nach einer Familie gesehnt? Nach einem Mann an seiner

Seite anstatt einer Frau? Waren die Hundertfünfundsiebziger wie andere Männer, die einfach nur auf eine andere Art liebten? Oder waren sie auch in ihrem Wesen völlig anders? Hatte Martin etwas dagegen unternommen? War er bei einem Arzt gewesen? Hatte er in der Kirche seine Verfehlungen gebeichtet? Wie hatte es sich angefühlt, etwas zu tun, für das man ins Gefängnis wandern konnte? Bereute er jetzt?

So viele Fragen.

Christa seufzte, legte die restliche Wegstrecke zurück und warf sich ihrer Mutter in die Arme, die in der Buchhandlung stand und Bücher mit einem Pinsel abstaubte, während Jago den Ständer mit den Zeitungen richtete.

Helene erstarrte. «Was ist los?» Christa spürte, wie sich der Herzschlag der Mutter beschleunigte. «Ist was mit Martin?»

Die Kirchenuhr von St. Josef verkündete die zwölfte Stunde.

Jago nahm einen Schlüssel vom Tresen. «Ich schließe ab.»

Christa löste sich von der Mutter. «Wir reden gleich.» Dann wandte sie sich an Jago. «War alles in Ordnung?»

«Es sind fünf Kisten von Libri gekommen. So heißt doch die Verlagsauslieferung, oder?»

«Ja, das stimmt.»

«Ich hab sie aber nicht ausgepackt, weil ich nicht wusste, ob man die neue Ware irgendwo registrieren muss. Auch hineingeschaut habe ich noch nicht. Wenn du willst, komme ich heute Nachmittag und helfe dir.»

«Danke, Jago. Das wäre schön.»

Jago verschwand, Christa schloss den Laden ab und ging zusammen mit ihrer Mutter nach oben in die Wohnung. Dort setzte sie einen Kessel mit Wasser auf.

«Jetzt erzähle endlich!», drängte Helene.

Christa kochte Malzkaffee, der ein wenig bitter schmeckte. Dann setzte sie sich an den Küchentisch. «Martin ist verhaftet worden. Es hat eine Razzia gegeben. Im Bethmann-Park.»

«Einmal hat es ja so kommen müssen.» Helene rang die Hände und seufzte. «Ich hab immer Angst gehabt, wenn er am Abend ausging.»

«Du hast gewusst, dass er … dass er …»

«… ein Hundertfünfundsiebziger ist? Natürlich», erwiderte Helene fest. «Ich habe es schon gewusst, als er noch ein Kind war. Wahrscheinlich früher als er selbst. Als er es dann wusste, war er sehr verstört. Einmal hat er mich sogar gefragt: ‹Helene, denkst du, ich bin ein Monster? Verderbt bis in den letzten Blutstropfen?› Du weißt ja, dass dein Vater und ich und auch Martin zusammen aufgewachsen sind.»

«Was hast du geantwortet?»

«Dass er nicht verderbt ist, weil er sich seine Art zu lieben nicht ausgesucht hat. Es ist nicht seine Schuld, man kann sich die Liebe nicht aussuchen. Trotzdem habe ich immer gehofft, dass er eines Tages eine Frau trifft, die ihn die Männer vergessen lässt. Er hatte ja Chancen bei den Frauen. Viele Chancen.» Sie lächelte, als sie daran dachte. «Die Mädchen sind regelrecht hinter ihm her gewesen. Und er hat oft nicht gewusst, wie er sich verhalten soll. Schließlich haben wir eine Freundin erfunden, die in einer anderen Stadt lebte. Und dann ist er ins Kloster gegangen. Er hat wohl gedacht, der Zölibat wurde seine Gelüste ersticken. Als er zurückkam von der Hochschule Sankt Georgen, wusste ich, dass sich nichts geändert hatte. Und dass er ein Leben voller Angst, Scham und Schuldgefühle führen würde.» Als sie das sagte, liefen ihr Tränen über die Wangen. «Wir haben ihn nicht davor bewahren können.»

Christa stand auf, umarmte ihre Mutter. «Du hast nichts falsch gemacht. Wichtig ist jetzt nur, was mit ihm geschieht. Am Montag gehe ich wieder hin und bleibe so lange, bis ich ihn gesehen habe.»

Helene weinte heftiger. «Erst das KZ, nun die Haft. Hört das denn niemals auf? Ist sein Leben nicht schon schwer genug?» Sie griff zum Taschentuch, putzte sich die Nase. «Wir dürfen niemandem davon erzählen, hörst du? Die Kundschaft würde wegbleiben. Die Leute würden reden. Es wäre noch schwerer für ihn.»

«Ich werde nicht darüber sprechen. Mit niemandem», versprach Christa.

Am Nachmittag kam Jago tatsächlich und half, die Bücher auszupacken, mit Preisen auszuzeichnen, die Lieferscheine abzuheften und die Rechnungen in den Ordner «zu bezahlen» abzulegen. Er sprach wenig, nahm jedes neue Buch neugierig in die Hand, blätterte liebevoll darin. Da war ein Titel von André Gide und von Joseph Conrad der Roman *Herz der Finsternis*; Christa hatte beide noch nicht gelesen.

Jago zog ein Buch von Remarque aus einer der Kisten. Es hieß *Drei Kameraden*, war schon 1936 erschienen, dann verboten worden, und nun wurden die Restexemplare, die der Vernichtung entgangen waren, verkauft. Martin hatte zehn Exemplare bestellt, die darauf warteten, für den Verkauf fertig gemacht zu werden. Aber Jago hatte sich festgelesen. Er lehnte am Regal, die Beine überkreuzt. Das zu lange Haar fiel ihm ins Gesicht, er war vollständig versunken. Christa berührte ihn leicht am Arm, und Jago schreckte aus seiner Lektüre auf.

«Was liest du da?»

«Es geht um drei junge Männer nach dem Krieg. Nach dem Ersten Weltkrieg. Wie sie ins zivile Leben zurückkehren.»

«Ich schenke es dir. Nimm es mit, lies es heute Abend, wenn du magst.»

Jago schüttelte den Kopf. «Das würde deinem Onkel nicht gefallen.»

«Doch, er würde ebenso handeln. Du hast mir geholfen, hilfst mir noch.»

«Aber ich möchte nichts dafür haben. Ich tue es, weil …», er schluckte, «… weil ich dich mag. Dich und deinen Onkel.»

«Martin, ja.» Christa blickte zu Boden, bückte sich nach einer Staubfluse.

Jago räusperte sich. «Ich weiß, was mit ihm ist.»

Christa Gesicht verschloss sich. «Was ist denn mit ihm?»

«Er ist schwul.»

Christa schüttelte den Kopf. «Ich weiß nicht, woher du dieses Ammenmärchen hast, aber es stimmt nicht. Erst letztens war Martin mit einer jungen Frau aus. Rose heißt sie. Sie waren im Café am Uhrtürmchen.»

Jago legte Christa eine Hand auf die Schulter. «Du musst mir nichts vormachen. Ich habe ihn gesehen.»

«Wen hast du gesehen?»

«Den Mann, der nächtelang vor euerm Haus gestanden hat. Ich habe ihn sogar angesprochen. Wir haben geredet und ein Glas Wein getrunken. Werner Hauff. Ein enger Freund von vor dem Krieg, sagte er. Und dass er verhaftet worden war wegen des Paragraphen 175. Aber sein Vater konnte eine Haftstrafe abwenden. Er wurde zur Bewährung an die Front geschickt.»

«Ein Mann, sagst du?»

«Ja.»

«Hat Martin sich mit ihm getroffen?»

Jago schüttelte den Kopf. «Nein, das hat er nicht. Werner Hauff wollte es nicht. Aber er kommt immer mal wieder vorbei und fragt, wie es Martin geht. Ich erzähle es ihm.»

«Warum hat er sich nicht zu erkennen gegeben?»

«Verstehst du das nicht?»

«Nein», gab Christa zu.

«Er liebt ihn. Werner Hauff und Martin waren früher mal ein Paar. Der Krieg hat sie getrennt. Werner liebt deinen Onkel so sehr, dass er ihm keine Schwierigkeiten bereiten möchte. Verstehst du jetzt?»

Langsam nickte Christa. «Er will ihn schützen. Vor sich.» Sie blickte Jago an. «So ist die wahre Liebe, oder?»

«Ja.»

«Du hast nie was davon gesagt.»

Jago lächelte. «Was die beiden machen, geht mich nichts an. Ich weiß nur, dass mir die Liebe heilig ist. Ganz gleich, wer da wen liebt.»

«Du … du verachtest die beiden nicht?»

«Warum sollte ich? Bei den alten Griechen ist die Liebe zwischen zwei Männern etwas sehr Normales gewesen. Die Frage ist doch: Schadet es irgendjemandem, wenn die beiden sich lieben?»

«Nein, das tut es nicht.» Christa zögerte keinen Augenblick mit der Antwort.

«Na also. Du kannst alles tun, solange du keinem anderen Schaden zufügst.» Jago lachte. «Hast du schon mal etwas gehört vom kategorischen Imperativ?»

Christa schüttelte den Kopf.

«Der ist von Immanuel Kant, dem Philosophen aus Königsberg. Der hat so was Ähnliches gesagt – und es trifft den Kern.»

Plötzlich wurde Christa ganz leicht ums Herz. Da war jemand, der ihren Onkel nicht verurteilte. Da war jemand, der ihn trotzdem achtete und respektierte, der mehr in ihm sah als nur den Paragraphen 175. Das machte sie froh, so unendlich froh.

Sie arbeiteten weiter, bis kurz nach 18 Uhr ein Jeep vor dem Laden hielt. Christa blickte verwundert auf, als sie Alan erkannte. Und schon klopfte er an die Schaufensterscheibe. Christa atmete einmal tief ein und aus.

«Brauchst du Hilfe?», wollte Jago wissen.

«Nein, ich komme zurecht.» Christa strich sich über ihr Haar, dann öffnete sie die Ladentür und trat auf die Straße. «Was willst du, Alan?»

«Dich abholen. Es ist Samstag. Du warst lange nicht mehr mit mir aus. Da wollte ich es heute einfach noch mal versuchen.» Er lächelte, aber es war ein schiefes Lächeln, das eher Verlegenheit ausdrückte.

Christa schüttelte den Kopf. «Ich gehe nicht mehr tanzen, Alan.»

«Warum nicht?»

«Ich studiere jetzt. Ich muss lernen. Deshalb.»

Alan schüttelte den Kopf. «Es ist wegen mir. Wegen dem, was im Palmengarten passiert ist, oder? Aber ich habe mich doch schon entschuldigt. Was soll ich denn noch tun?»

«Alan, wir beide, wir passen nicht zueinander. Ich will andere Dinge als du. Du kannst nett sein, wenn du willst. Aber du solltest dir eine junge Frau suchen, die so ist, wie du sie haben möchtest.»

Christa wandte sich ab, wollte zurück in den Laden, aber Alan hielt sie fest. «Hast du einen anderen? Den da im Laden?»

«Nein, Alan. Ich werde dir immer dankbar sein für das, was du für Heinz getan hast. Aber Liebe ist nicht käuflich. Ich wünsche dir alles Gute. Leb wohl.»

Alan sah Christa an, dann zuckte er die Schultern, stieg ins Auto und fuhr mit quietschenden Reifen davon.

Am Montag begab sich Christa gleich früh am Morgen zum Amtsgericht. Sie hatte erst am Nachmittag eine Vorlesung in Mainz. Helene würde nachher den Laden öffnen.

Es dauerte eine ganze Weile, bis sie zu einem Herrn geleitet wurde, der sich als Untersuchungsrichter Glaube vorstellte.

Glaube, dachte Christa, das ist ja ein Name für einen Pfarrer. Ein Richter sollte besser «Beweis» heißen.

«Nun, wir werden Anklage gegen Ihren Onkel erheben. Paragraph 175 und 175a.»

«175a? Was heißt das?»

«Ein besonders schwerer Fall. Ihr Onkel wurde bei widernatürlichen Handlungen mit einem Neunzehnjährigen erwischt, einem Minderjährigen also.» Christa schluckte und versuchte, sich ihre Angst und Aufregung nicht anmerken zu lassen.

«Wann kann ich ihn sehen?»

«Unsere Besuchszeiten sind täglich von 10 bis 11 Uhr und noch einmal am Nachmittag von 16 bis 17 Uhr. Es ist ein Besuch pro Woche erlaubt.»

Christa blickte auf ihre Uhr. «In einer halben Stunde. Kann ich gleich dableiben?»

«Nun, ich muss Ihnen einen Besuchsschein ausstellen. Das mache ich eigentlich nur nach vorheriger schriftlicher Beantragung. Aber da Sie nun einmal hier sind ...»

Er öffnete eine Schublade, entnahm ihr ein Formular, füllte es aus und reichte es Christa. Dann öffnete er eine andere Schublade und brachte ein zweites Formular zutage. «Füllen Sie dann beides aus. Das eine ist Ihr Besuchsschein für heute, das andere ist der offizielle Antrag auf eine dauernde Besuchserlaubnis.»

Christa dankte, setzte sich in den langen, menschenleeren Flur und füllte den Antrag aus. Dann warf sie ihn in den Briefkasten, der vor dem Sekretariat des Untersuchungsrichters an der Wand hing und stieg die breite Treppe nach unten. Im Erdgeschoss wies ihr der Pförtner den Weg zum Untersuchungsgefängnis, und eine Stunde später saß Christa ihrem Onkel gegenüber.

«Es tut mir leid, was dir passiert ist», erklärte sie und wusste dann nicht weiter. Sie betrachtete Martin. Er wirkte müde, seine Augen waren von dunklen Ringen umschattet. «Wirst du satt? Hast du alles, was du brauchst?»

Martin nickte. «Mir tut es leid», sagte er leise.

«Es ist nicht deine Schuld.»

«Doch, das ist es.»

«Werner Hauff, er ...» Sie brach ab. Eigentlich hatte sie den Mann nicht erwähnen wollen. Doch Martin wirkte so unendlich traurig und verzweifelt, dass sie ihn ein wenig aufheitern wollte. Es musste ihn doch freuen, von Werner Hauff zu hören.

«Werner? Wieso Werner? Was ist mit ihm?» Martin richtete

sich kerzengerade auf. «Nun sag schon. Kennst du ihn? Hast du ihn getroffen? Er lebt also?»

Christa nickte. «Ja, er lebt. Jago hat erzählt, dass er manchmal vor unserem Haus steht.»

Der Onkel wirkte plötzlich wie von neuer Energie erfüllt. «Er lebt! Werner lebt!», wiederholte er ein ums andere Mal.

Christa hätte ihm gern gesagt, dass Werner ihn noch liebte, aber sie wagte es nicht, denn im Raum befand sich ein Polizist. Deshalb malte sie vor sich auf die Tischplatte ein Herz. Martin verstand und lächelte, aber es war ein trauriges Lächeln.

«Erzähl, wie geht es dem Laden? Was macht Heinz? Wie kommt Helene mit allem zurecht?»

«Na ja, du fehlst. Wir wissen nicht, wie wir ihn führen können. Helene hat mit ihrer Buchhaltung zu tun, und ich studiere ja.»

Da griff Martin über den Tisch, drückte Christas Hand. «Ich weiß nicht, wie viele Jahre ich aufgebrummt kriege. Du musst mir glauben: Ich wusste nicht, dass der junge Mann erst neunzehn ist. Er hat mir gesagt, er wäre volljährig. Wäre ich doch nur zu Hause geblieben. Ich mache mir solche Vorwürfe.»

«Behalten Sie Ihre Hände bei sich», fuhr der aufsichtführende Beamte dazwischen. Hastig zog Martin die Hand zurück.

«Das nützt jetzt auch nichts mehr.»

«Christa, ich weiß, dass es mir nicht zusteht, dich um etwas zu bitten. Aber ich tue es trotzdem, weil ich keinen anderen Weg sehe. Bitte schieb dein Studium auf. Übernimm du den Laden, sonst verlieren wir ihn. Du brauchst nur die Lizenz ändern zu lassen und zu sagen, dass du schon immer im Laden gearbeitet hast.»

«Wie bitte?» Christa konnte kaum glauben, um was Martin sie da bat. Sie setzte sich kerzengerade auf. Ihre Augen verengten sich, und sie presste die Lippen aufeinander. «Du willst, dass ich mein Studium aufgebe, für das ich so lange gekämpft habe?» Sie schüttelte den Kopf. «Nein, Martin, das darfst du mir nicht kaputt machen.»

«Ich weiß mir keinen anderen Rat, Christa.»

Christa sah ihm ins Gesicht. Innerlich bäumte sie sich auf, Trotz und Wut kämpften sich an die Oberfläche. Nein, schrie es in ihr, sie würde nicht verzichten! Unwillkürlich presste sie den Rücken fest gegen die Stuhllehne, verschränkte die Arme vor der Brust.

«Ich habe über alles nachgedacht. Wenn ich aus dem Gefängnis komme», fuhr Martin fort, «wird mir niemand mehr eine Anstellung geben. Und ich werde keinen eigenen Laden mehr eröffnen können. Deshalb möchte ich die Buchhandlung auf dich überschreiben. Du weißt selbst, dass wir seit drei Generationen Buchhändler sind. Bitte, Christa. Schieb dein Studium auf. Wenn ich wieder da bin, finden wir eine andere Lösung. Aber jetzt brauche ich dich.»

Tränen traten ihr in die Augen. Ohne es zu wollen, schluchzte sie laut auf.

«Ist alles in Ordnung?», erkundigte sich der wachhabende Polizist.

«Ja», erwiderte Christa mit belegter Stimme. Sie war so unglücklich in diesem Augenblick, dass sie nur wiederholen konnte: «Ich studiere doch so gern.»

«Es ist ja nicht für immer.»

«Du machst mir mein ganzes Leben kaputt!» Ihre Stimme war lauter geworden. Sie zog die Nase hoch, wischte sich die Tränen mit den Fäusten aus den Augen und starrte ihren Onkel an. Das kannst du mir nicht antun, sagte ihr Blick. Dann fiel ihr ein, dass sie es war, die ihren Onkel ins KZ gebracht hatte. Noch einmal durchzuckte sie die Wut, dann sprach sie leise: «In Ordnung, Martin. Ich tue es. Ich übernehme die Buchhandlung.»

Martin seufzte erleichtert auf. «Danke, Christa, das werde ich dir nie vergessen. Ich … ich habe aber noch eine andere Bitte.»

«Nein!» Christa hob abwehrend eine Hand. «Mehr *kann* ich dir nicht erfüllen.»

Doch Martin sprach weiter, als hätte er sie nicht gehört. «Es gibt da einen Rechtsanwalt. Brambach heißt er. Sein Name fiel manchmal im Park. Du musst zu ihm gehen, musst ihm alles berichten. Er soll mich vor Gericht vertreten. Machst du das? Bitte!»

Christas Blick glitt über die grau gestrichenen Wände. An einigen Stellen war der Putz abgeblättert und lag auf dem Boden. Ein winziges Fenster erhellte den Raum nur wenig. Die Scheiben starrten vor Dreck, und das Gitter davor wirkte einschüchternd. Der Tisch, an dem sie saßen, war verkratzt. Jemand hatte «Scheißpolente» ins Holz geritzt. Auch die Stühle waren schäbig. Ebenso schäbig wie die mit Fliegendreck verkrustete Lampe, deren Licht sich kaum gegen die grauen Wände durchsetzen konnte. Alles hier wirkte schäbig, hoffnungslos, trostlos. Und genauso fühlte sie sich in diesem Moment. Und schwach, so schwach, dass sie befürchtete, ihre Beine würden sie nicht tragen. Und zugleich hatte sie keinen größeren Wunsch, als hier herauszukommen.

Endlich stand sie auf, musste sich an der Tischplatte festhalten, weil ihre Beine zitterten, aber dann fand sie Halt. Sie war so voller Traurigkeit, dass sie keine Worte mehr fand. Noch einmal betrachtete sie ihren Onkel. Den Onkel, der immer für sie und für Helene und Heinz da gewesen war. Den Onkel, der ein guter Mensch war, der ein großes Herz hatte. Den Onkel, der sich nicht ausgesucht hatte, wie und wen er lieben wollte. Sie schenkte ihm einen letzten Blick, dann verließ sie den Besuchsraum.

Kapitel 19

Christa konnte jetzt noch nicht nach Hause, Fragen wirbelten durch ihren Kopf, alle Arten von Gefühl zerrten an ihr. Sie suchte sich eine Telefonzelle, rief Helene in der Buchhandlung an, teilte ihr kurz mit, dass es Martin nicht schlecht ging. Danach suchte sie die Kanzlei von Dr. Brambach. Und hatte Glück, der Anwalt hatte Zeit für sie. Sie schilderte kurz, was geschehen war, und Brambach versprach, sich um die Angelegenheit zu kümmern.

Seelisch erschöpft und gleichzeitig mit neuer Tatkraft erfüllt, eilte sie zum Bahnhof, erwischte den Zug nach Mainz in letzter Minute, hetzte zur Uni und setzte sich eine halbe Stunde später, nach Atem ringend, in die letzte Reihe. Auch heute stand Frau Dr. Schwalm am Podium und ließ ihren Blick über die Studenten schweifen. Sie grüßte kurz, und schon ging's los: «Was ist Literatur?»

Christa zog die Stirn kraus. Was war das denn für eine Frage? So allgemein, vage und doch umfassend. Ja, was war Literatur? Bücher. Texte. Gedichte. Prosa. Essays. Theaterstücke. Gehörte auch Fachliteratur dazu? Auch Noten? Und was zeichnete Literatur aus? Warum fragte die Dozentin danach? Christa hatte erwartet, dass es heute um das «Gegengedicht» zu Celans «Todesfuge» gehen würde. Das war doch die Seminaraufgabe gewesen …

«Literatur», fuhr Frau Dr. Schwalm fort, ohne auf einige

Handzeichen der Studenten einzugehen, «Literatur ist zuerst einmal die Gesamtheit aller schriftlichen Darlegungen. Aber das Wesen der Literatur hängt davon ab, was sie erfüllen soll, was sie vermag.»

Sie blätterte in ihren Unterlagen, zog ein Blatt hervor. «Wir sprachen in der letzten Vorlesung über die ‹Todesfuge›. Jeder von Ihnen kann sicher verstehen, dass es sich hierbei um ‹echte› Literatur handelt. Das setze ich zumindest voraus. Um der Definition von Literatur ein Stück näher zu kommen, hatte ich Sie alle gebeten, ein ‹Gegenstück› zu Celans Gedicht zu suchen.»

Sie hielt kurz inne. «Beinahe die Hälfte von Ihnen hat mir ein Gedicht eingereicht, in dem die Natur die Hauptrolle spielt. Das hat mich nicht überrascht, aber ich möchte es auch nicht so stehenlassen. Denn der Tod ist Teil der Natur. Und insofern sind diese Naturgedichte keine Gegenstücke zur ‹Todesfuge›. Zwei Studenten legten Gedichte vor, die von Kindern handeln. Da kommen wir der Sache schon näher. In einem weiteren der von Ihnen eingereichten Gedichte geht es um die Geburt. Auch das ist nicht falsch, denn Geburt und Tod stehen sich antagonistisch gegenüber. Und trotzdem bin ich nicht ganz zufrieden. Sieben Studenten, darunter vier Herren, konzentrierten sich auf Liebesgedichte. Damit bin ich nicht ganz einverstanden, denn es gibt zwar Gedichte, in denen es um den Gegensatz von Liebe und Tod geht. Die ‹Totenklage› des österreichischen Dichters Guido Zernatto ist ein Beispiel dafür. Aber steht der Liebe nicht der Hass gegenüber? Die Liebe muss ja nicht immer mit dem Tod enden. Hört eine Frau auf zu lieben, weil ihr Mann im Feld gefallen ist? Nein, die Liebe bleibt, denke ich. Womöglich sogar ein ganzes Leben lang.»

Frau Dr. Schwalms Blick blieb an Christa hängen. «Nur eine Studentin hat es geschafft, tatsächlich ein Gegenstück zur ‹Todesfuge› einzureichen. Ich will es Ihnen vorlesen: ‹Der Schneider von Ulm›.»

Dann trug sie die Verse vor. Einige der Mädchen kicherten, ein junger Mann erhob sich und unterbrach mit hochrotem Kopf: «Das ist ja blasphemisch. Das können Sie doch hier nicht dulden.»

Die Dozentin ließ das Blatt sinken. «Ich habe Ihre Empörung zur Kenntnis genommen, und haben Sie Dank für Ihre spontane Reaktion. Dieses Gedicht ist von Bertolt Brecht, und wir werden uns in einer der nächsten Stunden mit der Frage befassen, was Literatur alles darf. Vorweg nur so viel: Sie darf blasphemisch sein. Obszön und brutal, sie darf lügen und betrügen.»

Ein Rumoren ging durch die Reihen.

«Liebe Studenten, es mag Sie provozieren, aber genau damit werden wir uns beschäftigen. Und ja, auch die Blasphemie kann ein gestalterisches Mittel sein. Doch heute geht es mir um etwas anderes. Die Studentin, die das Brecht-Gedicht zur Diskussion gestellt hat, hat damit dem Tod das Wissen und die Erfahrung gegenübergestellt. Warum, meinen Sie, ist ihr damit gelungen, was anderen offensichtlich schwergefallen ist?»

Der junge Mann, der sich gerade noch so empört hatte, meldete sich: «Literatur muss schön sein. Für mich ist die ‹Todesfuge› wunderschön. Schwebend. Voller Melancholie und vorweggenommener Todesangst. Und dieser Schönheit wird etwas Naives gegenübergestellt. Die Hybris der Menschen. Ich finde, Brechts Text macht die Schönheit von Celans Gedicht kaputt.»

«Sehr gut. Weitere Meinungen?»

Ein blasses Mädchen erhob sich. «Ich habe gar kein anderes Gedicht gesucht», erklärte sie. «Ich finde nämlich, dass man der ‹Todesfuge› nichts gegenüberstellen kann und soll. Das Gedicht steht für sich allein. Und das sollte jedes Gedicht tun, von dem wir sagen können: Das ist Literatur.»

Die junge Studentin war ganz rot geworden. Verlegen setzte sie sich wieder hin, und plötzlich schämte sich Christa. Das blasse Mädchen hatte recht, jedes Gedicht steht für sich allein. Sie sah

Frau Dr. Schwalm an, die zufrieden lächelte. «Das ist sehr, sehr gut, mein Fräulein. Wie heißen Sie?»

«Anneliese Gombrecht», hauchte das Mädchen.

«Wirklich, sehr gut, Fräulein Gombrecht. Aber haben Sie tatsächlich recht? Nun, darüber müssen Sie sich im Augenblick keine Sorgen machen. Denn diese Frage versuchen wir in der nächsten Woche zu klären. Für heute sage ich vielen Dank, meine Damen und Herren!»

Alle erhoben sich, überall wurde leise weiterdiskutiert.

«Mensch, diese Frau Dr. Schwalm, die hat es ja in sich. Das gefällt mir», erklärte ein fülliger junger Mann.

«Mir ist das zu modern», fand eine Studentin. «Ich dachte, die Dozentin hält Vorlesungen, wir schreiben mit, lernen es auswendig, und dann wird es in einer Klausur abgefragt.»

«Sei froh, dass du hier nachdenken kannst. Unter dem Anstreicher aus Österreich haben andere für uns gedacht», erklärte der füllige junge Mann, und die Umstehenden lachten.

Langsam leerte sich der Hörsaal, und in Christa stieg eine verzweifelte Traurigkeit auf. Ich würde so gern hierbleiben, dachte sie. Ich würde so gern nachdenken und lernen.

«Ist noch etwas?», fragte Frau Dr. Schwalm.

«Ja. Ich möchte … ich muss mich verabschieden.»

«Warum? Ziehen Sie weg? Oder heiraten Sie?»

«Keins von beidem. Es ist ein familiärer Notfall.»

«Sie sind Christa Schwertfeger, nicht wahr?»

Christa staunte, dass sich die Dozentin ihren Namen gemerkt hatte. «Ja, die bin ich.»

«Ich bedauere Ihre Entscheidung außerordentlich, Fräulein Schwertfeger. In den wenigen Wochen, die ich Sie hier erlebt habe, haben Sie Mut bewiesen. Und es war mutig, Brecht in die Diskussion einzubringen. Zweifellos ist er ein Meister unter den Lyrikern. Ich glaube, Sie haben eine erstaunliche Art zu denken. Was werden Sie denn jetzt tun?»

Christa schluckte. «Ich werde die Buchhandlung meines Onkels übernehmen.»

«Nun, dann gehen Sie ja der Literatur nicht verloren.» Sie reichte Christa die Hand und schüttelte sie. «Ich wünsche Ihnen alles Gute.»

Dann wandte sie sich zum Gehen, als Christa hervorstieß: «Frau Dr. Schwalm, ich ... ich habe gehört, dass Sie in Frankfurt leben.»

«Das ist richtig.»

«Ich dachte ... ich würde gern ... also, ich möchte einen Literaturzirkel ins Leben rufen. In Frankfurt, in der Buchhandlung auf der Berger Straße. Würden Sie auch einmal kommen?»

Gerade erst hatte sie diesen Einfall. Just in diesem Augenblick. Sie wollte Frau Dr. Schwalm nicht verlieren. Wollte in Kontakt bleiben, wollte weiter Anregungen zum Nachdenken erhalten.

«Sprechen Sie etwa von der Buchhandlung Schwertfeger? Gegenüber der Metzgerei Lehmann? Ich dachte gleich, dass mir Ihr Name bekannt vorkommt.»

Christa strahlte. «Ja. Das ist unsere Buchhandlung.»

«Ich kenne Ihren Onkel. Wir waren zusammen auf der Schule. Als Kind habe ich meine Bücher bei Ihnen gekauft. Ich meine bei Ihrem Großvater. Wie geht es Martin?»

Christa schluckte, dann entschied sie sich für die Wahrheit. «Er sitzt im Gefängnis.»

«Oh?»

«Er ist ein Hundertfünfundsiebziger.» Sie senkte verlegen den Blick.

«Aber, meine Liebe, das muss Ihnen wirklich nicht peinlich sein. Die Literatur ist voll von homosexuellen Männern – und Frauen. Denken Sie an Thomas Mann. *Tonio Kröger*. *Tod in Venedig*. *Der Zauberberg*. Alle drei mit homoerotischem Einschlag. Oder Wedekinds *Frühlings Erwachen*. Vielleicht haben Sie auch schon von Virginia Woolf gehört, der englischen Autorin? Sie hat mit

Orlando einen Roman über eine Person geschrieben, die im Laufe der Handlung ihr Geschlecht umwandelt.»

Christa starrte die Dozentin mit offenem Mund an. «So viele Bücher gibt es darüber?»

«Noch viel, viel mehr. Lesen Sie Thomas Mann. Lesen Sie Klaus Mann. Und wenn Sie sich für die Liebe zwischen Frauen interessieren, dann lesen Sie *Die Nonne* von Diderot. Geschrieben 1782.»

Plötzlich fühlte Christa, wie ihr eine Last von den Schultern rutschte. Frau Dr. Schwalm schien es nicht im Geringsten zu stören, dass ihr Onkel Männer liebte. Im Gegenteil, sie tat ja gerade so, als sei das vollkommen normal.

«Dann werden wir den Lesezirkel vielleicht mit dem *Zauberberg* beginnen», überlegte Christa.

Die Dozentin schüttelte den Kopf. «Ich schlage vor, Sie beginnen mit etwas weniger Monumentalen. Nehmen Sie den *Tod in Venedig*.»

«Das mache ich, das mache ich auf jeden Fall. Würden Sie kommen?»

«Sehr gern, Fräulein Christa.»

Am Abend stöberte Christa in Martins privater Bibliothek, die sich im Wohnzimmer befand. Neugierig zog sie das Buch *Tod in Venedig* aus dem Regal. Bis jetzt hatte sie nur von Thomas Mann gehört. Jetzt wollte sie nur ein paar Seiten lesen, zur Einstimmung, doch sie konnte nicht eher einschlafen, bevor sie die Novelle beendet hatte.

Kapitel 20

Der inzwischen achtjährige Heinz hatte seit langem wieder einmal einen Albtraum gehabt, sodass Christa ihn schließlich mit auf ihr Küchensofa genommen hatte. Am Abend hatte er mehrmals nach Martin gefragt, aber keine Antwort erhalten.

«Wo ist Martin?», wiederholte er seine Frage am nächsten Morgen beim Frühstück, und seine Augen blickten ängstlich drein.

Helene goss ihm Milch in seine Tasse. «Er ist weg. Er wird eine ganze Weile wegbleiben.»

Das Gesicht des Jungen wurde ganz blass. «Ist es wegen mir?» Seine Stimme zitterte. «Ist es, weil ich wieder auf dem Schwarzmarkt war, obwohl er es mir verboten hat?»

Christa sah die Tränen in seinen Augen. Sie legte ihm eine Hand auf die Schulter. «Nein, Heinzchen. Nicht wegen dir, das darfst du nicht denken.»

«Aber warum ist er dann fortgegangen? Warum hat er mich nicht mitgenommen?»

Christa ließ ihre Hand auf seiner Schulter liegen und spürte das Beben des schmalen Körpers. «Weißt du, Heinz. Es ist wegen der Liebe.»

«Hat er eine neue Mama für mich gesucht?»

«Nein, das hat er nicht. Und außerdem hast du ja uns, Helene und mich. Reicht dir das nicht? Möchtest du eine neue Mama haben?»

Da blickte Heinz Christa mit großem Ernst in seinen blauen Augen an. «Am liebsten möchte ich, dass du meine Mama bist. Und Martin mein Papa.»

«Ich habe dich so lieb, als wäre ich deine Mama», erklärte Christa gerührt. «Aber ich bin zu jung, um deine Mama zu sein. Und Helene hat dich ebenso lieb.»

«Aber Martin nicht. Sonst hätte er mich nicht alleingelassen.»

Christa wechselte einen Blick mit Helene, die hilflos mit den Schultern zuckte. Schließlich sprach Christa weiter: «Er konnte dich nicht mitnehmen, Heinz. Er ist im Gefängnis.»

«Christa!» Helene schrie auf. «Belaste ihn doch damit nicht.»

«Ich kann ihn nicht belügen, Mama. Die Leute werden reden. Besser ist, er erfährt es von uns.»

«Im Gefängnis? Weshalb? Was hat er getan?»

«Er mag Männer lieber als Frauen.»

«Christa! Er ist noch ein Kind.» Helene fuhr Heinz liebevoll über den Kopf.

Doch Heinz ließ nicht locker. «Was ist daran schlimm? Ich mag Jungs auch lieber als Mädchen.»

«Eigentlich nichts, Heinzchen», sagte Christa. «Aber in der Bibel steht, dass Männer Frauen lieben sollen, damit sie zusammen Kinder bekommen können. Wenn sich zwei Männer lieben, klappt das nicht.»

Helene schlug mit der flachen Hand auf den Tisch. «Das versteht er doch noch gar nicht. Schluss jetzt.»

Doch Heinz nickte, als ob er alles verstünde. «Wie lange wird Martin weg sein?»

«Zwei Jahre und vier Monate. Wenn er zurückkommt, bist du schon ein großer Junge von zehn Jahren.»

«Er kommt zurück? Ganz sicher?»

«Ja, Schatz. Das verspreche ich dir. Und du kannst ihm Briefe schreiben, wenn du magst. Darüber wird er sich ganz bestimmt freuen. Aber jetzt ist es Zeit für die Schule.»

Helene packte ihm eine Klappschnitte und eine Möhre in seine Brotbüchse. Heinz zog seine Jacke an und lief schweigend neben Christa Richtung Schule. An der letzten Ecke vor dem roten Klinkerbau blieb er stehen.

«Weiter musst du mich nicht begleiten.»

Christa verstand. «Ist gut. Wenn du aus der Schule heimkehrst, findest du mich in der Buchhandlung. Du wirst mich jetzt immer dort finden. Und ich werde ab heute im Wohnzimmer schlafen. Wenn etwas ist in der Nacht, weckst du mich, ja?»

Das Herz tat ihr weh, als sie sah, wie Heinz trotz seiner Traurigkeit und Verwirrung versuchte zu lächeln. Dann wandte er sich um und setzte seinen Weg fort.

Christa blickte ihm nach. Zwanzig Monate war er jetzt bei ihnen. Und sie liebte ihn von ganzem Herzen.

Als sie die Buchhandlung aufschloss, überrollte sie auf einmal die ganze Last der Verantwortung. Sie hatte doch noch nie einen Laden geführt. Herrgott, sie war gerade neunzehn geworden. Wie sollte sie das schaffen? Leider stellte niemand diese Frage, sie MUSSTE es einfach schaffen.

Der Bote von Libri hatte zwei Kisten gebracht. Christa schnitt die Verschnürung auf. Dann langte sie nach den Zetteln neben der Kasse, auf denen Helene alle Bestellungen notiert hatte. Ein Liederbuch für das Kinderheim. Ein Kochbuch für die gute Hausfrau. Ein Gesetzestext. Wer wollte den denn haben? Christa schaute auf den Zettel. Frau Emma Klein. Was sie wohl damit wollte? Die weiteren Bestellungen umfassten drei Atlanten für die Schule, drei Romane von Fritz Thiess und die *Lebens-Ansichten des Katers Murr* von E.T.A. Hoffmann. In einer zweiten Kiste befanden sich fünfzehn neue Gesangbücher, die der Pfarrer von St. Josef bestellt hatte. Sie würde nachher gleich anrufen, damit die Bücher abgeholt wurden.

Sie blätterte in dem dünnen Katalog der lieferbaren Bücher,

der von der Verlagsauslieferung erstellt worden war und alle vierzehn Tage neu erschien. Sie suchte nach Titeln, die Frau Dr. Schwalm in der Uni empfohlen hatte. Die Werke von Thomas Mann waren nicht zu haben, auch nicht der *Tod in Venedig*. Aber sie bestellte für sich schon mal den Diderot und außerdem *Die Verwirrungen des Zöglings Törleß* von Robert Musil. Wenn sie Glück hatte, kamen die Bücher in der nächsten Woche. Dann heftete sie die Lieferscheine und die Rechnung ab und überprüfte, welche Bestellungen noch offen waren.

Sie stellte die gelieferten Bücher ins Abholfach – alphabetisch sortiert nach dem Nachnamen der Besteller –, dann inspizierte sie den Laden. Sie rückte da ein Buch zurecht, ordnete dort ein falsch eingestelltes in die richtige Reihe, wischte auf dem Tisch mit den Neuerscheinungen den Staub weg und sortierte die Literaturzeitschriften im Ständer neu.

Als sie fertig war, betrat Frau Lehmann den Laden. «Sag mal, Christa, stimmt das, was erzählt wird?»

«Was wird denn erzählt?»

«Dass sie Martin abgeholt haben.»

«Ja.»

Frau Lehmann warf einen Blick hinüber zur Metzgerei. «Mir ist es im Grunde egal, aber mein Mann, weißt du.»

«Was weiß ich?»

Frau Lehmann ignorierte Christas Nachfrage, strahlte sie stattdessen an. «Der Klaus kommt heim. Übermorgen mit dem Zug.»

«Ach, das freut mich, das ist wirklich eine gute Nachricht.»

«Ja, ich bin schon so aufgeregt. Nach vier Jahren kehrt er heim, davon zwei in Gefangenschaft. Aber mein Mann, der will nicht mehr, dass ihr Kontakt habt, du und der Klaus. Er denkt, da könnte sich was übertragen. Wenn ihr was bei uns einkaufen wollt, dann kommt gleich früh. Klopft an die Hintertür. Dann gebe ich euch was, dann ist mein Mann noch im Schlachthof.»

Christa straffte die Schultern. «Das ist sehr freundlich, Frau Lehmann, aber wir wollen Sie gewiss nicht in Schwierigkeiten bringen.» Sie hörte selbst, wie kühl ihre Stimme klang.

Frau Lehmann nickte. «Trotzdem dir alles Gute, Christa.» Dann verließ sie den Laden.

Vor der Tür stand Frau Klein. Christa beobachtete, wie sie die Metzgerin ansprach, aber Frau Lehmann hielt sich nicht lange auf und schüttelte nur den Kopf. Sekunden später klingelte bereits die Ladenglocke, und Emma Klein baute sich vor Christa auf. «Das hätte schon längst passieren müssen. Das ging ja schon viel zu lange gut. Ich dachte, im KZ hätte man ihm die Flausen ausgetrieben, aber manche sind eben unbelehrbar.»

«Was wollen Sie hier, Frau Klein?», fragte Christa scharf.

«Ihnen mitteilen, dass ich es als Schande empfinde, in einem Haus zu wohnen, in dem solche Zustände herrschen.»

«Dann ziehen Sie doch endlich aus!» Christa spürte regelrecht, wie ihre Nerven blank lagen.

«Na, jetzt ist er ja weg, jetzt brauche ich auch nicht mehr auszuziehen. Außerdem kann es ja nicht schlecht sein, wenn wenigstens eine auf Sitte und Anstand achtet.» Und mit diesen Worten rauschte sie davon, ohne dass Christa ihr hätte antworten können.

Christa atmete ein paarmal tief durch. Sie hätten sich schon längst von Frau Klein trennen sollen, aber Martin hatte das damals nicht gewollt. Nun gut, sagte sie sich und beschloss, der Klein zukünftig immer in die Parade zu fahren. Sie widmete sich erneut ihrer Arbeit, rief die Pfarrgemeinde wegen der Gesangbücher an. Danach telefonierte sie mit dem S. Fischer Verlag in Berlin und fragte nach, ob es noch einige Exemplare vom *Tod in Venedig* gäbe. Sie wurde durchgestellt, und eine freundliche Frau am anderen Ende der Leitung erklärte ihr, dass sie damit leider nicht dienen könnten. 1933 hätten sie alle Bücher von Thomas

Mann vernichten müssen, auch eine Neuauflage sei derzeit nicht in Planung.

Zum Mittagessen fanden sich Helene, Heinz und Christa in der kleinen Küche zusammen, aber heute sprach keiner viel. Sie alle dachten an Martin, ohne auch nur einmal seinen Namen zu erwähnen. Später setzte sich Heinz an seine Hausaufgaben, Helene an die Buchhaltung, und Christa kehrte zurück in die Buchhandlung.

Sie schloss die Ladentür auf, sog die frische Luft ein und seufzte. Es war kühl geworden. In den letzten Tagen hatte die Oktobersonne noch einmal ein paar warme Strahlen geschickt, aber seit heute wehte ein kräftiger Wind, Vorbote der Herbststürme. Sie hätte zu gern gewusst, ob Rechtsanwalt Brambach schon bei Martin gewesen war. Und ob es etwas Neues gab. Aber sie wagte nicht, ihn anzurufen. Auch Jago war heute nicht gekommen. Auf einmal fühlte sie sich müde und einsam. Der Nachmittag war auffallend ruhig verlaufen, das Nichtstun hatte Christa mehr erschöpft als ein Tag voller Arbeit. Wie weit hatte die Verhaftung von Martin die Runde gemacht? Ob ihnen die Kunden die Treue bewahrten? Wie sollte es weitergehen mit der Buchhandlung? Wie mit der Familie?

Kapitel 21

Der Winter 1946/47 war hart. Schon im November hatte es geschneit, und ganz Frankfurt zitterte vor Kälte.
In den Wochen vor Weihnachten hatte sich das Geschäft zum Glück wieder etwas belebt. Martin Schwertfeger war kein Tratsch- und Klatschthema mehr. Sogar Klaus Lehmann, der Heimkehrer und Brieffreund, war einmal da gewesen, aber er hatte sich nur für die Briefe bedankt und eine Dauerwurst dagelassen. Christa hatte sich darüber gefreut, leider blieben immer noch die Stammkunden weg, und am Nikolaustag hatte jemand mit roter Farbe über die gesamte Schaufensterscheibe geschmiert: «Schwule Sau». Helene hatte Stunden gebraucht, bis die Schrift wieder abging.

Und jetzt war sogar der Main zugefroren. Heinz saß in einer dicken Wattejacke, mit Mütze und Handschuhen im Unterricht. Alle zehn Minuten mussten die Kinder aufstehen und ein paar sportliche Übungen machen, um sich aufzuwärmen. Über einhundert Menschen waren bereits erfroren.

Auch Schwertfegers hatten kaum mehr Brennholz oder gar Briketts, um zu heizen. Sie rückten die Küchenstühle nahe an den Herd, trotzdem hatte Christa eiskalte Füße, die auch unter zwei Paar Socken nicht warm wurden. Heinz schlief jetzt bei ihr im Bett, zugedeckt unter zwei Bettdecken und auf dem Kopf die Mütze mit den Ohrenklappen. Es war so eisig kalt, dass selbst der Schwarzmarkt bis auf ein paar sehr Entschlossene Pause machte. Vor neun Tagen hatten sie Silvester gefeiert und sich gegenseitig Glück, Gesundheit und genug zu essen im neuen Jahr gewünscht. Heute, am 9. Januar 1947, stand in der *Frankfurter Rundschau*:

> «Rund um Frankfurt warten über hundert eingefrorene Güterzüge auf das Eintreten von Tauwetter, um ihre Fahrt nach Frankfurt fortsetzen zu können. Der Main ist seit dem 19. Dezember völlig zugefroren und die Schiffahrt eingestellt. Der Eisbrecher, der mainaufwärts geschickt wurde, konnte nur eine schmale Rinne in das Eis brechen, und die Sprengungen rissen nur bescheidene Lücken in die Eisflächen. Der Rhein, der vorübergehend offen war, ist ebenfalls wieder zugefroren und für die Schiffahrt gesperrt.
>
> (…) Die knappen Kohlereserven sind für das Ernährungs- und Gesundheitswesen reserviert. (…) Als vor vier Tagen die Kohlezufuhr an einige Frankfurter Bäckereien vorübergehend ins Stocken kam und die betroffenen Geschäfte ‹wegen Kälte schlossen› oder nur ihre ‹Stammkundschaft› bedienten, setzte ein Brot-Run ein. Gestern sah man allenthalben Schlangen vor den Bäckerläden. Der Getreidewirtschaftsverband hat daraufhin seine Reserven mobilisiert, um die vermehrten Brotkäufe decken zu können. 5000 Tonnen Brotgetreide sind aus Bremen unterwegs, die im Frankfurter Gebiet greifbaren Vorräte reichen nach Auskunft des Wirtschaftsverbandes für etwa vier Wochen.
>
> Der Kälteeinbruch hat der Frankfurter Kartoffelversorgung den Todesstoß gegeben. 25 aus Kurhessen und Bayern anrollende Waggons mit Kartoffeln sind erfroren und sofort einer Konservenfabrik zugeführt worden. Anfuhren von Frischkartoffeln sind nicht zu erwarten, amerikanische Trockenkartoffeln sind nur noch in geringen Restbeständen bei den Einzelhändlern vorhanden. Weitere Auslandslieferungen sind angekündigt, so daß Frankfurt praktisch ohne Kartoffeln sitzt. Die Kälteschwierigkeiten des Ernährungssektors betreffen besonders stark die Versorgung der ärmeren Bevölkerung. Die Volksküchen, die täglich

> 10 000 Essen ausgeben, mußten auf Steckrüben und kleine Trockenkartoffelzugaben zurückgreifen (...)»

Christa hatte den Artikel laut vorgelesen und ließ jetzt die Zeitung sinken.

«Ach Gott, ach Gott», jammerte Helene. «Es wird und wird nicht besser. Jetzt haben sie uns auch die Lebensmittelmarken gekürzt. Tausendfünfhundert Kalorien bekommen wir nur noch. Wenn überhaupt. Meistens haben die Geschäfte nicht mal so viel, dass es für die Marken langt.» Sie strich Heinz über den Kopf und schob eine halbe Scheibe Brot mit Marmelade von ihrem Teller auf seinen. Heinz schluckte, schob das Brot zurück. «Tante Helene, ich bin gar nicht hungrig.» Christa fand das ungeheuer tapfer von ihm, aber immerhin lief die Schulspeisung noch weiter, wenn es auch mittlerweile sehr viele Gerichte aus Mais, mit Mais und von Mais gab.

«Viehfutter», hatte Emma Klein geschimpft. «Sie setzen unseren Kindern Viehfutter vor und stopfen sich in ihren Lagern die Bäuche mit Fleisch und Käse voll. In Amerika soll es ganze Berge von Butter und Mehl geben. Aber nein, die Amis denken nur an sich.»

«Jetzt seien Sie doch froh, dass Sie nicht in der russisch besetzten Zone leben müssen. Denen ergeht es noch viel schlimmer», hatte Gisela Spielvogel erbost erwidert, aber Frau Klein wollte nicht froh sein.

Christa hatte sich den Boden hinter der Ladentheke mit alten Ausgaben der *Frankfurter Rundschau* ausgelegt, um die Kälte, die aus den Keller hochstieg, ein wenig abzuhalten. Heute aber würde sie die vier Briketts, die sie eisern gespart hatte, aufbrauchen, denn heute würde zum ersten Mal der Lesekreis zusammenkommen. Es war ihr gelungen, drei weitere Exemplare von Manns *Tod in Venedig* aufzutreiben, und Jago hatte eine kleine Druckerei gefunden, in der man mit einer Vervielfältigungsmaschine weitere zehn Exemplare hergestellt hatte. Bei einigen war die Schrift mitunter sehr blass, Christa hatte sie trotzdem verteilt. Vor Weihnachten hatte sie ein großes Blatt mit ihrer schönsten Schrift bemalt und ans Schaufenster gehängt. Darauf stand:

Schwertfegers Lesezirkel!
Treffen ab Januar alle vierzehn Tage donnerstags
Beginn: 9. Januar 1947, 19 Uhr

Wir lesen Tod in Venedig von Thomas Mann.
Leseexemplare bei verbindlicher Teilnahme hier im Laden.
Eintritt frei. Um Brennstoffspenden wird gebeten.

Ob jemand kommen würde, heute Abend? Das Thermometer zeigte jetzt, um kurz nach sechs Uhr abends, bereits zwölf Grad minus an. Der Schnee fiel in dicken Flocken vom Himmel, die Straße war teilweise vereist. Wer konnte, blieb zu Hause. Trotzdem holte Christa vier Stühle aus dem Keller, dazu die lange Bank. Im Laden selbst gab es noch drei Stühle und eine stabile Leiter, auf der man notfalls sitzen konnte. Um halb sieben entfachte sie das Feuer in dem kleinen Kanonenofen und legte sorgsam die wenigen Briketts auf. Sie hätte gern Kekse oder Salzstangen gereicht, aber so etwas gab es in diesem Winter nicht. Jeder litt Hunger. Sie selbst hatte heute Morgen einen Löffel Haferflocken mit Wasser gegessen. Zum Mittag ein wenig Suppe, die die Mutter aus Steckrüben gekocht hatte. Vorhin hatte ihr Helene noch eine dünne Scheibe Brot und eine Scheibe von einer Steckrübe gebracht. Das Gleiche hatte sie gestern gegessen und vorgestern, und sie würde es auch morgen und übermorgen essen. Sie hatte ständig Hunger. Die Kleider schlackerten um ihren Körper, selbst der Mantel hing lose. Christa wusste nicht, wie viel sie abgenommen hatte, und es kümmerte sie auch nicht. Wichtig war, dass Heinz etwas zum Kauen bekam. Und wichtig war auch, ein paar Kostbarkeiten auf dem Schwarzmarkt aufzutreiben, damit es Martin im Gefängnis ein wenig besser ging. Da mal eine Zigarette für den Wärter, dort einen halben Schokoriegel für einen, der ihm Schutz vor den anderen Gefangenen bot. Es war Heinz, der dafür sorgte. Manchmal gab Christa dem Jungen ein Buch aus dem Laden mit, um es einzutauschen, denn Bücher blieben eine begehrte Tauschware.

Langsam erwärmte sich der Laden. Zwar schmolzen die Eisblumen nicht, die das Schaufenster bedeckten, wenn sich alle aber nahe um den kleinen Ofen setzten, würde es schon gehen.

Die Uhr vom Kirchturm verkündete, dass es nun Viertel vor sieben war, und mit dem letzten Schlag betrat Jago den Laden. Er sah furchtbar aus. Die Nase blau gefroren, Eiskristalle im Haar. Er trug nur einen dünnen Mantel und hatte sich den Schal um Kopf und Hals geschlungen.

«Schnell, stell dich an den Ofen», forderte Christa ihn auf.

Als Nächstes erschien Frau Dr. Schwalm. «Ich habe kein Brennmaterial mitbringen können», sagte sie zur Begrüßung. «Ich habe nichts, aber vielleicht bringt Ihnen dieses kleine Buch etwas Freude.» Sie öffnete ihre Tasche und holte einen leicht vergilbten Band hervor.

Christa nahm ihn und las den Titel: *Tonio Kröger*.

«Oh, das freut mich so. Vielen Dank und danke, dass Sie gekommen sind! Bitte nehmen Sie doch Platz. Wenn alle da sind, gibt es eine kurze Vorstellungsrunde.»

Und tatsächlich schellte die Ladenklingel erneut. Als die Uhr die siebte Abendstunde verkündete, waren sie zu fünft. Jago, Frau Dr. Schwalm, eine unbekannte Frau und ein Mann, der unruhig auf seinem Stuhl herumrutschte. Christa war damit zufrieden. Sie hatte nicht erwartet, dass der Lesezirkel von Anfang an ein Erfolg werden würde, doch neben dem Ofen lagen sechs neue Briketts und zwei Scheite gutes Buchenholz.

Gerade als Christa ein paar Worte zur Begrüßung sagen wollte, ging die Tür noch einmal auf, und ein Mann huschte herein. Er nickte Jago zu und setzte sich leise.

Bei der Vorstellung nannte jeder seinen Namen und den Grund, warum er den Lesezirkel besuchen wollte. Frau Dr. Schwalm gab an, sich insbesondere für die junge deutsche Literatur nach dem Krieg zu interessieren, und hoffte, dass alsbald auch einmal daraus gelesen würde. Jago sprach über seine Liebe zur Literatur. Der unruhige Mann erhob sich und sagte, er habe sich getäuscht, er dachte, es ginge um ein Kriminalhörspiel. Er bedauere, aber da es nicht so sei, würde er jetzt gehen. Seine beiden Brikettstücke nahm er wieder mit.

Als Letzter erhob sich der Mann, der auch als Letzter gekommen war; er hatte sogar vier Briketts mitgebracht. «Mein Name ist Werner Hauff», sagte er, und als Christa diesen Namen hörte, lief ihr ein kalter Schauer den Rücken hinab.

Da stand er, Martins große Liebe. Sie betrachtete ihn etwas näher. Er war groß, aber nicht ganz so groß wie Martin. Sein Haar war akkurat geschnitten. Er trug einen Mantel aus gutem Wollstoff und einen grauen weichen Schal, den er sich doppelt um den Hals geschlungen hatte. Auf der Bank neben ihm lagen sein Hut und ein paar gefütterte Lederhandschuhe. Alles in allem wirkte er auffällig gut gekleidet.

«Ich liebe die Literatur», sprach er weiter. «Und insbesondere liebe ich Thomas Mann. Zudem bin ich der Buchhandlung Schwertfeger seit Jahren verbunden.»

Christa ließ seine Worte so stehen, obwohl sie neugierig war, mehr von Werner Hauff zu erfahren. Sie eröffnete die Leserunde, indem sie sich vergewisserte, dass die meisten Anwesenden die Novelle kannten. Dann übergab sie das Wort an Frau Dr. Schwalm, und bat sie, die Diskussion einzuleiten.

«Nun», begann Frau Dr. Schwalm. «Ich suche in der Literatur immer nach Gegensätzen. Man könnte sagen, das ist mein Steckenpferd.»

Werner Hauff lachte auf, Jago beugte sich interessiert nach vorn, die unbekannte Frau, vielleicht um die vierzig, die ihre Handtasche offenbar ein wenig aufgeregt gegen den Bauch presste, verzog ein wenig den Mund.

«In dieser Novelle», so fuhr Frau Dr. Schwalm fort, «stellt Thomas Mann das Bürgertum dem Künstlertum gegenüber. Das macht er in vielen seiner Romane. Aber zuvor möchte ich noch kurz etwas zum Aufbau sagen. Die Novelle besteht aus fünf Kapiteln, die unterschiedlich lang sind. Meiner Ansicht nach bilden die Kapitel drei und fünf das Zentrum des Geschehens. Im dritten begegnet der Schriftsteller dem bürgerlichen Knaben Tadzio, und im fünften Kapitel bricht die Cholera in Venedig aus.»

Werner Hauff meldete sich zu Wort: «Würden Sie mir zustimmen, wenn ich sage, dass der Aufbau den fünf Akten der klassischen Tragödie entspricht?»

«Ja, auf jeden Fall», bestätigte Frau Dr. Schwalm.

Die ältere Frau rutschte unruhig auf ihrem Stuhl herum.

«Bitte», wandte sich Christa zu ihr. «Möchten Sie etwas sagen?»

Die Frau errötete leicht. «Ich habe nicht viel Ahnung von Literatur», gab sie zu. «Ich bin nur eine einfache Frau, die in ihrem Leben nicht mehr als ein Dutzend Bücher gelesen hat. Ich weiß auch nicht, wie viele Akte eine klassische Tragödie hat. Aber ich bin gekommen, um das alles zu lernen.» Sie brach abrupt ab und nestelte am Verschluss ihrer Handtasche. Leise sprach sie weiter, schaute dabei nur Christa an. «Mein Mann, wissen Sie, er ist im Krieg geblieben. Er hat immer viel gelesen und hat gesagt, die Bücher erlauben ihm, zugleich mehrere Leben zu leben. Und jetzt möchte ich das auch lernen.»

Christa war gerührt. Sie legte der Frau kurz eine Hand auf den Unterarm. «Ich freue mich wirklich, dass Sie gekommen sind. Wollen Sie uns noch einmal kurz Ihren Namen nennen? Ich hatte ihn vorhin nicht recht verstanden.»

Gerade jetzt flackerte das Licht und erlosch. «Huch», rief die Frau mit der Handtasche, «mein Name ist Volk, Gerti Volk. Und jetzt gibt es gleich einen Stromausfall.»

Doch zunächst ging das Licht noch einmal an, und Christa erhob sich, kramte schnell ein paar Kerzen hervor. Dann verlosch das Licht erneut, flackerte auf und verlosch endgültig. Das war beinahe jeden Abend so, und die Frankfurter hatten sich daran gewöhnt, waren froh, wenn sie überhaupt Licht hatten.

Die Kerzen rußten ein wenig, aber sie gaben der Veranstaltung einen intimen Charakter.

«Ich bin jedenfalls froh, dass die Elektrizitätswerke immer mit diesem Geflacker ankündigen, dass gleich der Strom abgeschaltet wird. So hat allgemein jeder Zeit, Kerzen zu suchen», meinte Werner Hauff. Dann zog er aus der Jacketttasche eine Schachtel Lucky Strike und reichte sie herum.

Solche Großzügigkeit hatte Christa lange nicht erlebt, und die anderen anscheinend auch nicht, denn jeder griff beherzt zu. Frau Volk inhalierte den ersten Zug mit geschlossenen Augen, Frau Dr. Schwalm blickte der Rauchwolke nach, die sie ausstieß, und Jago fabrizierte einen fabelhaften Rauchring.

Frau Dr. Schwalm wandte sich an Frau Volk: «Meine Liebe, was lesen Sie denn gern?»

Ihre Sitznachbarin lächelte dankbar und erwiderte: «*Der Tod in Venedig* hat mir eigentlich sehr gut gefallen. Der arme Dr. Aschenbach. Er war doch so klug. Hat er nicht gewusst, wie grausam die Jugend ist?»

Werner Hauff mischte sich ein: «Nicht nur die Jugend ist grausam, sondern auch die Liebe für den, welcher mehr liebt als der andere. Und es gibt immer einen, der mehr, und einen, der weniger liebt.»

«Das stimmt.» Frau Volk nickte. «Doch sind es nicht meist die Frauen, die mehr lieben?»

«Das scheint nur so, liebe Frau Volk. Denken Sie nur an das

Gedicht ‹Der Handschuh› von Schiller. Oh, wie grausam war da die Frau», sprach Jago.

«Das Gedicht kenne ich nicht.» Frau Volk schaute verlegen.

«Es geht darin um den Tierkampf in einem Löwengarten», erklärte Jago. «Die adligen Herrschaften sitzen in den Logen und betrachten den Kampf zwischen einem Tiger und zwei Leoparden. Fräulein Kunigunde lässt ihren Handschuh mitten ins Kampfgetümmel fallen und fordert ihren Verehrer, den Ritter Delorges, auf, ihr diesen Handschuh zurückzubringen. Warten Sie, vielleicht kriege ich die letzte Strophe noch zusammen:

«Und mit Erstaunen und mit Grauen
Sehen's die Ritter und Edelfrauen,
Und gelassen bringt er den Handschuh zurück.
Da schallt ihm sein Lob aus jedem Munde,
Aber mit zärtlichem Liebesblick –
Er verheißt ihm sein nahes Glück –
Empfängt ihn Fräulein Kunigunde.
Und er wirft ihr den Handschuh ins Gesicht:
«Den Dank, Dame, begehr ich nicht!»
Und verläßt sie zur selben Stunde.»

«Gut gemacht von Delorges», lobte Frau Volk und sah sehr zufrieden aus.

Das weitere Gespräch ging hin und her, und Christa fühlte sich sehr wohl. Ja, das waren die Abende, die sie sich gewünscht hatte, das waren die Leute, mit denen sie gern zusammen war. Sie bewunderte Frau Dr. Schwalm, sie hatte Frau Volk auf Anhieb gemocht, und sie mochte natürlich auch Jago. Ihn sogar ganz besonders. Sie dachte viel über ihn nach. Warum machte er nie Anstalten, sich ihr zu nähern? Sie hätte nichts dagegen, von ihm geküsst zu werden. Ja, sie wünschte es sich sogar, wartete stets darauf, dass er sie wie unabsichtlich berührte. Aber er hatte sie nicht einmal in den Arm genommen, als sie über Martin und seine Verhaftung sprachen. Ob Jago auch so liebte? Von Werner Hauff wusste sie es. Warum war er überhaupt gekommen? Doch nicht nur wegen Thomas Mann.

Allmählich brannten die Kerzen herunter, das Feuer im Ofen verglühte, es wurde kalt. Frau Volk erhob sich als Erste. «Haben Sie ganz herzlichen Dank, Fräulein Christa. Lange hat mir ein Abend nicht mehr so gefallen. Ach, ich habe Frau Dr. Schwalm übrigens gebeten, Ihnen eine Liste mit den Büchern zu machen, die ich gern lesen würde. Ob Sie mir die besorgen könnten? Ich würde sie dann in zwei Wochen beim nächsten Lesezirkel abholen und bezahlen, ist Ihnen das recht?»

«Sehr gern, Frau Volk. Und Sie können jederzeit in die Buchhandlung kommen, auch ohne etwas kaufen zu müssen. Ich würde mich freuen.»

Frau Volk strich Christa ganz leicht über die Schulter. «Danke. Sie wissen ja nicht, was mir das hier bedeutet.»

«Ich gehe auch. Morgen wird ein langer Tag.» Frau Dr. Schwalm ließ sich von Werner Hauff in den Mantel helfen. «In vierzehn Tagen bin ich wieder dabei. Und wenn es darum geht, etwas vervielfältigen zu lassen, sprechen Sie mich ruhig an. Wir haben da an der Uni Möglichkeiten. Ach ja, ich habe neulich etwas von Günter Eich gelesen. Ob Sie mir wohl etwas von ihm bestellen könnten?»

Christa nickte. Obwohl es eiskalt in der Buchhandlung war, wurde ihr innerlich ganz warm. Die beiden Frauen hatten gerade den Laden verlassen, als das Licht wieder anging. «Oh, da kann ich gleich noch aufräumen», erklärte Christa und nahm gerne die Hilfe von Jago und Herrn Hauff an. Sie schoben die Bank zurück vor die Ladentheke, damit die Kunden morgen wieder ihre Taschen darauf abstellen konnten. Die Männer trugen die überzähligen Küchenstühle in den Keller, während Christa den Rest aufräumte.

Werner Hauff trat auf sie zu: «Es war ein wunderbarer Abend. Ich danke dafür.»

«Gern geschehen», erwiderte Christa knapp, aber der Blick Hauffs verweilte auf ihrem Gesicht. Sie neigte fragend den Kopf, da sprach Hauff: «Fräulein Christa, ich würde gern etwas mit Ihnen besprechen. Würden Sie mir die Freude machen, morgen mit mir einen Kaffee trinken zu gehen?»

Christa war überrascht. «Der Laden», erwiderte sie. «Ich kann nicht aus dem Laden weg.»

«Ich kann dich vertreten, Christa», bot Jago an, und Werner Hauff ergriff die Gelegenheit beim Schopf: «Sagen wir um 16 Uhr am Uhrtürmchen?»

Da nickte Christa und fühlte sich doch ein wenig überrumpelt.

Schon flackerte das Licht erneut und verlosch, als sie sich alle drei die Hand schüttelten und Werner Hauff verabschiedeten.

Jago stellte sich vor den kleinen Kanonenofen, hielt seine Hände über die noch warme obere Platte.

«Es war ein schöner Abend, nicht wahr?», fragte er leise.

«Ja. Er war sehr schön.»

«Du bist mir nicht böse, weil ich Werner Hauff mitgebracht habe?»

«Nein, Jago, das bin ich nicht. Aber es ist mir schon schwergefallen, mir Martin und ihn als Paar vorzustellen.»

Jago stand vor ihr, legte ihr seine warmen Hände um das Gesicht, strich mit den Daumen über ihre Lippen. «Dein Mund, er fühlt sich so weich an», flüsterte er. Und dann beugte er sich zu Christa, legte seine Lippen auf ihre und küsste sie. Sie schloss die Augen. Sein Mund schmeckte süß und ein wenig rauchig. Er presste sie an sich, so eng, dass Christa seinen Herzschlag in ihrer Brust fühlte.

«Wie kalt ist es bei dir da drüben?», fragte sie später, als sie sich voneinander lösten.

«Sehr kalt. Meine Wände sind von Eis überzogen.»

«Dann schlaf hier. Hol dein Luftschutzkellerbett, wir stellen es in den Hinterraum. Hier ist es auch kalt, aber noch sind die Wände nicht gefroren.»

Jago schüttelte den Kopf. «Nein, das kann ich nicht machen.»

«Doch. Das kannst du. Das musst du sogar, damit ich sicher sein kann, dass dir nichts passiert. Wenigstens solange es draußen derart eisig ist.»

Jago strich ihr eine Haarsträhne aus dem Gesicht, küsste sie aufs Haar. «Ich danke dir.» Dann zog er sie erneut an sich und küsste sie.

Und plötzlich spürte Christa das, wovon sie schon so oft in ihren Büchern gelesen hatte: die Schmetterlinge im Bauch. Ohne Scheu schmiegte sie sich an ihn, sog seinen Duft ein, strich mit ihren Händen über seinen Rücken und wünschte sich nichts mehr, als seine nackte Haut zu berühren.

Pünktlich um 16 Uhr trafen sie sich im Café am Uhrtürmchen. Werner Hauff klopfte mit der Hand auf den Stuhl neben sich. «Bitte, Fräulein Christa, setzen Sie sich doch. Was möchten Sie trinken? Groß ist die Auswahl zwar nicht, aber die Getränke sind wenigstens schön heiß.»

Christa setzte sich, bestellte einen heißen Pfefferminztee, und Werner Hauff reichte ihr die Lucky Strikes und gab Feuer.

«Wie geht es Ihrem Onkel?», fragte er.

«So gut, wie es einem im Gefängnis gehen kann.»

«Besuchen Sie ihn?»

Christa nickte. «Meine Mutter und ich, wir wechseln uns ab. Jede von uns geht einmal wöchentlich zu ihm.»

Werner Hauff kramte in seiner Manteltasche, holte einen Briefumschlag hervor, öffnete ihn und reichte Christa zehn Fünf-Dollar-Noten. «Darf ich Sie bitten, ihm das hier zu geben? Ich weiß, wie es im Gefängnis läuft. Er wird das Geld sicher gut brauchen können.»

Christa zögerte. «Er kommt zurecht.»

«Meine Liebe, Sie müssen lernen, Hilfe anzunehmen. Seien Sie überdies versichert: Ich schulde Martin mehr als nur Geld.»

Da nahm Christa die Scheine, faltete sie und steckte sie in die Tasche ihres Mantels. «Darf ich Sie etwas fragen?»

Werner Hauff zog an seiner Zigarette. «Aber natürlich. Fragen Sie, was immer Sie wollen.»

«Waren Sie ... waren Sie und mein Onkel ... waren Sie zusammen?»

Werner Hauff nickte. «Ja, das waren wir. Wir haben uns geliebt.»

«Wo haben Sie sich kennengelernt?»

Hauff lehnte sich zurück, schlug ein Bein über das andere. «Wir haben uns bei den Jesuiten kennengelernt, beim Theologiestudium. Im Seminar Kirchenmusik saßen wir nebeneinander.»

«Wussten Sie denn nicht, dass die Liebe zwischen zwei Männern verboten ist?»

Hauff lächelte. «Natürlich wussten wir das, liebe Christa. Aber man kann diese Art der Liebe nicht einfach abstellen, nur weil sie verboten ist. Wir wollten es beide anfangs nicht. Aber die Liebe war stärker als wir. Haben Sie schon einmal versucht, jemanden nicht zu lieben? Mit der Liebe aufzuhören?»

Christa schüttelte den Kopf. Sie war noch nie über beide Ohren verliebt gewesen, aber gestern Abend, da hatte sie sich Jago so nahe gefühlt wie noch keinem Mann zuvor. Und sie musste die ganze Zeit an ihn denken. War das Liebe?

«Wir haben beide mit dem Studium aufgehört, weil wir wussten, dass wir gegen die Gebote der Bibel verstoßen. Mein Vater hat einen Verlag für Noten, hauptsächlich Chornoten und Kirchenmusik. Ich habe dort gearbeitet, Martin hat die Buchhandlung übernommen. Wir haben uns nur heimlich getroffen, verstehen Sie?»

Christa nickte, aber Hauff schüttelte den Kopf. «Nein, Sie verstehen nicht. Wie sollten Sie auch? Wir Hundertfünfundsiebziger leben zwei vollkommen voneinander getrennte Leben. Eins nach innen, eins nach außen. Wir lügen. Jeden Tag. Wir lügen über das, was wir denken, was wir fühlen. Wir suchen Schlupflöcher, wir verheimlichen, wer wir sind, vor unseren Familien, vor unseren Freunden. Wir haben immer, wirklich immer, Christa, ein schlechtes Gewissen. Die Schuld drückt auf unsere Schultern. Und dann die Scham. Wir wollen nicht so sein, wie wir sind. Wir schämen uns deswegen, wir werden verurteilt, werden pervers und krank genannt. Das ist anstrengend, Christa.»

Er seufzte. «Dann kam der Krieg. Ich wurde eingezogen, galt schon 1941 als vermisst in Italien. Martin glaubte, ich wäre tot. Nun, das war ich nicht. Ich habe mich bei einem Klavierbauer in der Toskana versteckt. Im Sommer '45 kam ich zurück und erfuhr, dass Martin im KZ gewesen war. Da nahm ich mir vor, ihn nicht zu besuchen. Er sollte mich weiter für tot halten. Zu seinem Schutz. Den Rest wissen Sie.»

Sie hatte mit großen Augen zugehört. Sie war erstaunt darüber, dass Werner Hauff so offen mit ihr sprach, obschon er sie kaum kannte. Seine Erzählung hatte Christa so berührt, dass sie schlucken musste: «Danke, dass Sie mir das erzählt haben.»

«Es war mir eine Ehre.» Hauff betrachtete Christa. «Ich habe das Gefühl, als würden wir uns schon lange kennen. Martin hat oft über Sie gesprochen. Vielleicht liegt es daran.» Er zündete sich eine neue Zigarette an. «Darf ich wiederkommen, in die Buchhandlung? Jetzt, wo Sie mein Geheimnis kennen?»

«Ich würde mich freuen, wenn Sie kämen», erwiderte Christa leise.

Kapitel 22

Es war Sommer geworden. Ein herrlicher Sommer, den die Menschen nach diesem kältesten aller Winter schier herbeisehnten. Sie öffneten ihre Fenster, ließen die Gardinen flattern, lüfteten die Betten – und auf Schwertfegers Küchentisch stand immer eine kleine Vase mit Blumen, die Jago für Christa mitbrachte. Christa war glücklich und unglücklich zugleich.

Glücklich war sie wegen Jago. Sie sah ihn jeden Tag, und wenn sie ihn nicht sah, sehnte sie das Treffen herbei. Sie war verliebt. Genau so, wie sie sich das vorgestellt hatte. Ihr Herz klopfte einen rascheren Takt in seiner Nähe, ihre Wangen färbten sich rosig. Sie hätte den ganzen Tag singen können.

Helene fragte besorgt: «Kann er dich überhaupt ernähren?»

«Nein, Mama, das kann er nicht, und das muss er auch nicht. Ich leite eine Buchhandlung.»

«Und wenn Kinder kommen? Versteh mich nicht falsch. Das hat noch lange Zeit. Aber die Jugend von heute wartet ja nicht mehr bis zur Hochzeit mit diesen Dingen.»

Christa verzog das Gesicht. Sie mochte es nicht, wenn die Mutter mit ihr über Intimes sprach. «Ich werde bald zwanzig, Mama. Wir wissen schon, was wir tun.»

«Das will ich hoffen.»

Christa ging hinunter in die Buchhandlung, und da stand Jago schon. Wieder nahm er ihr Gesicht in seine Hände und küsste sie. «Da bist du ja endlich», sagte er.

Er sagte das jeden Tag, und immer klang es, als hätte er Ewigkeiten auf Christa gewartet. Er half ihr, wo er konnte. Brachte Kartons und Briefe zur Post, ordnete die Kundenbestellungen, lieferte Bücher aus. Ansonsten saß er an dem kleinen Tisch im Hinterzimmer, an dem Christa normalerweise die Rechnungen schrieb und die Lieferscheine abheftete, und lernte für sein Philosophiestudium. Die Abende nach Ladenschluss verbrachten sie zusammen. Sie gingen ins Kino oder saßen in Jagos Kellerbleibe und redeten über Literatur, über die Dinge des Lebens oder über sich selbst. Nur wenn Christa von der Zukunft sprach, von Kindern, die sie einmal haben würden, blieb Jago still. Das verunsicherte Christa, und sie sprach mit Marlies darüber.

«Lass ihn», erklärte die Freundin. «Du weißt doch, wie die Männer sind. Manch einer kann nicht so gut mit Worten.»

Das tröstete Christa keineswegs, denn wenn Jago eines konnte, dann gut mit Worten. «Meine Herzensschöne», nannte er sie, «mein Gänseblümchen» oder auch «mein Feinsliebchen». Aber es gab da etwas in Jago, das ihr fremd blieb. Sie konnte es nicht benennen, nicht einmal richtig fühlen, sie wusste nur, dass er sie nicht so sorglos und unbeschwert liebte, wie sie sich das wünschte. Und doch war sie glücklich. Überschäumend, sprudelnd, brennend, lodernd, funkensprühend glücklich.

Unglücklich wurde sie, wenn sie die Zeitungen las. Sie berichteten über den Buchenwald-Hauptprozess, der seit April vor dem Militärgericht der Amerikaner im Internierungslager Dachau stattfand. Es ging um die Geschehnisse im dortigen Konzentrationslager, und der Prozess fand in Dachau statt, weil Buchenwald inzwischen zur sowjetischen Besatzungszone gehörte.

Christa schnitt jeden einzelnen Artikel aus und brachte ihn Martin. Zu den Hauptangeklagten gehörte der letzte Lagerkommandant von Buchenwald, Hermann Pister. Er war derjenige, der Martin und andere ins KZ Katzbach überstellt hatte. Weiter angeklagt wurde Ilse Koch, Ehefrau von Karl Otto Koch, Pisters

Vorgänger in Buchenwald, von der es hieß, sie habe sich aus der Haut der toten Häftlinge Lampenschirme anfertigen lassen. Des Weiteren saßen drei Lagerärzte auf der Anklagebank, die Kastrationen an homosexuellen Häftlingen und Versuche an Gesunden und Kranken durchgeführt hatten. Auch die Adjutanten Pisters standen vor Gericht, insgesamt dreißig Männer und eine Frau.

Vierhundertfünfzig ehemalige Gefangene traten als Zeugen auf, und was sie aussagten, erschütterte ganz Deutschland.

Unter den Beweismitteln, die die Amerikaner nach der Befreiung des KZ Buchenwald sichergestellt hatten, befanden sich auch zwei Schrumpfköpfe. Als Christa ihrem Onkel den entsprechenden Zeitungsbericht zeigte, brach Martin in Tränen aus.

«Ich kannte sie», schluchzte er. «Ich kannte die beiden. Es waren polnische Männer. Oh mein Gott!» Er weinte so sehr, dass der wachhabende Polizist den Besuch vorzeitig beendete.

Nach vier Monaten ging der Prozess im August mit der Urteilsverkündung zu Ende. Zweiundzwanzig Todesurteile wurden ausgesprochen, fünf lebenslange und vier befristete Hafturteile.

«Wie geht es dir, wenn du das liest?», fragte Christa bei ihrem nächsten Besuch.

Martin zögerte kurz: «Es ist keine Genugtuung, wenn du das meinst. Der Tod eines Menschen kann nicht durch den Tod eines anderen Menschen ausgeglichen werden.»

«Du meinst, Auge um Auge, Zahn um Zahn, gilt nicht mehr?»

«Nicht für mich. Es muss genug sein mit dem Töten.»

Martin wirkte erschöpft, aber er war nicht mehr so zerschunden wie in den ersten Monaten der Haft. Christa gab ihm die Zigaretten, die sie auf dem Schwarzmarkt gekauft hatte. «Ich muss zurück in die Buchhandlung.»

Der Laden lief besser, als Christa gedacht hatte. Sie hatte nie zuvor eine Buchhandlung geleitet. Es ging ja nicht nur darum, Bücher zu bestellen und zu verkaufen. Da mussten Vertreter der Verlage empfangen werden, da musste eine Auswahl aus dem jeweiligen Verlagsprogramm getroffen werden, da sollte sie abschätzen, wie viele Exemplare von jedem Titel sie verkaufen konnte. Das alles war neu für Christa, und sie hatte Angst, zu viel oder zu wenig einzukaufen oder gar die falschen Titel. Und die Kundschaft erwartete, dass sie zu jedem Buch etwas sagen konnte. So nahm sie sich in jeder freien Minute einen neuen Titel vor und blätterte darin herum, sodass sie wenigstens im Groben wusste, wovon das Buch handelte.

Frau Dr. Schwalm schickte alle ihre Frankfurter Studenten in die Berger Straße, und Jago hatte mit Werner Hauffs Hilfe kleine Werbezettel drucken lassen, die er in der Frankfurter Universität und in allen Musikschulen verteilte. Die Noten aus dem Hauff Verlag – dem Verlag, den Werner von seinem Vater übernommen hatte –, die Christa neu ins Sortiment aufgenommen hatte, sorgten für ein Fünftel des Umsatzes. Alle Chöre brauchten neue Noten, weil die Nazilieder nicht mehr gesungen werden durften, dazu kamen die Schulen und viele private Haushalte.

Meist gelang es Christa, die Noten über Nacht zu besorgen. Heinz fuhr am Nachmittag mit seinem Fahrrad nach Bergen Enkheim, wo sie sich der Hauff'sche Musikverlag befand. Er holte die bestellten Noten ab und lieferte sie bei Bedarf gleich aus. Aber am besten lief das Antiquariat. Immer wieder wurde Christa zu Nachlässen gerufen, es hatte sich herumgesprochen, dass sie gut zahlte. Zu den regelmäßigen Kunden gehörte auch Frau Volk, die jeden Donnerstag kam, ganz gleich, ob der Lesezirkel-Donnerstag war oder der Donnerstag zwischen zwei Zirkeln. Sie kaufte, was Christa ihr empfahl.

Frau Dr. Schwalm hatte erzählt, dass sie bei Frau Volk einziehen würde, die eine große Wohnung im Nordend besaß. Eine

Freundschaft hatte sich entwickelt, und da sie selbst ausgebombt gewesen war und im Schrebergarten der Eltern gehaust hatte, hatte ihr Frau Volk zwei Zimmer zur Untermiete angeboten.

Mit Werner Hauff hatte Christa beinahe täglich zu tun. Sie rief ihn an und bestellte Noten für ihre Kunden, sie erzählte ihm von Martin nach ihren Besuchen im Gefängnis. Er hatte sie mehrmals zum Kaffee eingeladen, und Christa fand, dass man sich gut mit ihm unterhalten konnte. Sogar Helene hatte er bereits kennengelernt. Und Heinz war von der Gitarre hingerissen, die Werner ihm geschenkt hatte und auf der er mit Jagos Hilfe fleißig übte.

Jago erzählte ihr von den Vorlesungen, debattierte mit ihr über Literatur, las mit ihr dieselben Bücher.

Der wöchentliche Katalog der Verlagsauslieferung Libri war dicker geworden. Christa hatte mittlerweile auch den *Zauberberg* von Thomas Mann gelesen und natürlich *Die Buddenbrooks*, aber je mehr sie von ihm las, desto spezifischer wurde ihr Urteil. War Thomas Mann, der bürgerliche Nobelpreisträger, eigentlich noch zeitgemäß? Galt das, was er schrieb, für die Gesellschaft nach dem Kriege? War sein Frauenbild nicht veraltet?

«Was hast du gegen Thomas Mann?», hatte Gunda Schwalm beim letzten Treffen des Zirkels gefragt. Man war übereingekommen, einander zu duzen, und die Atmosphäre bei den Zirkeltreffen war vertrauter geworden.

«Ich weiß nicht.» Christa wedelte mit einer Hand in der Luft herum, als versuche sie, Gedanken zu fangen. «Er kommt mir altmodisch vor, anachronistisch. Die Welt, die er beschreibt, gibt es nicht mehr. Es entsteht etwas Neues, etwas Aufregendes. Ein Staat wird wiederaufgebaut, und wir sind dabei, wir können mitgestalten.»

«Na, na, nicht so enthusiastisch, junge Frau», warf Gunda ein. Man hört zwar allenthalben die neue Swing-Musik über den amerikanischen AFN-Sender, Jazzklubs schießen wie Pilze aus dem Boden, aber es gibt auch einiges, das sich zu bewahren lohnt.» Gunda Schwalm betrachtete Christa lächelnd. «Mir gefällt deine Haltung, aber du darfst nicht vergessen, meine Liebe, dass nicht alle Menschen jung und gesund sind. Denk an die vielen Kriegsversehrten, die Flüchtlinge, die Witwen und Waisen.»

Christa nickte, aber es hielt sie kaum auf ihrem Stuhl. Seit sie Jago liebte, fühlte sie sich jung und stark, voller Zuversicht und Träume. Es passierte so viel in dieser Zeit. Der neue Bürgermeister Kolb drehte Frankfurt von rechts auf links, packte selbst mit an beim Trümmerräumen. Die ersten zehntausend Wohnungen waren gebaut worden, Loren fuhren durch ganz Frankfurt, transportierten immer mehr Trümmer aus der Stadt heraus. Ziegel wurden gebrannt, Geschäfte in der Innenstadt hatten wieder geöffnet. Junge Kriegsheimkehrer wurden zu Maurern ausgebildet. Die berühmte Paulskirche, Ort der Frankfurter Nationalversammlung von 1848, wurde wiederaufgebaut. Es gab noch immer nicht genügend zu essen, unzählige Kriegsversehrte huschten wie Gespenster durch die Stadt, manche Seitenstraße war noch voller Schutt und Asche, doch die Hoffnung, dass es bald anders werden würde, ließ die Menschen durchhalten.

Christa steckte bis über beide Ohren im Aufbruchsfieber. Jetzt war sie schon beinahe froh, in der Buchhandlung walten und gestalten zu können. «Ich möchte Dichterlesungen hier abhalten», erklärte sie dem Literaturzirkel, der noch um zwei Mitglieder angewachsen war. Herr Dr. Brinkmann war mit seiner Frau dazugestoßen. «Was haltet ihr davon?»

«Das klingt gut, Christa. Wer soll lesen?»

Christa warf einen Blick zu Jago. Dann berichtete sie: «Jago schreibt Gedichte. Wunderschöne Gedichte. Er soll der Erste sein.»

Frau Dr. Schwalm rieb sich die Hände. «Ah, darauf warte ich schon lange. Zeig her, Jago. Oder besser noch, lies vor.»

Jago blickte verlegen drein. «Sie sind noch nicht fertig, ich muss noch daran feilen.»

«Ach was. Man kann Gedichte auch kaputt dichten. Das passiert schneller, als du denkst. Sei mutig. Du kennst uns doch alle.»

Da schluckte Jago, griff in seine abgewetzte Ledertasche und brachte ein Blatt Papier ans Licht. Er räusperte sich und sagte: «Christa hat mir das Gedicht ‹Todesfuge› von Paul Celan vorgelesen. Es hat mich stark berührt. Ja, ich kann mich nicht erinnern, dass mir ein Gedicht jemals zuvor so sehr in Herz und Hirn gedrungen ist.» Er räusperte sich und warf einen beinahe ängstlichen Blick zu Christa. Sie lächelte ein wenig und nickte, dann begann Jago zu lesen:

«totenweg

im efeu an der mauer lehne ich
geborene rein.
inmitten des gedenkens an einen bach
an liebe kinder frauen geliebte
muttermuster ehelicher elterlicher zärtlichkeit – aus.
gezeichnete dreißigjährige nein acht und dreißigjährig
gezeichnete.
ich lehne an der mauer im efeu

an der mauer lehne ich im efeu
ausgezeichnet treu. acht und dreißig gezeichnete
in viehwagen her
verschickte fremde
hier geborgen unter fremdem stein
(manche wussten nicht mehr ihre namen:
unbeschrieben sprachlos blank)
gehauen in handlich stumme stücke.
vor einem blüht ein rotes kraut
der sagt mir wie ich heiße –
im efeu lehn ich an der mauer.

im efeu an der mauer lehne ich
gestorbene held.»

Als er das Blatt sinken ließ, herrschte für eine kleine Weile Stille, bis Gerti Volk schließlich sagte: «Sehr modern.»

Werner Hauff strich sich über den gepflegten Bart. «Das muss ich mindestens zwei Mal hören.»

Und noch einmal las Jago vor. Sein Gesicht war angespannt, das Kinn kantig.

«Es ist gut, Jago. Das weiß ich, weil beim zweiten Hören ganz andere Bilder in mir aufgestiegen sind als beim ersten Mal. Es berührt mich.» Werner Hauff nickte ihm zu.

Sie redeten noch eine ganze Weile über das Gedicht, während Jago zusammengesunken auf seinem Stuhl saß. Ob er überhaupt zuhörte? Dann fragte Dr. Brinkmann: «Was wolltest du denn mit diesem Gedicht ausdrücken, junger Mann?»

Jago blickte auf. «Das kann ich nicht sagen. Es geht um Worte und um Klang. Um Rhythmus. Und um ein Gefühl, das ich festhalten möchte. Am liebsten würde ich die Sprache einschmelzen, dass nur noch die Essenz übrig bleibt. Oder, um es anders auszudrücken: Ich suche die Worte, die zählen.»

«Ich würde mich sehr freuen, wenn du hier eine Dichterlesung abhieltest. Wann passt es dir am besten? Soll die Lesung im Rahmen des Literaturzirkels oder an einem anderen Termin stattfinden?» Gunda Schwalms Blick huschte von Jago zu Christa.

«Ich hatte an eine eigene Lesung gedacht. An einem Donnerstag zwischen den zwei Zirkel-Donnerstagen», meinte Christa. Dann wandte sie sich an Jago und fasste nach seiner Hand. «Wäre dir nächste Woche recht? Oder lieber erst in drei Wochen?»

«In drei Wochen», japste er, als bliebe ihm die Luft weg.

«Ach was», mischte sich Gunda Schwalm ein. «Mit Anlauf ins kalte Wasser. Ich denke, der nächste Donnerstag wäre ein guter Tag. Ich würde noch jemanden mitbringen.»

«Wen denn?», wollte Christa wissen.

«Das ist eine Überraschung.»

Als alle endlich kurz vor Mitternacht gegangen waren, half Jago Christa beim Aufräumen. Er leerte den vollen Aschenbecher und räumte die Stühle beiseite, während Christa die Gläser abspülte. Für einen Augenblick erlaubte sie sich zu träumen, sah sich mit Jago in der Buchhandlung, wie sie Bücher mit seinem Namen auf der Titelseite in das Lyrikregal einsortierte. Sie sah auch ein Kind, ein kleines Mädchen mit wilden dunklen Haaren auf einem Stühlchen sitzen und in einem Buch blättern. Ja, sie war verliebt in Jago. Das erste Mal in ihrem Leben verliebt. Sie hatte mit ihm geschlafen. Und es war so schön gewesen, so voller Zärtlichkeit und Hingabe.

«Du hast eine Begabung für die Liebe», hatte Jago am nächsten Tag zu ihr gesagt und sie geküsst. Aber noch nie hatte er ihr gestanden, dass auch er sie liebte. Er hielt sich zurück, und Christa wusste nicht, warum. Die Wohnung im Haus, in der sie vor dem Krieg gelebt hatte mit Vater und Mutter, würde bald frei werden. Der Mann der einquartierten Familie war aus der Gefangenschaft zurückgekehrt und hatte Arbeit in Mannheim gefunden. Eine Arbeit mit zugehöriger Werkswohnung. Im September wollten sie umziehen, und Christa träumte davon, dass Jago ihr bis dahin einen Antrag machte und sie gemeinsam dort einziehen würden. Ja, Christa war sich sicher, ihr restliches Leben mit Jago Prinz verbringen zu wollen.

Kapitel 23

Die Buchhandlung war bis auf den letzten Platz gefüllt. Zweiundzwanzig Personen waren zur Lesung gekommen. Ganz vorn saß Gerti Volk, dahinter Werner Hauff,das Ehepaar Brinkmann und Gunda Schwalm. Neben Gunda saß ein Mann, der eine Literaturzeitschrift unter dem Arm hielt und sich leise mit Gunda unterhielt. War das der Überraschungsgast? Nun, das würden sie bald erfahren. Christa hatte Jago am Vortag noch die Haare geschnitten und sein weißes Hemd aufgebügelt. Jetzt trat er von einem Bein auf das andere, in der Hand eine rote Mappe mit den Gedichten.

Christa nickte ihm zu, begrüßte das Publikum, stellte Jago kurz vor und setzte sich neben Werner Hauff, der ihr einen Platz freigehalten hatte.

Jago räusperte sich, als er die Mappe ungeschickt öffnete. Aber nur Christa sah, wie seine Hände zitterten. Als endlich Ruhe eingekehrt war, begann er mit einer Stimme zu lesen, die ganz anders klang als sonst, fest und ohne jedes Zögern. Und als er beim letzten Gedicht angelangt war, klang seine Stimme flüssig und warm:

«aufgeweckt vom Durst
zur helle aufgewacht

ein teil
trinkt wasser aus der leitung

ein teil
mondlicht»

Er hatte kaum seinen Vortrag beendet, da klatschte Werner Hauff so kräftig in die Hände, dass alle anderen davon angesteckt worden. Jago strahlte über das ganze Gesicht, aber Christa sah ihm die Anstrengung der letzten Dreiviertelstunde an.

Eine junge Frau trat zu Christa: «Ich würde den Band gern kaufen.»

«Das tut mir leid, mein Fräulein, aber noch gibt es diese Gedichte nicht gedruckt.»

Gunda Schwalm trat hinzu. «Nun, ich habe zwei Gedichte von Jago Prinz vervielfältigt. Wenn Sie vorerst mit diesen Kopien zufrieden sein möchten?»

Das junge Mädchen griff eilig zu. «Was kostet diese Kopie?»

«Nichts», erwiderte Gunda Schwalm. «Aber wenn Sie dem Dichter etwas spenden möchten, da habe ich hier eine Büchse.»

Das Mädchen kramte in seiner Geldbörse, schob einen Schein in die alte Konservendose. «Und liest er hier mal wieder?»

«Nicht in absehbarer Zeit. Aber unser Literaturzirkel, dem er angehört, trifft sich jeden zweiten Donnerstag.»

Im Handumdrehen hatte Gunda Schwalm die Kopien verteilt und die Büchse gefüllt. Es lag nicht nur Geld drin, für das man ohnehin nicht mehr viel kaufen konnte, es fanden sich auch Zigaretten, Lebensmittelmarken und eine kleine Tafel Hershey's-Schokolade.

Gundas Gast trat auf Jago zu und schüttelte ihm die Hand. Wie gern hätte sich Christa zu den beiden gesellt, aber sie hatte viel zu viel zu tun und wollte überdies nicht stören. Sie schenkte Weinschorle und Wasser aus, redete ein paar Worte mit Brinkmanns, dann begrüßte sie zwei Gäste, die ganz kurz vor Beginn der Veranstaltung noch in die Buchhandlung geschlüpft waren. Aber sie beobachtete Jagos Gesicht. Zuerst lächelte er vor Freude, und Christa dachte, dass er jetzt wohl für seine Gedichte gelobt worden war. Dann zog Jago die Augenbrauen zusammen und legte den Zeigefinger nachdenklich an sein Kinn. Und dann trat Unglauben in sein Gesicht, kurz darauf Freude und Erleichterung.

«Jetzt sag schon, wer ist der Mann?», drängte Christa Gunda Schwalm.

«Ein Lektor des Fischer Verlags. Zuständig für Lyrik. Und wie es scheint, haben ihm Jagos Gedichte gefallen.»

In der Nacht schlief Christa bei Jago in seiner Ruinenwohnung. Der Nachtwind kühlte ihre erhitzten Glieder.

«Danke», sagte Jago. «Danke, dass du mir diese Lesung ermöglicht hast. Dass du an mich und meine Texte geglaubt hast.»

«Das war nicht nur ich, das war der gesamte Lesezirkel. Das Schönste aber ist, dass der Lektor deine Gedichte prüfen will. Vierundzwanzig braucht er für einen schmalen Band. Wie viele hast du?»

«Ich weiß es nicht, ich werde viel arbeiten müssen bis September. Wir haben verabredet, dass ich am 5. September nachmittags in seinem Frankfurter Büro erscheinen soll.»

«Herzlichen Glückwunsch», flüsterte Christa.

Jago lachte. «Das hast du jetzt bestimmt schon ein Dutzend Mal gesagt.»

«Weil ich mich für dich freue.» Sie küsste ihn auf die Nasenspitze. «Ich liebe dich nämlich.» Sie wartete auf eine Antwort, aber da kam nichts. Jago schwieg. Er blickte sie an und zog leicht mit dem Finger die Umrisse ihres Mundes nach. In seinen Augen sah Christa Traurigkeit.

Am nächsten Morgen nahm Christa gut gelaunt das Plakat mit der Ankündigung der Lesung aus dem Schaufenster. Marlies schaute kurz vorbei, sie hatte einen freien Tag. Sie stand an das Regal mit den Wanderführern gelehnt und fragte: «Und, wie ist es mit dir und dem Prinzen?»

«Gut ist es», erwiderte Christa.

«Liebst du ihn?»

Christa wandte sich zu ihr um. «Ja, das tue ich.»

«Aber um deine Hand hat er noch nicht angehalten?»

Christa schüttelte den Kopf, und ein Hauch von Traurigkeit wehte über ihr Gesicht.

«Weißt du, wir sind moderne Frauen. Wenn die Männer nicht in die Pötte kommen, dann müssen wir eben handeln. Ich werde meinem Joe einen Antrag machen. Heute Abend.» Sie strahlte über das ganze Gesicht. «Ich bin schwanger, Christa.»

«Wirklich? Oh, das freut mich. Weiß Joe es schon?

Marlies schüttelte den Kopf. «Ich will es ihm heute Abend sagen und den Antrag gleich damit verbinden.» Sie streckte ihre linke Hand aus und betrachtete ihren leeren Ringfinger. «Vielleicht steckt dort ja bald ein Ring.» Ganz verträumt sah sie aus, aber dann kehrte sie wieder in die Wirklichkeit zurück. «Ich muss wieder rüber. Mutter hat heute große Wäsche, da muss ich helfen.»

Sie umarmte Christa und drückte ihr einen Kuss auf die Wange, als die Ladenglocke schellte und ein Mann und eine Frau die Buchhandlung mit ernsten Gesichtern betraten.

Christa wandte sich ihnen freundlich zu. «Wie kann ich behilflich sein?»

«Sind Sie Christa Schwertfeger?»

«Ja, das bin ich.»

«Wir kommen vom Vormundschaftsgericht, Banat mein Name. Das da ist Referendar Friedrich. Wir haben erfahren, dass der Vormund für den Pflegling Heinz Nickel im Gefängnis sitzt.»

Kapitel 24

Christa erschrak. Die Angst um Heinz jagte ihr in kalten Schauern den Rücken hinab. «Ja, das ist richtig. Aber meine Mutter und ich sorgen für ihn. Es geht ihm gut.»

«Das ist nicht das Entscheidende. Es geht um das sittliche Wohl des Jungen.»

«Er hat alles, was er braucht. Wir lieben ihn. Bitte, nehmen Sie ihn uns nicht weg.» Christas Stimme klang flehentlich.

«Nun, das entscheiden nicht Sie. Wir halten es für geboten, Heinz Nickel anderweitig in Pflege zu geben, da seine sittliche und moralische Entwicklung in Ihrem Hause nicht gegeben ist. Auch seine schulischen Leistungen lassen zu wünschen übrig. Er wäre in letzter Zeit unkonzentriert, meint seine Lehrerin.»

«Was?» Christa riss die Augen auf. «Das kann nicht sein. Ich kontrolliere jeden Abend seine Hausaufgaben.»

«Es ist, wie es ist. Sie arbeiten den ganzen Tag. Wer kümmert sich um das Kind?»

«Er kommt nach der Schule in die Buchhandlung. Dann erledigt er oben unter der Aufsicht meiner Mutter seine Aufgaben und am Abend kontrolliere ich sie. Außerdem lese ich ihm jeden Abend vor. Er hat gute Zensuren. Nur Zweien und Dreien, in Erdkunde sogar eine Eins.»

Die Frau reichte Christa ein Schreiben. «Hiermit unterrichte ich Sie darüber, dass die Vormundschaft für Heinz Nickel erst einmal ausgesetzt ist. Der Junge kommt in ein Kinderheim.»

Christa nahm das Schreiben. Ihre Hände zitterten so, dass das Blatt wie ein Vogeljunges bebte. «Wann?», fragte sie mit belegter Stimme.

«Am kommenden Montag. Sie bringen ihn ins Kinderheim in der Baumstraße. Melden Sie sich bei Frau Krutzschke, sie weiß Bescheid.»

«Und wenn er nicht möchte?», wollte Christa wissen.

«Nun, niemand bekommt alles, was er möchte. Es geht hier in erster Linie um das sittliche und leibliche Wohl des Zöglings.»

«Aber Heinz liebt Martin. Er schreibt ihm jede Woche einen Brief.»

«Junge Frau, ich wollte höflich sein, aber Sie zwingen mich dazu, deutlich zu werden. Es ist unmöglich, einen minderjährigen Jungen in der Familie eines Mannes zu lassen, der wegen Unzucht mit einem Minderjährigen im Gefängnis sitzt.»

Christa hatte sich wieder ein bisschen gefangen. Sie krampfte die Hände zusammen und fragte so ruhig, wie sie nur konnte: «Was müsste passieren, damit Heinz bei uns bleiben darf?»

Die Frau schob die Unterlippe vor. «Nun, es müsste sichergestellt werden, dass der Junge nicht mit Martin Schwertfeger nach Verbüßung der Haftstrafe unter einem Dach lebt. Und zum anderen wäre es wünschenswert, dass der Junge eine Pflegemutter und einen Pflegevater hat, wobei die Mutter bevorzugt Hausfrau ist. Die Pflegekinder haben zum Teil Schlimmes erlebt. Sie brauchen stetige Betreuung.»

In Christas Kopf flogen die Gedanken wie in einem Bienenschwarm umher. «Wenn ich Sie richtig verstanden habe, dann müsste ich ausziehen, heiraten und Hausfrau werden – und Heinz könnte bei uns bleiben?»

Die Frau blickte den Mann an, der nickte. «Ja, so ist das wohl. Vorausgesetzt, der Junge wäre damit einverstanden.»

Da brach Christa in Tränen aus. Sie schluchzte so gottserbärmlich, dass ihre Schultern bebten.

Der Mann legte Christa kurz eine Hand auf die Schulter. «Weinen Sie nicht, Fräulein. Sie können ihn ja dort besuchen. Im Übrigen wäre uns eine andere Lösung auch lieber, die Heime sind übervoll.»

Die Frau räusperte sich. «Sie wissen Bescheid. Am Montag erwarten wir Heinz im Kinderheim. Sollte er sich nicht dort einfinden, drohen Ihnen empfindliche Strafen. Die Polizei müsste kommen, um ihn abzuholen. Ich denke, das sollten Sie ihm ersparen.»

Die Frau wandte sich um, der Mann folgte ihr. Christa blieb allein im Laden zurück. Das Schluchzen schüttelte ihren Körper. Aber das Schlimmste war, dass sie nicht wusste, was sie tun sollte. Sie fühlte sich so elend allein, dass sie zu zittern begann, obwohl es draußen warm war. Als das Telefon klingelte, wollte sie erst nicht abnehmen. Sie konnte jetzt keine Kundenwünsche erfüllen, aber dann fiel ihr ein, dass sie die Verantwortung für den Laden trug. Sie schniefte noch einmal und meldete sich: «Buchhandlung Schwertfeger, guten Tag.»

«Christa? Christa, bist du das?» Die Stimme von Werner Hauff erklang. Christa seufzte auf. Werner. Sie würde ihm alles erzählen. Er würde wissen, was zu tun war. Und dann sprudelte sie schon los, und dabei weinte sie wieder. Werner Hauff hörte ihr zu, ohne sie zu unterbrechen. Schließlich sagte er: «Ich komme heute Abend nach Ladenschluss vorbei. Wir werden eine Lösung finden. Das verspreche ich dir.»

Christa legte den Hörer auf die Gabel und fühlte sich erleichtert. Als Heinz von der Schule nach Hause kam, hatte sie sich so weit gefangen, dass sie beinahe wie immer klang. Der Kleine erzählte von seinem Freund Willi, der nun auch Gitarrenunterricht nehmen wollte. «Das klappt bestimmt ganz prima, Christa. Wir teilen uns meine Gitarre, und wir teilen uns Jago. Dann dauert es zwar ein bisschen länger, aber wir können gemeinsam üben. Dürfen wir?»

«Da müssten wir zuerst Jago fragen, denke ich.» Sie blickte in das Kindergesicht mit den großen Augen und strubbelte ihm durchs Haar. «Sag mal, Heinz, bist du eigentlich gern bei uns?»

«Ja, das bin ich. Ich habe euch lieb. Aber manchmal muss ich trotzdem an meine Mutter denken.»

«Das sollst du auch, mein Lieber. Das ist ganz richtig so.»

«Sie hat gar kein richtiges Grab mit einem Stein. Ich weiß gar nicht, wo ich Blumen hinlegen kann.» Plötzlich wirkte er tieftraurig.

«Wir finden einen Ort, Heinzchen. Überleg dir einmal, welchen Baum sie am liebsten mochte. Und dann suchen wir so einen, und das soll ihr Grab sein. Dort kannst du an sie denken und Blumen hinlegen.»

«Das ist nicht dasselbe.»

«Das stimmt. Aber vielleicht ist es ein bisschen was. Wir probieren es aus, und du entscheidest.»

Da umarmte Heinz Christa, und Christa musste an sich halten, um nicht schon wieder in Tränen auszubrechen.

Am Nachmittag kam Jago in die Buchhandlung. Christa berichtete ihm, was geschehen war. Sie erzählte auch, dass sie Heinz vielleicht behalten könnten, wenn sie heiraten würde. Und von der Wohnung zwei Etagen über der Buchhandlung sprach sie. Von der, in der sie mit Vater und Mutter vor dem Krieg gewohnt hatte. Wieder wartete sie darauf, dass er etwas sagte, sie in den Arm nahm und versprach: Wir schaffen das. Ja, sie hatte sich sogar vorgestellt, dass er ihr einen Antrag machen würde, aber er schwieg. Wie immer. Sie waren jetzt länger als ein halbes Jahr zusammen. Hatten sich jeden Tag gesehen, und für Christa stand fest, dass Jago der Mann ihres Lebens war. Offensichtlich dachte er anders. Das machte Christa nicht nur traurig, sondern schier hoffnungslos. Am liebsten hätte sie wieder angefangen zu weinen, aber noch war der Laden geöffnet. Eine junge Frau stöberte im Regal der Kinderbücher, ein älterer Mann suchte im Regal mit den antiquarischen Büchern nach einem Schatz.

Christa atmete auf, als die Kirchenuhr die sechste Abendstunde verkündete und sie endlich den Laden schließen konnte. Kurz darauf traf Werner Hauff ein.

Christa hatte von einem dankbaren Kunden, dem sie ein seltenes Buch über die deutsche Seekriegsflotte im Ersten Weltkrieg besorgt hatte, eine Flasche Wein bekommen, die sie jetzt öffnete. Sie goss drei Gläser voll, erzählte noch einmal, was passiert war.

Jago saß mit hängenden Schultern und zog an seiner Zigarette. Er wirkte niedergeschlagen.

Werner Hauff lehnte sich zurück und schlug ein Bein über das andere und betrachtete Jago, und Christa schien es, als wollte er etwas sagen, stattdessen zündete er sich eine Zigarette an, stieß den Rauch aus, dann sagte er: «Ich habe beim Vormundschaftsgericht angerufen und angeboten, die Vormundschaft für Heinz zu übernehmen. Man hat mir gesagt, das wäre nicht möglich, da auch ich unverheiratet bin. Sosehr ich auch überlegt habe, ich komme immer wieder auf die Heirat zurück.» Wieder blickte er Jago an, der seinerseits eingehend seine Schuhe betrachtete. Christa stockte der Atem. Nein, Werner sollte auf der Stelle mit der Heiraterei aufhören. Das Leben war gerade schwer zu ertragen, sie brauchte keine weiteren Komplikationen. Sie warf Werner einen flehentlichen Blick zu, aber seine Aufmerksamkeit war auf jemand anderen gerichtet.

Schließlich sprach er den jungen Dichter an. «Hast du gehört, was ich gesagt habe?»

Jago schreckte hoch: «Wie bitte?»

«Ich sagte, eine Heirat sei die einzige Möglichkeit, Heinz hierzubehalten. Was sagst du dazu?»

Der junge Mann schluckte, musste sich räuspern und einen

Schluck Wasser trinken. Dann fragte er leise: «Wer soll denn wen heiraten?»

Diese Frage traf Christa bis ins Mark. Es lag doch auf der Hand! Sie beugte sich nach vorn, sodass er sie anschauen musste. Dann nahm sie all ihren Mut zusammen und fragte: «Jago, würdest du mich heiraten, bitte?»

Nach diesem Satz herrschte Stille. Alle Blicke waren auf den Dichter gerichtet. Der schlug die Hände vor die Augen, wiegte sich vor und zurück. Christa erschrak. Oh Gott, was hatte sie getan? Er war doch kaum älter als sie. Studierte noch. Die Verantwortung für einen kleinen Jungen war ihm bestimmt viel zu groß.

«Wir könnten in die Wohnung zwei Stockwerke über der Buchhandlung ziehen», hörte Christa sich reden. «Drei Zimmer mit Küche und Bad. Fließend warmes Wasser. Du und ich und Heinz. Wir wären eine richtige Familie.» Ihre Worte hatten so flehentlich geklungen, dass sie sich beinahe dafür schämte. «Ich habe ihn heute nach der Schule gefragt, ob er gern bei uns ist. Er hat ja gesagt, er liebt uns, wie sind seine Familie. Wir können doch nicht zulassen, dass sie ihn uns wegnehmen. Er ist doch noch so jung. Hat gerade erst neues Vertrauen zu den Menschen gefasst.»

Sie hatte den Eindruck, dass ihre Worte in der Buchhandlung verhallten, Jago hatte noch immer die Hände vor sein Gesicht gepresst. Seine Schultern bebten, und die Füße scharrten nervös über den Boden.

Christas Herz klopfte zum Zerspringen. Sie ahnte, dass dieses Gespräch für ihre weitere Zukunft entscheidend war, und sie betete im Stillen, dass sie sich nicht in Jago getäuscht hatte, dass er sie ebenso liebte wie sie ihn.

«Man sollte eine Dame nicht auf Antwort warten lassen.» Werner Hauff versuchte, die Stimmung ein wenig aufzulockern, aber das gelang nicht. Christa wusste nicht, wohin sie noch schauen sollte. Sie spürte, wie ihr die Röte ins Gesicht stieg, wie ihr Herz raste. Am liebsten wäre sie aufgestanden und hätte den Freund an den Schultern gerüttelt.

Endlich nahm Jago die Hände vom Gesicht. Er erhob sich, wandte sich an Christa, ohne ihr in die Augen blicken zu können: «Ich darf dich nicht heiraten. Sosehr ich es mir auch wünschte. Ich kann nicht. Verzeih mir, wenn du es schaffst.» Und mit diesen Worten erhob er sich und stolperte beinahe aus der Buchhandlung.

Kapitel 25

Christa blickte ihm hinterher, bis er in der Ruinenlandschaft verschwunden war. Sie war wie erstarrt, alles in ihr fühlte sich eiskalt an. Sie war bis in die letzte Faser ihres Herzens beschämt. So sehr, dass sie nicht einmal weinen konnte.

«Er braucht Zeit, er muss sich erst an den Gedanken gewöhnen», versuchte Werner Hauff zu trösten und reichte ihr eine Zigarette. Dankbar nahm Christa sie, sah dem Rauch hinterher. Sie wusste, dass Jago sie nicht heiraten würde. Er musste sich nicht erst an den Gedanken gewöhnen, sein Entschluss stand fest. Ihr war, als hätte ihr jemand mit aller Wucht seine Faust in den Magen geschlagen.

«Verzeih mir, Werner, aber ich wäre jetzt gern allein», sagte sie.

Hauff erhob sich. «Ich komme morgen Abend noch einmal vorbei, wenn es dir recht ist.»

Christa nickte. Alles um sie herum wirkte verschwommen. Die Bücherregale, das Schaufenster, die Berger Straße davor. Sie fühlte sich so müde und erschöpft, als wäre sie uralt. Mühsam rappelte sie sich auf, geleitete Werner zur Tür, schloss hinter ihm ab. Dann tastete sie sich nach oben in die Wohnung.

Heinz saß bereits mit Helene am Abendbrottisch. Die Mutter hatte aus der Gastwirtschaft Bratkartoffeln mitgebracht. Sogar ein wenig Speck war darin, und Heinz haute kräftig rein.

Christa schob ihren Teller weg.

«Hast du gar keinen Hunger?», fragte Helene. «Bist du etwa krank? Du siehst ja ganz blass aus.»

«Ich habe Kopfschmerzen. Am besten ist es, ich lege mich ein wenig hin.

Im Bett erst kamen die Tränen. Sie überströmten ihr Gesicht, nässten das Kopfkissen. Sie weinte, bis keine Tränen mehr da waren, aber das Weinen hatte sie nicht erleichtert, sondern unendlich erschöpft. Sie war unsagbar einsam und verzweifelt.

Später, als Heinz schon im Bett lag, kam Helene zu ihr. «Christa, Kind, sag mir, was los ist.»

Und Christa erzählte von dem Mann und der Frau vom Vormundschaftsgericht. Davon, dass Heinz in ein Heim sollte. Dass Jago sie verschmäht hatte, brachte sie nicht über die Lippen.

Dann rollten die Tränen auch über Helenes Gesicht. Trotzdem erwies sich die Mutter stärker, als Christa geglaubt hatte. «Es ist unsinnig zu hoffen, dass in dieser kurzen Zeit eine Heirat zustande käme. Wir müssen eine andere Lösung finden. Das Heim ist ja nur um die Ecke. Die Leiterin kennt mich. Ich werde mit ihr sprechen. Vielleicht kann Heinz weiter bei uns bleiben und muss nur die Nächte im Heim verbringen. Gleich morgen früh gehe ich zu ihr.»

Und das tat sie, doch als sie wieder nach Hause kam, war ihr Gesicht ohne das kleinste Lächeln. «Sie haben Regeln», berichtete sie mit knappen Worten. «Regeln, die für alle Kinder gelten. Es gibt da keine Ausnahme.»

Christa starrte ihre Mutter an. Plötzlich wurde alles ganz schwarz und steif in ihr. Heinzchen, dachte sie, mein liebes Heinzchen. Ich kann dich nicht weggeben. Um nichts in der Welt.

«Wir müssen es ihm heute sagen», fand Helene. «Er muss seine Sachen packen, muss sich verabschieden können. Er braucht ein wenig Zeit.»

Da stand Christa auf. «Nein! Das lasse ich nicht zu. Es wäre furchtbar für ihn, wenn er von uns wegmüsste.» Dann blickte sie starr auf die Tischplatte und flüsterte: «Manchmal hasse ich Martin für das, was er uns antut.»

«Nicht, Christa, hör auf. Kein Hass mehr. Nie wieder!»

Doch Christa schüttelte den Kopf. «Heinz verliert seine Familie, nur, weil er sich nicht … nicht … beherrschen konnte!»

«Jeder sehnt sich nach Liebe», sprach Helene. «Das kannst du ihm nicht verübeln.»

«Ja!» Christa wurde lauter. «Aber nicht für jeden ist die Liebe gemacht, und nicht jeder ist für die Liebe gemacht. Du kannst lieben, so heftig und lange, wie du nur willst, vorausgesetzt, kein anderer kommt dabei zu Schaden. Aber wir bleiben nicht schadlos unter Martins Art der Liebe. Wir wurden gemieden, das Schaufenster wurde beschmiert. Einige Leute sehen uns noch immer schief an. Im Pfarrbüro wird getuschelt, wenn ich Bücher dort abgebe. Wegen ihm musste ich mein Studium aufgeben – und nun sollen wir auch noch Heinz verlieren. Nein, Mutter, das sind zu viele Opfer, die diese Art von Liebe kostet.»

Dann wirbelte sie herum, blickte auf die Uhr. «Es ist gleich Besuchszeit im Gefängnis. Heute gehe ich.»

«Nein, Christa, bleib. Du kannst Martin nicht mit schlechten Worten und Gedanken im Gefängnis lassen. Er hat es doch so schon schwer genug.»

«Wir haben es auch schwer. Und am schwersten hat es Heinz.» Christa schlug die Tür hinter sich zu.

Im Treppenhaus blieb sie stehen, atmete mehrmals ganz tief durch. Unten klappte die Haustür, und für einen Augenblick hoffte Christa inständig, dass Jago es sein würde, der käme, um sich zu entschuldigen, sich zu erklären oder um wenigstens einfach da zu sein. Aber es war Frau Klein, die vom Einkaufen kam. «Das Brot wird auch immer schlechter», klagte sie ohne Gruß.

«Ich wette, der Bäcker gibt Sägespäne dazu. Gestern hatte ich das Gefühl, ich würde in eine Schranktür beißen.»

Christa ignorierte sie. Auf der Straße atmete sie noch ein paarmal tief durch. Ihr Blick fiel auf die Ruine gegenüber, in deren Keller Jago lebte. Wie oft hatte sie dort schon mit ihm auf seinem alten Luftschutzbett gelegen? Wie oft hatten sie sich dort geliebt?

Sie konnte nicht anders, als über die Straße zu laufen. Sie brauchte ihn jetzt an ihrer Seite, auch wenn er sie nicht heiraten wollte. Sie war gekränkt und verletzt und hoffte gleichzeitig auf eine einfache Erklärung für seinen gestrigen Auftritt. Sie lief die bröckeligen Stufen zu seiner Kellerwohnung hinunter und öffnete die Tür.

«Jago?» rief sie, doch niemand antwortete ihr. Noch einmal rief sie seinen Namen, und als wieder keine Antwort kam, stieß sie die Tür auf und trat ein. Leere. Dort, wo gestern noch Jagos Kissen gelegen hatte und die alte Militärdecke, stand nur noch das Luftschutzbett. Auch der wacklige Tisch, der sonst über und über von Papieren bedeckt war, war leer. Ihr Blick huschte zu den Haken an der Wand, an denen sonst Jagos Kleider hingen. Jetzt hing dort nichts mehr. Dann entdeckte sie einen Umschlag auf dem Bett. Mit ihrem Namen.

Sie nahm den Brief in die Hand, aber ihr fehlte die Kraft, ihn zu öffnen. Denn das Schlimmste, das passieren konnte, war geschehen: Jago war verschwunden.

Christa ließ sich auf das Bett sinken. In ihrem Inneren war nichts als Leere, Dunkelheit.

Es brauchte eine ganze Weile, bis sie wieder zu sich kam. Der Gedanke an Heinz drängte nach oben, sie musste mit Martin reden, ihn zur Rede stellen!

Im Eingangsbereich des Gefängnisses gab sie ihre Tasche ab und füllte den Besuchsschein aus. Dann führte ein Wärter sie zum Besuchsraum, in dem beinahe alle Tische besetzt waren. Frauen redeten mit ihren Männern, Kinder spielten auf dem Fußboden, und es herrschte ein unglaublicher Lärm, der Christa auf der Stelle Kopfschmerzen verursachte. Endlich kam Martin. Blass, die Wangen hohl, die Augen in tiefen Höhlen, dunkel umschattet. Eine Lippe war aufgesprungen, als hätte er einen Schlag darauf bekommen, und auf seiner Wange prangte ein blauer Fleck. Trotzdem versuchte er zu lächeln.

«Wie schön, dass du gekommen bist», sagte er und blickte auf ihre leeren Hände. «Hast du mir keine Zigaretten mitgebracht?»

«Nein.»

Sein «Schade» klang beinahe verzweifelt, aber Christa ignorierte jede Regung, stattdessen fuhr sie ihn an: «Mein Gott, wenn du keine anderen Sorgen hast! Dann rauchst du eben mal eine Woche lang nicht.»

«Sie sind ja nicht für mich», antwortete Martin. «Im Knast sind Zigaretten eine begehrte Währung. Das weißt du doch.»

Ja, Christa wusste Bescheid, wusste, dass die Homosexuellen in der Knasthierarchie auf der untersten Stufe standen, aber sie hatte sich nie wirklich Gedanken darüber gemacht, was das hieß. Und heute würde sie bestimmt nicht darüber nachgrübeln. Heute war sie mit nichts als Wut im Bauch zu ihm gekommen.

«Es tut mir leid, Martin», presste sie hervor.

Martin sah auf. «Ist etwas passiert? Geht es euch gut?»

Einen Augenblick lang dachte Christa daran, ihm nicht zu erzählen, dass man ihnen Heinz wegnehmen wollte. Er hatte genug Sorgen, trotzdem … «Sie wollen Heinz ins Kinderheim stecken. Am Montag soll ich ihn dort abgeben.»

«Was?»

Christa schwieg.

Da hieb Martin mit der Hand auf den Tisch: «Das darf doch nicht wahr sein, das können die doch nicht machen. Er ist noch ein Kind, Herrgott.»

«Glaub mir, sie können.»

«Du musst sofort zum Anwalt gehen. Lauf gleich zu Brambach, der soll sich kümmern. Sag ihm, ich zahle alles, was ich habe. Er soll nur dafür sorgen, dass der Junge bei uns bleibt.»

«Ein Anwalt kann da nicht viel ausrichten.»

«Es ist wegen mir, nicht wahr?»

«Ja. Sie haben gesagt, sie können Heinz nicht in der Familie eines Mannes lassen, der wegen Unzucht mit minderjährigen Jungen im Gefängnis sitzt.»

«Aber ihr wollt den Jungen doch nicht ins Heim geben? Ihr werdet euch doch dagegen wehren? Habt ihr schon auf dem Amt vorgesprochen?»

Martin war aufgesprungen, er brüllte beinahe. Der Wachhabende kam zu ihm, drückte ihn an den Schultern zurück auf den Stuhl. «Wenn dich der Besuch so aufregt, gehst du am besten gleich zurück in deine Zelle. Noch einmal komme ich nicht hierher», drohte er.

Martin sank zusammen, senkte den Kopf und nickte.

«Die Frau vom Vormundschaftsamt hat gesagt, ich soll heiraten und ausziehen. Dann gäbe es eine Chance.»

Martin zog die Augenbrauen nach oben. «Gibt es, äh, ich meine, ist da jemand, den du heiraten könntest und möchtest? Jago vielleicht? Du hast mir erzählt, dass ihr zusammen seid.»

Er hatte sanft gesprochen, hatte hinter jedes Wort ein Fragezeichen klingen lassen, doch Christa fuhr trotzdem heftig auf: «Wie kannst du so etwas fragen!» Sie sprang empört auf und beugte sich zu ihm herüber. Ihre Augen funkelten, der Mund war ein schmaler Strich. «Du kannst immer nur bitten und bitten und bitten. Dabei ist das doch alles nur wegen dir passiert! Wann hört das endlich auf? Wann kann ich mein eigenes Leben leben?»

Martin hatte alle Farbe verloren. Christa sah, wie seine Unterlippe zitterte. Auch die Hände bebten. Und dann rollte eine Träne über Martins Wange.

Da tat er ihr leid. Da tat ihr die Heftigkeit ihrer Worte leid. Herrgott, er konnte schließlich auch nichts dafür, dass er so war, wie er war.

«Entschuldige bitte», flüsterte Martin. «Du hast recht. Ich bringe allen nur Leid und Unglück. Aber ich tue das nicht absichtlich.»

Christa setzte sich wieder. Die Wut war verflogen, die Traurigkeit blieb.

«Ich habe Jago gestern einen Antrag gemacht. Das hat mich meinen ganzen Stolz gekostet. Er ist weggelaufen. Er hat seine Wohnung verlassen. Er hat mich verlassen.»

Da schwieg Martin und senkte den Kopf. Kurz darauf sah Christa, wie eine Träne auf die Tischplatte tropfte. «Es tut mir alles so leid, Christa. Wenn ich es doch nur rückgängig machen könnte. Wenn ich doch nur wüsste, wie ich helfen kann.»

«Du kannst nicht helfen. Wir müssen alleine nach einer Lösung suchen.»

«Die Besuchsstunde ist vorüber!», gellte es plötzlich aus einem Lautsprecher, und Christa zuckte wieder zusammen.

Sie erhob sich. «Ich gehe, Martin. Pass auf dich auf. Am nächsten Samstag kommt Helene.»

Da hob Martin den Kopf. «Siehst du Werner bald wieder?»

«Heute Abend.»

«Sag ihm, sag ihm, dass … Ach, nichts. Sag ihm nichts.»

Auf dem Heimweg war die Last auf ihren Schultern nicht weniger geworden. Im Gegenteil: Auch Martins Zustand belastete sie. Er wirkte gebrochen, schlimmer noch als damals, als er aus dem KZ nach Hause gekommen war. Aber sie konnte ihm nicht helfen. Um vom Gefängnis in Preungesheim zurück in die Berger Straße zu kommen, musste sie am Bornheimer Friedhof vorbei. Das Versprechen, das sie Heinz gegeben hatte, fiel ihr ein. Sie musste mit ihm nach einem Baum für seine Mutter suchen. Wenn er erst einmal im Heim war, konnte sie froh sein, wenn sie ihn überhaupt noch sehen konnte. Oh Gott, Heinz wusste noch immer nicht, was ihm bevorstand. Helene wollte am Abend mit ihm sprechen. Aber wie brachte man einem kleinen Jungen bei, dass man nicht dafür geeignet war, seine Pflegefamilie zu sein?

Kapitel 26

Werner Hauff kam, als Christa die Wochenabrechnung in der Buchhandlung machte. Sie hatte nach dem Besuch bei Martin bis Ladenschluss gut verkauft. Die neue *Constanze*, eine Frauenzeitschrift, war gekommen. Und wie immer an diesen Tagen war der Laden voll. Frau Lehmann hatte sogar zwei Exemplare gekauft. Frau Spielvogel war gekommen, Gerti Volk und auch Frau Friedrich vom Lebensmittelladen. Christa hatte das Gefühl, dass die Mode, die in der Zeitschrift abgedruckt war, viele Frauen interessierte. Noch immer lag die halbe Stadt in Schutt und Asche, aber das Bedürfnis der Menschen, sich hübsch zu machen, war ungebrochen.

Werner klopfte an die Schaufensterscheibe, und Christa öffnete die Tür und ließ ihn herein.

«Komm mit hoch, Helene hat Waffeln gebacken. Sie möchte es Heinz so schön wie möglich machen. Sie hat sogar zwei Eier auf dem Schwarzmarkt gekauft. Aber keine Angst, die Zigaretten, die du uns für Martin gegeben hast, hat sie nicht angerührt. Ich habe leider die Lucky Strikes heute vergessen, als ich ins Gefängnis gegangen bin. Und Jago ist weg. Er hat mir einen Brief geschrieben, aber ich habe ihn noch nicht gelesen. Ja, ich weiß überhaupt nicht, ob ich ihn jemals lesen werde. Ach, Werner, es ist alles so ein schrecklicher Jammer.»

Werner Hauff hatte den Wortschwall über sich ergehen lassen wie ein Sommergewitter. «Ich möchte etwas mit dir besprechen, aber davor musst du dich beruhigen.» Er drückte Christa auf einen Stuhl, reichte ihr eine Zigarette, die sie hastig rauchte. Dann holte er ihr ein Glas Wasser aus der Leitung in der kleinen Buchhandlungsküche. «Trink das und höre mir bitte zu, ohne mich zu unterbrechen. Schaffst du das?»

Christa nickte, obschon sie sich dessen ganz und gar nicht sicher war. Da kniete Werner Hauff plötzlich vor ihr nieder. In der Hand hielt er eine kleine Schachtel, aufgeklappt, darin ein Ring.

«Christa Schwertfeger, ich bitte dich, meine Frau zu werden.»

«Was?»

«Heirate mich.»

Christa riss die Augen auf, ihr Mund klappte auf, aber es kamen keine Worte.

Werner erhob sich, setzte sich neben sie. «Ich weiß, dass du mich nicht liebst, aber das ist nicht das Wichtigste. Wir könnten in vier Wochen Mann und Frau sein. Heinz müsste nicht ins Heim. Es reicht, wenn ich dem Amt die Bescheinigung vom Standesamt vorlege, dass wir das Aufgebot bestellt haben.»

«Aber … aber das geht nicht!» Christa warf Werner einen Blick von der Seite zu, hielt sich noch immer vollkommen überrumpelt an ihrem Wasserglas fest.

«Lass mich reden, Christa, ich bitte dich. Wenn du mich heiratest, ist nicht nur Heinz in Sicherheit, ich bin es auch. Du weißt, ich liebe Männer und bin stets mit einem Bein im Gefängnis. Aber ich biete dir finanzielle Sicherheit. Für Heinz, für Helene, für dich.»

«Ich brauche keine finanzielle Sicherheit. Der Laden wirft genug ab zum Leben», sprach Christa, aber es war nicht das, was sie meinte.

«Ich weiß um deine Unabhängigkeit, für die ich dich bewundere. Und ich weiß, ich verlange ein großes Opfer von dir. Wenn ich nicht wüsste, dass du eine starke Frau bist, würde ich dir nie einen Antrag machen. Aber hier geht es um mehr. Wir könnten

Heinz adoptieren. Er wäre somit mein legitimer Nachkomme, würde eines Tages den Verlag erben. Er kann ihn weiterführen oder verkaufen.» Er streckte die Arme aus. «Christa, ich kann dir nichts bieten als Geld und Freundschaft. Das ist wenig, aber mehr, als die meisten haben.»

Christas Herzschlag beschleunigte sich, sie musste tief durchatmen, bevor sie neue Worte fand. «Das … das kann ich nicht», stieß sie hervor. Ihre Schultern sanken nach vorn, sie wirkte klein, doch sie hielt den Blick tapfer auf Werners Gesicht gerichtet und schüttelte den Kopf. Ihre Unterlippe zitterte. «Nein, Werner, das kann ich nicht.»

«Warum nicht? Es wäre gut für uns alle.»

Sie schluckte: «Für mich nicht. Was du vorschlägst, bedeutet, dass ich mich nie wieder in meinem Leben verlieben darf. Und dass ich nie Kinder bekommen werde.» Sie blickte Werner regelrecht entsetzt an, rutschte auf ihrem Stuhl hin und schob die zittrigen Hände unter den Po und suchte Halt auf ihrem Stuhl.

Alles in Christa bebte, aber sie zwang sich, ruhig zu sprechen. «Ich weiß, dein Angebot würde allen helfen, und nicht nur Heinz, vielleicht sogar Martin. Aber was ist mit mir? Zähle ich denn gar nicht?»

«Und ob du zählst! Aber denk noch einmal gründlich nach. Der Krieg hat die Männer gefressen wie ein Monster. In Frankfurt kommen auf einen Mann sechs Frauen. Es ist nicht sicher, ob du jemanden findest, den du heiraten kannst. Und es ist schon gar nicht sicher, ob du jemanden findest, mit dem du gut zusammenleben kannst, der dir nicht nur Liebhaber, sondern auch ein Freund ist. Einer, auf den du dich verlassen kannst. Die Ehe mit mir hätte mehr Vorteile, als du gerade siehst. So gut solltest du mich in der Zwischenzeit kennen, dass du weißt, dass ich immer für dich da bin. Für dich, für deine Mutter und natürlich auch für Heinz. Und deinen Traum von einem Kind brauchst du dir auch nicht zu versagen.» Er lachte kurz auf. «Ich liebe zwar Männer, aber ich kann auch bei einer Frau, die ich sehr gern habe, meinen Mann stehen.»

«Ich kann nicht glauben, dass wir dieses Gespräch hier führen.» Sie schaute verlegen zu Boden.

«Wir könnten jemanden in der Buchhandlung einstellen. Du könntest wieder studieren. Gerti Volk sagte doch neulich, dass sie sehr gern hier arbeiten würde, erinnerst du dich?»

Was ich gerade erlebe, ist nicht real. Christas Gedanken flogen vor und zurück. Sie sah aus, als hätte sie der Schlag getroffen. Wirkte vollkommen hilflos, und die Blässe in ihrem Gesicht ließ sie zerbrechlich erscheinen.

«Soll ich dich allein lassen? Ich könnte dir eine Stunde Zeit geben und derweil ins Café am Uhrtürmchen gehen. Wäre dir das recht?»

Christa nickte. Konnte nicht antworten. Hatte keine Worte mehr. Sie blickte aus dem Fenster. Zwang sich, tief zu atmen. Sie dachte an Heinz. Sie dachte an Martin. Sie dachte an Frau Dr. Schwalm. Oh, sie würde so gern das Studium wiederaufnehmen. Nichts lieber als das. Und sie hätte einen guten Mann. Einen, den man vorzeigen konnte. Sie vertraute Werner Hauff. Er hatte ja recht: Es gab nicht viele Männer, die zum Heiraten geeignet waren. Und die Liebe, na, auf die konnte man sich auch nicht verlassen. Sie dachte an Jago, und plötzlich fiel ihr sein Brief ein. Sie kehrte zurück an den Verkaufstresen, holte ihn aus ihrer Rocktasche. Sie drehte ihn mehrmals in den Händen. Sollte sie ihn wirklich öffnen? Ganz gleich, was darin geschrieben stand, es würde sie verletzen. Jago war weg, und auch sein Brief würde nichts an der Tatsache ändern, dass er sie verlassen hatte. Doch die Frage nach dem Warum würde bleiben. Sie nahm den Brieföffner vom Tresen. Ganz gleich, was er geschrieben hatte, schlimmer konnte der Tag nicht mehr werden. Entschlossen schlitzte sie den Umschlag auf, zog das Blatt heraus, faltete es auf und las:

Meine liebe Christa,

ich kann Dir mit normalen Worten nicht sagen, was ich für Dich empfinde. Ich kann es nur als Lyriker.

senfkorn.schattenblume

lass mich dich lassen liebste,
wir sehen uns wenn es zeit wird.
und lass es, falsch von mir zu denken:

mit dir war jeder tag ein urlaub.
lass mich dich lieben liebste
ich küsse dir im schlaf die schläfe,

entführe dich an einen ruhigen ort.
kein mensch gehört je
einem andern menschen

und ich gehör nicht dir –

Ich habe Dich verlassen, weil ich Dich liebe und Dir den besten Ehemann der Welt wünsche. Du hast ihn verdient. Ich bin es nicht wert, von Dir geliebt zu werden. Ich bin kein guter Mensch. Bitte verzeih mir, wenn Du kannst. Du wirst immer in meinen Gedanken sein.

In Liebe
Jago

Christa faltete den Brief wieder zusammen, steckte ihn zurück in den Umschlag. Sie fühlte nichts, doch ihre Hände zitterten. Es war, als wäre ihre Aufnahmefähigkeit für Gefühle vollständig erschöpft. Unruhig lief sie umher, rückte dort ein Buch, füllte den Zeitungsständer auf. Sie hatte den Eindruck, nichts zu denken, aber sie wusste, dass das nicht ging. Schon war eine halbe

Stunde vergangen. In dreißig Minuten würde Werner wieder hier sein und eine Antwort von ihr verlangen. Sie war so müde, so unendlich müde. Ach, wenn man sie doch in Ruhe ließe! Sie bückte sich nach einem Buch, das hinter das Regal gefallen war. Es waren *Die Abenteuer des Tom Sawyer* von Mark Twain. Sie nahm das Buch in die Hand und blätterte darin. Heinz liebte den Roman so sehr. Wahrscheinlich fühlte er sich Tom sehr nahe.

Christa lächelte, dachte an die vielen Abende seiner Krankheit, als sie ihm vorgelesen hatte. Als es ihm ganz schlecht ging, hatte Helene neben ihm sitzen und seine Hand halten müssen. Und Martin hatte nächtelang neben seinem Bett gewacht. Mein liebes Heinzchen, dachte sie.

Viele ihrer Freundinnen waren bereits verheiratet. Marlies war schwanger. Sie selbst war zwanzig Jahre alt, das beste Heiratsalter, hatte Frau von Wuselitz immer gesagt. Und Werner war kein schlechter Kerl. Sie hatte ihn von Anfang an gemocht, auch wenn er nicht so herzlich wirkte wie Martin oder Marlies. Wie er sich um Martin gesorgt hatte! Sie dachte auch an Helene, die einmal gesagt hatte: «In der Ehe kommt es nicht darauf an, wie sehr ihr einander liebt, sondern wie gut ihr miteinander leben könnt.»

Mit Werner konnte sie sicher gut leben. Er war unterhaltsam, sah in ihr nicht nur die Frau am Herd, die die Wohnung hübsch machte und den Kindern noch einmal das Haar kämmen würde, bevor er nach Hause kam. Er hatte gesagt, sie könnte ein Kind von ihm haben. Ein eigenes Kind. Noch nicht jetzt. Sie hatte ja Heinz. Und der machte ihr im Augenblick wirklich ein wenig Sorgen. Früher hatte er immer von seinen Geschäften erzählt, in der letzten Zeit aber war er verhaltener geblieben, und Christa war sicher, dass seine Zurückhaltung mit Martin zu tun hatte. Sie würde ihn trotzdem fragen. Außerdem brauchte er neue Kleidung. Er schoss in die Höhe wie ein junger Birkentrieb. Seine Hosen waren viel zu kurz, seine Hemden zu eng. Für einen Augenblick stellte sie sich das Leben an der Seite von Werner Hauff vor. Gerti Volk würde im Laden sein, und sie konnte nach Mainz fahren, wann immer sie Vorlesungen oder Seminare hatte. Natürlich bliebe sie die Chefin der Buchhandlung Schwertfeger. Zumindest bis Martin wiederkam.

Plötzlich trommelte jemand gegen die Ladentür. Christa fuhr herum und blickte direkt in die verheulten Augen ihrer Freundin Marlies. Schnell schloss sie Tür auf, und dann lag Marlies auch schon schluchzend in ihren Armen. Christa hielt sie fest, strich ihr über den Rücken.

«Was ist denn passiert?»

«Joe!», stieß Marlies hervor. «Der Schuft. Er ist schon verheiratet. In Amerika, in Maine. Er hatte nie vor, mit mir ein gemeinsames Leben zu führen. Er wollte mich nur als sein deutsches Frowlein-Liebchen. Ich war eine Affäre für ihn, mehr nicht.»

Christa führte sie zu einem Stuhl, holte ein Glas Wasser. Marlies trank in langsamen Schlucken. «Und ich bin doch schwanger!»

«Und was hat Joe dazu gesagt?»

«Ich hätte besser aufpassen müssen. Und dass es meine Sache sei. Er könnte ja gar nicht sicher sein, dass wirklich er der Vater ist.» Marlies' Schultern bebten, das Schluchzen schüttelte sie.

«Hast du ihm wenigstens eine geknallt?»

«Ehe ich dazu kam, war er schon weg.»

«Und nun? Willst du das Kind denn behalten?»

Marlies zuckte mit den Schultern. «Ich weiß nicht. Vielleicht kriege ich nie wieder einen Mann. Du weißt ja selbst, dass wir keine große Auswahl haben. Alle werden mich ‹Ami-Flittchen› nennen, und wer weiß, wie es dem Kind dann gehen würde.»

«Du hast recht, das wird schwer», gab Christa zu. «Stimmt es eigentlich, dass man von der Army ein bisschen Geld bekommt, wenn man ein Kind von einem G.I. erwartet?»

Marlies nickte. «Ja, eintausend Dollar. Aber was nützt mir denn das Geld? Ich weiß ja nicht mal, ob mich meine Mutter unterstützen wird. Du kennst sie ja. Streng katholisch. Ein uneheliches Kind wäre für sie eine Riesenschande!» Marlies schüttelte den Kopf. «Ich habe Angst, dass sie mich hinauswirft.»

«Könntest du denn abtreiben?» Christa sprach so behutsam wie möglich.

«Das weiß ich nicht. Eigentlich möchte ich nicht Gott spielen und entscheiden: Du darfst leben, und du musst sterben. Das Recht habe ich nicht. Oder?»

«Viele Frauen haben abgetrieben, weil es ihnen unmöglich war, ihre Kinder zu ernähren, weil sie nicht verheiratet waren und die Unehelichkeit als Schande sehen. Manche leiden darunter, andere nicht. Ich bitte dich nur, im Fall der Fälle zu einem Arzt zu gehen. Es gibt zwar jede Menge Engelmacherinnen, die wenig kosten, aber nicht jede Frau überlebt diesen Eingriff. Ich kann dir Geld leihen … Ich habe ein bisschen gespart, falls du dich für eine Abtreibung entscheidest.»

Marlies schaute auf. «Danke, Christa. Danke fürs Zuhören, danke für dein Hilfsangebot.» Sie tastete nach der Hand der Freundin. «Ich … ich … Das Kind will zur Welt kommen … ich darf es doch nicht daran hindern … ihm das Leben nehmen, nur weil ich nicht aufgepasst habe …»

Christa blickte auf ihre Uhr. Gleich müsste Werner zurückkommen. Sie streichelte Marlies' Hand. «Du überlegst dir ganz genau, was du möchtest. Wenn du dich entschließen solltest, das Kind zu bekommen, sehen wir weiter. Ich bin für dich da. Das weißt du, oder?»

«Ja, das weiß ich.» Marlies erhob sich, fiel Christa um den Hals. Sie ließ die Freundin los. «Wo ist denn der Prinz?»

Christa lächelte kläglich und hob die Schultern. «Er hat mich verlassen.»

Wieder fiel ihr Marlies um den Hals. «Ach, du Arme. Da weine ich dir die Ohren voll, und dabei steckst du selbst mitten im Liebeskummer. Aber schwanger bist du nicht, oder?»

«Nein. Das bin ich nicht. Obwohl ich mir immer einen kleinen Jungen mit ebensolchen schwarzen, wilden Locken gewünscht habe. Oder ein Mädchen.»

Werner klopfte an die Tür. Christa nickte ihm zu, nahm Marlies beim Arm. «Denk darüber nach, was du möchtest. Und dann beraten wir, wie es weitergeht. Deine Mutter ist auch nicht mehr die Frau, die sie vor dem Krieg war. Das ist niemand mehr. Und tausend Dollar sind viel Geld in der heutigen Zeit.»

Werner klopfte noch einmal gegen die Ladentür und fragte, ob er störe, ob er noch einmal wiederkommen solle. Aber Christa war schon dabei, Marlies zu verabschieden. Sie würden später reden. Jetzt ging es erst einmal um ihre eigene Zukunft.

«Ist alles in Ordnung?», fragte Werner, und Christa wusste, dass er die verweinte Marlies meinte.

«Wir haben alle unsere Probleme», wich sie aus. Sie hielt den Ladenschlüssel in der Hand, ließ ihn von einem Handteller in den anderen fallen. Sie war aufgeregt. Gleich würde sie eine der wichtigsten Entscheidungen ihres Lebens treffen.

Werner stand vor ihr, lächelte sie an. «Bist du zum Nachdenken gekommen oder brauchst du noch mehr Zeit? Ich möchte dich gewiss nicht drängen, doch der Termin mit dem Kinderheim steht vor der Tür.»

Da streckte Christa ihm die Hand hin und sagte: «Ich heirate dich!»

Kapitel 27

Werner und Christa heirateten im Oktober 1947 auf dem Standesamt. Marlies war Christas Trauzeugin, Frau Dr. Schwalm die Trauzeugin von Werner. Auf den Hochzeitsbildern stand Heinz vor Christa und Werner, und die beiden Erwachsenen hatten je eine Hand auf seine Schultern gelegt.

«Ich sehe aus, als wäre ich euer Kind», erzählte Heinz stolz.

«Das wirst du auch bald sein, mein Lieber», erklärte ihm Werner. «Wir werden dich adoptieren, und dann kannst du selbst entscheiden, ob du weiter Nickel oder lieber Hauff heißen möchtest.»

Helene, die heute den ganzen Tag ein Lächeln auf dem Gesicht trug, legte Heinz ihre Hand auf die Schulter. Christa nickte ihr zu. Als sie ihr damals gesagt hatte, dass sie Werner heiraten würde, da hatte Helene ebenfalls gelächelt. «Dann bist du endlich versorgt», hatte sie gesagt. «Gut versorgt. Alles andere wird sich finden.»

Christa war ein wenig enttäuscht gewesen. Ja, insgeheim hatte sie sogar gehofft, ihre Mutter würde der Heirat widersprechen, hätte einzig und allein Christas Glück im Sinn. Und das hatte Helene auch, jedoch auf eine Art, die sich nicht hundertprozentig mit Christas Ansicht vom Glück deckte.

Die Feier fand in der Gastwirtschaft statt, in der Frau Spielvogel arbeitete und Helene die Buchhaltung besorgte. Der Schankraum war ganz mit Holz getäfelt, auf Borden und Regalen standen Apfelweinkrüge und die zum Apfelwein gehörigen Gläser, Gerippte genannt. Hier hatte sich vor dem Krieg ganz Bornheim getroffen, und Christa hoffte, dass es bald wieder so sein würde.

Werner hatte zur Feier des Tages einen riesigen Braten organisiert. Dazu gab es grüne Bohnen und Kartoffeln.

Christa trug ein neues Kostüm aus gutem englischem Wollstoff, das Werner mit ihr gekauft hatte. Sein Verlag lief auch deshalb gut, weil die Amerikaner seine Noten kauften. Es gab im amerikanischen Headquarter Frankfurt ein Swing-Orchester, eine Bigband, einen gemischten und einen reinen Männerchor, dazu noch zwei Sängerinnen, die abends in den Klubs mit ständig wechselndem Programm auftraten. An Geld mangelte es nicht.

Werner selbst trug einen grauen Anzug, ein weißes Hemd und eine dezente Krawatte. Auch Heinz trug einen kleinen dunkelblauen Anzug. Er würde im nächsten Jahr gefirmt werden.

Und heute lernte Christa tatsächlich auch ihre Schwiegereltern kennen. Die Schwiegermutter Hildegard stellte ihre Perlenkette zur Schau und hatte beim Betreten die einfache Gastwirtschaft ein wenig naserümpfend betrachtet. Dann aber hatte Helene sie sofort in ein Gespräch verwickelt, und schon bald hörte Christa die beiden Frauen zusammen lachen.

Werner hielt ihre Hand und betrachtete seine Braut bewundernd. Besonders stolz sah er aus, als sein Vater ihm zu Christas Schönheit gratulierte.

Als es langsam Abend wurde, bekam Christa ein mulmiges Gefühl. Die Hochzeitsnacht stand bevor. Wie sollte sie sich verhalten?

Die Wohnung zwei Stockwerke über der Buchhandlung war rechtzeitig frei geworden, und Werner hatte sie renovieren lassen. Sogar in der Küche gab es nun fließendes warmes Wasser. Auch eine Etagenheizung war eingebaut worden. Es gab ein Wohnzimmer, ein Zimmer für Heinz, eine kleine Kammer – und ein Schlafzimmer. Mit einem Ehebett. Christa hatte es gesehen, es stammte aus den Beständen der Amerikaner und war viel größer als die, die man aus deutschen Vorkriegsschlafzimmern kannte. Christa hatte sich dieses Kingsize-Bett gewünscht, das sie in einer Zeitung gesehen hatte. Nach den Jahren, in denen sie sich mit Heinz eine schmale Liegestatt geteilt hatte, wollte sie sich endlich wieder richtig ausstrecken können. Und über einen kleinen Abstand zu Werner war sie auch nicht unglücklich.

Heute Nacht würde sie zum ersten Mal darin schlafen. Mit Werner neben sich. Sollte sie das Spitzennachthemd anziehen, das ihr Helene geschenkt hatte? Oder sollte sie in ihren warmen Schlafanzug schlüpfen und sich mit einem freundlichen «Gute Nacht» auf die andere Seite drehen? Wie ging das überhaupt vor sich? Wo zog man sich aus? Im Schlafzimmer? Guckte der andere dabei zu? Zog man sich zugleich aus? Ach, so viele Fragen, und je näher der Abend kam, desto größer wurde ihre Unsicherheit.

Da trat Hildegard Hauff auf sie zu. Sie gratulierte ihr noch einmal, dann drückte sie Christa ein längliches Päckchen in die Hand. «Das ist mein Hochzeitsgeschenk für dich», sagte sie. «Pack es aus.»

Christa entfernte das Papier und fand eine fein gearbeitete Schachtel. Sie hob den Deckel und entdeckte darin eine Kette aus Weißgold, mit Rubinen besetzt. Erstaunt blickte sie ihre Schwiegermutter an.

«Sie ist von meiner Großmutter, und in unserer Familie ist es Tradition, sie stets an die jüngste Frau zu verschenken. An ihrer Hochzeit selbstverständlich. Willkommen in der Familie Hauff. Ich hoffe, wir können Freundinnen werden.»

Für diese Worte war Christa so dankbar, dass ihr fast Tränen in die Augen stiegen. Sie umarmte Werners Mutter und sagte leise: «Ich werde mir Mühe geben, eine gute Schwiegertochter zu werden.»

Dann waren alle Gäste gegangen, und Heinz trug einen Korb mit den Geschenken. Christa, Werner und der Kleine gingen die Berger Straße entlang, Christa bei Werner eingehängt.

«Nun, Frau Hauff, wie geht es dir?», wollte Werner wissen.

Christa schluckte. Die Hochzeitsnacht rückte unaufhaltsam heran, sie hatte keine Ahnung, wie es ihr ging.

«Du musst keine Angst haben», versprach Werner, und Christa wusste nicht, ob er die Ehe, das Leben oder die Hochzeitsnacht meinte.

«Es geht mir gut», antwortete sie, wahrscheinlich mehr, um sich selbst Mut zu machen, als dass sie sich wirklich sicher war. Mit Jago war alles so einfach gewesen, so natürlich und richtig. Sie hatte keine Scham vor ihm gehabt. Aber Werner? Würde er ihren Körper vielleicht sogar mit dem eines Mannes vergleichen?

«Jetzt sind wir eine richtige Familie», jubelte Heinz in ihre Gedanken. «Mutter, Vater und Kind.»

«Na ja, ich könnte dein Vater sein, immerhin bin ich fünfzehn Jahre älter als Christa. Die ist aber viel zu jung, um deine Mutter zu sein.» Werner strich Heinz über den Kopf.

«Ich weiß.» Heinz grinste von einem Ohr zum anderen. «Aber das macht nichts. Wir sind eben eine besondere Familie.»

Trotzdem würde der Junge heute noch einmal unten bei Helene schlafen. Christa war damit einverstanden gewesen, denn was ihr bevorstand, erfüllte sie mit Furcht, und sie kalkulierte ein, dass sie womöglich weinend in der neuen Küche sitzen würde. Und wenn Heinz sie dann hörte! Nein, so war es besser.

Sie gab dem Jungen vor Helenes Wohnungstür einen Kuss, dann stieg sie hinter Werner die Stufen hinauf in den zweiten Stock.

Kaum waren sie in der Wohnung, griff Werner nach ihrer Hand. «Bist du auch so aufgeregt wie ich?»

Dieser Satz war für Christa die Erlösung schlechthin. Ja, Werner hatte auch Furcht. Sie war nicht allein. Und irgendwie ging dann alles wie von selbst. Sie zogen sich aus und schlüpften unter die Bettdecke. Und dann kam Werner zu ihr. Er war behutsam und zärtlich, und Christa fühlte sich in seinen Armen nicht nur begehrenswert, sondern zugleich geschützt und geborgen. Später lag sie mit verschränkten Armen im Bett und hörte auf Werners Atem.

«Heute beginnt ein neues Leben», sagte sie.

Werner drehte sich auf die Seite und berührte mit der Hand ihr Gesicht. «Ja, heute beginnt ein neues Leben. Und zwar eines, das wir beide uns eigentlich ganz anders vorgestellt hatten. Aber wir wollen das Beste daraus machen, nicht wahr, Christa?»

«Ja», erwiderte sie. «Wir wollen das Beste daraus machen.

TEIL 4

Kapitel 28

Und dann war es so weit, der große Tag war gekommen. Die mittlerweile immer wertloser gewordene Reichsmark verschwand. Der Schwarzmarkt machte die größten Verluste seit seinem Bestehen, die Deutsche Mark kam.

Christa hatte in der Zeitung gelesen, dass 5,7 Milliarden D-Mark in den USA gedruckt worden waren. Per Schiff und unter allergrößter Geheimhaltung waren die neuen Scheine nach Bremerhaven, von dort mit dem Zug nach Frankfurt und schließlich im Lastwagen in die Bank der deutschen Länder in die Taunusanlage transportiert worden.

Und plötzlich ging alles ganz rasch. Am Freitag, 18. Juni, wurde die Währungsreform verkündet, und bereits zwei Tage später fand die Geldzuteilung statt.

Doch zuvor hatten bereits Gerüchte die Runde gemacht und Stürme auf die Geschäfte, Kaufhäuser und Läden ausgelöst. Jeder wollte so viel des alten Geldes wie möglich unter die Leute bringen.

Christa kam kaum mit dem Verkaufen nach. Während Werner die Kisten mit den gelieferten Büchern auspackte, stellte Helene die Ware in die Regale, und Christa beriet die Kunden, und ja, es gab sogar einen Kunden, der sich nach dem Preis der Regale erkundigte.

Entlang der Berger Straße standen die Leute vor den Geschäften Schlange, und manch einer kaufte Dinge, die er wirklich nicht brauchte. Die Drogerie, die sich gegenüber dem Bethmann-Park befand, war am Samstagnachmittag vollständig leergekauft, und es hieß, der Besitzer habe ganze 32 000 Reichsmark umgesetzt.

Da konnte die Buchhandlung Schwertfeger nicht ganz mithalten, aber 24 000 Mark zahlte immerhin auch Christa bei der Bank ein.

Sie stand hinter Frau Lehmann am Einzahlschalter, und die Metzgerin flüsterte Christa zu: «Hast du schon gehört? Auf dem Schwarzmarkt kostet jetzt eine Zigarette 80 Mark und ein Pfund Kaffee 1500 Mark. Und der Dollar ist bis in den Himmel gestiegen: 975 Mark gibt es pro Stück. Die Leute sind außer Rand und Band. In den Lokalen sind alle Tische reserviert. Selbst die, die nie das Haus verlassen, gehen plötzlich essen.»

Am Abend des 18. Juni liefen in ganz Frankfurt die Rundfunkgeräte: Der Tag X ist da. Am Sonntag bekommt jeder Bürger der drei Westzonen vierzig D-Mark ausgezahlt, weitere zwanzig D-Mark gibt es später.

Werner las am Frühstückstisch aus der Zeitung vor, dass in ganz Frankfurt fast vierhundert Wechselstuben mit viertausend Beamten eingerichtet worden waren.

Christa zog sich ihr schönstes Kleid an. Es war ein besonderer Tag für sie. Ein Tag, der vieles veränderte, in einer Zeit, die beinahe täglich Veränderungen brachte. Es ging nicht um das Geld, nicht darum, Dinge kaufen zu können. Es ging um einen Abschluss. Für Christa war damit das Ende des Krieges erst wirklich besiegelt. Ab sofort würde es keinen Hunger mehr geben. Heinz ging zwischen Christa und Werner. Auch er hatte sich chic gemacht, trug die Anzughose und das weiße Hemd. Und Werner hatte sich sogar eine Blume ins Knopfloch gesteckt. Helene schritt an Christas linker Seite. Feierlich sahen sie aus, feierlich war ihnen zumute, nur Helenes Lächeln war ein wenig kläglich.

«Ich glaube es erst, wenn ich die neuen Waren in den Geschäften sehe. Wenn ich mir wieder gezuckerte Milch für meinen Kaffee in jedem Laden kaufen kann», sagte sie.

Die Leute, die sie auf der Straße trafen, lächelten. Sie trafen Marlies, die fröhlich mit zwei Geldscheinen wedelte. «Na, wisst ihr schon, was ihr mit dem Geld macht?», rief sie.

«Eigentlich müssten wir Champagner dafür kaufen und feiern», meinte Werner.

Christa schüttelte den Kopf. «Oh nein, es gibt so viele andere Dinge, die wir brauchen.»

Lehmanns standen am Platz mit dem Uhrtürmchen. Auch Frau Lehmann trug ein Festkleid. Sie nahm Helenes Hand und drückte sie fest: «Jetzt wird alles besser», sagte sie, und da lächelte auch Helene breit. «Ja. Jetzt wird alles besser.»

Eine halbe Stunde später hielten sie die neuen Scheine in den Händen. Heinz ließ sie flattern, um ihr leises Knistern zu hören. Helene faltete sie ordentlich und verstaute sie sorgsam in ihrer Geldbörse, die Geldbörse in der Tasche, und die Tasche hielt sie fest unter den Arm geklemmt. Werner steckte die Scheine lässig in seine Hosentasche. Und Christa hielt sie in der Hand, schloss die Faust um das Papier, als müsste sie das Geld spüren, um daran glauben zu können.

Am Dienstag, 22. Juni, unternahmen Helene und Christa einen Stadtbummel. Vor einem Koffergeschäft an der Hauptwache blieben sie stehen und bestaunten hinter den blitzenden Scheiben die neu ausgestellte Ware, von der sie nur eine Woche zuvor nicht zu träumen gewagt hätten. Da standen Einkaufs- und Aktentaschen aus Schweinsleder, elegante Handtaschen in verschiedenen Farben und Ausführungen aus Rinds- und Kalbsleder. Geräumige Koffer, Maniküresets und sogar kleine quadratische Köfferchen, in der die Dame von Welt ihre Wasch- und Schönheitsartikel transportieren konnte.

Nebenan wurden Fahrräder angeboten. Christa zählte insgesamt elf verschiedene Modelle.

«Das wäre etwas für unseren Heinz», seufzte Helene.

«Bis zu seinem Geburtstag ist es nicht mehr lange hin», erwiderte Christa. «Werner hat schon vorgeschlagen, ihm ein Rad zu schenken.»

Sie schlenderten weiter, bestaunten die neuen Töpfe und Geschirrsets, betrachteten die Auslagen der Modegeschäfte. Eine blaue Bluse hatte es Christa besonders angetan. Auf dem kleinen Preisschild daneben stand die Zahl 35 und dahinter der neue Begriff *Deutsche Mark*. Sie seufzte. «Ist sie nicht wunderschön? Am liebsten würde ich meine vierzig neuen Mark sofort dafür ausgeben.»

«Warte noch ein bisschen. Jetzt kaufen alle. Aber wenn der erste Rausch vorüber ist, senken sie bestimmt die Preise. Dann kaufe ich mir die kuschlige dunkelgrüne Strickjacke dort», meinte Helene, und Christa gab zu, dass die Mutter nicht unrecht hatte. Da blieb Helene plötzlich stehen und deutete auf den Frisiersalon gegenüber. «Da bin ich vor dem Krieg immer hingegangen.» Sie griff sich in ihr halblanges Haar, das sie heute zu einem Knoten gesteckt hatte. «Wie gern würde ich mich mal wieder frisieren lassen.»

«Gut, dann sehen wir mal, ob wir einen Platz finden, Mama. Und ich lasse mir auch endlich eine moderne Frisur schneiden.»

Lachend und Arm in Arm betraten sie den Salon.

«Zweimal waschen, schneiden und trocknen? Aber sehr gern, die Damen. Bitte nehmen Sie doch Platz.» Der Friseur rückte für Helene und Christa einen Stuhl zurecht. «Heute waren schon fünf Herren da. Messerformschnitt für 1,20 Mark. Und zwei Wasserwellen für 2,40 Mark. Bitte, meine Damen, Sie werden sich wie neugeboren fühlen.»

Eineinhalb Stunden später erstrahlten Helenes Haare in einem eleganten Braun und reichten ihr leicht gelockt bis über die

Ohren, während Christas Haare nur noch bis zu ihren Schultern reichten, aber glänzten, als hätte sie jedes einzelne davon poliert.

Am Mittwoch kam der erste Verlagsvertreter in die Buchhandlung und machte sie mit dem neuen Programm vertraut. Er vertrat mehrere Verlage und legte Christa zuerst die neuen Kinderbücher ans Herz, aber Christa schüttelte den Kopf.

«Ich weiß nicht genau, warum, aber im Augenblick sind Fachliteratur und wissenschaftliche Bücher besonders gefragt. Kurz vor der Reform, da haben die Kunden alles gekauft, was es gab. ‹Bitte für zehn Mark Zeitschriften. Aber möglichst mit Bildern› – so hat es in der Zeitung gestanden, aber das ist jetzt vorbei. Bücher sind wieder Schätze geworden. Für ein gutes Buch ist immer noch Geld da.» Und wie zur Bestätigung verkaufte Christa nur einen Tag später Hans Bernd Gisevius' Memoiren *Bis zum bitteren Ende* dreimal, obschon jedes Exemplar 34 DM kostete.

Am Samstag ging Christa noch einmal in die Stadt, aber dieses Mal nicht zum Bummeln, sondern um Heinz einzukleiden. Sie kauften Schuhe, eine Jacke für den Herbst, zwei kurzärmelige Hemden und seine erste Badehose.

Am Sonntag war Christa vollkommen erschöpft. «Ich habe nicht gedacht, dass neues Geld so anstrengend sein kann.»

Kapitel 29

Christa, Werner und Heinz saßen am Kaffeetisch, vor sich Tassen mit echtem Kaffee und Kakao für Heinz. Auf einer Kuchenplatte lag Sandgebäck.

«Ich kann es noch gar nicht fassen.» Christa schüttelte den Kopf. «Wir haben in der Woche vor der Währungsreform den Umsatz unseres Lebens gemacht. Alle Kunden wollten ihre alten Markstücke und Scheine noch loswerden. Die Regale sind leer.» Sie lachte auf. «Gerti kam kaum hinterher mit dem Abkassieren. Wenn uns Gunda Schwalm und Heinz nicht geholfen hätten, wären wir untergegangen.» Sie lächelte Heinz an. «Und nun das neue Geld. Die ganzen Geschäfte auf der Berger Straße haben ihre Schaufenster neu dekoriert. Im Haushaltswarengeschäft Meier standen Küchen, und ich werde nach dem Kaffee gleich wieder runter in den Laden gehen und die neuen Bücher auspacken. Es ist wie ein Wunder!»

Werner griff über dem Tisch nach Christas Hand. «So aufgeregt habe ich dich das letzte Mal bei unserer Hochzeit gesehen», sagte er lächelnd und streichelte die Hand seiner Frau.

«Ja, das Leben ist ja auch aufregend ... Und, was kauft ihr euch als Erstes von dem neuen Geld? Heinz, sag du.»

Der Kleine, inzwischen bald elf Jahre alt und gar nicht mehr so klein, schob die Unterlippe nach vorn. «Schokolade. So viel, wie ich nur essen kann. Und Kuchen. Und wenn dann noch Geld übrig ist, dann ...»

«… dann kaufen wir dir endlich mal ein Paar Schuhe, die richtig passen», ergänzte Christa.

«Och, ich dachte, ich kann das ganze Geld für mich behalten», murrte Heinz, wirkte dabei aber recht fröhlich.

«Stimmt, das haben wir dir versprochen, und das halten wir auch», ergänzte Werner. «Die Schuhe kannst du als Lohn für deinen gestrigen Einsatz in der Buchhandlung betrachten. Nachher allerdings brauchen wir deine Hilfe noch einmal.»

Eine halbe Stunde später packte Heinz im Laden die ersten Kisten aus, obwohl heute Sonntag war. Aber auch sie mussten die Schaufenster neu dekorieren. Zehn Exemplare von Hermann Kasacks Roman *Die Stadt hinter dem Strom*, zehn Exemplare von Jean-Paul Sartres *Der Ekel*, zwanzig Exemplare der Anthologie *Deine Söhne, Europa*, herausgegeben von Hans Werner Richter, dazu noch die neuen und neu aufgelegten Romane von Anna Seghers und Oskar Maria Graf, außerdem die aktuelle Ausgabe der Literaturzeitschrift *Ulenspiegel* mit einer Geschichte von Wolfgang Weyrauch, der derzeit ein maßgeblicher Vertreter einer neuen Nachkriegsliteratur war.

Ein schmales Bändchen mit dem Theaterstück von Wolfgang Borchert *Draußen vor der Tür* war ebenfalls erschienen. Der Autor war viel zu jung im November des letzten Jahres gestorben, doch sein Stück hatte für viel Aufsehen gesorgt.

Dazu kamen noch zwanzig Exemplare eines ins Deutsche übersetzten amerikanischen Kochbuchs. Im nächsten Paket befanden sich sechs Atlanten mit den Grenzen von 1945, dazu zwei Dutzend Duden, zwei Globen, drei Fremdwörterbücher und dreißig einbändige Lexika.

Christa betrachtete die neuen Bücher voller Ehrfurcht. Sie waren auf hellem Papier gedruckt, teils in Leinen gebunden und hatten sogar ein Lesebändchen. Sie strich mit der Hand über den neuesten, auf Deutsch erschienenen Roman von Jean-Paul Sartre und blickte auf. Werner war gerade dabei, die antiquarischen Bücher mit den aktuellen Preisen nach der Währungsreform auszuzeichnen, und Heinz stapelte neue Ware auf dem Tisch mit den Neuerscheinungen. Christa sah sie beide und dachte: Meine Familie. Es fühlte sich gut und richtig an. Werner war ihr ein zuverlässiger und verständnisvoller Ehemann. Christa hatte auf Werners Zuraten hin tatsächlich Gerti Volk eingestellt, die ihre Arbeit mit Feuereifer erledigte. Sie selbst war meist nachmittags im Laden und fuhr vormittags nach Mainz in die Universität. Sie konnte einige Vorlesungen und Seminare nicht besuchen, und Frau Dr. Schwalm sorgte dafür, dass Christa trotzdem nichts verpasste. Sie war jetzt Mutter, auch wenn der Sohn nur zehn Jahre jünger war als sie selbst. Es hatte sich alles zum Guten gewendet. Ja, Christa war vielleicht nicht überglücklich, aber doch glücklich.

Und dann war Martin zurückgekommen, wegen guter Führung entlassen. Seit einer ganzen Woche war er schon da, hatte sich jedoch weder in der Buchhandlung noch in Hauffs Wohnung blicken lassen. Nicht einmal nach Heinz hatte er geschaut. Es war, als würde er allen aus dem Weg gehen. Christa fragte Helene, wie es ihm ging, doch die Mutter zuckte nur mit den Schultern. «Er hat gesagt, er wird jetzt ein neues Leben beginnen. Alles wird anders. Aber wie, das hat er nicht gesagt. Er ist meist in seinem Zimmer. Was er dort macht, weiß ich nicht. Manchmal klingt es, als würde er beten.»

«Beten?»

«Ja, er murmelt und dann sagt er ‹Amen›.»

Es war Abend, Werner und Heinz kabbelten sich gerade im Wohnzimmer, als Christa entschied, Martin aufzusuchen. So konnte es nicht weitergehen.

Helene öffnete ihr die Wohnungstür.

«Hast du mit Martin gesprochen?», fragte Christa ihre Mutter.

Helene schüttelte den Kopf und seufzte. «Ich mache mir Sorgen um ihn. Ich habe mir immer Sorgen um ihn gemacht, aber jetzt weiß ich nicht mehr, was ich tun soll. Jeden Tag klopfe ich mehrmals an seine Tür, doch er öffnet einfach nicht.» Sie rang die Hände. «Er hat immer geredet, wenn etwas war. Sein Schweigen ängstigt mich. Meinst du … er … er …?»

Sie sprach die Worte nicht aus, doch Christa wusste auch so, was sie zu bedeuten hatten. Martin hatte so viel Leid erlebt. Vielleicht war er einfach zu müde, um noch einmal neu anzufangen. Vielleicht hatte er einfach keine Kraft mehr.

«Nein», antwortete Christa, obwohl auch Werner diese Befürchtungen hatte. Ja, er hatte sogar vorgeschlagen, die Tür einfach einzutreten. Er wollte Martin zum Arzt schicken, zu einem Psychiater, wenn es denn half. Er war bereit, dafür zu zahlen, und er hatte nur den Wunsch, den Freund nicht nur gesund, sondern auch zufrieden zu sehen. Was dafür nötig war, würde er tun.

«Lass es mich noch einmal versuchen, bevor du die Tür eintrittst», hatte Christa gebeten.

Jetzt klopfte sie energisch an Martins Zimmertür. «Mach auf, ich muss mit dir reden.»

«Ich habe keine Zeit.»

Christa klopfte erneut, diesmal noch lauter. «Mach auf, oder ich komme einfach so rein.»

Endlich öffnete Martin die Tür, und Christa erschrak über seinen Anblick. Sein Gesicht war grau, die Augen von dunklen Ringen umschattet, die Lippen spröde. Seine ganze Erscheinung wirkte kraftlos und müde. Unsagbar müde.

Suchend sah sich Christa um, dann setzte sie sich aufs Sofa, faltete die Hände im Schoß. «Nur, damit du es weißt: Die Adoption ist durch. Heinz gehört jetzt offiziell zu Werner und mir. Er heißt auch so wie wir. Man hat uns gesagt, dass sie mit uns eine Ausnahme machen, weil die Heime restlos überfüllt sind. Ich hätte nicht das Alter für eine Mutter und wahrscheinlich auch noch nicht die dazugehörige Reife. Zum Glück ist Werner fünfzehn Jahre älter als ich.»

«Das ist gut.»

«Ist das alles, was du zu sagen hast?»

Martin hob die Schultern, doch Christa ließ nicht locker.

«Wie soll es jetzt weitergehen mit dir? Übernimmst du die Buchhandlung wieder? Ab wann?»

«Christa, bitte lass mich. Ich muss einiges in meinem Leben neu ordnen. Das ist nicht einfach.»

«Auch nicht für uns, Martin. Deshalb musst du uns aber nicht meiden. Heinz fragt nach dir.»

«Ich hab euch nur Unglück gebracht», murmelte Martin und vergrub das Gesicht in den Händen.

Da erhob sich Christa und verließ das Zimmer.

Kurz darauf hörte Martin die Wohnungstür zuschlagen. Sie wird es nicht zugeben, dass ich Unglück bringe, dachte er. Aber ich weiß, dass sie so fühlt. Ohne mich wäre ihr Leben anders verlaufen. Sie hätte studiert, wäre mit Jago oder einem anderen glücklich geworden. Einem Mann ihrer Wahl.

Er dachte an Werner, und Erinnerungen an Buchenwald stiegen in ihm hoch. Als der dänische Arzt Dr. Vaernet Freiwillige suchte, die er von ihrer Homosexualität heilen wollte, da hätte ich mich freiwillig gemeldet, aber ich war ja nicht als Schwuler im KZ, obschon ein Verdachtseintrag in meiner Akte stand. Zum Glück war ich zu feige. Ich habe sie leiden sehen, schreien gehört. Die meisten Freiwilligen sind gestorben. Vielleicht wäre es besser, ich wäre nicht mehr da. Der Gedanke an Selbstmord durchzuckte ihn nicht das erste Mal. Erhängen? Tabletten? Erschießen? Dann wäre endlich Ruhe.

Wieder tauchte Werner vor ihm auf. Ich liebe ihn noch immer, habe nie aufgehört, ihn zu lieben. Und jetzt ist er Christas Mann.

Sie hätte keinen besseren finden können. Wie hat er es geschafft, normal zu werden? Helene erzählt, die beiden führen eine glückliche Ehe. Geht das?

Nein, ich darf ihn nicht treffen. Darf nichts gefährden, muss weiterhin an der Tür lauschen, ob es still ist im Treppenhaus, ehe ich die Wohnung verlasse. Was würde Werner sagen, wenn wir uns doch mal gegenüberstehen? Vielleicht denkt er manchmal an mich, hat Sehnsucht wie ich? Nein, Werner ist stärker als ich, war er schon immer. Er hat sich entschieden.

Was soll ich tun? Wie kann ich das hinter mir lassen, was passiert ist? Die Erinnerungen besiegen, auch ans Gefängnis. Ich bin so froh, nicht mehr eingesperrt zu sein, nicht mehr zu hören, wie abartig und pervers ich bin. Keiner weiß, wie das ist, als Homosexueller im Knast. Wie oft bin ich vergewaltigt worden? Ich habe es nicht gezählt. Und das war das Schlimmste, dass ich meine sündigen Gedanken nie losgeworden bin. Selbst nach einer Vergewaltigung habe ich an Werner gedacht, mich nach ihm gesehnt. Wie schuldig kann man werden? Muss ich wirklich sterben, um meine Lust zu töten? Dabei will ich mich nicht mehr verstecken müssen, nicht mehr schuldig und schambesetzt sein.

Gestern war ich bei Pfarrer Lenz. Heimlich, habe ihm alles erzählt, auch von meinem Todeswunsch habe ich gesprochen. Und er hat genickt, als würde er ebenso denken. Hat nicht einmal Anstalten gemacht, mich davon abzubringen. Als Pfarrer, der doch schon aus Berufung keinen Selbstmord tolerieren darf.

Hat er das ernst gemeint, als er mir einen Exorzismus vorschlug? Ich soll mir den Teufel austreiben lassen, der angeblich in meinen Lenden hockt?

Oder soll ich Dr. Brinkmann folgen, der vorschlug, mich kastrieren zu lassen?

Aber was ist der Mensch ohne Liebe?

Kapitel 30

Christa saß in der Buchhandlung und überlegte. Sollte sie Dr. Brinkmann bitten, herzukommen und nach Martin zu sehen? Sie hatten ihn gestern Abend gefunden. Werner und sie waren im Kino gewesen, im Schützenhof, keine zweihundert Meter von der Buchhandlung entfernt. Es gab *Der Engel mit der Posaune* mit Paula Wessely in der Hauptrolle. Nach dem Ende des Films hatten sie das Kino durch den Seitenausgang, der in die Wiesenstraße führte, verlassen. Und da hatte er gekauert. Wie ein Tier, das man in die Enge getrieben hatte. Martin. Das weiße Hemd war am Rücken blutdurchtränkt. Er hatte gezittert, obwohl der Sommerabend noch warm gewesen war.

Werner hatte sich vor ihm auf den Boden gekniet. «Was ist los, Martin? Was ist passiert?»

Und Martin hatte aufgeschaut, hatte Werner mit beiden Händen weggestoßen und geflüstert: «Ich bin der Teufel. Geh weg von mir.»

Christa hatte ihn hochgezogen und nach Hause gebracht, während Werner mit versteinertem Gesicht hinter ihnen hergelaufen war. Helene hatte Martin in der Küche das Hemd ausgezogen. Da war sein Rücken voller blutiger Striemen gewesen, als hätte ihn jemand mit einer Reitpeitsche gezüchtigt. Christa hatte aufgeschrien und den Doktor holen wollen, aber Martin hatte sie am Arm festgehalten. «Nicht. Nicht den Doktor!»

Helene hatte sie nach oben geschickt, und da hatte Christa

Werner im Wohnzimmer gefunden. Er saß da, die Hände vors Gesicht geschlagen. Sie hatte sich neben ihn gesetzt, hatte ihre Hand auf seine Schulter gelegt. Sie hatten beide geschwiegen, dann hatte Christa gesagt: «Du liebst ihn noch.» Und Werner hatte genickt. Da war Christa aufgestanden und ins Bett gegangen. Sie hatte die ganze Nacht wachgelegen, hatte auf Werner gewartet, der nicht ins Bett gekommen war. Und sie hatte sich gefragt, ob ihr Leben nicht eine Lüge sei. Ja, sie war glücklich gewesen, aber was war dieses Glück wert, wenn Werner und Martin sterbensunglücklich waren?

Oh, wie gern würde sie mit jemandem sprechen. Aber wem konnte sie sich anvertrauen?

Beim Frühstück herrschte Schweigen. Zum Glück kriegte Heinz nicht viel mit, munter erzählte er von Willi und ihrem Ausflug. Die beiden Jungs hatten einen sichtlich aufregenden Nachmittag erlebt.

Um neun Uhr hatte Christa dann pünktlich die Buchhandlung aufgemacht, ohne Werner und heute Vormittag auch ohne Gerti Volk. Beim Gedanken an Martin seufzte sie tief. In diesem Augenblick kam ein Kunde zur Tür herein: Pfarrer Lenz.

«Guten Morgen, Frau Hauff. Ich wollte mich nach Martin erkundigen. Wie geht es ihm?»

Christa sah Besorgnis in seinem Gesicht. «Warum fragen Sie?»

Der Blick des Pfarrers irrte durch den Laden. «Nun, er war gestern bei mir.»

«Und was hat er gewollt?»

«Ich weiß nicht, ob ich darüber sprechen kann.»

Da sprang Christa auf, beugte sich weit über den Verkaufstresen. «Sie müssen mit mir sprechen, Pfarrer Lenz. Sie müssen, denn Martin liegt da oben, spricht nicht, lässt keinen Arzt zu sich. Und wenn er etwas sagt, dann nur: ‹Ich bin so schlecht, dass nicht einmal der Teufel mich will.› Ich habe Angst, dass er verrückt wird. Also sagen Sie schon, was passiert ist.»

Der Pfarrer trat von einem Bein auf das andere. «Er kam wegen einer Angelegenheit zu mir, die unter das Beichtgeheimnis fällt. Ich habe ihm geraten … Ach, es spielt keine Rolle, was ich ihm geraten habe. Aber er hat nicht gewollt und ist gegangen. Später habe ich bemerkt, dass aus meinem Arbeitszimmer ein Buch fehlt. *Die Praxis des Exorzismus*, ein Buch aus dem 18. Jahrhundert. Ich bin ihm nachgegangen, habe ihn aber nicht gefunden.»

Christa nickte. «Er hat den Exorzismus an sich selbst ausprobiert. Hat sich mit Rosenzweigen gepeitscht, hat auch seinen Gürtel genommen, um sich zu verletzen. So viel habe ich verstanden.» Sie ging um den Verkaufstresen herum und stellte sich vor dem Pfarrer auf. «Als ob das was helfen würde! Verstehen Sie denn nicht? Martin fühlt sich von allen verlassen. Auch von Gott. Sie hätten ihm sagen müssen, dass Gott für ihn da ist. Gerade jetzt!»

Der Pfarrer verzog das Gesicht. «Ich werde zu ihm gehen. Er ist doch oben, oder?»

Christa stemmte die Fäuste in die Seite. «Was haben Sie vor? Was wollen Sie ihm sagen? Dass er verdorben ist bis ins Mark? Dass er seinem Trieb abschwören soll? WAS?, Herr Pfarrer, was würde ihm helfen? Wissen Sie, dass er gestern Vormittag auf dem Gewerbeamt war, um sich wieder als Geschäftsführer der Buchhandlung eintragen zu lassen? Wissen Sie auch, was man ihm dort gesagt hat? Er wäre unwürdig. Ja, da staunen Sie. Unwürdig, ein Geschäft zu führen. Und dann auch noch eines, in das Kinder kommen. Zum Arbeitsamt haben sie ihn geschickt. Und dort hat man ihm gesagt, er soll in den Adlerwerken arbeiten. In den Adlerwerken, ausgerechnet! Martin mag in Ihren Augen ein Sünder sein, aber er ist ein Mensch! Ein Mensch, der Furchtbares hat durchmachen müssen. Ein Mensch, für den es keine Erleichterung gibt.» Sie brach ab. «Gehen Sie, Herr Pfarrer. Gehen Sie und lassen Sie ihn in Ruhe.»

Als die Ladentür zuschlug, drehte Christa sich um und verschwand in dem kleinen Büro hinter dem Verkaufstresen. Wir leben alle eine Lüge, dachte sie. Werner und ich tun, als würden wir eine Ehe führen, dabei haben wir in über einem Jahr erst ein halbes Dutzend Mal miteinander geschlafen. Werner ist freundlich und fürsorglich, aber er ist nicht glücklich, und ich bin es auch nicht. Alles fühlt sich falsch an. Auch für Helene, der es weh tut, den Schwager so zu sehen. Und Heinz ist traurig, versteht nicht, warum sein Onkel Martin nicht mehr mit ihm spricht, ihm sogar aus dem Weg geht. Wir haben es gut machen wollen – und haben alles falsch gemacht. Ich habe mir eingeredet, dass alles gut ist, wie es ist. Aber ich habe mir etwas vorgemacht. Werner und ich sind gute Freunde. Das ist viel, das ist mehr, als es in vielen anderen Ehen gibt. Aber es reicht nicht. Nicht für Werner, nicht für Martin, nicht für mich. Allein schaffe ich das nicht. Ich muss mit jemandem darüber reden.

Sie griff zum Telefonhörer, rief in der Universität Mainz an und bat darum, Frau Dr. Schwalm etwas auszurichten. Sie hätte vielleicht auch mit Helene sprechen können, aber es widerstrebte ihr, mit der Mutter über ihr Sexualleben zu sprechen. Außerdem wusste sie nur zu gut, dass Helene ihre Ehe mit Werner guthieß, ganz gleich, wie viel sich im Schlafzimmer abspielte.

Christa wollte gerade den Laden schließen, als sie Frau Dr. Schwalm am Fenster entdeckte.

«Ich habe deine Nachricht bekommen. Man sagte mir, es sei dringend. Was ist los, Christa?»

«Nicht hier, Gunda. Ich habe mir heute Abend freigenommen, Werner passt auf Heinz auf. Lass uns in diese neue Bar gehen, gleich um die Ecke.»

Gunda war einverstanden, und wenig später saßen sie sich gegenüber und staunten die Karte an. Der Kellner hatte ihnen einen kleinen Tisch in einer Nische gegeben, sodass sie sich in Ruhe unterhalten konnten, ohne dass die Leute am Nachbartisch was mitkriegten.

«Manhattan heißt hier ein Cocktail. Weißt du, woraus er besteht?», fragte Christa.

«Ich habe nicht die geringste Ahnung. Aber ich nehme eine Piña colada. Ich habe mal einen Film gesehen, in dem jemand so was bestellt hat. Es sah wirklich interessant aus. Ganz hell, fast weiß.»

«In Ordnung, die nehme ich auch.»

Sie schwiegen, während der Barmann die Cocktails mixte. Dann betrachteten sie das Getränk mit der Ananasscheibe auf dem Glasrand, dem bunten Papierschirmchen und der knallroten Cocktailkirsche. Eine Farbenpracht, die eigentlich gar nicht zu meiner Stimmung passt, dachte Christa.

«Nun sag schon, was ist los?», fragte Gunda schließlich, nachdem sie beide den ersten Schluck probiert hatten.

Und Christa sprudelte los. Erzählte, dass sie Angst hatte um Martin, Angst auch um Werner, dass ihr Leben eine Lüge sei, dass sie alle unglücklich wären und dass sie nicht wüsste, was sie nun tun sollte.

Gunda hörte aufmerksam zu, rührte nur ab und an mit einem Strohhalm in ihrem Getränk. Als Christa fertig war, fasste sie das Gehörte zusammen: «Martin liebt Werner, und Werner liebt Martin. Verheiratet ist Werner aber mit dir. Du liebst Jago, aber der ist verschwunden. Im Übrigen besteht die Gefahr, dass Martin verrückt wird oder sich etwas antut. Richtig?»

Christa nickte. «Wenn ich nur einen Ausweg wüsste. Es geht mir gut mit Werner, wir haben gemeinsam Heinz adoptiert. Ich kann mich also gar nicht von ihm trennen. Was soll ich tun? Die Buchhandlung aufgeben und wegziehen? Würde das helfen?»

«Ich glaube nicht.» Gunda schüttelte den Kopf. «Die Buchhandlung muss in deiner Hand bleiben. Sie ist schließlich ein Familienunternehmen in der dritten Generation. Vielleicht könntet ihr zu Werners Eltern in deren Villa ziehen … Hm, dann wäre aber der Schulweg für Heinz zu weit. Wenn jemand ausziehen sollte, dann Martin. Aber das geht auch nicht, weil seine Wohnung das Letzte ist, was ihm geblieben ist.»

«Genauso ist es.»

«Würdest du Werner denn freigeben?»

Christa schüttelte ganz langsam den Kopf, so als wäre dieses Kopfschütteln kein Nein, sondern ein Kopfschütteln der Verwunderung. «Ich habe Werner sehr gern.»

«Aber du liebst ihn nicht?»

«Was ist schon Liebe, Gunda? Du siehst ja, wohin wir gekommen sind, weil sich zwei lieben, die sich nicht lieben sollten. Werner und ich sind Freunde, ich kann mich auf ihn verlassen. Ich möchte nicht ohne ihn sein. Und da ist Heinz. Bei einer Scheidung würde ich ihn verlieren.»

Gunda griff über den Tisch nach Christas Hand. «Ich weiß, meine Frage wird dir jetzt unanständig vorkommen, ich muss sie dir trotzdem stellen. Würdest du Werner teilen?»

«Was meinst du mit teilen? Denkst du vielleicht an Martin? Soll Werner sich abends bei Dunkelheit im Morgenrock nach unten in Martins Bett schleichen? Ist es das, was du meinst?» Sie wartete Gundas Antwort gar nicht erst ab, sondern sprach weiter: «Denkt eigentlich irgendjemand mal daran, was ich so fühle? Ich habe verzichtet, aber jetzt ist es genug. Ich habe mein Bett geteilt und meinen Tisch, meinen Mann teile ich nicht. Mit niemandem.»

«Dann gibt es auch keine Lösung, die für euch alle zum Guten wäre.» Gunda lehnte sich zurück, genoss ihren Cocktail. «Lecker!»

Christa lachte unfroh auf. «Wüsstest du denn eine Lösung. Für uns drei?»

«Ja, ich habe da so eine Idee.»

«Sag schon, was für eine Idee?»

«Also gut. Ich habe mich erkundigt. In der Schweiz ist Homosexualität erlaubt. Oder besser gesagt: Sie steht seit 1942 nicht mehr unter Strafe.»

«Pah! Hast du eine Ahnung, wann es hier so weit ist? Bis dahin sind wir alle grau und verrückt geworden.»

«Lass mich ausreden.»

«Verzeih, ich bin schon still.»

«Stell dir einmal folgendes Szenario vor: Der Notenverlag Hauff gründet eine Dependance in der Schweiz. Es muss ja nicht Zürich sein. Vielleicht in Basel oder in Bern. Martin zieht dorthin und leitet die Dependance, denn die Buchhandlung ist ja für ihn verloren. Und Werner pendelt zwischen der Schweiz und Frankfurt hin und her. Ist er hier, hast du ihn ganz für dich. Ist er in der Schweiz, dann hat Martin ihn ganz für sich.»

Christa reckte den Arm, winkte dem Kellner. «Noch eine Piña colada, bitte. Aber mit viel Rum.» Dann wandte sie sich an Gunda: «Puh. Das muss ich erst einmal verdauen. Danke, dass ich mit dir so offen sprechen kann.»

Erst als die Musik aus der Truhe einsetzte, sprach sie ihre Gedanken leise aus: «Wir könnten eine Familie bleiben, Werner, Heinz und ich. Und Martin würde bekommen, was er sich am meisten ersehnt. Aber woher sollen wir das Geld nehmen für eine Dependance in der Schweiz?»

«Hast du nicht mal gesagt, Werner wäre vermögend?»

«Seinen Eltern geht es gut, und er ist der einzige Erbe. Ja, wenn alle mitspielen, wäre Geld da. Trotzdem, was du da vorschlägst, Gunda, klingt aberwitzig. Deine Offenheit, deine Unkonventionalität schätze ich, aber ich muss – mindestens – eine Nacht darüber schlafen.»

«Mach das, Christa. Ich weiß, von dir würde eine ganze Menge verlangt werden. Aber du bist stark. Und du findest den richtigen Weg. Sag mir Bescheid, wann wir uns noch einmal sprechen wollen. Vielleicht sollte auch Werner dabei sein?»

«Ich danke dir, Gunda. Das ist lieb und verständnisvoll. Ich rede mit Werner, was noch lange nicht heißt, dass ich mit deinem Vorschlag einverstanden bin.»

Christa ging allein nach Hause. Sie trödelte, weil sie Werner heute Abend nicht mehr begegnen wollte. Sie musste nachdenken. Allein. Als sie vor der Buchhandlung stand, fiel ihr Blick auf die Ruine, in deren Keller Jago einst gewohnt hatte. Christa seufzte, überquerte die Straße, stieg runter in den Keller.

Auf dem Tisch hatte sich Staub angesammelt. Viel Staub. Auch das Luftschutzbett war von einer Schmutzschicht überzogen. Aber über einem Stuhl hing ein Pullover. Wohnte hier jemand?

Vorsichtig ließ sie sich auf der Bettkante nieder. Und dann dachte sie an Jago und begriff, dass sie nie aufgehört hatte, ihn zu lieben. Er hatte sie von sich gestoßen, hatte sie verletzt und verlassen, und doch glaubte Christa, dass es dafür einen triftigen Grund gegeben haben musste. Er hielt sich für einen schlechten Menschen. Nun, damit war er in dieser Zeit nicht allein. Die meisten verdrängten, was sie während des Krieges getan hatten. In Partei und SS hatte man sie gedrängt oder gezwungen, von den KZs hatten sie nichts gewusst, zu Juden waren sie immer freundlich gewesen, und die Ehemänner, Väter, Brüder und Söhne hatten an der Front nur als Funker gedient oder das Sanitätsauto gefahren. Die Welt war voller Funker und Fahrer, und niemand fragte sich, wer eigentlich geschossen und gequält hatte. Was immer Jago sich vorwarf, es war sicher nicht schlimmer als das, was andere getan hatten.

Sie vermisste ihn.

Sie vermisste die Gefühle, die sie für ihn hatte. Sanft strich sie über das Bett, dann legte sie sich darauf. Dachte an Gundas Vorschlag. Ja, dann wäre allen geholfen. Allen, außer ihr. Warum musste sie eigentlich immer draufzahlen? Mit ihrem Studium. Mit dem Ehemann. Mit ihrem Kinderwunsch. Sie hatte Werner geheiratet, um Heinz zu retten. Heinz, auf den sie nie mehr verzichten wollte. Sie seufzte. Und dann weinte sie. Stille, heiße Tränen. War dieses Verzichten, um zu retten, nicht das, was man in einer Familie füreinander tat? Hieß es nicht: Einer trage des anderen Last?

Marlies Bielich fiel ihr ein. Die Freundin hatte ihr Baby mittlerweile bekommen. Ein kleiner Junge, der John hieß. Ein wunderhübsches, gesundes, pralles Baby. Aber ihr Vater sprach nicht mehr mit ihr. Sie wohnten unter einem Dach, und täglich sah Marlies an seinen Blicken, dass er sie für ein Ami-Flittchen hielt. Auch auf der Straße warf man ihr böse Blicke zu. Und keine Chance auf einen Ehemann, niemand wollte eine Frau mit einem unehelichen Kind.

Die Kirchturmuhr schlug Mitternacht. Christa erschrak, sie hatte hier schon so lange gelegen und gegrübelt. Jetzt erhob sie sich und streckte den Rücken durch. Sie hatte noch keinen Entschluss gefasst, aber sie wusste nun, in welche Richtung sie denken würde.

Eine ganze Woche trug sie die Gedanken spazieren. Dann traf sie sich noch einmal mit Gunda Schwalm. In der Bar. Ohne Werner.

«Ich habe einen Entschluss gefasst», teilte sie der Freundin mit.

Gunda nickte, hob die Hand nach dem Kellner: «Wieder Piña colada?», fragte sie, und Christa nickte.

Gunda bestellte, und erst als der Kellner die Cocktails gebracht hatte, forderte sie Christa auf: «Erzähl.»

«Ich liebe Jago. Noch immer. Obwohl er mich verletzt und zurückgewiesen hat.»

«Ihr wart ein schönes Paar», gab die Freundin zu. «Aber Jago ist weg.»

«Ja, das stimmt. Doch durch ihn weiß ich, wie es sich anfühlt, wenn man liebt und diese Liebe nicht leben darf. Martin hat genug gelitten. Ich werde mit Werner sprechen, ob der Hauff-Verlag nicht Lust hat, eine Zweigstelle zu gründen.»

«Das hast du gut überlegt?»

«Ich glaube schon.»

«Du weißt, was das für dich bedeuten würde?»

Christa seufzte. «Ich werde meinen Mann teilen. Seine Aufmerksamkeit, sein Verständnis, seine Zuneigung. Alles geht durch zwei. Nur an der Liebe zu Heinz darf er nicht sparen. Die darf nicht geteilt werden. Das ist meine Bedingung.»

«Dann trinke ich auf dich. Auf diese starke, schöne Frau mit dem großen Herzen. Auf die Frau, die alles vermag!»

Leise schloss Christa zwei Stunden später die Wohnungstür auf, zog die Jacke aus, schlüpfte in die Hausschuhe, klinkte vorsichtig die Tür zum Schlafzimmer herunter. Sie hörte Werners Atem und wusste, dass er nicht schlief. «Werner?», flüsterte sie.

Werner richtete sich auf. «Mein Gott, Christa. Wo kommst du jetzt her, ich habe mir Sorgen gemacht.»

«Ich muss mit dir reden.»

«Morgen.»

«Nein, jetzt. Werner, es ist wichtig. Bitte steh auf, ich warte im Wohnzimmer auf dich.»

Seufzend erhob er sich und folgte Christa ins Wohnzimmer. Christa setzte sich auf das Sofa, dass sie kurz nach der Hochzeit gekauft hatten.

«Brauche ich einen Schnaps?», fragte Werner vorsichtig, als er sie auf dem Sofa sitzen sah.

«Das kann sein. Ich jedenfalls brauche dringend einen.»

Werner machte sich am Servierwagen zu schaffen, auf dem der Alkohol stand. Er goss zwei Gläser ein, reichte eines seiner Frau, setzte sich in den Sessel ihr gegenüber. «Sprich.»

«Was hältst du davon, wenn der Notenverlag Hauff eine Zweigstelle in der Schweiz einrichtet?»

«Warum sollte er das tun?»

«Jede erfolgreiche Firma expandiert.»

«Aber vielleicht gibt es in der Schweiz genügend Notenverlage.»

«Das kann sein, aber gute Ware verkauft sich immer. Du hast enge Kontakte zu den Amerikanern, beziehst sogar Noten aus New Orleans. Alle hören amerikanische Musik, auch die Schweizer, aber wir Deutschen kennen Swing und Soul und so aus den amerikanischen Klubs. Die gibt es in der Schweiz nicht, denke ich.»

Werner blickte Christa misstrauisch an. «Du hast dich bislang nicht übermäßig für unseren Verlag interessiert. Wieso beginnst du jetzt damit?»

Christa hob ihr Glas, trank den Weinbrand in einem Zug aus, schüttelte sich ein wenig und lächelte dann. «Mein lieber Werner. Ich lebe gern mit dir zusammen, aber ich weiß, dass du nicht glücklich bist.»

«Und du, Christa, bist du glücklich?»

«Ich glaube jedenfalls, dass wir glücklicher werden können, wenn wir uns Mühe geben.»

«Was soll das heißen?»

Ihr Lächeln wurde noch breiter. Sie wusste jetzt, dass Gundas Vorschlag der einzige Weg war. «In der Schweiz ist Homosexualität seit sechs Jahren nicht mehr strafbar. Du könntest Martin als Geschäftsführer der Dependance einsetzen. Du könntest zu ihm fahren, eure Beziehung miteinander leben. Und im Wechsel dort und bei mir und Heinz sein. Wenn du in Frankfurt bist, dann erwarte ich allerdings, dass du uns deine gesamte Aufmerksamkeit schenkst.»

Werner lehnte sich zurück, schloss die Augen. Was schlug ihm Christa da gerade vor? Eine Beziehung zu dritt? Er riss den Mund auf. «Aber …», stammelte er und hob beide Hände. «Aber …» Ihm fehlten die Worte, doch die Überraschung stand ihm ins Gesicht geschrieben. Erst nach einer Weile fand er seine Sprache wieder: «Das würdest du für uns tun? Damit wärest du einverstanden?»

«Ja.»

Werner griff nach ihrer Hand. Er war sehr bewegt, sie sah es an den schnellen Atemzügen. «Ich weiß nicht, was ich sagen soll», gab er zu. «Du … du bist …»

Tränen stiegen in seine Augen, und dann weinte er haltlos wie ein Kind. Christa setzte sich neben ihn, strich über seinen Rücken, und auch sie musste mit den Tränen kämpfen.

Es dauerte, bis Werner sich wieder gefangen hatte. «Meinst du, es könnte klappen?»

«Ich weiß es nicht. Ich gebe zu, dass ich Angst habe. Angst davor, dass du Heinz und mich über Martin vergisst. Dass du nicht mehr oft in Frankfurt sein wirst, dass ich hier alles alleine regeln muss. Doch selbst, wenn du in Frankfurt bist, kann es sein, dass du nicht mehr gern hier bist. Weil du Martin mehr liebst als Heinz und mich.»

Werner sah ihr in die Augen. «Ich verspreche dir, Christa, dass du immer die wichtigste Frau in meinem Leben sein wirst. Ich verspreche dir, dass ich immer zu dir stehen werde. Und ich verspreche dir, dass ich versuchen werde, dir ein guter, ein wirklich guter Ehemann zu sein. Du darfst nicht darunter leiden, dass ich Martin liebe. Du nicht und Heinz auch nicht.»

Christa nahm sein Gesicht in die Hände und gab ihm einen Kuss.

«Ich habe die beste Frau der Welt», flüsterte Werner in ihr Haar. «Wann hast du dir denn das alles überlegt?.»

«Ich habe mit Gunda gesprochen, habe mich ihr anvertraut. Sie hat die Schweiz vorgeschlagen. Sie weiß, wie sehr mich die Angst um Martin quält. Werner, ich wünsche mir von Herzen, dass ihr beiden glücklich werdet. Ohne dass unsere Familie dabei zerrissen wird.»

Werner schluckte. «Ich habe auch Angst um Martin. Angst, dass er sich doch noch etwas antut. Weißt du, dass er sich kastrieren lassen will? Um nicht mehr lieben zu müssen. Dr. Brinkmann hat einen Andeutung gemacht.»

Christa stiegen die Tränen in die Augen. «Geht in die Schweiz. Beide. Aber du komm wieder.»

Er löste sich von ihr, stand auf, druckste herum.

«Was ist los? Warum bist du so unruhig?»

«Ich möchte es Martin erzählen. Bist du einverstanden?»

«Ja, Werner, geh zu ihm. Jetzt.»

Kapitel 31

Am 1. Januar 1949 wurde in Basel die Zweigstelle des Notenverlages Hauff mit einem Ladengeschäft eröffnet. Alle waren da: Helene, Christa, Heinz, das Ehepaar Hauff und natürlich Martin und Werner. Martin war in den letzten Monaten schier aufgeblüht. Er hatte sogar etwas zugenommen. Zugenommen hatte auch sein Lebensmut. Endlich war er beinahe wieder so, wie Christa ihn kannte. So, wie er vor dem Lager und vor dem Gefängnis gewesen war.

Der neue Laden lag in der Gartenstraße in Basel. Obendrüber gab es zwei Wohnungen. Eine größere mit drei Zimmern und noch ein winziges Appartement mit einem Zimmer. In dem größeren wohnte Martin, das kleinere war für Werner reserviert, wenn er einmal im Monat für eine Woche nach Basel fuhr. So jedenfalls wollte man es nach außen hin handhaben.

Der Laden war sehr geschmackvoll eingerichtet. Martin hatte das ganz allein geregelt. Das Schaufenster wurde von rotsamtenen Vorhängen umrahmt, die an eine Bühne erinnerten. Notenblätter lagen auf dem Boden, dazwischen standen Kerzenleuchter, lagen eine Violine, ein Saxophon und eine Gitarre auf Instrumentenständern. Drinnen gab es eine Verkaufstheke, die Martin bei der Auflösung einer Apotheke gekauft hatte. Der Boden war mit dunklen Dielen belegt, in einer Ecke stand ein kleiner Tisch mit zwei Stühlen. Dort konnten die Kunden in den Katalogen der Musikinstrumentenbauer blättern oder sich die passenden Noten suchen. Der Clou war ein Klavier. Manchmal saß Martin daran und spielte. Er spielte nicht gut, beherrschte nur das, was er als Kind gelernt hatte, aber er hatte sich vorgenommen, in Basel noch einmal Unterricht zu nehmen, auch um seinen Kunden die Noten direkt vorspielen zu können.

Werner hatte sich ein Auto gekauft. Einen Volkswagen für 5300 DM. Jetzt pendelte er zwischen Basel und Frankfurt, in fünf Stunden gelangte er von einem Ort zum anderen. Und auch für Christa hatte er ein Auto gekauft. Dieselbe Farbe, derselbe Typ. Damit sie schneller von Frankfurt nach Mainz und wieder zurückfahren konnte. Sie war stolz auf ihren Führerschein und fuhr mittlerweile recht sicher. Und sie war schon mal mit Helene allein die lange Strecke nach Basel gefahren, um Martin zu besuchen.

Nach zwei Monaten hatten sich zumindest die Nachbarn in Basel an das neue Geschäft gewöhnt. Immer mehr Kunden kamen, und als auch noch die Musikschule sich meldete und einen größeren Posten Noten bestellte und dazu noch zwei Klaviere, war Martin glücklich.

Auch Heinz war glücklich, dass er seinen Onkel Martin wiederhatte, auch wenn er ihn nicht mehr so häufig sah. Der Junge hatte gelitten unter Martins Schweigen. Nun erzählte er allen, die es hören wollten, dass Werner sein Vater war, Martin sein Onkel, Christa seine Schwester und Helene seine Tante. Nur die Mutterrolle vergab er nicht, und Christa wusste, wie sehr Heinz seine Mutter geliebt hatte.

Heute machte sie endlich ihr Versprechen wahr. Sie fuhr mit Heinz auf ihren nagelneuen Fahrrädern aus der Stadt hinaus und zu den Obstwiesen, die sich zwischen Frankfurt und Vilbel erstreckten. Heinz hatte beschlossen, dass es ein Apfelbaum sein musste, der ihn an seine Mutter erinnerte. «Sie hat nach Sommeräpfeln gerochen, weißt du», hatte er gesagt.

Sie ließen die Räder am Rande der Obstwiese liegen und stromerten durch das Gelände. Heinz ging langsam von Baum zu Baum, legte eine Hand an die Rinde, sah lange in die Krone.

Christa hatte es sich nach einer Weile auf einer Decke bequem gemacht und beobachtete Heinz, der jeden Baum nun schon zum zweiten Mal betrachtete. Der Junge war geschossen wie ein Spargel. In diesem Jahr würde er zwölf Jahre alt werden. Kaum zu glauben, dass sie schon fast vier Jahre miteinander lebten. Er ging jetzt in die fünfte Klasse, war aufgeweckt, und es zeichnete sich ab, dass er das Zeug hatte, das Abitur abzulegen. Willi war noch immer sein bester Freund, und Christa hatte angeboten, heute auch ihn mitzunehmen, aber Heinz hatte abgelehnt. Und Christa hatte verstanden, dass er seinen Baum allein aussuchen wollte.

Also saß sie auf ihrer Decke, genoss die warme Frühlingssonne und blätterte in der neuen Ausgabe der Literaturzeitung *Ruf*. Einer der Artikel fesselte ihre Aufmerksamkeit. Darin war von einem weiteren Treffen der Gruppe 47 die Rede, eines losen Zusammenschlusses junger Dichter und Schriftsteller, viele Männer und wenige Frauen, die sich mehrmals im Jahr trafen, um einander aus ihren neuesten Werken vorzulesen und von den anderen dafür gelobt oder kritisiert zu werden. Alfred Andersch war dabei und Hans Werner Richter. Ihr Blick fiel auf das Schwarzweißfoto im Heft. Sie betrachtete es eingehend und erstarrte. Dahinten, ganz am Rand, da stand ein junger Mann mit wilden dunklen Haaren. Jago? War Jago Mitglied der Gruppe 47, die den Literaturton in den westlichen Besatzungszonen vorgab?

Christas Herz schlug ein paar Takte schneller und strich mit dem Finger über das Foto.

Die Gruppe 47. Das Zentrum der neuen deutschen Literatur. In beinahe jeder Literaturzeitschrift war davon die Rede. Eine Plattform zur Erneuerung der deutschen Literatur nach dem Zweiten Weltkrieg hatte der Begründer, Hans Werner Richter, diese Gruppe genannt. Die erste Zusammenkunft hatte im September 1947 in Füssen im Haus der Lyrikerin Ilse Schneider-Lengyel stattgefunden. Wolfdietrich Schnurre war dabei gewesen und hatte eine Kurzgeschichte vorgelesen, die von den anderen Mitgliedern offen kritisiert worden war. Das war das Prinzip dieser Gruppe 47: Die Kritik an konkreten Texten stand im Mittelpunkt. Schon zwei Monate später fand das nächste Treffen statt, dieses Mal in Herrlingen bei Ulm. Neben Schnurre und Richter waren unter anderen Alfred Andersch, Günter Eich und Franz Joseph Schneider dabei. Alles Schriftsteller, die zur neuen Generation zählten. Sie trafen sich in unregelmäßigen Abständen, und nach diesen Treffen waren die Literaturblätter voll neuer Gedanken und Anregungen.

«Christa?» Heinz war vor einem Baum stehen geblieben und rief nach ihr. Christa erhob sich und ging zu ihm. «Dieser soll es sein», erklärte er. Christa betrachtete den Baum. Er war kleiner als die anderen, hatte weniger Äste und Zweige. Er war ein Mickerling.

«Warum gerade dieser?»

«Wir hatten einen Apfelbaum im Garten. Einen wie diesen. Meine Mutter hat manchmal mit ihm gesprochen.»

«Also gut, dann dieser.» Sie nahm Heinz an die Hand, und er ließ es geschehen. «Komm mit», bat sie. Christa ging zurück zu ihrer Decke, holte ein Holzschild aus ihrer Tasche und reichte es Heinz.

Heinz staunte sie mit offenem Mund an. «Woher hast du das?»

«Das habe ich gebastelt. Und ich habe mit dem Besitzer der Obstwiese gesprochen. Das Schild darf hängen bleiben, egal, welchen Baum du dir aussuchst. Jetzt hast du eine Stelle, an der du trauern kannst.»

Heinz zeigte auf einen dicken Ast über ihnen, an den Christa auf Zehenspitzen gerade noch heranreichen konnte. Dann hing das Schild und Heinz las leise vor, was darauf stand: «Gedächtnisbaum für Margarete Nickel.»

Dann brachte Christa einen Vogel aus Metall zum Vorschein, den man mit einer Klammer an einem Ast befestigen konnte. «Und das hier schickt dir Werner. Wenn du magst, kannst du den Vogel in den Baum klemmen.»

Behutsam nahm Heinz den Vogel in die Hand und befestigte ihn an einem dünneren Ast. Und dann, ganz plötzlich, wandte er sich um, fiel Christa in die Arme und weinte aus tiefstem Herzen. Und sie hielt ihn, so fest sie nur konnte, und strich ihm zärtlich über den Rücken. Sie sagte nichts, und sie fragte nichts, sondern hielt den Kleinen fest, bis er sich wieder beruhigt hatte.

Erst zu Hause sagte sie: «Du hast bis jetzt noch nicht um deine Mutter geweint, nicht wahr, Heinzchen?»

«Nein, aber die Tränen … die waren die ganzen Jahre in mir.»

Kapitel 32

Als Christa in der Zeitung las, dass die Buchmesse in diesem Jahr erstmals fünf Jahre nach dem Krieg wieder stattfinden würde, konnte sie einen Jubel nicht unterdrücken. Erst gestern Abend, bei der kleinen Feier zu Helenes Geburtstag, zu der sogar Martin aus der Schweiz angereist war, hatten sie darüber gesprochen. Sogar Helene hatte sich an der Debatte beteiligt. «Es ist eine neue Zeit angebrochen. Auf allen Gebieten. Ich kann nicht sagen, dass mir alles Neue gefällt, aber eine neue Dichtung ist wohl notwendig.»

Sie hatte ein wenig traurig dabei geklungen, und Christa hatte nachgefragt. «Was gefällt dir nicht an der neuen Zeit?»

«Ach, lass», hatte Helene erwidert, aber Christa hatte nicht lockergelassen.

«Nun, mir gefällt nicht, wie Frauen und Männer miteinander umgehen. Sie sind zusammen, obschon sie gerade verlobt sind. Das gab es früher nicht. Und dann diese Berufstätigkeit der Frauen. Manche stecken ihre Kinder sogar in Einrichtungen Dabei weiß doch jeder, dass ein kleines Kind zu seiner Mutter gehört.»

«Du arbeitest selbst, Mama», warf Christa ein.

«Ja. Das tue ich aber nur, weil ich keinen Mann habe, der für mich sorgt.» Sie legte die gefalteten Hände vor sich auf den Tisch. «Und ich werde wohl auch keinen Mann mehr bekommen.» Sie blickte zu Christa. «Ich werde deinen Vater für tot erklären lassen.»

Christa nickte; sie war sich ebenfalls sicher, dass ihr Vater nicht mehr lebte. Seit mehr als fünf Jahren kein Lebenszeichen. Auch die Suchanfrage beim Deutschen Roten Kreuz hatte nichts ergeben. Aber sie hatte nicht gewusst, wie einsam sich Helene fühlte.

Christa griff nach Helenes Hand und drückte sie. «Du hast ja uns.»

Da verzog Helene den Mund. «Ja, ich habe euch. Und ich bin dankbar dafür. Aber einen Ehemann könnt auch ihr mir nicht ersetzen.»

Werner räusperte sich. «Wenn du nicht arbeiten möchtest, ich könnte für dich sorgen.»

Helene schüttelte den Kopf. «Das kommt nicht in Frage.» Dann wechselte sie das Thema. «Martin, welche neuen Bücher gibt es? Ist etwas für mich dabei?»

Und Martin lächelte und empfahl ihr ein Buch von Ricarda Huch. *Mein Tagebuch*, erschienen in Weimar.

Werner kam aus seinem Schlafzimmer zu ihr in die Küche. Seit Martin und Werner wieder zusammen sein konnten, hatte Christa ein eigenes Schlafzimmer für sich beansprucht. Sie konnte nicht mehr mit Werner intim sein, das wäre für sie einem Verrat gleichgekommen. Also lebte sie mit ihm wie mit einem Bruder.

«Wenn du, ich meine, wenn du mal Bedürfnisse … dann sollst du wissen, dass ich dir niemals deswegen Vorwürfe machen würde», hatte Werner gesagt, aber Christa hatte ihn beruhigt: «Meine Bedürfnisse richten sich in allererster Linie auf mein Studium, die Buchhandlung und Heinz. Für mehr ist da gar kein Platz.» Aber das war gelogen. Zumindest ein wenig, denn sie hatte sehr wohl das Bedürfnis, in den Arm genommen zu werden. Sie wollte begehrenswert sein, wenigstens noch einmal in ihrem Leben. Sie hatte mit Alan geschlafen, weil sie das Penizillin für Heinz gebraucht hatte. Sie hatte mit Jago geschlafen, weil sie ihn liebte.

Und Werner hatte nur mit ihr geschlafen, weil er sich dazu gezwungen sah und sie sich ein Baby wünschte.

Christa nickte Werner zu, dann sagte sie: «In diesem Jahr soll es wieder eine Buchmesse geben.»

«Eine Buchmesse? Das klingt ja großartig. Wo denn?»

«In der Paulskirche, stell dir vor, vom 18. bis zum 23. September. Ich kann mir keinen besseren Ort dafür denken.»

Sie erhob sich und blickte auf die kleine Armbanduhr, die Werner ihr zu Weihnachten geschenkt hatte. «Du, ich muss los, wir schreiben heute eine Klausur in Linguistik. Gerti schließt den Laden auf, ich bin dann am Nachmittag da.» Sie griff nach der Strickjacke, die über der Lehne des Küchenstuhls hing. «Ob es heute wieder so heiß wird? Jeden Tag Sonnenschein, was für ein schöner Sommer.»

«Christa, warte. Ich möchte noch mit dir sprechen.»

Christa ließ sich zurück auf den Küchenstuhl fallen.

«Martin schließt die Musikalienhandlung den ganzen August über. Wir könnten in den Urlaub fahren. Du und Martin und Heinz und Helene und ich. An den Thuner See zum Beispiel. Oder in die Alpen. Wie hört sich das an?»

Urlaub! Sie hatte noch nie Urlaub gemacht. Aber wie konnte sie mit Martin und Werner verreisen? Was für eine absurde Idee! Und wie sollten die Nächte werden? Sie hatte sich zwar irgendwann daran gewöhnt, dass die beiden ein Liebespaar waren, aber gemeinsam in den Urlaub, auch, wenn er als Familienurlaub getarnt war? Sie schüttelte den Kopf. «Es tut mir leid, Werner. Im September muss ich eine Hausarbeit abgeben. Dafür ist noch viel zu tun. Aber ich glaube, Heinz würde sich freuen.»

Werner nickte, obschon von dieser Hausarbeit bislang noch nie die Rede gewesen war. Er griff über den Tisch nach Christas Hand. «Es tut mir alles so leid, Christa. Ich bin der schlechteste Ehemann der Welt.»

«Es ist, wie es ist», erwiderte Christa. «Und es ist nicht eure

Schuld. Die Gesetze sind es, die euch dazu zwingen, so zu leben. Würden wir in der Schweiz leben, hättest du mich gar nicht erst zu heiraten brauchen.»

«Ich sollte das zwar nicht sagen, aber ich bin gern mit dir verheiratet, Christa. Und es tut mir in der Seele leid, dass ich dich nicht so lieben kann, wie du es verdient hast.»

Christa zog die Schultern hoch. Was nützte es, wenn er das sagte? «Du sorgst sehr gut für uns, Werner. Einen Urlaub hätten wir uns von dem, was die Buchhandlung abwirft, nicht leisten können. Und du bist für Heinz der beste Vater, der sich denken lässt.»

«Aber das reicht nicht.» Werner ließ Christas Hand los und seufzte.

«Nein, das reicht nicht», bestätigte Christa.

Werner erhob sich, holte einen Umschlag aus seiner braunen Lederaktentasche und reichte ihn ihr. «Hier, das ist eine Überraschung für dich.»

Christa zog die Augenbrauen hoch. «Eine Überraschung?» Sie öffnete den Umschlag und schrie vor Freude auf. Es war eine Einladung in die Paulskirche. Thomas Mann würde nach sechzehnjährigem Exil wieder nach Deutschland kommen und in der Paulskirche eine Rede halten. «Woher hast du die Einladung? Da werden doch sicher nur die Honoratioren der Stadt geladen werden.»

«Mein Vater ist geladen worden. Doch er wirft Thomas Mann vor, während des Krieges in Kalifornien in Saus und Braus gelebt zu haben. Er hat mir die Einladung für dich gegeben. Sie gilt für zwei Personen. Wen möchtest du gern mitnehmen?»

Christa überlegte. Heinz? Nein, er war noch zu jung und kannte Thomas Mann nur aus dem Buchladen. Werner selbst? Nun, er war belesen, aber auch kein ausgesprochener Mann-Freund. Mit Jago wäre sie gern in die Paulskirche gegangen, aber ach. Da fiel ihr Gunda Schwalm ein. Sie war es, die Thomas Mann mehr als jeden anderen Schriftsteller liebte. Ja, sie würde mit Gunda in die Paulskirche gehen.

Am 25. Juli 1949 betrat Thomas Mann Frankfurter Boden. Gunda hatte berichtet, dass Mann sich geschworen hatte, nie mehr nach Deutschland zurückzukehren. «Aber ein richtiger Schriftsteller ist nur dort zu Hause, wo man seine Sprache spricht», fand Gunda, und Christa hatte dazu genickt.

Sie freute sich auf die Veranstaltung, hatte sich extra ein neues Kleid für diesen Anlass gekauft. Im Kaufhaus Schneider auf der Zeil, ein blaues mit weißen Punkten und dazu den passenden Hut und die passende Handtasche. Werner galt als wohlhabend und war gewiss nicht geizig, aber Christa hatte es bislang verstanden, von dem zu leben, was die Buchhandlung einbrachte, obgleich Werner ihr die Hälfte seines Vermögens überschrieben hatte. Er machte ihr oft Geschenke. Mal ein Paar Lederhandschuhe, dann einen Morgenmantel, einen Lederkoffer oder Tischwäsche. Aus Basel hatte er ein Nagelnecessaire für Christa mitgebracht und ein Taschenmesser für Heinz. Dieses Mal hatte er darauf bestanden, das Kleid zu bezahlen. Und nun stand Christa aufgeregt vor der Paulskirche und wartete auf Gunda Schwalm.

Die Kirche war mit schwarz-rot-goldenen Fahnen geschmückt. Viele festlich gekleidete Menschen, vorfreudig erregt, füllten den Platz vor der Paulskirche. Christa sah, wie Bürgermeister Walter Kolb vorfuhr, und sie erkannte den Verleger Gottfried Bermann Fischer sowie den Leiter des Börsenvereins.

Gunda war inzwischen an ihrer Seite, die Wangen vor Aufregung gerötet, die Augen blitzend. «Ich fasse es nicht», sagte sie. «Thomas Mann!» Sie klang wie ein schwärmerischer Teenager.

Und dann kam er. Der Dichter, der Literaturnobelpreisträger. Gemessenen Schrittes erklomm er an der Seite seiner Gattin Katia die Stufen zur Paulskirche, begleitet von einer kleinen Entourage, die anscheinend sehr vertraut war mit dem weltberühmten Schriftsteller.

«Das sind Freunde», flüsterte Gunda, fasste Christas Hand und zog sie zum Eingang.

Im Inneren erwartete der Oberbürgermeister die Familie Mann. Er umfasste mit beiden Händen die Hand des Schriftstellers, der neben dem vierschrötigen Kolb beinahe zierlich wirkte. Pressefotografen umringten die beiden, begleiteten sie bis in den Kuppelsaal. Die langen Bankreihen darin waren bereits dicht besetzt. Lauter Applaus setzte ein. Studenten, von denen keiner wusste, wie sie in die Kirche gekommen waren, drängten sich auf den Treppen.

Christa blickte sich um. Sie war nach dem Wiederaufbau und der Eröffnung der Paulskirche im vergangenen Jahr nicht mehr hier gewesen. Die Empore war mit einem grünen Tuch verhüllt. Ein Band roter Nelken schmückte das Tuch. Jetzt filmten auch die Teams von der *Wochenschau* die Ankunft von Thomas Mann. Christa hörte die Filmkameras surren und Fotoapparate klicken, sah Blitzlichter aufflammen. Gunda hielt noch immer aufgeregt ihre Hand.

Die Veranstaltung – Thomas Mann saß selbstverständlich in der ersten Reihe – begann mit Musik.

«Beethoven», flüsterte Gunda ergriffen, und auch Christa erkannte gleich die ersten Klänge. Es war das *Allegro con brio* aus dem Streichquartett op. 95 der fünften Symphonie. Danach ergriff der Bürgermeister das Wort und freute sich öffentlich und offensichtlich über seinen berühmten Gast. Und dann kam Thomas Mann.

Die Leute klatschten wie besessen. Und Gunda raunte: «Ich habe den *Zauberberg* dabei. Vielleicht signiert er ja sogar.»

Mann stellte sich hinter das Rednerpult, rückte seine Brille gerade und ließ seine Blicke über die Anwesenden schweifen. Dann begann er zu sprechen. Christa konnte kaum fassen, dass sie das erleben durfte. Der größte deutsche Schriftsteller! Der Nobelpreisträger! Der Mann, der sie seit Jahren mit seinen Büchern begleitete. Sie hatte alles gelesen von ihm, hatte im Lesezirkel debattiert, hatte ihn noch einmal gelesen und mehr verstanden als beim ersten Mal. Ja, sie hatte ihn einst als anachronistisch bezeichnet, und für ihre Generation war er das vielleicht auch, doch das schmälerte ihre Begeisterung nicht.

Thomas Mann sprach über das Schicksal der Emigranten, darüber, wie es sich in der Fremde lebte, mit einer fremden Sprache. Dann sprach er über das zerteilte Deutschland. «Ich kenne keine Zonen», sagte er. «Mein Besuch gilt Deutschland selbst, Deutschland als Ganzem.»

Beifall kam auf, wurde immer lauter und stärker, Christa glaubte, die Paulskirche würde aus den Angeln gerissen. Ihr Herz schlug ein paar Takte rascher, sie war bewegt, hätte noch stundenlang zuhören können.

Und dann standen beide noch immer atemlos vor der Paulskirche, sahen, wie Thomas Mann Hände schüttelte und seine Frau Katia freundlich lächelte.

«Wie mag sein Arbeitstag aussehen?», überlegte Christa.

«Es heißt, er schriebe pro Tag nur eine einzige Seite. Und er bräuchte absolute Ruhe dabei.»

Gegen Mitte des Jahres war der Umsatz in der Buchhandlungen etwas zurückgegangen. Seit der Währungsreform gaben die Leute ihr Geld für andere, lange entbehrte Dinge aus. Aber jetzt, nachdem Thomas Mann in Deutschland gewesen war, wollten sie seine Werke kaufen. Christa bestellte so viele Bücher, wie sie bekommen konnte, aber es reichte nie. Im Lesezirkel lasen sie gerade *Doktor Faustus*. Zwei ihrer Kommilitonen waren dazugekommen, Gerti Volk blieb Stammgast genau wie Gunda und die Brinkmanns.

Und dann fuhr Heinz mit Martin und Werner in die Ferien, während Helene immer öfter im Laden mithalf.

Seit Helene an ihrem Geburtstag gestanden hatte, dass sie einsam war, versuchte Christa, ihre Mutter stärker in ihr Leben einzubinden. Sie waren zweimal im Kino gewesen und einmal in der Stadt in einem Café, aber Christa wusste, dass sie ihr die Einsamkeit nicht nehmen konnte.

Trotzdem war eine neue Vertrautheit zwischen ihnen gewachsen. Eine Vertrautheit unter Frauen. Sie erzählte Helene von den Sorgen und Ängsten, die sie um Heinz ausstand. «Ich bin gerade zehn Jahre älter als er. Noch ist er klein, aber bald wird er sich womöglich von mir nichts mehr sagen lassen», befürchtete Christa. «Man hört ja immer, dass die Pubertät die Kinder so verändert.»

Helene lächelte. «Ich glaube nicht, dass du dir da große Sorgen machen musst. Heinz sieht in dir keine Mutter. Für ihn bist du wie eine große Schwester.» Sie drückte Christas Hand: «Und nun geh, ich sehe doch, dass du langsam ungeduldig wirst.»

«Danke, Mama», erwiderte Christa und genoss die ungestörten Stunden in der Unibibliothek. Sie hatte bemerkt, dass sie sich neben der Literatur insbesondere für die Sprache und ihre Wirkung interessierte. Und sie hatte auch einige Seminare in Philosophie belegt, um herauszufinden, wie Sprache das Denken beeinflusste. Christa hatte manchmal das Gefühl, hinter die Fassaden zu schauen, Sprachwurzeln, Bedeutungsnuancen, dem Klang der Worte ganz neu, ganz frisch zu folgen. An einem der Seminartage hatte Professor Winkelmann das Augenmerk auf die Sprache der Inuit gerichtet. Sprache, Identität, die Heimat, in der man sich bewegte, machten natürlich einen Unterschied. Christa lernte, dass die Inuit viele verschiedene Begriffe für Schnee hatten. Ihre Welt bestand aus Schnee, sie kannte seine Konsistenz, jede Schneeart hatte ihre Eigenschaften. Kannte man dagegen wie Christa nur Neuschnee, Pulverschnee und Harsch, dann sah man nur diese drei Arten.

«Welchen Beruf wirst du haben, wenn du fertig bist mit dem Studium?», wollte Heinz eines Tages wissen.

«Das weiß ich noch nicht. Es gibt viele Berufe. Ich könnte in einem Verlag arbeiten oder in einer Bibliothek oder einfach weiterhin in der Buchhandlung.»

«Aber da arbeitest du doch jetzt schon.»

«Das stimmt.»

«Wozu studierst du dann?»

Christa musste nicht lange überlegen. Das hatte sie schon vor Jahren getan und dabei erkannt, dass es nicht unbedingt gesagt war, dass sie nach dem Studium eine Anstellung in einem Unternehmen fand, das sich mit Büchern befasste. Zumindest nicht in einer Position, in der sie ihr ganzes Wissen brauchte. Vielleicht akzeptierte man sie nur als Sekretärin. Ja, sie hatte sogar den berühmten Ernst Rowohlt danach gefragt, als er eines Tages in ihrem Laden erschien und das neue Programm von Rowohlt vorstellte. Er hatte vom RoRoRo-Taschenbuchprogramm erzählt und dass Hans Falladas *Kleiner Mann – was nun?* dort erscheinen würde, ebenso wie Werke von Graham Greene, Albert Camus, Hemingway, Tucholsky.

Er breitete die Arme weit aus und schwärmte von erschwinglichen Preisen und großer Bandbreite an Literatur. Und Christa hatte sich anstecken lassen, rote Wangen vor Aufregung bekommen und gestrahlt. Und sie hatte Ernst Rowohlt zugehört, der eine der schillerndsten Figuren im gesamten Buchzirkus war. Ein Mann, der es verstand, neue Autoren zu finden und zu fördern, der engen Kontakt mit dem Buchhandel hielt, unendliche Mengen an Alkohol vertrug und eine erstaunliche Palette an Witzen parat hatte. Christa fand, dass von diesem Verleger ein regelrechtes Feuer ausging.

«Und nun, Frau Hauff, müssen wir anstoßen. Ich habe leider keine Flasche dabei. Aber wenn Sie …?»

Christa hatte genickt. Sie bekam hin und wieder Wein von

einem Kunden geschenkt, aber auch selbstgebrannten Schnaps. Rowohlt entschied sich für den Schnaps.

Und dann wagte sie es. «Herr Rowohlt, wie viele Frauen arbeiten in Ihrem Verlag?»

Rowohlt zog die Stirn kraus. «Da sind meine beiden Schätze im Sekretariat. Und dann …»

Christa konnte sehen, wie er überlegte. «Und wie viele Lektorinnen haben Sie?», wagte sie sich vor.

Da musste Rowohlt zugeben, dass in den Lektoraten bislang nur Männer für ihn arbeiteten.

«Würden Sie denn eine Frau einstellen? Als Lektorin?»

«Natürlich würde ich. Bei mir zählt zuerst die Leistung, erst dann das Geschlecht. Aber sehen Sie, Frau Hauff, mit euch Frauen ist es so eine Sache. Die Autoren sind sensible Menschen. Sie wollen gepflegt werden, hassen Veränderungen. Stellen Sie sich nur vor, ein Herr Brecht oder ein Herr Lenz gewöhnen sich an Sie. Sie sind einander vertraut, der Autor hat einen festen Ansprechpartner für alle seine Sorgen und Nöte. Und zwar an jedem Tag der Woche, manchmal auch nachts. Und dann heiratet das Fräulein Lektorin, bekommt ein Kind und bleibt mit dem Kleinen zu Hause. Wie sollen die Schriftsteller damit klarkommen? Aber das ist nur das eine, meine liebe Frau Hauff. Das andere ist die Frage, ob sich die gestandenen Männer von einer Frau etwas sagen lassen. Ich habe da meine Zweifel.»

«Wir leben in einer neuen Zeit», warf Christa ein.

«Da haben Sie wohl recht. Und über kurz oder lang werden in meinen Büros auch Lektorinnen sitzen. Um zunächst einmal Autorinnen zu betreuen. Aber davon haben wir im Augenblick auch noch zu wenig.»

Christa spürte, wie sich ihr Herz zusammenzog. Was Ernst Rowohlt offensichtlich nicht entgangen war.

«Seien Sie nicht traurig, Frau Hauff. Im Augenblick sind wir Männer noch dabei, den Krieg zu verkraften, der unseren Seelen bei Gott nicht gutgetan hat. Eine neue Generation Männer muss kommen. Starke, selbstbewusste Männer, die keine Angst davor haben, dass die Frauen ihnen den Arbeitsplatz streitig machen. Und Ihre Zeit wird kommen, liebe Frau Hauff. Bewahren Sie sich Ihre Liebe zur Literatur. Leben Sie weiterhin für Ihre Buchhandlung. Und wer weiß, was sich in den nächsten zehn Jahren ergeben wird. Ich jedenfalls wünsche Ihnen alles Glück für die Zukunft!»

Kapitel 33

Heinz kam glücklich und braun gebrannt aus dem Urlaub mit Martin und Werner zurück, aber auch nachdenklich. «Sind wir eine richtige Familie?», fragte er Christa.

«Eine richtige Familie? Ja, das sind wir. Aber wir sind trotzdem ein wenig anders als andere.»

«Ich habe zwei Väter, aber keine Mutter. Ich habe eine große Schwester, die mit einem der Väter verheiratet ist, und eine Tante.»

Christa lachte. «Das ist ungewöhnlich, ich weiß. Aber ich glaube, es kommt zuallererst darauf an, dass du dich geliebt fühlst. Tust du das?»

Da strahlte Heinz und nickte. Er war keiner, der über Gefühle sprach, deshalb fragte Christa: «Hat irgendwer irgendetwas über unsere Familie gesagt?»

Da schluckte Heinz. «In der Schule. Sie haben gesagt, ich wäre ein Findelkind und ein Bastard.»

«Du bist ein Findelkind, Heinzchen. Findelkind kommt von finden. Und wir haben uns gefunden, oder nicht? Du bist und bleibst mein allerliebstes Fundstück. Und ich denke, dass es Helene, Martin und Werner da genau wie mir ergeht. Ich bin sehr glücklich, dass wir uns gefunden haben.»

«Und ein Bastard?»

«Das ist ein schlimmes Wort, das du dir gar nicht erst merken solltest. Damit ist ein Kind gemeint, dass nur eine Mutter, aber keinen Vater hat. Du hattest eine richtige Mutter und einen richtigen Vater. Und jetzt hast du sogar zwei davon.»

«Ja», gab Heinz zu. «Da haben die Leute im Urlaub auch gestaunt. Martin und Werner haben gesagt, sie wären Brüder. Das war zwar gelogen, aber die Leute verstehen es besser. Das hat Werner gesagt. Und außerdem geht es niemanden etwas an.»

Christa nickte, musterte den Jungen und fragte: «Was sagst du denn, wenn jemand dich nach deinen Eltern fragt?» Sie strich ihm eine Haarsträhne aus der Stirn und hatte plötzlich Angst, Heinz könnte etwas fehlen.

«Ich sage, dass meine richtigen Eltern tot sind und dass ich jetzt bei euch lebe und dass das fast genauso gut ist.»

Da war Christa ein wenig beruhigter, aber insgeheim fragte sie sich doch, ob der Junge alles bekam, was er nötig hatte.

Der September war warm und an den meisten Tagen noch sonnig. Wenn Christa mit dem Auto in Richtung Mainz fuhr, sah sie, wie Frankfurt sich verändert hatte. Die meisten Trümmer waren weggeräumt, viele Straßen wieder passierbar. Hier und da ragte noch eine einzelne Hauswand wie ein fauliger Zahn hervor, andernorts entstanden bereits die ersten Neubauten. Bäume waren neu gepflanzt worden, aber den größten Unterschied machten die Menschen. In den Jahren direkt nach dem Krieg war das Stadtbild von den Kriegsversehrten geprägt gewesen. Männer, die sich einbeinig an zwei Stöcken fortschleppten, Blinde, die bettelnd am Straßenrand saßen. Männer, denen der Ärmel der Jacke lose hing, Männer mit entstellten Gesichtern und zerlumpter Kleidung.

Doch seit der Währungsreform sah man weniger Menschen in Lumpen. Die Kriegsversehrten hatten Krücken bekommen, die Blinden ein Obdach erhalten, und die, die noch arbeiten konnten, standen zumeist in Lohn und Brot. Die Frauen trugen hübsche Kleider und schicke Frisuren, die Kinder hatten keine Pappkartons oder Reifenteile mehr unter den Füßen, sondern trugen richtiges Schuhwerk und sammelten die Kastanien, die langsam von den Bäumen fielen. Christa liebte den Herbst von allen Jahreszeiten am meisten. Es war eine Zeit der Ruhe und Besinnung. Jetzt begann die Zeit des Lesens wieder. Es gab für sie nichts Schöneres, als mit einem Buch in einem Sessel zu sitzen, wenn draußen die Herbststürme die Blätter von den Bäumen rissen und der Regen die Straßen säuberte.

Heute war Christa nicht unterwegs nach Mainz in die Universität, und das Auto hatte sie zu Hause gelassen. Sie hatte etwas viel Besseres vor, etwas, worauf sie sich freute. Vor Aufregung hatte sie rosige Wangen. Sie trug ein neues Kostüm mit einem dunkelblauen, knielangen Rock, dazu eine weiße Bluse und die ersten Absatzschuhe ihres Lebens.

«Zieh dir doch bequeme Schuhe an, wenn du den ganzen Tag herumlaufen willst», hatte Helene vorgeschlagen, aber Christa hatte sich für die Pumps entschieden. Sie wollte den Tag feiern. Den Tag der ersten Buchmesse nach dem Krieg.

Sie stieg an der Hauptwache aus, lief über die Neue Kräme an der Liebfrauenkirche vorbei bis zur Paulskirche. Zum zweiten Mal in diesem Jahr fand hier drinnen eine Literaturveranstaltung statt.

Wieder standen gut gekleidete Menschen in Grüppchen zusammen. Einige trugen Aktenmappen unter dem Arm, einige hatten Kartons mit Büchern dabei. Viele schienen sich zu kennen, Grüße wurden hin und her gerufen, Lachen erklang.

Endlich gingen die Türen der Paulskirche auf, die Buchmesse begann. Die Grüppchen lösten sich auf, strömten die Treppe hinauf in das Gebäude. Christa wartete, bis die größte Drängelei vorüber war, dann betrat auch sie die Halle.

Überall waren Stände aufgebaut. Rowohlt, S. Fischer, der Akademie Verlag, Aufbau aus Berlin, Heyne aus München – es war unglaublich, die Vielfalt der Stände auf sich wirken zu lassen. Beim Wiener Kinderbuchverlag Ueberreuter blieb sie stehen, blätterte in den ausgestellten Kinderbüchern und bestellte einige Titel für die Buchhandlung. Auch bei Ullstein verweilte sie, sog den Duft der frisch gedruckten Bücher ein, strich über die grafisch gestalteten Umschläge. Sie ließ sich einen Kaffee anbieten und unterhielt sich mit einem Vertreter. Dann bestellte sie die Neuerscheinungen des nächsten Frühjahrs, unter anderem Titel von Hermann Broch und Hans Henny Jahnn, und freute sich über ein Leseexemplar des im Vorjahr erschienenen Buches *Die Blendung* von Elias Canetti.

Sie nahm sich die Zeit, lief von Stand zu Stand, bestellte hier und dort und war von ganzem Herzen glücklich. Glücklich, unter Büchern und Bücherfreunden zu sein. In den Gängen drängten sich die Leute. Es herrschte ein Höllenlärm, die Luft war gesättigt von Parfümdüften der wenigen Damen und den Duftwässern der zahlreichen Herren.

Jetzt war Christa am Rowohlt-Stand angekommen. Auf einem Extratisch waren Türme eines besonderen Titels aufgebaut: *Götter, Gräber und Gelehrte* von C.W. Ceram, der Untertitel versprach einen *Roman der Archäologie*. Dicht umlagert war der Tisch, und Christa brauchte eine Weile, bis sie sich durchgekämpft hatte. Sie blätterte in dem Buch und versank beinahe sofort in einer anderen Welt. In einer Art Tatsachenroman berichtet der Autor darin von den größten Erfolgen der Archäologie, von der Entdeckung Trojas und von Ausgrabungen im alten Babylon.

«Jetzt lassen Sie mich doch auch mal ran!» Die Stimme erklang an Christas Ohr, ihr folgte ein spürbarer Stoß in die Rippen. Christa hatte gar nicht bemerkt, dass sie schon so lange hier stand. Sie entschuldigte sich, trat einen Schritt zurück und wartete dann, bis endlich ein Mitarbeiter des Verlages Zeit hatte, ihre Bestellung zu notieren. Weihnachten stand vor der Tür, und sie beschloss, dieses Buch als Weihnachtsattraktion anzubieten.

Mutig bestellte sie fünfzig Stück. Sie würde das Schaufenster damit füllen, und die Kunden, von denen sie glaubte, sie könnten an Ceram Interesse haben, extra anschreiben. Aber das erste Buch war für Heinz. Christa war sich sicher, dass ihn dieser Roman fesseln würde. Sie musste hernach nur aufpassen, dass er keine eigenen Ausgrabungen veranstalten würde. Sie lächelte, als sie an Heinz dachte. Er hätte sie so gerne begleitet, aber Christa hatte eine Ausrede gebraucht. Diese erste Buchmesse sollte ganz und gar ihr allein gehören.

Sie trat in den Gang zurück und erstarrte. Da, direkt vor dem Stand des S. Fischer Verlages, trat ein junger Mann von einem Fuß auf den anderen. Ein Rundfunkreporter hielt ihm ein Mikrophon mit der Aufschrift «Hessischer Rundfunk» unter die Nase, neben ihm stand ein anderer Mann, den Christa von Jagos Lesung in der Buchhandlung kannte. Und der Mann, um den sich dort alles drehte, war Jago.

Wie gebannt starrte Christa ihn an, und es war, als ob er ihre Blicke spürte. Langsam wandte er sich um und blickte sie an, als hätte er auf sie gewartet. Kein Erstaunen, kein Erschrecken. Es fühlte sich an, als müsste es so sein. Seine Augen winkten sie heran, sein Mund entspannte sich und ließ ein Lächeln auf seinen Lippen erblühen.

Christas Herz schlug wie der Klöppel auf eine Glocke. Alles in ihr begann zu singen. Die anderen Menschen verschwanden, die Bücher, die Stände ebenfalls. Es gab nur noch sie und Jago. Sie trat näher, sah als Erstes das Buch, das der Reporter in der Hand hatte. *Die Liebe lieben* und darüber stand sein Name: Jago von Prinz.

Heiße und kalte Schauer rannen Christa den Rücken hinab. Sie wusste nicht, wohin mit ihren Füßen, wohin mit den Händen, aber ihre Blicke hingen an seinem Gesicht, ließen ihn nicht mehr los. Kurz irritierte sie das «von», doch dann trat sie Schritt für Schritt näher. Und Jago ließ seinen Interviewpartner einfach stehen, kam Schritt für Schritt auf Christa zu. Sie blieben voreinander stehen, die Fußspitzen stießen beinahe aneinander.

«Christa», raunte Jago und fasste nach ihren Händen.

Christa – nur dieses eine Wort. Und Christa verstand, was er nicht gesagt hatte. Dass er nie aufgehört hatte, sie zu lieben, so wie sie nie aufgehört hatte, ihn zu lieben.

NACHWORT

Meine lieben Leserinnen und Leser,

dieses Buch habe ich wirklich mit Herzblut geschrieben, vielleicht, weil ich selbst als Buchhändlerin gearbeitet habe und ein Buchmensch bin und wohl auch bleibe.

Die Idee zum Roman kam von meiner wunderbaren Lektorin Sünje Redies, die mir damit eine riesige Freude gemacht hat. Wir arbeiten schon so viele Jahre zusammen, und noch immer fiebere ich jedem Gespräch mit ihr schier entgegen. Ihre Anregungen, Anmerkungen und Ideen sind unbezahlbar, und ich bin so richtig glücklich, sie an meiner Seite zu haben.

Vielen Dank an dieser Stelle auch an Dr. Marcus Gärtner vom Rowohlt Verlag, der an der Ideenfindung maßgeblich beteiligt war.

Leider fiel die Zeit der Recherche gerade in die Coronakrise, sodass ich nicht wie sonst ellbogentief in Archiven und Bibliotheken stöbern konnte. Aber da ich von «Büchermenschen» umgeben bin, hatte ich rasch genügend Recherchestoff beisammen. Dafür danke ich an dieser Stelle Frau Prof. Hartmann-Hanff, Heinz Eisenbletter, Hella Thorn, Heike Brillmann-Ede, Andrea und Michael Pohl und allen anderen, die mir beim Recherchieren geholfen haben. Ein ganz besonderer Dank gebührt Gerd Wilcken, der mir offen und ausführlich ein Interview gewährte, das mir viel Neues und Wissenswertes über die Homosexualität im Nachkriegsdeutschland vermittelt hat. Den größten Dank schulde ich allerdings meinem Vater, dem ich dieses Buch widmen möchte und dessen Erlebnisse in eine der Romanfiguren eingeflossen sind. Ohne seine Erzählungen wäre mein Leben viel weniger reich.

Ganz besonders gefreut habe ich mich, dass die bekannte Lyrikerin Caroline Hartge einige Gedichte zu diesem Roman beigesteuert hat. Ich denke, wir sollten alle viel mehr Lyrik lesen, und ich wünsche mir von Herzen, dass die Gedichte im Buch vielleicht dazu inspirieren. Eines davon hat Caroline Hartge extra für diesen Roman geschrieben. Das war eine überaus große Ehre für mich. Ich finde, ihre Gedichte haben dem Buch Glanz verliehen.

Meine liebe Heike Brillmann-Ede hat den Roman lektoriert. Und sie hat es wie immer mit einem Lachen, mit viel Verständnis, Empathie, Sach- und Fachwissen gemacht. Ohne «HBE» wäre ich nicht die Schriftstellerin, die ich bin. So schade, dass wir sechshundert Kilometer auseinanderwohnen!

Mein Agent Joachim Jessen ist seit über zwanzig Jahren dabei, meine Bücher zu verkaufen. Darüber hinaus ist er immer da, wenn ich ihn brauche. Rat, Tat, Hilfe und alles, was sich eine Schriftstellerin sonst noch von einem Agenten wünschen kann, habe ich stets von ihm bekommen und bin dafür sehr dankbar.

Meine liebe Petra Schwalm ist mit mir unzählige Kilometer durch die Landschaft gezogen, weil ich beim Spazieren am besten denken kann. Geduldig hat sie sich alle meine Ideen angehört, hat geholfen, die Spreu vom Weizen zu trennen.

Ohne den Mann an meiner Seite – Jochen Schneider – wäre mir so vieles nicht möglich gewesen. Er hält mir den Rücken frei, unterstützt mich bei der Recherche und ist einfach immer als mein bester Freund auf der Welt für mich da.

Ines Thorn

Kommentierte Bibliographie und Quellenangaben

«Ulm 1592», aus: Bertolt Brecht, Die Gedichte. Herausgegeben von Jan Knopf. © Suhrkamp Verlag, Frankfurt am Main 2007. Alle Rechte bei und vorbehalten durch Suhrkamp Verlag, Berlin

«Morgens und abends zu lesen», aus: Bertolt Brecht, *Werke.* Große kommentierte Berliner und Frankfurter Ausgabe, Band 14: Gedichte 4. © Bertolt-Brecht-Erben / Suhrkamp Verlag, 1993

«Todesfuge», aus: Paul Celan, *Mohn und Gedächtnis.* Gedichte. © DVA, München 2012

«Inventur», aus: Günter Eich, *Gesammelte Werke in vier Bänden.* Band I: Die Gedichte. Die Maulwürfe. © Suhrkamp Verlag, Frankfurt am Main 1991. Alle Rechte bei und vorbehalten durch Suhrkamp Verlag, Berlin

Frankfurter Rundschau Geschichte: Die Nachkriegsjahre in Frankfurt, Bd. 6, Frankfurt am Main 2015

Der Zeitungsausschnitt zum 9. Januar 1947 wurde mit freundlicher Genehmigung durch die Frankfurter Rundschau der Mediengruppe Frankfurt zur Verfügung gestellt.

Caroline Hartge: «Aufgeweckt von Durst», in Anthologien wie *Versnetze 6*, Verlag Ralf Liebe, Weilerswist 2013

Caroline Hartge: «Einander vergeben für alles», in: Caroline Hartge, *Zwei Tauben aus Schnee*, AQUINarte, Kassel 2006

Caroline Hartge: «senfkorn.schattenblume», unveröffentlichter Originalbeitrag, 2020

Caroline Hartge: «totenweg», in: Caroline Hartge, *Lose Wolken*, Verlag Peter Engstler, Ostheim/Rhön 2012

Rudolf Alexander Schröder: «Geistliche Gedichte», in: Helmut Böttger, *Die Gruppe 47*, Deutsche Verlags-Anstalt, München 2013

Reinhard Wittmann: *Geschichte des deutschen Buchhandels*, mit Abbildungen, C.H. Beck, München, 4. aktualisierte Aufl. 2019, vgl. S. 373. (Die im Prolog beschriebene Schaufenstergestaltung mit dem Südseeroman von Richard Katz hat tatsächlich stattgefunden, allerdings in der Hamburger Buchhandlung von Felix Jud.)

Ines Thorn

Die Buchhändlerin: Die Macht der Worte

352 Seiten

Frankfurt, 1950. Christa hat ihre große Liebe, den Lyriker Jago, wiedergefunden. Doch die Vergangenheit beider wirft allzu schwarze Schatten auf das junge Glück. Auch sonst merkt Christa überall, wie schwer es ist, ihrem Herzen zu folgen: beim Schreiben ihrer Doktorarbeit und bei ihrem Wunsch, als Buchhändlerin den Menschen Freude durch Literatur zu schenken, ihren Horizont zu erweitern – und ihnen den Staub aus den Köpfen zu fegen. Viele sehnen sich nach einer heilen Welt, im Leben und in Büchern. Andere lehnen sich mit Macht gegen Konventionen und Zwänge auf. Damit Christas Welt – und auch ihr Herz – wieder heil werden kann, braucht sie allen Mut, den sie aufbringen kann.

Spießigkeit und Wagnisse, heile Welt und Skandale – eine aufregende Zeit für die deutsche Bücherlandschaft.